Une dette impitoyable

Titans et Tyrans
Tome 1

Vero Heath

Remarques

Une dette impitoyable Copyright © 2023 Peace Weaver Press Inc.

Présidente Veronica Doran

ISBN : 978-1-998452-01-9

Couverture par Sylvia Frost de The Book Brander Boutique

Traduit de l'anglais par Manon Roux et Valentin Translation

 Réalisé avec Vellum

Résumé

Le jour de mon vingtième anniversaire à minuit pile, il est arrivé dans l'obscurité, couvert de sang. Elio Titone, l'héritier de la famille la plus brutale de la Cosa Nostra de Toronto.

Il s'avère que mon père s'était lourdement endetté auprès de la mafia sicilienne. Elio était donc venu pour une seule et unique raison : réclamer son dû.

Et son dû, c'est *moi*.

Mon ravisseur est dangereux et exigeant. Torturé, possessif, et incroyablement riche. Il m'enferme dans son monde doré et violent sans m'offrir le moindre espoir d'évasion. Pourtant plus je passe du temps avec lui, avec son regard ténébreux et ses mains bardées de cicatrices, moins j'ai envie d'éventrer ma cage à coups de griffes pour m'échapper.

Lorsque de nouveaux ennemis me menacent, je découvre une facette d'Elio dont je ne soupçonnais pas l'existence : celle d'un protecteur impitoyable. Il m'obligera à faire la seule chose qui garantira ma sécurité, même si cela signifie que je resterai à jamais sa prisonnière.

Je ne serai plus entravée par les chaînes de la dette, mais par celles du mariage.

Car il compte faire de moi sa *femme*.

Une dette impitoyable est une histoire où se mêlent dark romance, mafia et différence d'âge. Il s'agit du premier tome d'un récit en deux parties.

Remarques relatives au contenu

Dark romance, mafia et différence d'âge : les thèmes de ce livre sont susceptibles de perturber certains lecteurs. Le héros, Elio Titone, n'est pas quelqu'un de bien. Ce n'est pas non plus un homme particulièrement raisonnable, surtout quand il est question d'une chose qu'il désire obtenir – en l'occurrence Deirdre, l'héroïne du livre. Si vous souhaitez voir les avertissements relatifs au contenu, merci de visiter mon site internet www.veroheath.com.

Chapitre 1

Elio

Et si je donne des garanties ? Il y a la maison.

— J'en ai rien à cirer de ta putain de baraque.

En réalité, c'est de ce marché, dont je n'ai strictement rien à cirer. O'Malley est dans la merde jusqu'au cou avec l'un des trois clans les plus puissants de la Camorra de Toronto, il a besoin d'argent, et vite. Clairement, il s'imagine qu'il peut tenter de monter une organisation criminelle italienne contre une autre, en suppliant à genoux La Cosa Nostra de le dépanner quand les soldats de Severu Serpico viendront frapper à sa porte, ce qu'ils ne manqueront pas de faire.

Mais le fonds de commerce des Titone, ce n'est pas de dépanner les gens. Notre fonds de commerce, c'est de gagner de l'argent. Par n'importe quel moyen. Et même le manoir Thornhill, cette vaste maison en pain d'épices derrière nous, n'est pas une tentation suffisante. Tout le monde sait que ce connard d'Irlandais est en train de sombrer à toute vitesse.

Une goutte de sueur coule de la tempe d'O'Malley et

vient humidifier ses cheveux dégarnis. On y décèle encore de légers reflets cuivrés, un vestige de roux sous le gris. Une autre goutte de sueur suit la première, et la boule dans sa gorge rougeaude m'indique clairement qu'il ravale sa salive.

Le soleil du mois d'août cogne sévèrement, mais je sais que ce n'est pas la chaleur qui le fait transpirer.

Il transpire parce qu'il est venu me voir – le dernier et le plus impitoyable de tous les recours.

Et j'ai refusé de l'aider.

Tu es à court d'options, O'Malley.

Je me lève en boutonnant ma veste de costume. Le soleil trempe mes épaules drapées de noir et le cuir de mes gants, chauffant ma peau sous le tissu.

Putain. J'ai hâte d'être en hiver.

— Vends la maison si tu as besoin d'argent, dis-je. T'es pas si vieux. Vends un rein. Je connais quelqu'un qui serait prêt à payer.

O'Malley se lève d'un bond, et son immonde chaise de jardin capitonnée tombe avec fracas sur la pierre parfaitement usinée.

Il commence à jacasser, à moitié en colère, à moitié désespéré. Il me raconte que ça va aller pour l'argent. Que ce n'est qu'un mauvais moment à passer, que c'est temporaire. Qu'il pourrait...

Je perds le fil de ce qu'il raconte. De tous ces mots. De toutes ces conneries qui fusent de sa bouche comme des postillons.

Ça ne me ressemble pas. De perdre le fil de quoi que ce soit. Je ne suis pas arrivé là où j'en suis aujourd'hui, à aider mon oncle Vincenzo à faire des Titone l'une des familles du crime les plus riches et les plus redoutées du pays, en me désintéressant des détails.

Je suis arrivé là où j'en suis en étant attentif. Constamment.

Grâce à ça, et à un bon paquet de sang.

Mais quelque chose d'autre a empiété sur la conversation. Un flot épars de notes.

De la musique. Du violon ?

Les notes redoublent d'intensité. Elles deviennent presque tangibles. Comme si en plissant suffisamment les yeux, j'arrivais à les voir capter la lumière estivale.

À présent, j'ignore complètement O'Malley. Je commence à marcher, abandonnant la terrasse en pierres. Mes chaussures noires écrasent les brins d'herbe élastiques et bien arrosés à mesure que j'avance sur la pelouse d'un pas machinal.

Je scrute la vaste façade arrière de la maison en briques, cherchant la source. Je ne saurais pas vraiment dire pourquoi j'ai besoin de la trouver. C'est comme ça, c'est tout. Cette musique est étrangement tranchante et douce à la fois. Elle me perfore la peau. S'accroche à mes côtes et me fait grincer des dents.

Presque tout en haut du mur du fond, je découvre le balcon du deuxième étage. Et sur ce balcon...

Un ange.

Clignant des paupières pour chasser la sueur qui me pique les yeux, je me passe la main dans les cheveux pour les plaquer en arrière. Je ne crois pas aux anges. Je n'y ai jamais cru.

Une crinière étincelante de cheveux roux tombe en cascade sur un dos mince, ses extrémités ondulées frôlent le bas légèrement évasé d'une robe d'été jaune. Deux bras pâles flottent dans les airs ; l'un est immobile, l'autre fend le vide d'avant en arrière au-dessus de quelque chose, sans doute un violon que je n'arrive pas à discerner d'ici. Chaque fois qu'elle bouge, ses cheveux capturent la lumière du soleil et s'enflamment, tel un brasier flamboyant. Mes cicatrices me brûlent sous mes gants, la peau ravagée de mon cou fourmille. Une odeur de fumée vieille de dix-neuf ans m'emplit les narines, des hurlements retentissent dans ma tête, et je me souviens pourquoi je ne supporte pas les putains de cheveux roux.

Mais la musique me distrait du passé, de la souffrance. Elle est assourdissante, et pourtant pas assez forte. Si douce qu'elle m'assèche la gorge. Si puissante qu'elle me cogne en pleine tempe. Elle me fait tituber.

Elio Titone. Qui *titube*, putain.

Mon instinct reprend brusquement vie à l'intérieur de moi. Un instinct qui ne m'a jamais trompé, pas une seule fois. Un instinct qui me dit de partir en courant. De décarrer, ici et maintenant putain, sans me retourner.

Je l'ignore.

Je recommence à marcher, contournant le côté gauche de la maison pour pouvoir voir son visage.

D'en bas sur la pelouse, sous cet angle, son profil est la seule chose que j'arrive à distinguer. Et putain, heureusement que c'est le seul aperçu que j'ai d'elle. Car ce seul fragment de son visage me dévaste complètement.

Il ne s'agit pas seulement de sa beauté physique. Les pommettes hautes et arrondies, ou l'ombre portée de ses longs cils épais – j'ai déjà vu tout ça. J'ai été avec des femmes plus séduisantes qu'elle, à la sensualité plus attrayante.

C'est l'expression qui sculpte ces traits qui me bousille.

Une expression de joie à l'état pur, de joie profondément humaine. Une chose dont je n'étais pas totalement certain qu'elle existait jusqu'à présent.

Ses lèvres douces arborent un superbe demi-sourire. Ses

yeux sont fermés, son menton délicatement posé en équilibre sur le violon tandis que ses longs doigts de fée s'exaltent sur les cordes. Son autre bras pousse l'archet dans les airs avec une force surprenante.

— C'est quoi, ce morceau ? dis-je entre mes dents.

J'ai presque envie de ne pas parler. Je ne veux pas faire le moindre bruit. Pourtant, il faut que je sache. Sa chanson est en train de m'étrangler.

O'Malley s'arrête à côté de moi, soufflant comme un bœuf d'avoir traversé la pelouse pour me rejoindre. Je lui lance un coup d'œil féroce ; il respire si fort que j'ai envie de lui tordre le cou, putain.

Il halète, se penche pour poser les mains sur ses genoux avant de se redresser.

— C'est irlandais. *An Eala Bhàn*. C'était l'un des morceaux préférés de sa mère.

Une fois de plus, mes yeux escaladent la brique jusqu'au balcon. Le sourire de la fille s'est crispé. Ses sourcils sont légèrement froncés. Une tension s'infiltre dans sa mâchoire et dans son cou alors que ses doigts redoublent de vitesse, pilonnent les notes de plus en plus fort.

La joie qui émane du morceau, qui émane d'*elle*, s'assombrit. Elle se colore de souffrance. Pourtant, il y a de la beauté au milieu de cette souffrance. Une beauté que j'ai envie d'écorcher, couche après couche. De comprendre.

De posséder.

Mes doigts remuent de chaque côté de mon corps, pris d'une envie de serrer les poings, d'empoigner quelque chose. L'archet. Le manche du violon. Les cheveux de la couleur du feu que je préférerais oublier.

Les mots qui suivent, je les prononce sans réfléchir et sans hésiter :

— La voilà, dis-je à O'Malley, les yeux rivés sur sa fille. Ma garantie.

— Quoi donc ? demande O'Malley. Le violon ? C'était celui de sa mère. Il a pas mal de valeur, mais rien à voir avec...

— Je ne parle pas du violon.

Sans la musique, il y aurait un long silence avant qu'il se mette à exploser. Son accent irlandais, atténué par ses années passées au Canada, se fait brusquement plus prononcé.

— Tu veux ma fille ? bredouille-t-il. Quoi, t'as pas d'autres façons de trouver une femme, sale merdeux ?

Il n'a pas le temps de cligner des yeux que mon flingue est déjà sur son front. Ses joues, si rouges de rage une seconde auparavant, se vident de toute couleur, elles blêmissent.

— Fais gaffe, O'Malley, dis-je tout bas, imaginant d'ores et déjà le sang et la cervelle éclabousser la pelouse parfaitement entretenue.

J'ai tué des hommes qui m'avaient moins insulté que ça.

La musique cesse.

Le plus doux des vibratos, l'appel d'un « Papa ? C'est toi, en bas ? » s'élève dans la brise d'été, alors je me recroqueville sur moi-même et glisse le revolver sous ma veste. Un souffle tremblant s'échappe de ma gorge. Quelque chose que je ne me suis pas autorisé à ressentir depuis des années me brûle les tripes.

Dommage.

Il y a quelque chose d'épouvantable à se comporter en monstre devant un petit rossignol innocent dans son genre.

J'en viendrais presque à la détester pour ça.

— Voilà ma condition, dis-je dans un sifflement féroce,

trop discrètement pour être entendu du balcon au-dessus de nous.

O'Malley me fusille du regard. Mais je vois déjà qu'il est en train de craquer. Même sa rage de tout à l'heure n'était pas celle d'un père protecteur, mais plutôt d'un homme agacé qui ne veut pas renoncer à un bien précieux.

— Comme tu voudras, grogne-t-il. Mais ça n'ira pas jusque-là, s'empresse-t-il d'ajouter.

Il se détourne de moi et s'éloigne, se passe la main sur la nuque. Les mots qu'il prononce ensuite sont presque inaudibles, à tel point que je manque de passer à côté. Mais la musique déchirante s'étant arrêtée, je les entends même s'il les murmure :

— Mon Dieu, aidez-moi.

Je lève furtivement les yeux vers le ciel.

Mais le balcon est désert.

J'en ressens un certain soulagement. Aucune paire d'yeux écarquillés ne me dévisage. Aucune musique ne me lacère les vestiges d'une chose qui aurait pu s'appeler une âme autrefois.

— Dieu ne peut plus rien pour toi, O'Malley, dis-je en conservant une voix froide et inflexible.

Je dissimule le dégoût qu'il m'inspire, cet homme si avide et pathétique qu'il sacrifierait sa fille, comme un agneau qu'on envoie à l'abattoir, pour sauver sa propre peau. Il y a du dégoût, également, pour ma propre faiblesse inattendue. Pour mon désir.

Mais plus fort que tout le reste, – le dégoût, la haine – il y a le rythme de cette putain de musique dans mes veines.

Et je sais déjà sans l'ombre d'un doute que même si je m'ouvre la gorge et me vide de mon sang ici et maintenant sur cette herbe...

Je n'arriverai jamais à m'en débarrasser.

Chapitre 2

Deirdre

Jour de la Saint-Sylvestre, un an et demi plus tard.

T'as de la chance que ton anniv soit le jour de l'an. C'est la super fiesta garantie à tous les coups, déclare Willow en attrapant une flûte de champagne sur la table en face de nous. Bienvenue dans la vingtaine, Dee !

— Il n'est pas encore minuit. Techniquement c'est demain, mon anniversaire, lui dis-je pour rappel. Et je ne suis pas certaine qu'on puisse qualifier la traditionnelle teuf du Nouvel An de mon père de « super fiesta ».

Je dis cela en reniflant de dépit, saisis mon propre verre de champagne et sirote une gorgée pétillante.

— Pétasse, comment est-ce que tu pourrais savoir ce que c'est, une bonne fiesta ? Tu veux jamais sortir avec moi. Je t'ai dit que j'allais t'emmener en boîte pour ton anniv et tu m'as dit non !

Avec un sourire en coin, je lève les yeux au ciel à son intention. Pour ma meilleure amie, « pétasse » est un terme affectueux. Elle a beau s'appeler Willow – ce qui veut dire « saule » en anglais –, son caractère n'a pas la souplesse du bois qui a inspiré son prénom. Les seules choses chez elle plus inflexibles que sa répartie, ce sont les contours de ses pommettes saillantes et le vert cristallin de ses yeux pénétrants. Ce soir, ses cheveux noir de jais sont attachés en queue de cheval, ce qui souligne sa nuque dégagée et le décolleté plongeant de sa robe noire moulante. Elle a un an de moins que moi en réalité, puisqu'elle vient d'avoir dix-neuf ans, mais personne ne devinerait que je suis la plus vieille des deux.

Elle prend une autre gorgée de champagne et passe sa queue de cheval par-dessus son épaule.

— Bon, d'accord. J'avoue que j'ai été à des fêtes du Nouvel An plus cool que celle-là dans ma vie. De toutes celles de ton père, c'est même pas l'une des meilleures pour être honnête. Il y avait bien plus de gens l'an passé, non ?

Elle a raison. La foule est plus clairsemée cette année, l'essentiel étant composé des clients de mon père et de leurs épouses, qui circulent dans notre vaste salon en picorant les fromages de luxe et autres mignardises que le traiteur a apportés. Le père de Willow, Paddy Callahan, est l'un d'entre eux. C'est le gérant d'un pub irlandais, *Briar and Boar*, dans le centre-ville de Toronto. Mon père est son comptable.

— Pour une pièce remplie de truands, c'est plutôt barbant, pour être honnête. Et ils ont tous au moins trente ans de plus que nous. Ce qui ne serait pas un souci en temps normal, sauf qu'il n'y a pas un seul canon.

Je reporte brusquement mon attention sur Willow, lèvres pincées. J'ignore son commentaire sur les hommes plus âgés – ça n'a rien d'extraordinaire venant de ma meilleure amie –, mais c'est l'autre qui me fait tiquer. Le truc à propos des truands.

Elle lève vers moi des sourcils interrogateurs par-dessus le bord de sa flûte de champagne, et je pousse un soupir. Je ne peux même pas la contredire, étant donné que c'est la vérité. Mon père est expert-comptable. C'est facile de faire comme s'il dirigeait un cabinet normal et que ses clients étaient des citoyens modèles. Mais la réalité, c'est qu'il aide à blanchir de l'argent pour des affaires qui financent la mafia irlandaise.

C'est quelque chose auquel je n'aime pas penser et dont on m'a largement protégée. Willow, en revanche, n'en a rien à cirer. Elle adhère à la vie qui est celle de Paddy, accepte tout sans hausser un de ses sourcils parfaitement épilés. Mais malgré tout, ni elle ni moi n'avons de réel statut. Nous ne faisons pas partie des Gowan, la famille dirigeante. Nos pères sont en bas de l'échelle sociale de la mafia, tout comme les autres invités ici présents. Personne de véritablement important dans le monde du crime organisé de Toronto n'est venu ce soir, et ça me va très bien. Willow a raison : je n'aime pas trop les soirées, et j'aime encore moins que certains des hommes les plus dangereux de la ville soient dans mon salon.

— Désolée de te décevoir, dis-je en riant. Tu peux toujours aller en boîte après ça et t'envoyer en l'air.

— Oh, tu sais bien que c'est ce qui va se passer, Dee. Mais c'est plus à toi, que je pensais.

— À moi ?

— Oui ! Comment je suis censée aider ma pote à se faire lécher, sucer, et déflorer l'abricot si y a pas un seul mec assez beau gosse pour prétendre au poste ?

M. Byrne, le patron de la boucherie Byrne, manque de s'étouffer avec un macaron à côté de nous. Mme Byrne lui tapote le dos avant de nous lancer un regard noir, auquel Willow répond en souriant d'un air innocent.

Je marmonne un « Putain, Willow ! » avant de prendre une longue lampée de champagne. Willow est mon amie à la vie à la mort, mais être près d'elle requiert parfois des quantités astronomiques d'alcool.

— Quoi ? Il faut bien que quelqu'un le fasse correctement maintenant que ce Brian s'est avéré être un gros connard.

Son nom me fait grincer des dents. C'est celui du type qui est très récemment devenu mon *ex*-copain.

— Argh ! Pas la peine de me le rappeler. Au moins, il a disparu de la circulation pendant toutes les vacances de Noël. Il est retourné à Ottawa, dans sa famille.

— Parfait, déclare Willow en hochant la tête d'un air satisfait, les yeux pétillants. Parce que s'il persévère avec sa routine de harceleur, je vais devoir lui envoyer Ronan aux miches.

Ronan a *l'air* d'un plongeur qui travaille au pub, mais il est en réalité responsable de la sécurité, l'un des hommes de main de Darragh Gowan. C'est un colosse menaçant et bardé de tatouages, et je ne peux m'empêcher de l'imaginer décocher le marteau charnu qui lui sert de poing dans la tête Brian.

Je suis sortie avec Brian pendant la première moitié de cette année scolaire, de septembre à décembre, juste avant les partiels. Il est étudiant en droit à l'Université de Toronto où j'étudie la musique. Je croyais que c'était peut-être avec lui que j'allais perdre ma virginité.

Jusqu'à ce qu'il essaie de forcer les choses avant que je sois prête.

Je serre les dents, et mon estomac se tord au souvenir de cette soirée dans son appartement. Son haleine de bière alors qu'il me bloquait avec son corps en me disant qu'il avait attendu assez longtemps. Tétanisée par cette peur d'animal traqué qui m'empêchait de bouger, de riposter, de dire le moindre putain de mot. Ce n'est que lorsqu'il a défait maladroitement sa ceinture, renversé un verre de sa table de chevet, marché sur les morceaux brisés et trébuché, que j'ai réussi à bouger de nouveau. J'ai déguerpi de son appartement et je ne lui ai plus donné aucun signe de vie depuis lors.

Le seul problème, c'est qu'il a développé l'habitude exaspérante de se pointer partout où je vais, en me suppliant de lui pardonner et en me promettant qu'il allait s'améliorer. Je l'ai surpris en train de traîner devant des salles de classe et des amphithéâtres, et même une fois, devant la petite école de musique où j'enseigne le violon à des enfants. Pour être tout à fait honnête, je suis même un peu surprise qu'il soit rentré chez lui pour Noël. Je croyais qu'il resterait dans les parages juste pour continuer à me suivre et me mettre la pression, donc je suis plus que reconnaissante de la distance que son absence a créée.

Willow doit sentir mon humeur, car son expression de visage s'adoucit.

— Hé, excuse-moi, Dee.

Elle me fait un câlin parfumé.

— Loin de moi l'envie d'être insensible. Ça craint carrément ce qui s'est passé avec Brian, et si je le croise un jour, il a intérêt à faire bien gaffe à son cul. Je veux seulement que ta première fois se passe bien. Que ça se fasse conformément à tes règles.

Elle s'écarte, en me fixant sans ciller de ses yeux verts pleins de sérieux.

— Quand on donne quelque chose, personne ne peut nous le prendre.

Je murmure avec amertume :

— Il y a toujours quelque chose qu'on peut nous prendre.

C'est une leçon que j'ai gravée dans mon cerveau il y a dix ans, le jour où ma mère est morte.

Willow semble sur le point d'ajouter quelque chose, mais lorsqu'elle ouvre la bouche, l'écho d'une foule en train de crier « Dix ! » nous fait toutes les deux sursauter.

Regardant autour de moi d'un air choqué, je demande :

— Déjà ?

— Apparemment ! Bon anniversaire, meuf !

Willow entrechoque son verre avec le mien et le vide d'une traite. Je fais la même chose, laissant le rose me monter aux joues à mesure que la chaleur du champagne se diffuse dans mon corps tout entier. J'ai bien besoin de ce verre, sachant ce qui m'attend ensuite. C'est la même chose à chaque réveillon du Nouvel An. Une exigence de mon père. Je le vois déjà me faire signe de l'autre côté de la pièce, prêt à me laisser éblouir ses amis et clients en jouant *Auld Lang Syne*.

J'adore jouer, mais j'ai horreur de le faire devant un public. Mais mon père aime ça, lui. Il aime avoir une fille talentueuse qu'il peut exhiber maintenant qu'il a perdu son épouse talentueuse. C'était ma mère, l'éternelle artiste, la star. Pas moi.

Willow a déjà un autre verre en main lorsque je pose le mien. Alors que les gens tout autour de moi scandent ensemble des « Cinq, quatre, trois ! », j'attrape mon violon et avance vers le centre de la pièce.

Je viens tout juste de poser mon archet sur les cordes lorsqu'une brise glaciale s'abat sur ma peau, provoquant un fourmillement de frissons. Quelque part dans la maison, une porte est ouverte, ou une fenêtre. Ce qui n'a aucun sens, car nous sommes en janvier dans l'Ontario.

Un bruit de feux d'artifice fend l'air, pourtant, même le jour du Nouvel An, ça n'a aucun sens, ça non plus, car on dirait qu'ils proviennent de l'intérieur de cette pièce. Ce n'est que lorsque des cris se mettent à retentir, que le bruit se répète et redouble d'intensité, que je comprends qu'il s'agit de coups de feu.

Chapitre 3

Deirdre

Je m'accroupis par terre en serrant mon violon contre moi, mon bien le plus précieux. Ce qui est probablement idiot. Vraiment, vraiment idiot. Je devrais le lâcher, protéger ma tête et ramper pour me mettre à l'abri. Mais le violon appartenait à ma mère, et je ne peux pas me résoudre à l'abandonner. Poussant un juron, le cœur battant à tout rompre, je le cale sous mon corps, l'archet à la main comme si c'était un sabre, et je rampe comme à l'armée jusque sous la table de nourriture abandonnée la plus proche. Je pose le violon et l'archet contre le mur, puis je pivote sur mes mains et mes genoux pour tenter de comprendre la scène qui se déroule devant moi.

Sauf que la scène en question est pratiquement terminée. Presque tout le monde est parti. Un sentiment de soulagement m'envahit lorsque je vois Paddy forcer Willow à sortir de la pièce, en direction de la porte d'entrée. Elle se débat pourtant, et par-dessus le sifflement dans mes oreilles, je l'entends crier mon nom au loin. Soudain, son regard croise le mien, nous nous dévisageons, puis elle se débat d'autant plus pour se dégager de son père, mais il passe son bras massif autour de sa taille et l'entraîne dans la nuit hivernale.

Des larmes ruissellent sur mon visage, ma gorge se serre. Je suis tellement heureuse qu'elle soit partie, de savoir qu'elle sera en sécurité.

Mais maintenant, je suis seule.

Où est papa ?

Une terreur inédite m'étreint. Si des gens sont entrés ici pour attaquer, qui d'autre pouvaient-ils bien chercher si ce n'est le propriétaire de cette maison ?

Non ! Mon père est comptable, rien de plus. Ce n'est ni un homme de main, ni un soldat, ni un assassin. Ce n'est pas le patron de quelqu'un qui aurait une raison quelconque de l'éliminer. Alors pourquoi est-ce que c'est en train d'arriver ?

Et où est-ce qu'il est passé, bordel ?

Je ne suis pas la seule qui se pose la question. Je me rends compte que je ne suis pas vraiment seule. Avachi sur le parquet, M. Byrne agrippe son épaule, qui saigne abondamment, alors qu'une paire de chaussures noires s'approche de lui. L'une d'entre elles appuie violemment sur l'entrejambe de M. Byrne.

— O'Malley, où est-ce qu'il est ?

Je n'arrive pas à voir le visage de l'homme, je n'entends que sa voix. Mon sang se glace dans mes veines. Donc c'est bien mon père qu'ils cherchent.

Et que feront-ils lorsqu'ils trouveront sa fille à la place ?

Je ne peux pas rester ici.

Dans ma gorge, mon pouls bat si vite et si fort que je peine à respirer. Les poumons en feu, je parcours la pièce du regard pour voir s'il existe un moyen facile de s'échapper. Jusque-là, je n'aperçois qu'un seul type armé. Les autres personnes qui tiraient des coups de feu tout à l'heure ne sont plus dans la pièce. À moins que M. Byrne soit l'une d'entre elles. Ravalant un cri de surprise, je remarque qu'il essaie d'atteindre un flingue qui a glissé par terre.

Impossible qu'il l'atteigne de cette façon, avec le pied de cet autre gars qui pèse sur lui comme ça. Sous cet angle, j'aperçois le revolver de cet homme, parfaitement aligné avec sa cible, scintillant sous les jolies lumières dorées de notre salon.

Non, le revolver est trop loin de M. Byrne.

Et pourtant, si proche de moi. Vraiment proche, putain.

— Où est O'Malley ? répète la voix. M. Serpico veut son argent.

— Serpico... Severu Serpico ? dit M. Byrne d'une voix haletante.

Severu Serpico... On a beau m'avoir globalement protégée du monde de la mafia, je sais qui en sont les acteurs principaux, et Severu est le chef d'un des plus dangereux clans de la Camorra du pays.

La chaussure appuie plus fort, M. Byrne hurle, et les muscles de ses jambes tressautent sous son pantalon de costume.

— Pas de questions. Que des réponses. Il est où ?

— Je... Je sais pas ! Putain, mec ! J'en sais rien !

— Vous savez vraiment pas grand-chose, vous, les Irlandais, pas vrai ? Tu savais pas qu'O'Malley siphonnait de l'argent des affaires de Darragh le Fou ? Qu'il s'est fait choper et qu'il est venu nous supplier à genoux de lui prêter des fonds pour couvrir tout ça ? C'est l'heure de rembourser le prêt, et à moins que tu puisses me dire où il est passé, tu vas payer les intérêts dans le sang.

— Putain. Dehors ! Il est sorti !

Oh, mon Dieu.

Mon univers vacille, tout ce que je croyais savoir sur mon père, ma famille, ma *vie*, tout cela s'évapore en un instant. Papa a volé de l'argent ? Menti ? Trahi ses propres clients, son propre patron ?

C'est impossible. Il doit y avoir une erreur.

Mais erreur ou pas, il y a un homme armé prêt à tout pour trouver mon père. Il sort de la pièce sans ajouter le moindre mot, s'éloigne et passe par les portes-fenêtres à la française qui donnent sur notre jardin.

Il va tuer mon père.

Cette pensée me donne la force de me lever et de sortir. De lutter contre la peur qui paralysait mes membres. Sans réfléchir, je saisis le revolver et traverse le salon à toutes jambes, trébuchant sur les éclats de verre et la nourriture écrasée qui jonchent le sol. Dieu merci, je porte des chaussures. L'espace d'un instant, je me demande si je ne devrais pas m'arrêter pour vérifier que M. Byrne va bien, mais je sais que je n'ai pas le temps. Je ne vais pas regarder mon père mourir le jour de mon anniversaire, et si je dois agir, c'est maintenant.

Je n'ai aucune idée de ce que je vais faire. Je n'ai jamais touché un flingue de ma vie, alors encore moins tiré sur quelqu'un. Un sentiment de panique grandit lorsque je vois mon père courir sur la neige, suivi de l'homme qui fonce droit vers lui, l'arme à la main.

— Arrêtez ! Je suis armée !

Le cri s'échappe de ma gorge, il fend l'air. L'homme s'arrête et fait volte-face. Il m'aperçoit. Repère le revolver dans mes mains tremblantes. Et il se met à *rire*, bordel.

— Lâche le flingue, *bella*, dit-il en avançant vers moi, levant son arme vers la mienne.

J'ai les orteils engourdis par la neige, qui s'infiltre sous la soie de mes chaussures plates. Un vent glacial me fouette les cheveux. J'ai les dents qui claquent, mais je crois que le froid n'y est pour rien.

Mes doigts se contractent alors que mon cerveau me crie d'appuyer sur la détente.

Maintenant. Maintenant ! Maintenant, putain !

Mais je ne le fais pas. Je n'y arrive pas. Je suis trop faible, j'ai trop peur. J'aurais dû essayer de lui tirer dessus quand il avait le dos tourné, avant que je voie son regard. Ses yeux rieurs ont disparu à présent. Ce sont ceux d'un tueur. Je comprends alors que la rumeur que j'ai entendue, selon laquelle la mafia italienne ne tuerait pas les femmes et les enfants, est complètement fausse.

— Arrêtez, dis-je, mais cette fois ce n'est qu'un murmure.

Pas un ordre, mais une prière. Je supplie l'homme, le cosmos, peut-être même Dieu, de faire que tout s'arrête. Que les choses redeviennent ce qu'elles étaient quinze minutes auparavant, quand ma vie avait encore du sens et que je savais qui j'étais, qui était mon père.

Mais il ne s'arrête pas. Et la peur me saisit à nouveau, elle referme sa mâchoire sur moi jusqu'à ce que je sois incapable de parler, de penser ou de respirer. Je suis complètement immobile lorsqu'il fonce vers moi.

Sauf que... Je ne suis *pas* immobile. Brusquement, quelqu'un m'attrape par-derrière et me retourne, avec une force si vertigineuse et cataclysmique que mes pieds sont soulevés de terre, mes chaussures s'envolent et mon revolver tombe sur la neige. Deux coups de feu retentissent, l'un venant chasser l'autre. L'homme qui me tient pousse un grognement et d'un seul bras, me plaque d'autant plus fermement contre son large torse. L'espace d'une fraction de seconde, je me demande s'il s'agit de mon père, qui d'une manière ou d'une autre serait revenu pour me sauver. Mais non, cet homme est immense, bien plus grand que mon père. Et mon père n'aurait jamais pu retraverser toute la pelouse en si peu de temps.

Je n'ai pas le temps de résoudre ce mystère, car en un rien de temps, l'homme me jette sur son épaule et me ramène dans la maison. Je gigote et donne des coups de pied, ne sachant pas quoi faire d'autre, mais c'est inutile. C'est une main de fer qui est plaquée sur ma hanche, me maintient immobile. Prenant appui sur le dos de l'inconnu, je tends le cou et vois l'autre homme, celui qui s'avançait vers moi, étendu sur la neige. Le clair de lune se reflète dans la rivière de sang qui s'écoule de sa tête.

Sidérée, je remarque la tache humide qui imprègne le devant de ma robe, le liquide chaud et collant qui recouvre ma poitrine, et je me demande si, moi aussi, on m'a tiré dessus.

L'homme me transporte jusqu'à l'autre bout du salon, dont je ne distingue que des fragments à travers le rideau de cheveux qui retombe et obscurcit ma vision. Je ne vois plus M. Byrne. Je me demande où il est passé. Et où se trouve mon père en ce moment.

L'homme m'emmène dans la cuisine. Il y a de la lumière ici, mais il appuie sur l'interrupteur mural une seconde plus tard, et nous nous retrouvons plongés dans l'obscurité. Il continue de marcher jusqu'à ce que nous soyons enveloppés dans les ténèbres du cellier encastré dans le mur. Enfin, il me pose par terre, et je peux tenter de faire le point pour comprendre qui il est et ce qui est en train de se passer.

J'ai vaguement déduit que c'était probablement un des hommes de Darragh qui m'avait sauvée. Ça a dû se savoir que la Camorra était ici et les renforts sont arrivés. Sauf que je ne reconnais pas l'homme devant moi, et lorsqu'il me dit de ne pas crier, ce n'est pas le genre d'accent auquel je m'attendais. Il est globalement caractéristique de l'Ontario, mais il y a autre chose dans cet accent. Quelque chose de vaguement italien.

Oh, mon Dieu. C'est l'un d'entre eux. L'un des hommes de Severu. De la Camorra.

— Ne crie pas, répète-t-il à l'instant même où j'ouvre la bouche pour le faire.

Sentant de toute évidence que je n'ai pas l'intention d'obéir, il plaque son énorme main gantée de cuir sur ma bouche, en me faisant reculer jusqu'à ce que mon dos heurte les étagères du cellier.

— Il y en a peut-être d'autres.

D'autres ? D'autres hommes de Severu ?

Alors... ce n'est pas l'un d'entre eux ? C'est vrai qu'il a tiré sur l'autre type, après tout.

Le noir de ses yeux est si intense qu'il me désintègre. On croirait plonger dans un abîme. Mon propre regard scrute son visage, et mes narines s'emplissent de l'odeur du cuir, du sang, et du piquant brut et luxueux de l'eau de Cologne. Ses épais cheveux noirs sont plaqués en arrière, dégageant son front large. Une mèche bouclée, rebelle, retombe devant. Elle lui donnerait presque un air enfantin, un contraste saisissant avec la noirceur sinistre de son visage. Rien d'autre chez lui n'est enfantin. Ni la silhouette ferme et musclée de son corps, ni la poigne autoritaire de sa main sur ma bouche, ni même le noir abyssal de ses yeux. Il doit avoir au moins trente-quatre ou trente-cinq ans, peut-être même plus, et sa carrure massive est empaquetée dans un costume parfaitement ajusté.

Alors que je le regarde, mes yeux s'attardent au niveau de sa mâchoire et de son cou, sur une surface de peau qui semble anormale. Marbrée, couverte de cicatrices. Comme s'il avait été brûlé.

Et soudain, une peur panique m'envahit, car je sais

précisément de qui il s'agit. J'ai entendu les histoires – celles de l'homme aux cicatrices qui ne retire jamais ses gants en cuir.

Il n'est pas au service de Severu Serpico.

Il ne fait pas du tout partie de la Camorra, mais de La Cosa Nostra. Et ce n'est pas un simple sbire, mais le numéro 2 de la plus impitoyable famille sicilienne du pays.

L'homme qui m'agrippe fermement dans ma propre cuisine, m'emprisonne avec son corps massif et me regarde avec une intensité qui me fait frémir, c'est le tyran de Toronto. Un titan du carnage et roi du crime. Le premier neveu et héritier de Vincenzo Titone.

Elio Titone.

L'homme qui règne sur la plupart de Toronto, de Mont-réal, et sur tout ce qui se trouve entre les deux. L'homme qui, dans sa Sicile natale, a failli périr dans les flammes lors-qu'il était enfant, mais a préféré passer au travers, défiant la nature et la mort, défiant Dieu en personne alors que même le Seigneur essayait de le renvoyer tout droit en enfer.

Son regard vagabond s'abaisse, et ses narines frémissent lorsqu'il se pose sur ma poitrine. Je suis le mouvement de ses yeux, haletant contre son gant à la vue de tout ce rouge visqueux qui souille le satin blanc. J'ai senti ce sang, je savais qu'il était là, mais c'est tout de même choquant de le voir étalé sur le tissu de la robe, sur ma peau pâle.

Elio ne bouge pas sa main de ma bouche, préférant caler le canon de son flingue entre ses dents, comme le ferait un employé de bureau avec un banal objet tel qu'un stylo lors-qu'il a les mains prises. De sa main libre, il tire si fort sur le devant de ma robe qu'elle se déchire. Les bretelles sont fichues, le satin se décroche, et tout l'avant de mon corps se retrouve nu devant lui.

L'humiliation, la rage et la peur s'entremêlent, elles enflamment ma peau et m'étreignent l'estomac. Sa main gantée parcourt rapidement mon corps, elle tâtonne, palpe. Celle sur ma bouche pousse ma tête, me force à la renverser en arrière pour permettre à l'autre d'inspecter ma gorge, puis de descendre plus bas. Sa main glisse sur un de mes seins, puis l'autre, il les soulève tous les deux avant d'examiner mon ventre. Lorsque mes tétons durcissent sous la pression détestable et excitante du cuir, je commence à me tortiller. Tout en poussant un grognement, il cale sa cuisse massive entre mes jambes pour entraver mes mouvements. Il retire le pistolet de sa bouche et le pose sur une étagère au-dessus de ma tête.

— Arrête de bouger, grogne-t-il.

Ses gestes sont vifs et méthodiques, et je ne tarde pas à comprendre ce qu'il est en train de faire.

Donc il se pose la même question que moi tout à l'heure. Il se demande si je me suis fait tirer dessus d'une façon ou d'une autre. Mais je sais maintenant que ça n'est pas le cas. Son pouce glisse sur mon nombril, suggérant que l'examen pourrait se poursuivre encore plus bas.

Je m'empresse de secouer la tête. Ses yeux se plissent, puis il fait rouler son épaule gauche de façon expérimentale. Son expression de visage se contracte.

C'est lui. Il saigne. L'autre coup de feu...

Je ne vois pas de sang sur l'avant de son corps ni de trou dans sa veste de costume indiquant un point de sortie, donc la balle doit être encore là, quelque part. Sa mâchoire se crispe, et il semble irrité, mais pas excessivement. On dirait que ce type vient de tomber dans les bouchons sur la route du boulot, comme s'il s'agissait d'un truc agaçant, mais routinier pour lui.

Poussant un soupir méprisant, il appuie sur son oreille pour activer un écouteur que je n'avais pas remarqué jusque-là.

— Curse, des nouvelles ?

Je ne parviens pas à entendre ce que lui répond l'autre.

— OK. Aucun signe d'O'Malley ?

J'ouvre la bouche sous son gant en entendant mon nom de famille. C'est forcément de mon père qu'il parle.

Mais Elio m'ignore complètement, écoutant attentivement son mystérieux interlocuteur. Furieuse d'être ainsi exclue, j'ouvre encore davantage la bouche et referme brusquement la mâchoire, attrapant la pulpe de son majeur entre mes dents. Je sais que le gant doit amortir l'impact, mais je mords violemment, pourtant ce connard ne bronche même pas. Il se contente de hausser vers moi un de ses sourcils noirs tout en répondant à l'autre, lui disant d'embarquer les corps et de décamper.

Les corps ? Au pluriel ?

Elio baisse la main, retirant brutalement son doigt de mes dents, et je comprends ce que ça doit vouloir dire : plus personne n'est là pour m'entendre crier.

D'une voix chuchotante et brisée, je demande :

— Les corps de qui ? Où est mon père ?

Je peine à ravaler ma salive, puis je croise les bras sur ma poitrine.

— Trois sbires de la Camorra. Morts, maintenant.

— Et mon père ? Où est-ce qu'il est ?

— S'il a un tout petit peu de jugeote, il est en train de quitter le pays.

Quoi ?

— Non. Impossible. Il ne me laisserait pas ici. Et les hommes de Darragh Gowan vont bientôt arriver en renfort.

D'ailleurs, ils seront là d'une minute à l'autre. Vous devriez partir avant de prendre une autre balle dans le dos.

Je baratine, j'en ai bien conscience. Et je suis probablement super conne de menacer le célèbre Elio Titone de se faire descendre. Mais il ne semble pas particulièrement affecté par mes paroles. Il a une drôle d'expression de visage. Je ne sais pas trop si c'est un sourire en coin ou une grimace. À cause des marques sur son cou et sa mâchoire, sa bouche s'affaisse un peu plus d'un côté que de l'autre.

— Darragh le Fou n'enverra personne pour aider ton père à ce stade. Ni pour toi, d'ailleurs. La nouvelle commence à se répandre qu'O'Malley a tendance à piquer dans la caisse. Ton père a beau avoir remboursé l'argent qu'il a volé aux Irlandais, Darragh ne pardonnera jamais une trahison pareille. Et vu que les hommes de Sev étaient là ce soir, j'en déduis qu'il doit toujours du blé à la Camorra.

Il se penche vers moi, et son souffle vient chatouiller mon oreille et mon cou lorsqu'il murmure :

— À moi aussi, il en doit.

— Mais... vous m'avez sauvée ! dis-je en bégayant.

Pourquoi est-ce qu'il nous épargnerait, mon père ou moi, s'il lui doit tant d'argent que ça ? Elio Titone n'est pas connu pour sa miséricorde.

— Vous avez pris une balle pour me protéger !

— Je ne t'ai pas sauvée, marmonne-t-il d'un air sombre, si près de moi que ses lèvres frôlent le pavillon de mon oreille.

Il s'écarte pour que je puisse voir la noirceur impitoyable de son regard. Je suis terriblement consciente de sa longue cuisse dure qui appuie contre mon sexe, de la maigre protection que sont mes bras devant mes seins nus et couverts de sang.

— Je ne suis pas ton héros, Deirdre O'Malley. Je suis ton créancier.

Il m'adresse un sourire en coin, féroce, et c'est la chose la plus terrifiante que j'ai jamais vue.

— Et ce soir, je suis venu réclamer ce qui m'appartient.

Chapitre 4

Elio

C'est la première fois que je suis aussi proche de Deirdre O'Malley et voilà que je bande comme un taureau. Une chaleur irradie de sa chatte, me réchauffe la cuisse au rythme de sa respiration saccadée.

— Je ne vous appartiens pas, murmure-t-elle d'une voix éraillée.

— Maintenant, si.

Sa bouche se crispe, et elle secoue la tête encore et encore, comme si cela pouvait lui permettre d'échapper à la réalité. Je lui saisis la mâchoire pour forcer sa tête à rester immobile. Ses grands yeux s'arrondissent encore davantage. Il y a de la peur dans son regard. Mais aussi du défi.

— Laisse-moi t'expliquer clairement ta situation, dis-je.

Mon sang palpite violemment dans mon épaule blessée et dans ma bite.

— Ton père me doit beaucoup d'argent. Il avait jusqu'à la fin de l'année, l'année *dernière* donc, et il ne m'a pas rendu le fric. Maintenant, c'est à toi que cette dette est transférée.

La boule dans sa gorge délicate m'indique qu'elle ravale sa salive.

— On peut la rembourser. Vendre la maison...

— Ça suffira pas, dis-je dans un grognement.

— Ça suffira pas ? souffle-t-elle. Comment c'est possible ? Combien il vous doit ?

— Cinq virgule deux millions. Sans compter les intérêts.

Son visage déjà pâle blêmit encore davantage dans l'obscurité. J'ai presque envie qu'elle me contredise. Envie qu'elle m'ordonne de traquer son ordure de *papà* plutôt que de la piéger, elle qui est complètement innocente dans toute cette histoire.

Mais elle ne le fait pas. Elle est trop gentille, putain. Elle essaie de protéger l'homme qui aurait dû la protéger. *Mon doux petit rossignol. Je vais te mettre en cage.*

— Qu'est-ce que vous allez me faire ? Comment... comment vous comptez me faire payer ?

Elle tremble, et le défi dans son regard s'estompe pour laisser place à la terreur. Elle essaie de se cacher, se cramponne si fort à sa propre poitrine que les articulations de ses doigts ont la blancheur des os.

Je lâche sa mâchoire et décolle ma cuisse de son entrejambe. Elle lâche une exclamation de surprise, et l'absence de soutien manque de la faire tomber. Lorsque ses genoux se dérobent, je l'attrape par la taille et la redresse contre mon corps.

— J'ai beau être un connard au physique ingrat, crois-le ou non, je n'ai pas besoin d'une pute.

J'inspire tout contre ses cheveux, inhalant le délicieux arôme de vanille.

— Et je ne baise pas les rousses.

Elle reste silencieuse un moment, puis elle murmure :

— Alors qu'est-ce que vous attendez de moi ?

Qu'est-ce que j'attends d'elle, putain ? Ce n'est pas comme si je n'avais pas imaginé en faire ma pute. Imaginé le goût de sa chatte, ou ce que ça me ferait de la sentir enserrer ma queue, et tant pis pour ma règle concernant les rousses.

Je ne suis même pas sûr d'arriver à mettre des mots là-dessus. Sur ce désir ardent que j'ai pour elle. Quelque chose qui dépasse largement l'attirance physique.

— Il y a quelque chose en toi que j'ai besoin de comprendre, dis-je dans un murmure.

Quelque chose que j'ai vu sur ce balcon il y a un an et demi. Quelque chose dont j'ai été témoin à chacun de ses concerts de violon depuis lors, assis tout seul au dernier rang.

— Tu vas jouer pour moi jusqu'à ce que je comprenne ce que c'est.

— Jouer pour vous ?

Je relâche sa taille, et elle reste debout cette fois.

— Du violon, mon rossignol.

La perplexité, puis enfin la compréhension se cristallisent dans son regard.

— Vous voulez que je sois... votre musicienne personnelle ?

Je rectifie :

— Musicienne *à domicile*. Allez, on y va.

— Non. Pas question ! Je jouerai pour vous, mais je refuse de vivre avec vous !

— C'est pas une putain de négociation, dis-je dans un grognement.

Merda, mon épaule commence vraiment à me lancer. Au moins, ça commence enfin à me distraire de mon érection.

— Je ne peux pas. Je...

Je la coupe brusquement :

— Tu ne vas pas rester ici. Tu vas vivre sous mon toit jusqu'à ce que ta dette soit entièrement remboursée. C'est le marché que j'ai passé avec ton père. S'il ne rendait pas l'argent, je t'embarquais. Il ne l'a pas rendu. Donc maintenant, je t'embarque.

— Non, lâche-t-elle d'une voix rauque. Il ne ferait pas...

— Si, il l'a fait, lui dis-je d'un ton monotone.

Pour la première fois, je vois ses grands yeux s'emplir de larmes. Jusque-là, elle avait plutôt bien tenu le choc compte tenu de tout ce qui s'est passé. Mais les fissures commencent à se voir. Une seule et unique larme coule de son œil, et j'interromps sa course avec mon pouce. Avant qu'elle soit absorbée par le cuir, je le porte à ma bouche et savoure son délicieux goût salé.

Elle me fixe avec une fascination horrifiée, tellement choquée par mon geste qu'elle arrête de pleurer.

— C'est l'heure d'y aller, lui dis-je.

Étant donné que Curse et moi avons tué trois des hommes de Sev, ce n'est pas une bonne idée de rester ici. Il y a un risque que Darragh le Fou envoie lui aussi des soldats, et lorsqu'ils auront échoué à trouver O'Malley, c'est Deirdre qu'ils voudront. Tout comme moi. Ce sont des problèmes que je vais devoir gérer plus tard. Je récupère mon flingue sur l'étagère du haut, et lorsque Deirdre me voit faire, elle pince les lèvres et prend une inspiration tremblante.

Je ne braque pas le revolver sur sa tête. C'est inutile. Elle sait qu'elle n'a pas d'autre choix que de me suivre lorsque je l'escorte pour sortir de la cuisine. Si elle refuse de marcher, je la porterai, voilà tout.

C'est ce que je finis tout de même par faire lorsque nous

arrivons face au désastre du salon, et cette fois-ci, je la tiens tranquillement contre mon torse.

— Posez-moi par terre ! Je vais marcher, dit-elle en luttant pour se dégager de mon étreinte.

« Le verre », est la seule réponse que je lui fais. Elle n'a plus de chaussures, et le sol de cette pièce n'est qu'un chaos scintillant d'éclats tranchants.

— Je m'en fous. Je préfère m'ouvrir les pieds, siffle-t-elle.

Je sens que ça me fait sourire. Mon petit rossignol irlandais a du cran, c'est certain.

Je l'étreins plus fermement alors que je traverse la pièce à grands pas, et sors par la porte d'entrée.

— Tu m'appartiens, désormais, mon rossignol. Et je ne laisserai personne abîmer ce qui m'appartient. Pas même toi.

Chapitre 5

Elio

Dehors, j'aperçois mon frère Accursio. Même si personne ne l'appelle par son vrai prénom hormis ma tante et mon oncle. Pour le reste du monde c'est Curse, l'assassin le plus redouté de la famille Titone, aussi meurtrier que la peste. Lorsque j'approche avec Deirdre, il est en train de mettre le corps du type que j'ai descendu dans le coffre de l'Escalade noire, à côté des deux autres. Il claque le coffre et se tourne vers nous.

Il sait pourquoi nous sommes venus ici ce soir. Il sait que Deirdre est à moi. Mais lorsque ses yeux sombres s'abaissent, si brièvement pourtant, sur le haut de son corps nu, la jalousie me noue les entrailles.

C'est un sentiment absurde. Curse est l'homme en qui j'ai le plus confiance. Mon seul et unique frère. Il sera mon *consigliere* lorsque j'aurai entièrement pris les rênes de cette famille. J'ai littéralement bravé les flammes pour lui, et l'argent ne peut pas acheter la loyauté qu'on s'assure avec un acte pareil. Et d'ailleurs, il n'a jamais été intéressé que par une seule fille, même s'il ne l'a pas revue depuis notre enfance en Sicile. Et pourtant, même en sachant tout ça et en voyant qu'il n'y a pas la moindre convoitise dans son regard, j'ai envie de le cogner pour avoir seulement posé les yeux sur elle.

Je passe à côté de lui pour rejoindre mon propre SUV noir ; je le déverrouille et j'ouvre la portière avec Deirdre dans les bras. Mon épaule hurle lorsque je l'installe sur le siège passager. La façon dont elle tremble ne m'échappe pas, alors je secoue les épaules pour ôter ma veste et la lui tends. Elle la fusille du regard comme s'il s'agissait d'un serpent venimeux. Je me souviens de son commentaire, qu'elle préférerait s'ouvrir les pieds plutôt que d'être portée par moi, et je comprends qu'elle est trop fière, ou trop en colère, pour accepter quoi que ce soit de ma part à ce stade.

Mais il est trop tard pour ça. J'ai déjà financé le satin qui retombe en lambeaux autour de sa taille. Financé les chaussures égarées quelque part dans la neige. Financé toute sa putain de vie au cours de l'année et demie qui s'est écoulée, par l'intermédiaire des millions que j'ai prêtés à son père.

Je baisse les yeux vers elle, aussi fixement qu'elle regarde la veste ; nous restons tous deux immobiles, bloqués dans une impasse.

J'ai envie de dire « OK » et de laisser tomber. La laisser avoir froid. La laisser être fière et me mettre un vent, même si elle est nue et tremblotante, même si ce monde n'a absolument plus rien à lui offrir sans moi. Qui en a quelque chose à foutre, qu'elle prenne cette veste ou pas ? Qu'elle ait suffisamment chaud ?

Moi, apparemment.

Dio, aidez-moi. Même si ce serait bien la première fois.

Je me penche sur elle, et elle esquisse un mouvement de recul, voûtée contre le siège en cuir. Je passe ma main derrière sa nuque, la forçant à s'avancer suffisamment pour pouvoir glisser la veste entre sa colonne vertébrale et le siège. Elle est crispée sous ma main, met déjà toute sa force vers l'arrière pour s'écarter de moi. Je lâche. Cette brusque absence de soutien lui arrache un cri de surprise, et l'arrière de sa tête rebondit sur l'appui-tête capitonné. J'attache les boutons de la veste devant elle, et mes yeux remarquent le sang étalé partout sur sa peau pâle et parfaite. *Mon* sang.

Je suis envahi par un sentiment sinistre de satisfaction, pervers et brûlant, en voyant la façon dont je l'ai marquée. La façon dont je l'ai tachée. Dont j'ai saigné pour elle et saigné sur elle.

Je suis sur le point de claquer la portière à côté d'elle lorsqu'elle glisse sa main entre les revers de ma veste, allonge le bras vers moi et referme ses doigts autour de mon poignet.

— Attendez ! s'écrie-t-elle. Mon violon !

— Je t'en achèterai un neuf.

Je lui achèterai tout le matos qu'il faut, l'équivalent de tout un orchestre si ça me permet de la comprendre. De comprendre son emprise sur moi.

Mais elle secoue la tête et semble subitement si triste que ma mâchoire se crispe.

— Je ne peux pas le laisser là. Ça prendra pas longtemps. Je sais exactement où il est – sous une table, dans le salon. *Je vous en prie*, chuchote-t-elle.

Alors je repense à ce jour d'été caniculaire, à ce qu'O'-Malley a dit, et je me souviens.

C'était celui de sa mère, m'a-t-il dit.

Et comme si on m'appelait au combat, je me redresse et fais volte-face en direction de la maison.

Le violon appartenait à sa mère.

Et maintenant que je m'en souviens, moi non plus je ne peux pas le laisser là. Je suis peut-être un connard bardé de cicatrices, un monstre, un assassin disposé à priver Deirdre de sa liberté même.

Mais je ne suis pas disposé à faire ça.

Je suis trop sentimental avec les trucs qui concernent les mamans. Ma seule putain de faiblesse.

Ceci dit avec Deirdre dans ma voiture et son regard brûlant braqué dans mon dos, je commence à me demander si c'est vraiment ma seule faiblesse.

— Garde un œil sur elle, dis-je à Curse dans un grognement.

Je lui jette mes clés.

— Allume le chauffage côté passager.

Mon frère attrape mes clés au vol en hochant la tête, tandis que j'avance à grandes enjambées vers la maison pour récupérer le violon. À chaque pas, je lutte pour rester ici, dans le présent, au cœur de l'hiver canadien plutôt que dans celui de l'été sicilien. Mais je n'arrive pas à me défaire de cette impression de retour vers le passé. Que c'est ma propre mère que j'essaie d'aller chercher cette fois-ci, plutôt que l'instrument de celle de quelqu'un d'autre.

Pourtant ce n'est ni ma mère disparue depuis longtemps ni le violon que je trouve. C'est un quatrième soldat de la Camorra, en train d'avancer furtivement dans le salon. L'arme à la main, je suis plus rapide que lui et le neutralise en lui tirant dans la rotule. Il hurle, s'effondre, et du sang gicle entre les doigts de sa main gauche alors qu'il lève son flingue tremblant de la main droite.

Ne souhaitant pas me prendre une autre balle ce soir, je dégomme le flingue directement dans sa main. L'arme, ainsi que trois doigts, tombent par terre.

— Enculé de... putain de... Merde ! s'exclame-t-il, le souffle coupé.

Il se tord de douleur, essayant d'agripper sa main et son genou en même temps.

— Dis-moi pourquoi t'es là, dis-je en m'accroupissant près de lui.

— Putain de merde.

Son regard, voilé par la douleur, se focalise sur mon visage.

— Elio Titone ? Qu'est-ce que vous vous foutez là ?

Je ne connais pas ce soldat, mais lui me connaît. N'importe quelle personne équipée d'un demi-cerveau sait qui je suis dans cette ville.

— Je viens chercher mon dû. Maintenant, réponds à ma question.

Je crois qu'il va se chier dessus devant moi. Peut-être même perdre connaissance. La bouche métallique de mon pistolet appuyée sur son front l'aide à reprendre ses esprits.

— Putain ! Pour O'Malley. Il doit beaucoup de thunes à M. Serpico.

— Combien ?

Son visage se déforme lorsque j'augmente la pression de mon flingue sur sa peau.

— Tirez pas ! Huit cents briques.

Ça ne me fait même pas sourciller. J'en ai déjà eu pour 5,2 millions de dollars, alors je ne suis plus à huit cent mille près.

— Je vais te laisser en vie pour que tu puisses transmettre un message à Sev.

J'accentue encore la pression du pistolet pendant une seconde, puis je l'écarte, laissant un cercle blanc sur son front qui vire rapidement au rouge.

— Dis à ton boss qu'il aura son argent. Avec les compliments de La Cosa Nostra.

— Vous... vous allez rembourser la dette d'O'Malley ? demande-t-il, la respiration sifflante.

— Ce n'est plus sa dette maintenant. C'est celle de sa fille.

Je ne rentre pas plus dans les détails que ça. Je le laisse saigner par terre et en me relevant, repère le violon et l'archet sous la table, exactement là où elle a dit qu'ils se trouveraient. Tout en ramassant les objets, je prends note mentalement d'informer Deirdre que sa dette vient d'atteindre la coquette somme de six millions de dollars.

Chapitre 6

Deirdre

L'homme qu'Elio a appelé Curse m'observe du siège conducteur avec une intensité silencieuse, un flingue sur les cuisses. Quelque chose m'est familier dans son regard. Je sais qu'Elio Titone a un frère cadet, et je me demande si c'est lui. Tous les deux ont les mêmes épais cheveux noirs, mais à part ça ils ne se ressemblent pas tellement. Si Curse n'était pas tatoué de partout, il ressemblerait à une statue de la Renaissance qui aurait pris vie, avec son visage ciselé comme celui d'un ange.

Un ange déchu, sans l'ombre d'un doute.

Lorsque je n'en peux plus de soutenir son regard, je tourne la tête vers la vitre côté passager et fixe la porte d'entrée de la maison, en attendant qu'Elio apparaisse. La chaleur qui émane du siège chauffant se diffuse le long de mes jambes tremblantes et de mon dos raide, faisant écho à la chaleur corporelle sur la veste d'Elio lorsqu'il m'a forcée à l'enfiler. J'aurais dû l'arracher à la seconde où il a quitté mon champ de vision. La laisser tomber sur la neige, histoire de la bousiller encore plus que l'ont fait la balle et le sang.

Mais une étrange part de moi avait aimé la sensation de la veste, si chaude contre ma peau couverte de chair de poule. Et si je ne l'avais pas prise, je serais nue de la taille jusqu'à la tête à présent, sans rien d'autre que mes bras pour me couvrir. Je resserre légèrement la veste sur moi, frissonnant de nouveau, mais cette fois avec un plaisir étrange, abject, sous la caresse de la doublure en soie qui glisse sur ma peau. L'odeur d'Elio m'englobe, la même que dans le cellier – une eau de Cologne exquise et probablement hors de prix qui s'entremêle avec le sang, le cuir, et les notes masculines légèrement plus prononcées d'une fragrance musquée.

Enveloppée dans sa veste et dans son parfum, je le vois sortir par la porte d'entrée. Je devrais ressentir de l'effroi, mais je ne peux m'empêcher d'éprouver un immense soulagement en voyant qu'il a trouvé le violon de ma mère. Il le tient par le manche dans une main, et l'archet dans l'autre. Ils semblent petits empoignés ainsi par ses gants de cuir noir ; on dirait presque des jouets.

J'ai déjà remarqué que les vitres étaient teintées de l'extérieur. Impossible qu'il me voie d'où il est, et pourtant, son regard transperce le verre. C'est comme s'il pouvait voir à l'intérieur de moi, comme si même mes pensées les plus intimes lui appartenaient désormais.

Sous le clair de lune éclatant qui inonde sa silhouette, je l'étudie, essayant de mémoriser et de comprendre chaque détail, de savoir exactement à qui j'ai affaire. Il est si grand – il doit faire au moins un mètre quatre-vingt-quinze – et bâti comme une putain d'armoire à glace. Sa chemise noire habillée épouse la surface dure et les courbes de ses muscles. Je me force à lever les yeux vers son visage et je suis désormais certaine que ces deux-là sont frères. Ce n'est pas seulement à cause des cheveux et des yeux, il y a aussi quelque chose dans leur attitude, une puissance qui émane d'eux par vagues vénéneuses.

Elio arrive à l'angle du côté conducteur et Curse sort pour libérer la place, comme un petit frère qui cède sa place à l'aîné. Curse aussi est costaud, mais lorsqu'Elio s'installe sur le siège, l'espace dans le SUV semble brusquement plus petit. Elio accapare tout – même l'air qui emplit l'espace.

Il dit deux-trois choses à Curse, et le cœur battant à tout rompre, je le dévisage. C'est le côté gauche de son cou et de sa mâchoire qui est abîmé, donc je ne parviens pas à voir la peau marbrée d'où je suis. Je le regarde attentivement alors qu'il dit à son frère cadet de s'assurer que « Morelli est bien à la maison ».

Je laisse mon regard parcourir sa mâchoire inflexible, le trait abrupt de ses pommettes, le nez impertinent. Il n'est pas beau comme Curse au sens classique du terme. Je me rappelle ce qu'il m'a dit dans l'obscurité, qu'il était un connard au physique ingrat, mais ce n'est pas ce que je vois. Il est saisissant. Pas d'une beauté raffinée, mais il y a quelque chose de si brutal et décomplexé dans ses traits que je n'arrive pas à détourner les yeux de son profil.

Curse s'éloigne vers son propre véhicule – un véhicule dont le coffre est rempli de cadavres. Mon estomac fait un bond lorsqu'Elio me tend le violon et l'archet. J'essaie de faire abstraction de tout le reste pour trouver du réconfort au contact familier du bois, des cordes.

Mais impossible de faire abstraction d'Elio Titone. Surtout lorsqu'il se tourne vers moi dans l'habitacle sombre de la voiture. Je me tends en me rappelant la façon dont il m'a touchée dans le cellier. Ses mains sur ma gorge, sur mes seins.

Il ne me touche pas. Ne dit pas un mot. Il se contente

d'attraper la ceinture près de ma tête, la tire vers le bas par-dessus ma poitrine et mes cuisses, puis l'attache.

Il vient de me kidnapper dans une tempête chaotique de coups de feu et de sang, et maintenant il s'inquiète de savoir si je suis bien attachée ?

Il est toujours silencieux lorsqu'il enclenche la marche avant et commence à conduire. Et soudain, l'histoire de la ceinture a plus de sens, car Elio conduit comme un *cinglé*. C'est absurde, mais je me demande s'il a mis de bons pneus neige lorsqu'il sort comme une balle de notre allée pour s'engager sur la route.

Quoique ce n'est peut-être pas si absurde, étant donné ce qui nous est arrivé, à maman et moi. Mais ce n'était pas nous qui roulions vite en ce lointain jour d'hiver. Pas comme ça, pas comme Elio.

Je décrète qu'il a certainement mis des pneus neige, étant donné l'excellente tenue de route du véhicule sur les routes glissantes.

C'est dingue à quel point cette pensée est bassement terre à terre. Je me demande si c'est un mécanisme de défense. Si, en me concentrant sur des choses telles que les ceintures de sécurité et les pneus neige, je peux faire en sorte que tout ceci soit un peu moins réel.

Mais ça l'est, pourtant.

C'est bien réel.

Je suis en train de me faire enlever par l'un des hommes les plus violents de cette ville, de ce pays. La vie que je pensais avoir a disparu, peut-être pour toujours.

Non. Ce n'est pas définitif. Papa va me trouver.

Il ne faisait pas partie des corps étendus dans le coffre de Curse. Avec un peu de chance, je lui ai permis de gagner suffisamment de temps pour trouver un moyen de tout arranger. Je n'arrive toujours pas à croire ce qu'Elio m'a dit :

que mon propre père m'a vendue. Je n'arrive pas non plus à croire qu'il aurait pu voler de l'argent à Darragh.

Mais s'il ne l'avait pas fait, pourquoi aucun des hommes de Darragh n'est venu nous aider ?

C'est trop pour moi, de penser à tout ça. Je préfère me concentrer sur le paysage, le contempler afin de savoir où Elio m'emmène. Un frisson me parcourt lorsque j'imagine où je pourrais atterrir. Dans un entrepôt ? Une cellule de prison ? Quelque part où personne ne pourra m'entendre crier.

Mais il a dit musicienne à domicile...

Sa maison.

Je ne me fais pas d'illusions. Je pourrais toujours finir dans un entrepôt ou pire en un rien de temps si Elio décide qu'il en a fini avec moi.

Nous faisons cap vers le sud, dans Toronto même, laissant derrière nous mon quartier de Thornhill. Je me demande si nous allons dans le centre-ville. Je m'autorise à lancer de petits coups d'œil vers Elio, et je constate à quel point l'arrière de sa chemise est imbibé de sang.

— Votre épaule, dis-je à voix basse.

Il garde les yeux rivés sur la route, même s'il ne conduit qu'avec une seule main gantée de cuir sur le volant. Sa main gauche repose mollement sur sa cuisse.

— Tu t'inquiètes pour moi ?

— Ce qui m'inquiète, c'est qu'à force de perdre du sang vous allez tomber dans les vapes et nous tuer tous les deux, dis-je d'un ton sec sans pouvoir m'en empêcher.

Je me plaque la main sur la bouche, en me fustigeant intérieurement. Ce n'est pas malin de répondre à un Titone, et je m'attends au retour de bâton.

Mais celui-ci ne vient pas. Au lieu de quoi, Elio émet un petit rire sombre, brusque.

— Il y a déjà trop d'hommes qui veulent ma peau. Je ne compte pas leur faciliter la tâche en m'en chargeant moi-même.

Je le regarde d'un air interdit. Il s'est fait tirer dessus. Il saigne méchamment de l'épaule et de toute évidence, il est incapable de se servir de sa main gauche pour le moment. Et pourtant, il semble complètement imperturbable. Il tient le volant de façon détendue et maîtrise la route avec aisance, alors même qu'il roule deux fois plus vite que la vitesse autorisée.

Je bringuebale sur mon siège lorsqu'il prend un virage serré.

Incapable de me retenir, je m'écrie :

— Vous roulez trop vite !

— C'est lent pour moi, mon rossignol. Prends ça comme une faveur que je te fais, vu que tu n'es pas encore habituée. Ça viendra, bientôt.

Ces derniers mots ne présagent rien de bon, et j'essaie de ne pas trop réfléchir à ce qu'ils signifient.

Je demande :

— Vous n'avez même pas peur de vous faire arrêter ?

Il éclate de rire à nouveau, un genre d'aboiement incré-dule. C'est comme si je venais de lui demander s'il n'avait pas peur que le père Noël le mette sur la liste des enfants pas sages. Comme si c'était quelque chose de complètement absurde.

Je tombe dans le silence, sans trop savoir pourquoi j'ai lancé la conversation à l'origine. Je reporte mon attention sur le monde extérieur. Nous passons devant Edward Gardens et nous engageons sur Brindle Path, l'une des rues les plus chères de l'une des villes les plus chères du pays.

Je ne suis jamais venue dans ce quartier, mais je sais exactement où nous sommes. *L'allée des millionnaires.* Un quartier luxuriant et isolé constitué de vastes manoirs sur d'immenses terrains. Je n'ai même pas l'impression d'être à Toronto lorsque nous passons devant des maisons aux allures de châteaux sur des domaines entiers qui ne sont rien qu'à eux. Ma maison est grande, mais rien à voir avec celles-ci.

Nous avançons dans la rue avant de tourner dans une longue allée sinueuse. Des arbres gigantesques forment une voûte de chaque côté, projetant des ombres sur l'allée luisante qui est comme une route à elle seule. Malgré les congères de neige de chaque côté, le chemin est parfaitement dégagé et salé ; le clair de lune se réverbère sur sa surface noire et lisse comme sur des eaux calmes.

Nous progressons si loin au milieu des arbres que la route principale disparaît. Je me mordille la lèvre inférieure, sentant que je m'enfonce de plus en plus dans un piège. Que je me dirige vers les Enfers et que je n'en réchapperai jamais.

Un portail immense se dessine au loin, gardé par un type tatoué dans une loge. Elio ne s'arrête pas, ne ralentit pas, et je retiens mon souffle, persuadée que nous allons nous écraser en plein dans le fer forgé, mais ça n'arrive pas. Le portail coulissant s'ouvre latéralement et l'homme de la cabine nous adresse un signe de tête respectueux au moment où nous entrons.

Je me contorsionne sur mon siège, les yeux rivés vers le portail qui se referme derrière nous. Des barreaux noirs qui fendent la nuit et me séparent de là d'où je viens.

De tout ce que je connais depuis toujours.

Je fais volte-face vers mon nouvel avenir alors qu'Elio coupe le moteur et marmonne d'un air sombre :

— Bienvenue à la maison.

Chapitre 7

Deirdre

La maison.

Cette bâtisse n'a rien à voir avec les autres maisons que j'ai pu voir dans ma vie. Peut-être à la télé, ou dans un magazine d'architecture, mais pas dans la vraie vie. Elle est gigantesque, une imposante structure géométrique de verre et de métal. Des rectangles au-dessus de rectangles qui scintillent dans la forêt dense de la propriété. Confusément, je me demande à quelle distance se trouvent les voisins les plus proches. Comme s'il pouvait lire dans mes pensées, Elio me dit que la maison la plus proche appartient à son oncle Vincenzo, le chef de la *famiglia*, où il vit avec sa femme Carlotta et sa fille Valentina.

Le fait qu'il a deviné à quoi je pensais me donne l'impression que je ne suis même plus en sécurité dans ma propre tête, et soudain je ne supporte plus d'être si près de lui. Je détache ma ceinture et force sur la portière pour l'ouvrir, tout en tenant maladroitement mon violon et mon archet dans mes bras, en regrettant de ne pas avoir l'étui avec moi. Mes pieds se heurtent à la chaussée glaciale, et je me souviens que je n'ai plus de chaussures. Mais je refuse qu'on me porte cette fois.

Elio ne s'y essaie même pas. Il se contente de sortir de la voiture et de m'observer depuis l'avant du véhicule.

Il n'est pas le seul à m'épier. Deux soldats de la mafia sont postés devant l'immense porte d'entrée en métal de la maison.

— Tu vas t'enfuir ? demande Elio.

Il juche sa hanche contre le capot du SUV et s'appuie de côté dans une posture nonchalante, comme s'il s'en fichait pas mal. Mais son regard le trahit. Il est intense. Affamé. Il me montre la vérité du chasseur prêt à frapper derrière l'apparence détendue.

— Non, lui dis-je.

Pour aller où ? Dans la forêt, sans chaussures, où ses hommes me débusqueront en un rien de temps ? Non, il faut que je sois plus maline que ça. Que je reste en sécurité, en vie, jusqu'à ce que j'arrive à trouver un autre plan. Je lève le menton et soutiens son regard, luttant contre une irrépressible envie de danser d'un pied sur l'autre. J'ai tellement froid aux pieds qu'ils me font mal, mais je me focalise sur la douleur. Elle me permet de m'arrimer à quelque chose.

Elio semble satisfait de ma réponse et se redresse. Il lève le bras droit comme pour me signifier de passer devant lui. Je ravale péniblement ma salive, puis j'avance vers la porte.

Les yeux des soldats devant l'entrée ne sont pas tournés vers moi, mais vers Elio. Ils attendent le moindre signal de leur patron, à l'affût des plus subtiles et des plus silencieuses instructions. L'un des hommes tape un code puis ouvre la porte. Je m'en veux de ne pas avoir pris note de quels chiffres il s'agit.

J'ai un moment d'hésitation sous l'immense embrasure

de la porte, prise d'une panique qui me dit que je devrais peut-être m'enfuir finalement. Si je passe cette porte, il n'y a plus de retour en arrière possible, et je le sais.

Mais Elio est dans mon dos, sa chaleur transperce la veste et s'infiltre dans mon échine. J'ai horreur de ce contraste si saisissant avec la douleur que m'inflige le froid. Il fait de son corps une sorte de réconfort cruel, quelque chose auquel une terrible part de moi aimerait s'abandonner. Je m'empresse de faire un pas, passant la porte juste pour m'éloigner de lui.

Sauf qu'évidemment, il me suit. La porte se referme dans un fracas étouffé et je sursaute, manquant de lâcher mon violon. Une part de moi se demande encore pourquoi Elio est reparti le chercher, et je le serre contre ma poitrine, cherchant un peu de réconfort dans ma nouvelle prison.

Si c'en est une, c'est une prison magnifique. Le hall d'entrée est massif, dallé d'énormes pierres grises naturelles. À gauche, j'aperçois une vaste salle à manger où trône une longue table en bois madré aux contours naturels. À droite, se trouve un immense espace de vie avec cuisine ouverte. Et droit devant moi, un escalier en fer menant à un étage de mauvais augure.

Elio me saisit le bras et se dirige vers les marches.

Alors que je lui emboîte le pas en titubant, je demande :

— Où est-ce qu'on va ?

Ses jambes sont bien plus longues que les miennes, aussi nos pas ne sont pas coordonnés. Je ne serais pas surprise qu'il ait l'habitude de monter les marches deux par deux.

— À l'étage, grogne-t-il, et je lui décoche un regard acerbe de côté.

Sans déconner, on va à l'étage. Ce que j'aimerais savoir, c'est ce qui nous attend là-haut.

Mais il y a une nouvelle forme de tension dans la mâchoire d'Elio, dans ses sourcils froncés. Je suis un tout petit peu à la traîne, et alors que je pose le pied sur la tache humide de la marche en dessous de lui, il me hisse à son niveau, et je remarque à quel point il saigne encore. Cette blessure est enfin en train de l'affecter. Ça lui donne l'air un tout petit peu plus humain.

Et me fait ressentir une pointe de culpabilité.

J'essaie de m'en défaire. S'il n'était pas venu chez moi pour me *kidnapper*, il ne se serait pas fait tirer dessus.

Mais s'il n'avait pas été là...

Je serais probablement morte à l'heure qu'il est.

— Pourquoi vous avez risqué votre peau pour moi ? dis-je à voix basse.

Je ne m'attends pas vraiment à ce qu'il me réponde, mais je le regarde quand même. Sa mâchoire se crispe encore davantage, puis il force son visage à adopter une expression plus neutre.

— Je te l'ai déjà dit, tu m'appartiens maintenant, mon rossignol. Tout ce qui te concerne. Ça inclut ta vie, aussi.

— Est-ce que ça veut dire que vous allez finir par me la prendre ?

J'arrête de marcher, et Elio aussi. Les yeux baissés vers moi, il est encore plus immense que d'habitude sur la marche du dessus. Son regard dur me parcourt tout entière – mon visage et mes cheveux ébouriffés, sa veste qui tombe sur mes épaules, ma robe tachée de sang qui n'est plus qu'une jupe à présent, mes pieds nus visqueux à cause du sang.

— J'ai beau être un monstre, je ne tue pas les jolis petits rossignols dans ton genre.

— Vous n'arrêtez pas de m'appeler comme ça. Pourquoi ?

Je n'ai jamais rencontré ce type de ma vie avant ce soir, et pourtant il veut que je sois sa violoniste personnelle. Il sait que je joue, mais comment ? Je suis douée, mais pas une pro qui remplit des salles de concert. Je ne suis pas une musicienne réputée dans cette ville. Et même si j'étais musicienne professionnelle, il me faudrait une vie entière – et même *plus* qu'une vie – pour récupérer 5,2 millions, sans compter les intérêts. Ça n'a aucun sens.

— Tu poses beaucoup de questions, grommèle-t-il.

Toujours accroché à mon coude, il tire. Je fais un pas bancal pour arriver à son niveau. J'ai envie de lui dire qu'il n'a rien vu. Que j'en ai encore à peu près un million qui tourbillonnent en moi, tambourinent à l'intérieur de mon crâne pour qu'on les laisse sortir. Mais je sens que ce n'est pas le bon moment pour les poser, alors j'essaie d'être simplement reconnaissante d'être indemne et encore en vie.

Nous sommes si proches comme ça qu'à chaque inspiration irrégulière, ma poitrine cachée par la veste touche la sienne.

— Vous devriez aller à l'hôpital, dis-je.

Et voilà que la culpabilité est de retour. Encore et toujours cette culpabilité. Cette culpabilité qui ne m'a jamais quittée depuis la mort de maman, qui s'intensifie, se densifie et s'enlaidit, alors que je regarde Elio saigner. Je devrais être totalement indifférente à ce qui lui arrive, mais ça n'est pas le cas. Et je me déteste pour ça.

Il émet un petit rire sombre. C'est une version plus silencieuse de son rire dans la voiture, lorsque j'ai évoqué la possibilité qu'il se fasse arrêter par la police pour excès de vitesse. Apparemment, aller à l'hôpital est tout aussi excentrique dans son monde que d'être confronté à la police.

Je prends note.

— Inutile. Morelli est là. Mais bien essayé.

Pendant que nous continuons à monter les marches, j'essaie de comprendre ce qu'il entend par là. Mais c'est peine perdue. J'ai l'impression que mon cerveau est en bouillie.

Une fois que nous sommes en haut des escaliers et commençons à avancer dans un long couloir recouvert de parquet, je renonce à essayer de deviner :

— Comment ça ?

— C'est bien vu d'essayer de me virer de ma propre maison quand tu y es.

Je cligne des yeux. Je n'avais même pas pensé à ça. Que s'il se rendait à l'hôpital et passait sur le billard, il ne serait pas ici avec moi.

— Ouais, c'est ça. À tous les coups, vous m'embarqueriez là-bas avec vous, c'est tout, dis-je en poussant un soupir d'amertume.

J'ai mal à la tête.

Je garde les yeux rivés droit devant moi, mais j'entends le léger sourire dans sa réponse :

— Quel petit oiseau futé. Suffisamment pour essayer de m'échapper. Et encore plus d'avoir compris que ça n'arrivera jamais.

— Pourtant ça arrivera, pas vrai ? Si je rembourse la dette ?

Il se fige à ces mots, et sa poigne sur mon bras m'interrompt dans ma lancée. Il me tire et me retourne pour que je sois face à lui. Il n'y a plus l'ombre d'un sourire, et son regard froid et plissé ravale le mien.

— Tu as six millions de dollars sous la main ?

Abasourdie, je m'écrie :

— Six ? Ce n'est pas ce que vous avez dit tout à l'heure !

— C'était avant que j'hérite des huit cent mille dollars que ton père doit à Severu Serpico. D'ailleurs, ajoute-t-il en resserrant sa prise sur mon bras, je vais probablement devoir lâcher deux cents briques de plus à la Camorra pour les trois hommes que j'ai tués ce soir, histoire d'éviter une putain de guerre. Donc tu peux ajouter ça à ton ardoise virtuelle.

Je ravale péniblement ma salive, refusant de laisser les larmes m'emplir les yeux. Je ne peux même pas vendre la maison toute seule – elle est au nom de mon père, et à ce stade je ne serais pas surprise qu'elle soit carrément hypothéquée. Je pourrais vendre tout ce que je possède, mais ça ne représenterait même pas une fraction de la somme. Et puis je n'ai aucune de mes affaires avec moi de toute façon. Tout ce que j'ai, c'est ce violon, et les vêtements en charpie que j'ai sur le dos. Pas d'argent, pas de téléphone.

Oh putain.

Je fais légèrement basculer mon poids pour vérifier qu'il est là, et en effet. Dans la poche de la robe, un petit rectangle qui bute contre ma cuisse.

Les robes à poches sont des putains de miracles.

C'est toujours ça de pris. Un lien avec le monde extérieur. Même si ça ne règlera pas le problème de cette dette qui plane au-dessus de ma tête.

Une pensée sombre me retourne l'estomac, et je n'ai même pas envie de la dire à voix haute, mais je le fais quand même :

— Il existe des moyens pour les jeunes femmes comme moi de gagner beaucoup d'argent rapidement.

Ses narines se dilatent.

— Je te l'ai déjà dit : je n'ai pas besoin d'une pute.

Je me hérisse.

— Qui vous dit que ce serait vous, le client ?

Curieusement, son regard s'assombrit encore tout en flamboyant plus intensément à la fois. Je lâche un petit cri de surprise alors qu'il me force à reculer contre le mur. Sa cuisse ferme se retrouve une fois de plus entre les miennes, m'obligeant à écarter les jambes. Le cuir lisse de ses gants trouve ma mâchoire, coince mon visage de telle sorte que je ne peux regarder que lui.

— Qu'est-ce que tu n'as pas compris tout à l'heure dans « ta vie m'appartient » ? grogne-t-il. Tout ce qui est à toi est à moi désormais. Les fringues que tu as sur le dos, que j'ai déjà payées. Le téléphone dans ta poche qui, au passage, ne te servira pas à grand-chose ici.

Sa voix devient de plus en plus en rauque, de plus en plus brute.

— Chaque cheveu sur ta jolie petite tête, chaque respiration que tu t'avises de prendre, chaque air de musique dans ta putain d'âme. *Tout. Est . À. Moi.*

Il augmente légèrement la pression de sa cuisse contre moi. Et alors qu'une chaleur éclate dans toute ma colonne vertébrale, il se penche pour me chuchoter à l'oreille :

— Et ça inclut ce qui se trouve entre tes jambes.

Une palpitation ardente, méprisable, me parcourt. Mes tétons fourmillent contre sa veste tandis que je repousse violemment son torse avec mes coudes, essayant de protéger le violon et l'archet.

— Je croyais que vous ne baisiez pas les rousses, dis-je d'un ton caustique.

Son commentaire m'avait semblé tellement bizarre tout à l'heure, mais je m'y raccroche à présent comme à un canot de sauvetage.

— Exact, dit-il entre ses dents. Mais ça ne veut pas dire que je ne buterai pas tous ceux qui essaieront de toucher ce qui est à moi.

Mes entrailles se contractent sous l'effet d'une autre pulsation perfide. Mon cœur bat si vite que j'ai l'impression d'être stone. Le souffle saccadé, je me contorsionne sous son emprise, mais chacun de mes gestes ne fait qu'intensifier la friction entre mon clitoris et sa cuisse, à tel point que je me mets à brûler de désir. Un désir ardent, inavouable, et *désespéré* ; j'ai besoin de quelque chose, mais je n'ai aucune idée de ce dont il s'agit, putain.

De plus de pression. Peut-être même de douleur.

Qu'on me délivre de tout ça.

Et c'est la délivrance que j'obtiens – littéralement. Elio me relâche et se redresse lorsqu'une voix crie son nom à l'autre bout du couloir. L'homme qui l'a interpellé est grand et mince, avec des cheveux gris et des lunettes rondes perchées sur le nez. Ses manches sont relevées, et il est en train de se sécher les mains sur une serviette d'un blanc immaculé comme s'il venait de les laver.

— Allez, dit Elio.

Il ne m'attrape pas par le bras cette fois, mais pose sa main ferme dans le bas de mon dos.

— C'est l'heure de ton premier concert.

Chapitre 8

Elio

———

Elio, dit Morelli avec un signe de tête lorsque Deirdre et moi entrons dans ma chambre.

Je grogne un « Doc » en guise de réponse.

Le docteur Tommaso Morelli est l'une des rares personnes qui m'appellent par mon prénom au lieu de « patron » ou « M. Titone ». C'est un droit qu'il a mérité. Je n'avais pas encore de poils pubiens qu'il recousait déjà mes égratignures. Quand j'avais quatorze ans, c'est lui qui a pansé mes brûlures, m'a gavé d'antibiotiques, et m'a remis en assez bon état pour qu'on puisse partir de chez nous à Taormina pour migrer au Canada. Il a fini par nous accompagner. Plus aucun d'entre nous n'était en sécurité en Sicile, et comme c'était le meilleur ami de mon oncle Vincenzo, il était grillé de par son lien avec notre famille, donc pour lui non plus ce n'était plus sûr.

Ceci dit, les choses ont plutôt bien tourné pour lui. Il gagne deux fois plus en travaillant pour notre famille que les chirurgiens esthétiques les plus convoités de cette ville, et tout ce qu'il a à faire est de se tenir disponible pour extraire une balle ou raccommoder un coup de couteau de temps en temps. Il a aussi rencontré sa femme ici, et ils ont aujourd'hui deux jumelles qui sont adultes, Lucia et Giulia.

Un brancard a été monté de l'infirmerie principale au rez-de-chaussée, et je suis en train de m'installer dessus lorsqu'il me demande en italien :

— La fille ?

Nous la regardons tous les deux, et je vois ce qu'il voit. Une jeune femme avec une robe déchirée, imbibée de sang.

Étant donné que Morelli préfère converser dans cette langue, je lui réponds également en italien :

— Elle va bien. Ce n'est que mon sang.

Il avait près de quarante ans lorsqu'il a quitté Taormina, donc apprendre l'anglais a été plus dur pour lui que pour Curse et moi.

— Tu connais la routine, dit-il en enfilant une paire de gants en latex. Enlève la chemise.

Je déboutonne le vêtement de la main droite, essayant de garder mon bras gauche immobile. Je fais cela sans jamais quitter Deirdre des yeux. Elle m'observe en silence dans un coin de la pièce. Il y a de la méfiance dans son regard, amplifiée par mon petit moment de folie dans le couloir, quand j'ai fourré ma cuisse entre ses jambes en lui disant que sa chatte m'appartenait.

Ça doit être à cause de tout le sang que j'ai perdu. Je perds complètement les pédales, tout mon self-control. Mais je ne m'attendais pas à ce qu'elle me défie comme ça. À ce qu'elle insinue qu'elle allait se mettre à faire le tapin juste pour pouvoir se libérer de moi.

Même maintenant, cette idée me fait grincer des dents et serrer les poings.

Morelli remarque que j'ai arrêté de me déshabiller et fronce les sourcils vers moi.

— Tu veux que je découpe la chemise aux ciseaux ?

Forçant mes mains à se détendre, je réponds par la négative et défais les derniers boutons. C'est principalement ma main droite que j'utilise pour retirer le vêtement bousillé de mon corps.

Alors que je le balance sur le côté, le souffle coupé à l'autre bout de la pièce ne m'échappe pas. J'adresse à Deirdre un petit sourire en coin forcé, puis je hausse les sourcils pour la mettre au défi de ne pas détourner le regard.

Et à sa décharge, elle ne le fait pas. Ses yeux descendent de mon cou, suivant la longue corde de tissu cicatriciel qui ravage mon épaule et le haut de mon bras sur le côté gauche. Ces brûlures ne sont même pas les pires – ce sont mes mains qui sont les plus atteintes. Même moi, je n'arrive pas à regarder mes propres mains. Pas pour ce qu'elles ont fait, ou qui elles ont tué. Mais à cause de celle qu'elles n'ont pas pu sauver.

Toujours en mouvement, les yeux de Deirdre s'éloignent des marques laissées par le feu pour se poser sur des cicatrices plus récentes. Des coups de couteau et des impacts de balles que Morelli a refermés consciencieusement au cours de ces vingt dernières années au Canada. Des années passées à me battre avec un putain d'acharnement aux côtés de mon oncle pour que les Titone deviennent autre chose. Une *famiglia* qu'il s'agit de redouter, au lieu de celle qui a dû fuir sa terre natale au beau milieu de la nuit.

Morelli travaille rapidement sur mon dos ; il nettoie le sang de ma peau, désinfecte, et examine la blessure. Il sait bien que ça ne sert à rien de me proposer de la morphine – je ne l'accepte jamais. Je ne me dérobe pas à la douleur. Je la respire. Je la consume, la laisse m'emplir de rage jusqu'à ce qu'elle devienne une partie de moi. Jusqu'à ce qu'elle forme une nouvelle cicatrice. C'est une sorte de pénitence. Parce que je suis en vie et pas elle.

J'étouffe un sifflement lorsque Morelli commence à repêcher la balle derrière mon épaule. Deirdre pince tellement les lèvres qu'elles ne sont plus qu'une ligne mince, exsangue. Son visage est blême, mais elle ne détourne pas la tête.

Cet enfoiré de Morelli est observateur. Il l'a toujours été. Je ne sais pas exactement ce qu'il voit dans mon regard pendant que je dévisage Deirdre, mais lorsqu'il sort la balle d'un coup sec et la laisse tomber sur un petit plateau en métal, il me donne une pichenette à l'arrière de la tête et déclare sévèrement :

— Pas de baise ce soir. Tu as perdu trop de sang.

Reniflant de dépit, j'ai envie de lui rétorquer que je n'ai jamais perdu trop de sang pour ça, mais c'est sans intérêt. Je n'ai pas amené Deirdre ici pour la baiser, n'en déplaise à ma bite réfractaire.

Je l'ai amenée ici pour qu'elle joue pour moi.

— Je t'ai dit que c'était l'heure de ton premier concert, dis-je en anglais, grimaçant lorsque Morelli entame les sutures. Alors, commence à jouer.

Deirdre sursaute, comme si elle était perdue dans ses pensées et ne s'attendait pas à ce qu'on lui parle. Morelli se joint à la discussion avec un accent très prononcé, hochant la tête tout en continuant à travailler :

— Ah, *si*. La belle musique, c'est bon pour la guérison. Apaisant.

La musique de Deirdre n'a jamais eu d'effet apaisant. Pas sur moi. Elle m'électrise. Quand elle joue, j'ai l'impression que mon cœur a rampé hors de mon putain de corps et j'ai besoin de comprendre pourquoi.

Je répète :

— Joue.

D'une main tremblante, elle remonte les manches béantes de la veste sur ses bras et lève son violon, posant l'archet sur les cordes. Mes doigts se referment sur le bord du brancard où je suis assis et je me penche vers l'avant, à tel point que ça tire sur les sutures et que Morelli me réprimande.

C'est la première fois que je suis si proche d'elle pendant qu'elle joue. Trente-quatre ans et je suis pratiquement en train de retenir mon souffle comme un gosse surexcité.

Cette respiration contenue s'échappe sous la forme d'un soupir lorsqu'elle me sort les notes de *Twinkle Twinkle Little Star* comme un automate.

Je la réprimande :

— Pas comme ça.

Elle plisse les yeux vers moi, sourcils froncés.

— C'est le premier morceau qui m'est venu à l'esprit.

Morelli a presque fini derrière moi ; il panse la blessure avec une bande épaisse qui passe sous mon bras et fait le tour de mon épaule. Je me laisse glisser du brancard. Il marmonne que je devrais porter une écharpe, mais il sait que je ne le ferai pas. Il nettoie, pose ses outils sur le brancard, puis le sort de ma chambre en le poussant. En partant, il me rappelle en italien de ne pas oublier ce qu'il m'a dit à propos de la baise.

Je commence à marcher puis m'arrête devant Deirdre, en conservant un espace entre nous.

— Joue autre chose.

Ses yeux balaient la pièce à toute vitesse. Elle s'humecte

les lèvres, et cette langue rose attire mon regard comme du métal sur un aimant.

— *Joue pour moi.*

— C'est juste que... c'est juste que je n'aime pas jouer devant un public ! bégaie-t-elle.

— Je sais de source sûre que ce n'est pas vrai, dis-je.

La confusion ravage ses traits. Elle ne sait pas que j'assiste à tous ses concerts de violon depuis un an et demi. Je ne lui donne aucune explication. Ne prends pas la peine de lui expliquer que je l'ai déjà vue jouer plus d'une douzaine de fois. Que je sais qu'elle est toujours raide et nerveuse au départ quand elle arrive sur scène, mais qu'ensuite elle ferme les yeux et laisse la musique prendre le dessus. Lorsque ça se produit, c'est comme si le public tout entier disparaissait, qu'il ne restait plus qu'elle et moi dans la salle.

Tout comme maintenant.

Joue ce morceau que ta maman adorait, ai-je envie de lui dire. Cette ballade que j'ai entendue sur son balcon et que je n'ai jamais revécue depuis. Oh, j'ai écouté le morceau – certains soirs je mets cette foutue chanson en boucle jusqu'à ce qu'elle s'intègre aux battements de mon cœur. Mais je n'ai pas entendu Deirdre la jouer depuis ce jour d'été. *An Eala Bhàn.* Je n'essaie même pas de le prononcer à l'irlandaise.

Je comprends déjà que je n'obtiendrai pas ce que je cherche ce soir. Le visage de Deirdre est pâle sous ce soupçon de taches de rousseur, et elle tremble. Je vois ce que cette nuit lui a fait, ce que moi je lui ai fait, alors je me force à lâcher l'affaire pour le moment.

— Je reviens tout de suite, lui dis-je. Reste ici. À mon retour, je te montrerai ta chambre.

Juste avant de me diriger vers la salle de bain attenante à ma chambre, je parcours ce qui reste de distance entre nous et passe le bout de mes doigts recouverts de cuir sur sa mâchoire, jusqu'à ce que ses yeux bleus rencontrent les miens.

— Ne pense même pas à essayer de t'enfuir, mon rossignol. J'ai des soldats postés partout autour de cette maison.

Un éclair fuse dans son regard, mais elle hoche tout de même la tête contre mes doigts.

Chapitre 9

Deirdre

Elio disparaît dans une énorme salle de bain attenante. Il laisse la porte ouverte, et j'entends le son de l'eau qui coule. Pendant son absence, je fais rapidement le point sur mon environnement. Nous sommes dans une chambre gigantesque – probablement la sienne. Tout comme le reste de la maison, la pièce est en pierres grises et en bois naturels, avec quelques touches de fer noir. Le lit est immense, – plus grand que tous les King sizes que j'ai vus dans ma vie – sa structure rectangulaire et métallique. C'est un espace frais et propre, qui paraîtrait presque industriel sans la couleur chaude du bois et certains détails étrangement chaleureux. Des détails tels que les étagères près du lit, garnies de livres sur la politique, l'histoire, l'art et...

La musique.

Il y a toute une étagère consacrée à des ouvrages sur la musique, les musiciens et la théorie. Certains livres sur l'opéra et autres musiques traditionnelles sont manifestement en italien, mais mon estomac se décroche lorsque je remarque que l'essentiel des étagères dédiées à la musique sont occupées par des ouvrages sur le violon. Sur des maîtres de violon, sur des luthiers, des livres sur comment jouer du violon, d'un niveau amateur à avancé.

Qu'est-ce qui se passe réellement ici ?

Peut-être qu'Elio a une sorte d'obsession pour la musique, en particulier le violon, et c'est pour ça qu'il me veut. Mais il y a des musiciens bien plus talentueux à Toronto qu'il aurait pu choisir, des violonistes profession-nels qu'il aurait pu se contenter d'engager au lieu d'enlever une amatrice le jour de son vingtième anniversaire à minuit tapant.

Près des étagères, le thème de la musique continue de dominer l'espace. Il y a un énorme système de son intégré dans le mur, et je me rends vite compte qu'il y a des haut-parleurs ambiophoniques dans le plafond et dans les coins de la pièce. Il y a aussi une platine vinyle et une petite étagère de CD. Les CDs ne me semblent pas à leur place ici. Elio ne semble pas être du genre à s'adonner à une tech-nologie légèrement dépassée. J'ai le sentiment que ce serait plus de passer les disques vintage les plus anciens et les plus chers qui existent, ou bien d'écouter de la musique dématé-rialisée. Je ne m'approche pas suffisamment pour voir de quels albums il s'agit, et qu'il a, pour une raison qui m'échappe, collectés au format CD. À la place, je m'efforce de continuer à balayer la pièce du regard pour comprendre exactement à quoi j'ai affaire.

Il y a quatre portes permettant de sortir de cette pièce. L'une d'entre elles est la porte par laquelle nous sommes arrivés depuis le couloir. Juste en face se trouve celle de la salle de bain, restée ouverte. Un coup d'œil rapide m'ap-prend qu'Elio demeure hors de vue, et j'entends toujours l'eau qui coule. Je me demande s'il a enlevé ses gants pour faire ce qu'il est en train de faire, puis je me rappelle de rester concentrée.

Les deux autres portes, une à ma droite et une à ma gauche, sont fermées. Je suppose que l'une d'entre elles est un placard. Peut-être la pièce en a-t-elle deux ? Ça ne me semblerait pas déconnant venant d'un titan de la mafia excessivement riche.

Donc, pour le moment, la porte de sortie la plus sûre est celle par laquelle nous sommes entrés. Sauf qu'il a des hommes postés partout. Il me l'a dit lui-même. Je penche la tête par la porte, et constate qu'un homme entièrement vêtu de noir est planté en haut de l'escalier qu'Elio et moi avons emprunté tout à l'heure.

Merde.

Lorsque je me redresse et me retourne vers la chambre, mon téléphone bute contre ma cuisse. Il m'a dit qu'il ne serait d'aucune utilité ici – est-ce que ça signifie qu'il n'y a pas de réseau ?

Je garde les yeux rivés sur la porte entrouverte de la salle de bain tout en posant délicatement mon violon et mon archet, puis je sors doucement mon téléphone de ma poche.

J'ai envie de pleurer de soulagement en voyant que mon réseau est à bloc. Et que j'ai environ vingt-cinq textos non lus de Willow. Un rapide coup d'œil aux derniers messages me confirme que ce qu'Elio m'a dit au sujet de mon père est au moins partiellement vrai.

00:48 : *qu'est-ce que ton père a foutu bordel ???? il s'est mis tout le monde à dos putain !!! pas étonnant que la moitié de la clique habituelle soit pas venue ce soir. Apparemment, Darragh est en train de retourner Toronto pour le retrouver. ET TOI AUSSI !!! T'ES OÙ PUTAIN ???*

00:49 : *Mon père flippe parce qu'on était chez toi ce soir. S'il découvre que je t'envoie des messages, je peux dire adieu à mon téléphone. Si ça arrive, je trouverai un autre moyen de te contacter.*

00:51 : *stp, dis-moi que tu vas bien*

Il est 1h38 du matin à présent et je n'ai rien reçu d'autre de sa part, ce qui me laisse à penser que Paddy lui a probablement pris son téléphone. Willow est une battante, et c'est impossible qu'elle ait arrêté de m'envoyer des messages dans une situation pareille.

Je prends une inspiration tremblante et me rappelle qu'il n'y a de toute façon rien qu'elle puisse faire pour moi dans l'immédiat. C'est plus sûr pour elle de rester à l'écart. De toute évidence, ma famille est à présent complètement blacklistée par le chef de la mafia irlandaise. Darragh Gowan n'est pas du genre à oublier et certainement pas à pardonner. On ne l'appelle Darragh le Fou sans raison, et ce n'est pas parce que c'est un gars déjanté style roi de la fête.

Papa, t'es où bordel ?

L'idée qu'il puisse arranger les choses, qu'il soit seulement encore en vie, me paraît de plus en plus improbable. J'ai envie de pleurer de nouveau, mais pas de soulagement cette fois. Je me passe une main rageuse sur les yeux et avant de pouvoir me convaincre de ne pas le faire, je compose le 911.

Je plaque le téléphone si fort contre mon oreille que ça me fait mal. Lorsque l'opératrice répond avec un « Services d'urgence 911, avez-vous besoin d'une ambulance, de la police ou des pompiers ? » ?, sa voix me semble beaucoup trop forte dans cette pièce. Avec un frisson, je remarque que l'eau a cessé de couler dans la salle de bain. Je me retourne et me courbe, essayant d'être aussi discrète que possible.

Je chuchote « La police », le cœur au bord de la gorge. Un instant plus tard, une autre voix me répond à l'autre bout du fil, un homme cette fois.

— Services de police de Toronto. Où êtes-vous ?

— Je... je ne sais pas. Brindle Path. Je ne connais pas l'adresse.

— M'dame, il va falloir que vous parliez plus fort, s'il vous plaît.

On dirait qu'il s'ennuie, comme s'il était presque agacé par mon silence.

Merde ! Comment est-ce que je suis censée m'exprimer quand l'homme qui m'a enlevée est dans la pièce d'à côté ? *Peut-être que tu devrais juste écouter plus attentivement, putain !*

Malgré ma frustration extrême, j'essaie d'étouffer mon chuchotement. Il en résulte une sorte de sifflement hésitant et criard.

— J'ai été enlevée. Je suis dans une maison de Brindle Path. Je vous en prie, j'ai besoin d'aide !

— Vous êtes seule ? Est-ce qu'il y a quelqu'un avec vous ?

Mes entrailles se glacent lorsqu'une immense main gantée se referme sur la mienne. Elio soulève ma main, ainsi que le téléphone, l'éloigne de mon oreille pour le placer devant son visage en étirant mon bras vers le haut. Son expression est indéchiffrable, sa voix douce, grave et indéniablement autoritaire, lorsqu'il dit :

— Elle n'est pas seule. Elle est sous la protection d'Elio Titone.

Il y a un silence à l'autre bout du fil. Mon cœur tambourine si violemment dans ma poitrine qu'elle me fait mal. Il bat si fort que je peine à entendre la réponse de l'officier.

— M. Titone ! C'est un honneur de vous parler, monsieur. Pas de soucis pour nous. Absolument aucun souci. Je vais raccrocher maintenant et vous souhaiter une agréable soirée.

Elio ne dit rien d'autre, et ma gorge se serre lorsque l'immanquable tonalité de fin d'appel se répercute dans l'air. L'incrédulité se mêle à la colère. Je n'arrive pas à croire que j'ai été abandonnée par tous ceux qui étaient spécialement censés me protéger.

La police.

Mon père.

Non. Je refuse de croire que mon père a renoncé à moi. Il a peut-être fait quelque chose d'incroyablement con, mais il est intelligent par nature. Je dois avoir confiance, confiance dans le fait qu'il va me sortir de là. Qu'il est toujours l'homme que j'ai toujours cru qu'il était. *Il le faut.*

— Je t'ai dit que ça ne te servirait à rien ici, dit Elio.

Pendant une seconde, je me demande s'il va fracasser mon téléphone. Ou moi peut-être. Mais au lieu de ça, il se contente de me le tendre. Je suis choquée par l'absence de violence de ce geste, mais je comprends instantanément que ce n'est pas un acte de charité. Ce n'est pas un cadeau qu'il me fait ou un rameau d'olivier qu'il me tend. Il me le rend parce qu'il est tellement putain de puissant qu'il se moque de qui je contacte, qui j'appelle, qui je supplie de m'aider. Je suis dans son monde maintenant. Sur son domaine, sous sa coupe.

Elle est sous la protection d'Elio Titone.

C'est ce qu'il a dit. *Protection.* Quel tissu de conneries !

Je fixe l'écran comme hypnotisée, effrayée de le prendre, effrayée de ne pas le prendre. Je ne sais pas ce qu'il pense ni ce qu'il veut en cet instant, et je suis trop épuisée pour essayer de le découvrir. Voyant que je ne bouge pas, Elio se penche vers moi et le glisse dans ma poche. Sa main posée sur ma hanche, si proche de mon entrejambe, fait monter l'adrénaline en moi. Ses cheveux noirs épais sont humides et en pagaille, ses mèches lisses et bouclées me frôlent la joue. Je frémis lorsqu'une goutte d'eau tombe sur ma mâchoire et me coule dans le cou, provoquant des frissons dans son sillage. Alors qu'il s'écarte, son souffle est comme l'air chaud d'un ventilateur sur ma peau. Il se redresse et me dévisage, son expression toujours indéchiffrable. Quelques mèches rebelles sous l'effet de l'humidité bouclent devant ses yeux qui sont comme deux charbons incandescents. Il est globalement vêtu de la même manière que tout à l'heure, l'oreillette et la chemise en moins – il porte un pantalon de costume et des chaussures habillées de couleur noire, ainsi que des gants en cuir. Le cuir n'a pas l'air mouillé. *Ce qui veut dire qu'il les enlève parfois.*

Une fois encore, tout comme lorsqu'il a enlevé sa chemise pour le médecin, je suis submergée par cette stature masculine et ferme. Au premier coup d'œil, ce sont les cicatrices qui attirent mon regard. Les entailles et les marques profondes, si nombreuses que je ne peux même pas les compter toutes. Puis il y a le rouge brutal et tumultueux des brûlures cicatrisées sur son épaule, son cou et sa mâchoire. Mais même avec ces cicatrices, il y a quelque chose de violemment et implacablement attrayant dans sa silhouette. Dans la flexion de ses muscles fermes parsemés de poils noirs qui me contractent l'estomac.

Mon Dieu, j'espère qu'il portera une chemise la prochaine fois que je le verrai.

Et que moi aussi j'aurai quelque chose sur le dos.

Quand il baisse les yeux, je me rappelle à quel point je suis dénudée. Sa veste est immense sur moi, et le devant boutonné jusqu'en haut tombe quelque part au niveau de mon nombril, offrant une vue plongeante sur mon décolleté. Tout en rabattant les revers de la veste d'un geste brusque, je me tourne et prends mon violon ainsi que mon archet.

Je demande d'un ton laconique :

— Vous avez parlé d'une chambre ?

Je n'ai pas particulièrement envie de voir dans quel recoin froid et sombre Elio prévoit de m'installer, mais à ce stade tout est mieux que d'être dans la même pièce que lui.

Son regard se tourne vers la porte près du lit. Celle dont j'ai supposé qu'elle débouchait sur un placard.

— Là-bas.

Je commence à paniquer à l'idée d'être enfermée dans un petit espace. Un placard minuscule et obscur juste à côté de son lit. Tout en secouant rapidement la tête, je trébuche en reculant. Elio m'ignore, se dirige vers la porte et l'ouvre.

Ce n'est pas un placard. Ce n'est pas une cellule de prison.

C'est *magnifique*.

Par l'embrasure de la porte, je ne vois pas grand-chose d'où je suis. Mais ce que j'arrive à distinguer me coupe le souffle. C'est une atmosphère complètement différente de l'aspect propre et presque minimaliste qui se dégage de la chambre d'Elio. Le plancher en bois brille, tellement lustré qu'il miroite de mille feux. Le grand lit que j'aperçois d'ici n'a pas de structure métallique, car c'est l'un de ces lits à baldaquin en bois que j'associe toujours aux princesses dans les films, surmonté d'épais draps cramoisis et d'environ une douzaine d'oreillers luxueux assortis aux coutures brodées de fils dorés. Des lampes sur pied de chaque côté du lit diffusent une lumière douce chatoyante. Debout près de la porte ouverte, Elio m'observe, il attend que j'entre.

Impossible d'esquiver, alors j'entre dans la chambre en passant devant lui. Le reste est tout aussi charmant et somp-tueux que le lit. Une autre porte est ouverte, m'offrant un aperçu d'une salle de bain étincelante. Je me retourne pour regarder le reste...

Et je m'immobilise.

Elio se tient dans l'embrasure de la porte, et de chaque côté de lui se trouvent des étagères et des étagères sur toute la longueur des murs, garnies d'ouvrages minces que j'identifie instantanément : des partitions. Et ça ne s'arrête pas là. Il y a un pupitre de musique, des cordes de rechange, des chiffons dépoussiérants, et un nombre incalculable de boîtes de colophane pour mon archet. C'est comme si quelqu'un avait fait une recherche sur Internet du type « de quoi ont besoin les violonistes ? », et avait ensuite acheté dix fois tout ce qui se trouvait sur la liste. Je pose mon violon et mon archet sur un joli petit bureau et j'essaie de digérer tout ça.

Est-ce que c'est Elio qui a fait ça ?

Je n'arrive pas à l'imaginer acheter ces objets, ni même faire quelque chose de vaguement ressemblant. Il dispose probablement de gens qui font ce genre de choses pour lui. Mais il aurait dû donner l'ordre au départ...

— Ça te plaît ?

Sa question me prend au dépourvu. Il est appuyé contre le chambranle de la porte, bras croisés.

— Qu'est-ce que ça change, que ça me plaise ou pas ? dis-je en soupirant, car oui ça me plaît, mais je ne veux aimer aucune des choses qu'il a à m'offrir.

Elio ne répond pas, et je relève le menton.

— Ça n'a aucune importance. Je ne compte pas rester ici longtemps.

Ses sourcils noirs se soulèvent en guise de défi moqueur.

— Ah non ?

Je force ma voix à rester stable, tout comme je m'efforce de croire pleinement aux mots que je prononce :

— Mon père trouvera un moyen de me sortir de là. Il a beau vous devoir de l'argent, il ne me laisserait jamais ici.

Elio soupire bruyamment, et son expression s'assombrit.

— Reste ici, murmure-t-il en faisant volte-face pour retourner dans l'autre chambre.

Tandis qu'il s'éloigne, mes yeux se posent sur le bandage dans son dos, celui qui couvre la blessure qu'il a reçue en s'interposant entre moi et le pistolet qui m'aurait tuée. Je me cramponne fermement à toutes les raisons pour lesquelles je devrais le détester. Histoire de ne pas retomber dans la culpabilité, de ne pas me soucier qu'il soit blessé.

Lorsqu'il revient, avançant dans la pièce comme un loup agité, il me tend une feuille de papier d'un geste brusque. Confuse, je m'en saisis, laissant mes yeux fatigués parcourir les mots.

Non.

C'est impossible.

Il s'agit d'un contrat. Un contrat dictant les conditions du prêt qu'Elio a accordé à mon père. Et dans l'espace près de la question concernant la garantie, écrit de la main de mon père, il y a mon propre putain de nom. *Deirdre Elizabeth O'Malley*. La signature de mon père est là, elle aussi, en bas du document, de même qu'un trait d'encre féroce qui doit être celle d'Elio. Entre les signatures, liant l'accord, il y a un cachet de cire rouge.

— Tu crois toujours qu'il va venir te chercher ? demande Elio.

Il y a de la cruauté dans sa question, une raillerie lugubre qui, j'ai honte de l'admettre, me blesse réellement.

— Vous êtes un monstre, dis-je en chuchotant.

Elio se contente de me reprendre le document des mains et l'enroule, désinvolte et professionnel.

— Je n'ai jamais prétendu le contraire. En fait, je suis à peu près sûr de t'avoir déjà dit que c'était le cas.

À travers une brume de larmes brûlantes, je fixe mes pieds. Le rouleau de papier pousse mon menton vers le haut, jusqu'à ce que mon visage soit incliné vers celui d'Elio.

— Ton père appartient à une catégorie de salaud que je connais très bien, dit-il à voix basse, et ses yeux sont comme deux trous noirs identiques. Je savais qu'il ne me rembourserait jamais quand je lui ai donné cet argent. Dès le début, je n'ai pas vu ça comme un prêt, mais plutôt comme un *investissement*.

— Pour quoi ? dis-je d'une voix rauque.

Je ne comprends rien à tout ça. Un investissement de plusieurs millions de dollars dans quoi ?

Il ne me répond pas. Il se penche encore plus vers moi, glisse mes cheveux derrière mon oreille et murmure :

— Joyeux anniversaire, mon rossignol.

Avant même que je puisse essayer de comprendre à quel genre de jeu il joue avec moi, il a disparu. La porte se referme doucement derrière lui, et je vois instantanément qu'il n'y a aucune possibilité de la verrouiller de ce côté.

Il y a des verrous dans cette maison. Des verrous, des murs et des barreaux.

Mais aucun d'entre eux n'est là pour me protéger. Ils sont là pour m'emprisonner.

Et Elio est le seul qui en détient la clé.

Chapitre 10

Elio

Il y a un verrou à la porte de Deirdre, mais je ne l'utilise pas pour deux raisons.

Premièrement, parce qu'elle n'ira pas bien loin même si elle ouvre la porte et tente de s'échapper de cette maison.

Et deuxièmement, parce que l'enfermer à clé là-dedans alors qu'il n'y a aucun autre moyen de sortir de sa chambre est merdique en termes de sécurité incendie.

Elle ne peut sortir que par ma chambre. Exactement comme je le voulais. Je suis dans ma chambre à présent, en train de l'arpenter de long en large ; j'ai une douleur lancinante dans l'épaule et ma nuque fourmille tant mon corps est conscient que Deirdre est dans la pièce d'à côté. La fille que j'ai épiée pendant un an et demi, dont la musique pénètre dans mes veines comme une drogue, est enfin là. J'ai planifié cette soirée pendant des mois.

Et malgré tout, ça ne s'est pas vraiment passé comme prévu. Il n'y aurait pas dû y avoir d'autres soldats ce soir.

Ce baltringue d'O'Malley. Il était censé rembourser intégralement sa dette à la Camorra grâce à mon argent, et non laisser encore huit cent mille dollars planer au-dessus de lui comme ça. Pour un comptable, il a les pires compétences en gestion financière que j'aie vues de toute ma putain de vie. Et pour couronner le tout, le trou qu'il devait combler à l'origine – celui qu'il a creusé en piquant dans la caisse de Darragh, raison pour laquelle il s'est endetté auprès de Sev à la base – a maintenant été découvert. Darragh le Fou est à ses trousses. Et probablement à celles de Deirdre. Même s'il n'arrivera jamais à la récupérer maintenant.

Ça devrait être plus facile de traiter avec Sev qu'avec Darragh. Payer les dettes d'O'Malley et ajouter un petit extra pour les hommes que j'ai tués devrait suffire à éviter une guerre. Et si Sev décide que ça ne lui va pas, je peux toujours essayer de négocier un accord avec l'un des autres clans de la Camorra. Contrairement à La Cosa Nostra, qui a une hiérarchie stricte, la Camorra est beaucoup plus décentralisée, avec plusieurs groupes puissants qui luttent tous pour être au pouvoir. Alors que les Titone sont la famille dirigeante de La Cosa Nostra à Toronto, il existe trois clans de la Camorra plus ou moins égaux qui sont actifs en Ontario. Au besoin, je peux monter l'un ou l'autre des autres clans contre Sev.

Darragh, ce sera un tout autre défi. Ce type est aussi rancunier qu'un Sicilien. Je ne vais pas pouvoir lui tendre un chèque pour l'écarter.

Severu et Darragh. Deux hommes excessivement riches et assoiffés de sang. Deux complications dont je n'ai pas besoin en ce moment.

Je n'aime pas les complications. En général, je les abats simplement d'une balle dans la tête. Ce qui n'est probablement pas la meilleure marche à suivre dans ce cas.

Mais malgré tout, malgré les pépins, les obstacles et le fait que ça a un peu merdé cette nuit, elle est avec moi.

Et finalement, c'est tout ce qui compte, bordel.

Mon esprit est de nouveau focalisé sur elle, à se demander ce qu'elle fait de l'autre côté de cette porte. À se demander si elle porte encore ma veste. Instantanément, je suis submergé par le besoin violent de récupérer cette veste quand elle en aura fini avec elle. Rien à carrer qu'elle soit couverte d'une croûte de mon sang coagulé. Rien à carrer qu'il y ait un impact de balle à l'arrière. Cette veste a touché sa peau nue, alors je vais la garder, putain. Je sors mon téléphone et utilise la dictée vocale pour envoyer un message à Rosa, notre gouvernante, pour l'informer de ne pas la jeter.

Ou de la laver. Plus jamais.

Je suis tiré de mes réflexions sur le nettoyage à sec – *Cristo santo*, sur le putain de nettoyage à sec, je n'aurais jamais cru voir ce jour arriver – par la voix de Curse :

— L'oncle Vinny est ici.

Je me tourne vers mon frère qui se tient sur le pas de ma chambre ouverte. Nous nous ressemblons par certains égards. Mesurant tous les deux plus d'un mètre quatre-vingt, – même si lui est un peu plus mince – nous avons les mêmes cheveux foncés et les mêmes yeux. Mais lui a hérité de toute la beauté de notre mère Florencia. Maintenant qu'il a vingt-huit ans, le visage de chérubin qu'il avait autre-fois a disparu pour laisser place à des angles durs et saillants. Il est aussi couvert de cicatrices, tout comme moi. Mais au moins, lui n'a jamais brûlé. Je m'en suis assuré.

Alors que je me dirige vers mon placard et attrape une chemise noire, mes doigts s'étirent et se replient à l'intérieur de mes gants. L'oncle Vinny a beau être essentiellement un prête-nom de nos jours, la plupart du pouvoir étant réellement entre mes mains, je sais qu'il ne tolérera pas que je me pointe à une réunion familiale à moitié déshabillé. Il va déjà probablement me tomber dessus à cause des hommes de Sev, donc je n'ai pas besoin qu'il me colle la migraine en prime en me soûlant avec ma tenue ou mon manque de bienséance.

— Où est-ce qu'il est ?

— Dans ton bureau. Tante Carlotta et Valentina sont là aussi.

— Il avait besoin d'amener les femmes ?

Est-ce que Zizi et Valentina, ma tante et ma cousine, ont vraiment besoin d'être présentes pour que j'informe l'oncle Vinny du nombre d'hommes qu'on a dézingués ce soir ?

Curse hausse les épaules.

— Tu connais Valentina. Maintenant qu'elle a dix-huit ans, elle insiste pour qu'on l'intègre aux affaires familiales. Et Zizi insiste pour faire le chaperon même si elle déteste tout ce merdier.

C'est un euphémisme. Zizi a tendance à froncer le nez et à ignorer les détails sanglants des affaires familiales. En revanche, ça ne lui pose aucun problème de dépenser les millions de dollars que ces mêmes affaires versent sur son compte en banque.

Je commence à boutonner ma chemise et pousse un juron en sentant la douleur lancinante dans mon bras gauche et la faiblesse de mes doigts. Je laisse mon bras inutile retomber sur le côté, en me rappelant le commentaire de Morelli au sujet de l'écharpe. Je commence à fermer les boutons en me servant uniquement de ma main droite, mais c'est beaucoup plus difficile à faire d'une seule main que de les défaire.

En un instant, Curse est dans la pièce. Pour un gars

presque aussi grand que moi, il ne fait aucun bruit. C'est en partie ce qui fait de lui un si bon tueur. Il se déplace comme un fantôme.

Il ne dit rien, et moi non plus, lorsqu'il se met à attacher les boutons d'une main experte. Je regarde ses doigts bouger avec rapidité et précision sur toute la longueur de ma chemise. Même quand je n'ai pas une blessure par balle dans le dos, ses doigts se déplacent plus aisément que les miens. Certains petits mouvements répétitifs, comme écrire avec un stylo, sont vraiment chiants à cause des tissus cica-triciels sur mes mains. Heureusement, je n'ai aucun problème pour me servir d'un flingue.

Alors qu'il attache le dernier bouton du haut, mon regard est attiré par le prénom tatoué sur ses deux séries de phalanges, une lettre sur chaque doigt et sur chaque pouce. F L O R E N C IA, suivi d'une fleur de frangipanier, la fleur de la Sicile, sur son auriculaire. Il me tapote ferme-ment la joue une fois qu'il a terminé et hoche la tête, et tandis qu'il me tourne le dos, je me demande quel genre de personne il serait devenu, quel genre de personnes *nous* aurions été, si le début de nos vies avait été différent. Si nous n'avions pas perdu ce que nous avons perdu.

Si notre connard de père était mort cette nuit-là plutôt que notre mère.

Mais ils sont tous les deux morts à présent, et il n'y a nulle part où aller sinon de l'avant. À moins qu'on ait envie que le passé ressurgisse et nous submerge, il faut continuer à mettre un pied devant l'autre, encore et encore, jusqu'à ce qu'on atteigne l'avenir qu'on désire, celui qu'on a bâti à force de sueur, de poudre à canon et de sang.

C'est ça, ou être six pieds sous terre.

J'emboîte le pas à Curse, qui sort de la pièce. En passant

devant la porte qui mène aux appartements de Deirdre, j'inspire un peu trop fort, et mon pouls est un peu trop rapide. Je fais abstraction de tout ça et me dirige vers l'escalier.

Une fois au rez-de-chaussée, Curse et moi passons devant plusieurs gardes qui nous adressent un signe de tête et chuchotent des salutations respectueuses, pendant que nous avançons vers mon bureau à l'arrière de la maison. La porte est ouverte, et j'aperçois déjà l'oncle Vinny, Zizi et Valentina à l'intérieur. Zizi et l'oncle Vinny sont installés dans les grands fauteuils en cuir devant mon bureau, tandis que Valentina se promène dans la pièce, inspectant les bibliothèques qui garnissent les murs.

C'est Valentina qui me voit la première, sa tête blonde se tourne à l'instant même où j'entre dans la pièce.

— Elio ! me lance-t-elle d'une voix chaleureuse, en contournant le bureau pour m'accueillir.

Bien qu'elle soit ma cousine, je la considère plus comme une petite sœur. Ses parents nous ont élevés comme leurs enfants, Curse et moi, allant même jusqu'à nous donner leur nom de famille. Ou peut-être ne nous ont-ils pas réellement donné le nom de Titone. Nous avons simplement repris le nom de *mamma*, celui d'avant son mariage avec l'homme qui causerait sa perte.

Valentina s'arrête net, laissant d'abord son père me saluer. L'oncle Vinny se lève du fauteuil et saisit mon visage de chaque côté. Je me penche pour l'embrasser sur les deux joues, avant de me retourner pour faire la même chose avec Zizi, puis Valentina. Même s'il est plus de deux heures du matin et que j'ignore si elles reviennent d'une fête du Nouvel An ou si elles se sont levées du lit pour l'occasion, Valentina et la tante Carlotta sont toutes les deux coiffées et apprêtées. Leurs cheveux sont parfaitement arrangés – le blond foncé naturel de Valentina éclairci par la décoloration, la teinture bordeaux foncé de Zizi. Leurs visages sont marbrés de toutes sortes de poudres roses, bronze et noires.

Elles adorent ces trucs, toutes les deux. Je ne serais pas surpris que ma cousine et ma tante assurent la survie de l'industrie cosmétique du Canada à elles seules. J'ai demandé à Valentina de m'aider à préparer les appartements de Deirdre – c'est elle qui a choisi toute la déco – et elle a rempli la salle de bain d'environ huit mille dollars de lotions et autres potions. Je suis assez perplexe que des savons et shampoings puissent coûter aussi cher, mais je sais qu'ils le sont, car tout a été prélevé sur ma carte de crédit.

D'un air absent, je me demande si Deirdre est déjà en train d'utiliser ces trucs dans la salle de bain. Si elle est nue et en train de se frotter ou si elle va rester un peu plus longtemps dans mon sang.

Je ne sais pas trop quelle idée m'attire le plus.

Je n'ai pas le temps d'y penser plus longuement. Maintenant que les salutations et les bises sont faites, mon oncle va droit au but :

— Alors, qu'est-ce qui s'est passé ce soir ?

Contrairement à Morelli, l'oncle Vinny parle couramment anglais et français, bien qu'avec un accent beaucoup plus prononcé que le mien. Quand nous nous sommes installés au Canada, nous vivions à Montréal, et mon oncle s'est efforcé d'apprendre les langues aussi rapidement que possible. Zizi a fait la même chose – elle a regardé des soap operas en anglais et en français à longueur de journée pendant des années pour apprendre. Je suis d'ailleurs quasi certain qu'elle les regarde toujours. Elle n'a juste plus besoin de sous-titres aujourd'hui.

Je me dirige vers mon bureau et m'installe sur la chaise

en cuir à haut dossier qui s'y trouve. Zizi se rassoit, tout comme l'oncle Vinny. Il est beaucoup plus petit que Curse et moi, qui avons hérité de la taille de notre père, et Vincenzo est le frère de ma mère.

« Était » le frère de ma mère. Ça a beau faire vingt ans, ça me semble toujours inapproprié parfois d'en parler au passé.

Mais même comme ça, même en faisant une tête de moins et assis dans un fauteuil, Vincenzo Titone occupe l'espace. À cinquante-cinq ans, il commence seulement à grisonner au niveau des tempes, le reste de ses cheveux étant toujours aussi noir que ceux de Curse et les miens. Et comme ceux de ma mère. Il a des yeux perçants, et c'est un homme bâti comme un taureau, large d'épaules et corpulent, affublé d'un costume parfaitement ajusté de Brunello Cucinelli.

Je réponds calmement :

— J'ai dû aller chercher quelque chose qui m'appartient.

Le front de l'oncle Vinny se fronce.

— Le blé que tu as prêté au comptable irlandais ? Comment il s'appelle déjà ?

— Jack O'Malley.

— Eh ben, tu l'as récupéré ?

Les yeux couleur miel de Valentina fusent vers les miens. Elle sait ce que je sais. Que je n'ai jamais vraiment eu l'intention de récupérer cet argent. Que c'est autre chose que je suis allé chercher, *quelqu'un* d'autre.

— Non, dis-je.

Mon épaule me fait un mal de chien. Tout comme ma tête. Alors comme tout homme raisonnable, je prends une bouteille de whisky sur l'étagère à côté de mon bureau. J'ai failli prendre du whisky écossais, mais j'opte pour un whisky irlandais au dernier moment en l'honneur de mon rossignol. J'attrape deux verres à whisky, je les remplis, puis hausse un sourcil vers mon oncle qui secoue la tête et pousse un grognement. Valentina tend le bras vers l'un des verres.

— Ce n'est pas une boisson appropriée pour une jeune fille, dit l'oncle Vinny en la fixant d'un regard sévère.

Valentina sourit, et j'aimerais dire que c'est un sourire aimable, mais ce n'est pas le cas. Elle saisit le verre et le tient en l'air comme pour adresser une sorte de salut joyeux.

— Si je suis en âge de me fiancer, je suis en âge de boire du whisky.

Je demande :

— Te fiancer ?

C'est la première fois que j'en entends parler. Mais alors que Valentina prend une gorgée de son verre, je remarque la bague monstrueuse à son doigt. Il faudrait être aveugle pour la louper – on pourrait voir ce truc depuis l'espace. Il y a un énorme diamant rose au centre entouré de deux cercles sertis de plus petits diamants roses, le tout monté sur un anneau en or rose incrusté d'encore plus de diamants roses. À mes yeux, ça ressemble moins à une bague qu'à un putain de cupcake, mais qu'est-ce que j'en sais ? Valentina aime le rose et les diamants, alors peut-être que ça lui plaît.

— Maintenant qu'elle a dix-huit ans, il est temps qu'elle fasse son devoir envers la *famiglia*, déclare l'oncle Vinny. En épousant un bon parti et en aidant à étendre l'empire des Titone.

Je regarde attentivement le visage de Valentina pendant que l'oncle Vinny parle, essayant de jauger ses réactions. Elle semble vaguement agacée, mais pas tellement contrariée. Ce n'est pas comme si elle n'avait pas été préparée à ça par ses parents depuis sa naissance, mais quand même, je veux m'assurer qu'elle n'est pas trop mécontente de son futur mari.

Je me souviens encore du jour de sa naissance. J'avais seize ans et c'était une petite chose toute ridée qui aurait pu faire effondrer la baraque avec ses cris. J'ai été la troisième personne à la tenir, et alors que mes bras d'adolescent dégingandé tâchaient maladroitement de la mettre dans une position confortable, elle s'est empressée de me chier sur la poitrine. Prenant ainsi sa place tout en lui disant subtilement d'aller se faire foutre. Je souris à ce souvenir.

Valentina est une force à ne pas sous-estimer, mais l'instinct protecteur qu'elle suscite chez moi est profondément enraciné, alors je demande :

— Qui est l'heureux élu ?

— Dario Fabbri, répond Zizi avec un grand sourire nerveux.

Ses yeux font des allers-retours rapides entre Valentina et Vinny. Elle a toujours pris le rôle de la médiatrice, à essayer d'arrondir les angles entre son mari puissant et la tête brûlée qui lui sert de fille.

— On l'annoncera après l'anniversaire de Valentina cet été.

Maintenant je comprends mieux pourquoi Valentina ne semble que légèrement contrariée par tout ça. Elle a beau n'avoir que dix-huit ans, elle pourrait écraser un gars comme Fabbri sous son talon sans aucun problème. Mielleux et maigrichon, ce type a les cheveux qui se dégarnissent et une voix nasillarde qui me tape sur le système chaque fois que je l'entends à la télé ou à la radio. Mais son père possède l'une des plus grandes entreprises de promotion immobilière du pays, et il vient d'être élu au conseil municipal de Toronto. Donc, d'un point de vue strictement professionnel, je peux comprendre la logique de cette union.

J'ai la tête qui bourdonne de protestation rien qu'à l'idée de me taper les braillements de ce putain de Dario Fabbri lors des futures réunions de famille. Je prends une gorgée de whisky, et Valentina m'imite, comme pour signifier qu'on est dans le même bateau tous les deux.

— *Basta* ! Assez parlé des fiançailles. Je veux savoir ce qui s'est passé ce soir.

Les yeux de l'oncle Vinny sont braqués sur moi.

— Tu n'as pas récupéré l'argent, et maintenant on a trois soldats de la Camorra morts sur les bras.

— J'ai obtenu ce que je voulais, dis-je avec un haussement d'épaules, ce que je regrette instantanément puisque ce geste tire sur mes sutures.

— Tu as obtenu ce que tu voulais ? Quoi donc, une putain de balle dans le dos ? insiste l'oncle Vinny.

— La fille d'O'Malley, dis-je.

Impossible d'esquiver. Il le découvrira tôt ou tard.

Les sourcils noirs de mon oncle se soulèvent d'étonnement.

— T'es en train de me dire que t'es sur le point de déclencher une guerre avec la Camorra pour une *puttana* d'Irlandaise à taches de rousseur ?

Il se retourne pour regarder Curse.

— C'est la fille que Darragh veut aussi ?

Curse acquiesce d'un signe de tête depuis sa position près de la porte. Rouge de colère, mon oncle se tourne de nouveau vers moi.

— Donc, on va avoir Severu Serpico et ce putain de cinglé d'Irlandais sur le dos juste parce que tu voulais te taper une putain de chatte irlandaise bien serrée ?

Je fixe mon oncle du regard, en serrant violemment mon verre. Trop violemment. Je dois tout à l'oncle Vinny et à Zizi. Ils auraient pu nous abandonner, Curse et moi, nous laisser mourir en Sicile après la trahison de mon père, s'ils l'avaient voulu. Mais ils ne l'ont pas fait. Ils nous ont emmenés avec eux à Montréal, nous ont élevés comme leurs propres enfants. Ils nous ont offert une nouvelle chance dans un nouveau pays, un pays que nous plions, lentement mais sûrement, à notre volonté. J'ai plus de respect pour mon oncle que la plupart des hommes en ont probablement pour leurs pères. Et pour la première fois de ma vie, j'ai envie de l'étrangler.

Je ne le fais pas. Au lieu de quoi je pose ma boisson, me relève et garde un ton calme et meurtrier en disant :

— Deirdre O'Malley est à moi désormais. Elle va rester ici avec moi et j'en ferai ce qui me plaira. C'est non négociable. S'il y a des conséquences, j'y ferai face.

Je ralentis le tempo pour que mes prochaines paroles ne laissent aucune équivoque.

— Mais la seule chose que je refuse de faire, c'est laisser *qui que ce soit* l'emmener de cette maison.

Les narines de mon oncle frémissent, et sa mâchoire se crispe. Il est en rogne – ou plutôt *fou de rage* – à cause de ce que j'ai fait et parce que je suis en train de lui tenir tête. Mais il comprend que ça ne sert à rien de discuter avec moi. Il me connaît trop bien, sait quel genre de détermination je possède quand je me rapproche de ce que je désire, et ce que je désire, c'est Deirdre. De plus, je suis son héritier. Son bras droit. Je suis ce qui se rapproche le plus d'un fils aîné à ses yeux, et la tante Carlotta ne peut plus avoir d'enfants. Il m'a confié de plus en plus de pouvoir au fil des années, et il sait que si je le voulais, je pourrais renverser toute l'organisation, déclencher une guerre dans nos propres rangs. Une guerre dont je sortirais vainqueur.

Une voix féminine rompt le silence tendu qui accueille mes paroles :

— Elle est ici en ce moment ?

C'est Valentina qui a posé la question. Je hoche la tête sans la regarder. Du coin de l'œil, je la vois quitter la pièce. Zizi claque de la langue d'un air anxieux, pivote sur sa chaise et tente d'interpeller Valentina, sans succès.

Je me tourne vers mon bureau et j'ouvre l'un des tiroirs.

— Maintenant, si vous voulez bien m'excuser, dis-je avant de prendre une dernière gorgée de whisky et de saisir un stylo. J'ai un chèque plutôt conséquent à faire à Severu Serpico.

— D'accord, déclare fermement mon oncle, tout en se levant pour partir. Tu pourras lui donner au gala demain soir. Il va pointer sa belle gueule, aucun doute là-dessus. En espérant que ce ne soit pas pour faire un putain de bain de sang.

J'avais oublié ce fichu gala. Il y a toujours des événements sociaux sur notre calendrier, et ça implique généralement un tas de riches connards trinquant à notre tout dernier don de bienfaisance. Des événements comme celui-ci sont une façon de rappeler à cette ville que les Titone sont capables de donner autant qu'ils prennent. Je ne sais même pas en quel honneur est le gala de demain. Ce sont Zizi et Valentina qui planifient toujours ces trucs. Je me contente de rédiger les chèques.

— Ça se passe au Musée des beaux-arts de l'Ontario. Pour la nouvelle aile qu'on a financée, me rappelle Zizi.

Je décide de ne pas commenter le fait que c'est débile de planifier un gala le soir du 1ᵉʳ janvier et que tout le monde sera probablement en gueule de bois. C'était probablement l'idée de Valentina. Elle déteste quand les fêtes ou les vacances se terminent et veut toujours prolonger les choses aussi longtemps que possible. Un Nouvel An 2.0.

Les baisers d'adieu sont brefs et formels. Je connais

assez bien ces deux-là pour savoir, à en juger par leur langage corporel, que Zizi est terriblement anxieuse et que l'oncle Vinny est toujours furax. Mais au bout du compte, mon oncle me fait confiance. Il sait que j'abats le boulot quand c'est important.

Une fois qu'ils sont partis, Curse s'approche de mon bureau. Je m'assois, saisis mon carnet de chèques et commence à griffonner une série de zéros après le chiffre un.

— J'ai pas eu l'occasion de t'en parler plus tôt. Mais j'ai des infos sur O'Malley.

Mon stylo s'arrête net. Je lève les yeux vers Curse.

— Et ?

— Et on dirait bien qu'il a bazardé ses cartes de crédit et son téléphone. Mais l'un de mes contacts à l'Aéroport Pearson m'a prévenu qu'il vient d'acheter un billet de dernière minute en liquide, à destination des Bermudes. Le vol part dans..., il consulte sa montre, dix-huit minutes.

Mon frère me regarde.

— Tu veux que je l'empêche de monter dans l'avion ? Je peux passer un coup de fil.

Les Bermudes. Jolie petite île. Et aussi un paradis fiscal. Je me demande quelle quantité d'argent O'Malley a planquée là-bas. De l'argent qu'il utilise pour sauver sa peau plutôt que celle de sa propre putain de fille.

Je suis furieux au nom de Deirdre, furieux qu'il puisse l'abandonner ici. Mais même si je suis en colère, je ne suis pas surpris. C'est quelque chose qui m'est également arrivé, une histoire que je ne connais que trop bien. L'image de mon père tournant le dos aux flammes, tournant le dos à sa propre putain de famille, est tellement gravée dans mon cerveau que je peux me la remémorer à la perfection.

Il ne s'est retourné que pour me regarder une seule fois.

Il s'est retourné pour constater que son fils aîné était au milieu des flammes. Il m'a vu enfoncer à coups de poing la porte en feu d'un Curse âgé de huit ans, faisant fondre ma propre putain de peau pour sauver son fils cadet comme il aurait dû le faire.

Il m'a réellement vu, putain. M'a vu brûler et me battre pour notre famille. Entendu *mamma* hurler et Curse pleurer. Il était planté au cœur du carnage que sa propre trahison avait engendré, a chuchoté « *Dio me pardoni* », tourné les talons et s'est enfui.

Ce n'est pas Dieu qu'il aurait dû supplier de lui accorder son pardon, mais moi.

Il a fini par le faire, en fin de compte.

Non pas que ça lui ait servi à grand-chose.

Je finis de rédiger le chèque, le cœur plein de haine pour mon père disparu. Je hais aussi O'Malley, pour ce qu'il a fait à Deirdre. Et c'est peut-être hypocrite de ma part, parce que je suis un homme bien pire que ce foutu guignol d'Irlandais cupide. Il a vendu Deirdre, mais c'est moi le monstre qui l'a achetée.

— Laisse-le partir, dis-je à Curse.

J'ai obtenu ce que je voulais d'O'Malley. Je n'ai que faire de l'argent qui lui reste, et honnêtement ? Je veux qu'il soit aussi loin de Deirdre que possible.

En temps normal, je me contenterais de le tuer. À la fois pour avoir essayé de me niquer et pour le crime qu'il a commis à l'encontre de Deirdre. J'ai un vrai putain de problème avec les pères qui déçoivent leur famille, chose que mon père a apprise à la dure et dans le sang. Pourtant, même après lui avoir montré le contrat, j'ai l'impression que Deirdre espère toujours que son père reviendra la chercher. Qu'elle l'aime encore même s'il ne le mérite carrément pas. Si je le tue, elle aura de la peine, et je ne veux pas qu'elle gaspille une seule seconde d'attention ni la moindre émotion pour son putain de géniteur.

Le seul homme qui comptera dans sa vie à partir d'aujourd'hui, c'est moi. Je serai le seul pour qui elle ressentira quoi que ce soit.

Même si c'est de la haine.

Chapitre 11

Deirdre

Après le départ d'Elio, je reste plantée dans la pièce pendant un long moment sans dire un mot. Je suis exténuée, mais trop fatiguée pour ne serait-ce que bouger ou m'asseoir. Je regarde fixement tout l'attirail musical, un autel dressé au violon, que j'arrive à peine à entrevoir.

Il veut vraiment que je joue pour lui.

Je ne comprends pas, mais ça semble réel. Il m'a amenée ici pour ma musique. La seule question désormais, c'est pourquoi ?

Une chose qu'il m'a dite plus tôt dans la nuit me revient. Quand nous étions seuls dans l'obscurité. *Il y a quelque chose chez toi que j'ai besoin de comprendre.* Je ferme les yeux, essayant de me rappeler ce qu'il a dit d'autre, mais toute cette nuit est comme un miroir brisé dans ma tête. Certains fragments sont nets, puis ils se fissurent et plongent dans les ténèbres. Je ne suis pas en état de tout rassembler maintenant.

Oscillant dangereusement sur mes pieds, je me force à bouger et me dirige vers la salle de bain. Elle est aussi magnifique que la chambre. Il y a la même pierre grise naturelle que j'ai vue partout ailleurs sur le sol de la maison, ainsi que la baignoire la plus grande que j'ai jamais vue de ma vie et une immense douche dans le coin, entourée de verre. Il y a quelques interrupteurs sur le mur, et je comprends rapidement que l'un d'eux sert à allumer le chauffage au sol lorsque la chaleur afflue sous la plante de mes pieds.

Je vois mon reflet dans le miroir et reste bouche bée.

J'ai vraiment l'air de rien, bordel. Du mascara encercle mes yeux et s'étale partout sur mes joues constellées de taches de rousseur. Mes cheveux ne sont qu'un chaos de nœuds, et ma tenue est encore pire. La moitié supérieure de ma robe est pour ainsi dire détruite, elle retombe devant mes hanches et mes jambes comme un tablier. Le haut de mon corps flotte dans la veste d'Elio, bien trop ample pour moi.

Pour une raison qui m'échappe, je n'arrache pas la veste de mon corps. Pas tout de suite, du moins. Je laisse mes doigts se promener sur le magnifique tissu noir, suivant le tracé parfait des coutures. À chaque mouvement, la doublure en soie frotte contre mes tétons, faisant naître une sensation aiguë entre mes jambes.

Qu'est-ce que je fous bordel ?

Je pousse un cri de confusion et de dégoût envers moi-même, déchire la veste sur mes épaules et la laisse tomber sur les dalles de pierre chaudes. D'un coup de pied, je l'éloigne aussi loin de moi que possible.

Mais à présent mon reflet semble encore pire. Le devant de mon corps est strié de traces de sang sombre. Le sang d'Elio.

Il a saigné pour moi.

Puis il m'a cloîtrée ici.

J'avance jusqu'à la porte de la salle de bain puis je la

referme. Encore une fois, il n'y a pas de verrou, alors je pince les lèvres, évaluant mes options. Je peux rester comme ça, couverte de sang et de sueur, et tenter d'attacher ma robe comme un bustier autour de mon cou.

Ou je peux prendre le risque qu'Elio entre pendant que je suis sous la douche.

Je n'arrive pas à chasser cette image de ma tête. Cet homme immense aux gants de cuir entrant ici, avançant à grands pas comme si l'endroit lui appartenait, ce qui est le cas. Ses yeux noirs parcourant mon corps nu, trempé.

Au moins il y a des serviettes ici. Au besoin, je peux me couvrir rapidement avec quelque chose. Et il n'y a pas que des serviettes ici. Un coup d'œil rapide dans les placards sous le plan de travail en marbre m'apprend que la pièce est mieux équipée qu'un spa. Des bouteilles de shampoing, d'après-shampoing, de lotion hydratante, de parfum. Des sérums, des crèmes solaires et des gommages pour le corps. Il y a également du maquillage. Des masques pour le visage. Et même un kit d'épilation.

Ce que je ne vois pas, en revanche, c'est un rasoir.

J'imagine qu'ils ne veulent pas que j'aie quelque chose de tranchant sous la main.

J'examine l'éventail exubérant et hors de prix de produits de bain, remarque encore plus de flacons dans la douche, et je me demande si tout cela était déjà là avant ou si ça a été apporté ici rien que pour moi. Je ne peux pas croire que tout le matos de violon traînait simplement là dans la pièce – car qui d'autre s'en servirait à part moi ? Il a forcément été acheté en prévision de mon arrivée.

Je me précipite vers la porte de la salle de bain, l'ouvre et jette un coup d'œil dehors pour m'assurer qu'Elio n'est pas revenu dans la chambre, puis je la referme. Je pose mon téléphone sur le plan de travail, me dépêche ensuite d'ôter ma robe, l'abandonne en un tas froissé avec ma culotte, puis me précipite vers la douche.

Au tout dernier moment, je change de cap et opte pour la baignoire. L'adrénaline de la nuit commence à redescendre, laissant mes jambes faibles et flageolantes. Et la dernière chose que je veux, c'est tomber dans la douche, me cogner la tête et me retrouver nue et inconsciente dans cette maison.

Je commence à faire couler l'eau dans la baignoire, en m'émerveillant de sa taille gigantesque. Il y a même des jets. J'attrape du gel douche, du shampoing et de l'après-shampoing dans la douche, puis j'entre dans la baignoire.

Je respire lentement pendant que l'eau chaude emplit la baignoire, coule sur mes jambes, apaise mes muscles tremblants. Le gel douche sent incroyablement bon, et ça me fait horreur. J'essaie de ne pas respirer l'opulence affriolante du parfum, tout en décapant chaque centimètre de mon corps avec la mousse à tel point que ma peau devient rose et sensible. Je fais la même chose avec mes cheveux, éraflant mon cuir chevelu avec mes ongles savonneux. Alors que je masse violemment mon cuir chevelu avec le shampoing, des images fugaces de la nuit me traversent l'esprit. Des coups de feu qui ravagent mes souvenirs. Mon père en train de s'enfuir. Cet homme au pistolet abattu d'une balle dans la tête et fourré dans le coffre de Curse.

Je prends conscience que je suis en train d'agripper mes cheveux si fort que ça me fait mal, de serrer les poings sur les mèches savonneuses. Je lâche prise, et plonge en arrière jusqu'à ce que ma tête soit entièrement sous l'eau. Puis je reste là. C'est un jeu solitaire auquel je joue depuis la mort de maman. Je bascule en arrière dans l'eau chaude et retiens ma respiration aussi longtemps que possible. Je laisse le jaillissement sinistre de l'eau bloquer tout le reste.

J'attends, les poumons en feu, jusqu'au tout dernier moment pour remonter à la surface. L'euphorie qui fuse à travers mon corps lorsque je reprends ma respiration est incomparable à toutes les autres sensations connues. Je la ressens partout – dans ma poitrine, ma tête. Même entre mes jambes.

Je n'ai jamais tenu plus longtemps qu'une minute et quarante-deux secondes. Les yeux fermés, pendant que le robinet continue de déverser de l'eau fraîche dans le bain, je commence à compter.

Je ne suis qu'à trente-huit lorsqu'une main plonge dans le bain, touche mon épaule.

Le choc de ce contact me fait inspirer de l'eau. Je me redresse, en toussant violemment, j'ai les yeux qui pleurent.

— Merde, désolée ! Désolée ! La vache, on aurait dit que t'étais morte là-dedans !

Je me frappe la poitrine et j'écarte les cheveux trempés de mon visage avec l'autre main. Immédiatement, rien qu'à la voix, je sais que ce n'est pas Elio. Je l'aurais su même avant d'avoir entendu sa voix. Il ne m'aurait pas attrapée par l'épaule aussi délicatement. Il m'aurait arrachée de l'eau.

Une belle jeune femme est accroupie près de la baignoire. Elle a mon âge, ou peut-être un peu plus jeune, les cheveux lâchés, et ses boucles blond foncé méchées encadrent son visage en forme de cœur. Elle m'observe avec ses yeux plissés – de chaleureux iris mordorés entourés de très longs, très épineux cils noirs. Elle pince ses lèvres roses et brillantes dans une sorte de moue préoccupée.

— Non, dis-je d'une voix inégale, la gorge manifestement toujours pleine d'eau. Pas morte.

Son visage se détend un peu, un sourire étire ses lèvres.

— Eh ben, tant mieux. Qui va utiliser tout ce fourbi que j'ai acheté si tu t'en sers pas ?

Elle désigne le shampoing et le gel douche sur le bord de la baignoire.

— C'est toi qui as acheté tout ça ?

Tout en posant la question, je me glisse à l'autre bout de la baignoire et coupe l'eau. Puis je fais volte-face pour regarder la fille qui est apparue dans cette salle de bain comme une sorte de fée.

— Ouais. Elio m'a demandé de préparer la chambre pour toi. Il a tout payé, bien sûr. Qu'est-ce que t'en penses, de celui-ci ?

Elle brandit le gel douche qui sentait si divinement bon.

— C'est un de mes préférés.

Il y a quelque chose de désarmant chez elle. Je ne sais pas du tout qui est cette fille, et je suis nue, mais elle me tape la discute comme si nous nous connaissions depuis toujours.

Néanmoins je ne peux pas me permettre d'être désarmée. Pas ici. Pas maintenant.

D'une voix inflexible à présent, je demande :

— C'est Elio qui a payé tout ça ? Quoi, est-ce que ça va être ajouté à ma dette ?

Je croise les bras sur ma poitrine et me recroqueville dans l'eau.

— Argh ! Ouais. J'ai entendu parler de ça. Combien, cinq millions ?

— Plutôt six, dis-je d'un ton blasé.

Elle pousse un soupir, pose ses coudes sur le rebord de la baignoire et pose son menton délicat sur ses doigts entrelacés.

— On a tous des dettes, dit-elle à mi-voix. Des tributs qu'on doit payer rien que pour occuper notre place légitime. Pour certains d'entre nous, on est criblé de ces merdes dès notre naissance.

Elle baisse les yeux vers une bague à sa main gauche – une bague de fiançailles. Elle grimace en l'examinant de plus près avant de pivoter sa main pour me la montrer.

— C'est moche, hein ?

C'est... quelque chose. Je ne suis pas sûre qu'un truc avec autant de diamants puisse être qualifié de « moche », mais je ne dirais certainement pas que c'est de bon goût.

— Tu es fiancée ?

— Ouais, dit-elle avec désinvolture, en levant les yeux au ciel. À l'équivalent humain d'une trace de pneu.

Une fois de plus, je me retrouve complètement désarmée face à elle. Sous le maquillage parfaitement appliqué se cache un visage très jeune. J'ai l'impression qu'elle pourrait être au lycée et elle est *fiancée*.

Malgré les murailles que j'ai tenté d'ériger, je ne peux m'empêcher de ressentir une certaine sympathie pour elle. Nous sommes toutes les deux coincées dans des situations dont nous ne voulons clairement pas. L'espace d'une fraction de seconde, je me demande honnêtement si la sienne n'est pas pire. Je suis peut-être soumise aux caprices d'Elio, mais au moins je ne suis pas fiancée à ce mec.

J'attrape ma lèvre inférieure entre mes dents, essayant de décider si je devrais me renfermer, me fermer à elle, ou bien céder à l'intuition qu'elle pourrait être une sorte d'alliée pour moi ici. Elle a clairement carte blanche dans cette maison, ce qui signifie qu'elle a au moins un peu de pouvoir. De plus, même si j'ai assez peu envie de l'admettre, je l'aime bien. Sa nature franche, presque blasée, me rappelle un peu Willow. Peut-être que c'est débile de lui faire confiance, mais j'aurais bien besoin d'une amie ici.

— Moi c'est Deirdre. Deirdre O'Malley, dis-je en lui adressant un sourire timide.

J'ai envie de lui tendre la main pour qu'on se serre la

pince, mais elle est trempée, et je suis nue, et ça me paraît juste bizarre.

En revanche, elle ne voit clairement pas la bizarrerie de la situation. Elle me sourit et tend sa propre main. Avec un rire nerveux, je la lui serre.

— Oh, fais-moi confiance, pas la peine de te présenter. Je sais comment tu t'appelles. Ça fait un mois que je taffe comme une folle pour que la chambre soit parfaite pour toi, sous la surveillance d'Elio. Qu'est-ce que tu penses de la couverture ? Elle est belle, non ?

— Oui, oui, dis-je d'une petite voix.

Je commence à avoir le tournis. D'abord, on m'arrache à ma propre maison et on me dit que je suis lourdement endettée auprès de la mafia, et maintenant je découvre que l'opulence de cette chambre a été entièrement façonnée rien que pour moi ?

Je demande :

— Est-ce que c'est toi qui as choisi tout le matos de violon aussi ?

Elle secoue la tête alors qu'elle me lâche la main.

— Non. C'était Elio, tout ça. Il est carrément obsédé. Je ne l'ai jamais vu passer autant de temps à faire des recherches sur des conneries aussi triviales, du style quel est le meilleur tissu pour nettoyer un violon. Mon Dieu, il a passé genre une semaine là-dessus ! Et me lance même pas sur ces petites boîtes de cire à la con pour les cordes de l'archet. Choisir la marque, ça a été comme choisir le nom de son premier-né.

Je suis littéralement incapable d'imaginer la moindre des choses qu'elle vient de décrire. Que ce soit vrai ou pas, elle connaît manifestement bien Elio. Elle passe beaucoup de temps avec lui et ne semble pas avoir peur de lui. Et de toute évidence, elle vient de traverser sa chambre sans être accompagnée.

Je me demande quel est son lien avec lui. Une sorte d'étrange nœud hideux se forme à la base de mon estomac.

— Est-ce que c'est... ton fiancé ?

Elle ouvre grand sa bouche luisante, puis éclate de rire.

— Quel enfer, non ! Épargne-moi ces trucs incestueux !

Elle est secouée par une sorte de frisson exagérément théâtral.

— La vache, j'en ai la chair de poule maintenant.

Je bégaie :

— Désolée, j'essaie juste de comprendre ce qui se passe.

— Non, non, t'inquiète. J'aurais probablement dû commencer par me présenter avant de blablater sur Elio et sa nouvelle lubie pour tout ce qui concerne le violon.

Elle fait passer ses longues boucles derrière son épaule.

— Valentina Titone. La cousine d'Elio.

La cousine d'Elio...

La fille de Vincenzo Titone.

Je ne sais pas à quoi je m'attendais, mais certainement pas à ça. Que ce serait la fille unique du Don qui est accroupie à côté de ma baignoire, à me parler de façon si décontractée.

Donc on dirait bien que je suis copine avec une prin- cesse de la mafia, maintenant.

Pourtant même si tout ça me plonge dans un état de choc, je suis contente qu'elle soit venue ici.

— Salut, Valentina. Je te dirais bien que je suis ravie de te rencontrer, mais...

— Mais les circonstances t'en empêchent ?

Elle hausse un sourcil impeccablement entretenu et arbore un sourire en coin.

Ouais, elle me plaît vraiment bien. C'est plus fort que

moi. Elle est mignonne et intelligente et quelque part encore plus coincée que moi. Je me sens un peu moins seule grâce à elle.

Elle se lève et se tourne pour passer la tête par la porte de la salle de bain qu'elle a laissée ouverte.

— Maman et papa vont me chercher. Je ferais mieux de redescendre.

Ses sourcils prennent un air pincé.

— Ça va aller, toi, ici ?

Je ne parviens pas à contenir le reniflement de dépit que cette question provoque chez moi.

— Dis à ton cousin de me laisser partir et ça devrait aller.

L'air pincé s'amplifie.

— Bichette, si ce qu'on m'a dit est vrai et que Sev et Darragh vous cherchent, toi et ton père, ça veut dire que cette maison est l'endroit le plus sûr de toute la ville pour toi.

J'en doute sérieusement, mais je n'ai pas l'occasion de répondre. Elle a été distraite par un bruit dehors, par-delà les chambres dans le couloir.

Alors qu'elle fait volte-face et se hâte de s'éloigner au son de ses talons hauts claquant sur la pierre, je m'écrie pour l'interpeller :

— Tu pourrais fermer la porte ?

Je ramène mes genoux contre ma poitrine et me demande s'il ne vaudrait peut-être pas mieux me méfier de Valentina. Je suis sûre qu'elle m'a entendue en partant.

Mais elle laisse quand même la porte ouverte.

Chapitre 12

Elio

Valentina manque de me percuter dans le couloir en sortant de ma chambre. Je ne suis pas sûr d'apprécier le fait qu'elle a aussi peu de gêne à entrer dans ma chambre quand bon lui semble, mais c'était nécessaire pour qu'elle prépare celle de Deirdre quand je n'étais pas dans les parages.

Je marmonne :

— Je me demandais où t'étais passée.

Je m'apprête à la contourner pour entrer dans ma chambre, mais elle pose ses mains sur ses hanches et me dévisage.

Je grogne :

— Quoi ?

— J'ai rencontré Deirdre.

— Et ?

— Et elle est gentille.

Tout en passant devant elle pour entrer dans ma chambre, je rétorque :

— Hmm. Moi, je n'ai pas encore vu ce côté d'elle.

Je ne doute pas que Deirdre puisse être gentille avec les

autres. Envers moi, elle se comporte un peu comme une vipère. J'ai les marques de dents sur mon doigt brûlé pour le prouver.

— Je suis sérieuse, Elio.

Quelque chose dans le ton de Valentina me pousse à m'arrêter net et à me retourner. Ma cousine est diablement intelligente, mais elle le dissimule très bien quand elle le veut, derrière des rires bruyants et des conversations futiles. Mais elle ne rit pas en ce moment. Elle fait soudain dix ans de plus que son âge réel, son visage est sérieux.

— Tu es sérieuse en disant qu'elle est gentille ? OK, je te crois, dis-je d'un ton sec.

Mais quelque chose fourmille le long de ma nuque. De l'effroi.

— Elle n'a pas les épaules pour ça. Elle ne vient pas du même monde que nous.

Putain de merde, j'ai besoin d'un autre verre.

— Son père est comptable pour la mafia irlandaise. Pas tellement la famille modèle, genre clôture blanche et tout le toutim, lui dis-je pour rappel.

Je peux dire à la foutue moue entêtée de sa bouche que cette conversation n'est pas terminée pour elle.

— Tu sais bien ce que je veux dire ! Faut faire attention à elle ! Je suis allée la voir et elle avait l'air vachement choquée ! Elle va nous faire un syndrome post-traumatique ou un truc du genre.

— Elle s'en remettra.

Valentina lâche un rire bref et sec.

— Oh, tu veux dire comme toi et Curse ? Tu vas me faire croire que ton frère ne torture pas les hommes avant de les tuer juste pour calmer ses démons ?

Sa voix baisse d'un ton, mais ne s'adoucit pas. Au contraire, elle est aussi acérée qu'un couteau :

— Tu vas me regarder droit dans les yeux et me jurer que tu ne fais plus de cauchemars ?

Valentina est la seule femme de ma famille que je laisserais me parler comme ça, pourtant même elle sait qu'elle est allée trop loin. Elle ferme la bouche d'un coup sec en voyant mon expression et croise les bras. Je prends un moment pour me calmer avant d'exploser. Quand je parle, ma voix de marbre respire le contrôle :

— Je t'ai demandé de m'aider à choisir des savons, des sapes de fille et des putains de draps. C'est tout. Je n'ai pas besoin de tes avis à part ça, et si je veux entendre un autre mot de ta bouche, je te le demanderai, bordel.

Elle hésite, mais parce que c'est Valentina et qu'elle serait infoutue de la fermer même si elle essayait, il faut que ce soit elle qui ait le dernier mot.

— Tout ce que je veux dire, c'est que si tu ne fais pas gaffe, tu auras raqué pour des livres de musique, des cordes et des pupitres pour rien. Y aura personne pour s'en servir parce qu'elle sera morte. Tu ne voulais rien de tranchant dans la salle de bain ? Très bien. Pas de rasoirs, pas de coupe-ongles, pas même une putain de pince à épiler. Mais il y a d'autres façons de se faire du mal quand on le veut vraiment. D'autres façons de mettre fin à ses jours.

Une seconde plus tard, je la tiens, mes mains se referment sur le haut de ses bras et serrent.

— Qu'est-ce que tu racontes, putain ?

Je n'ai jamais levé la main sur Valentina comme ça. Mais ce qu'elle vient de dire à propos de Deirdre et de la possibilité qu'elle meure a fait claquer quelque chose en moi. Un câble vital qui me maintenait sous contrôle.

Elle me fusille du regard pendant un long moment, comme si elle se demandait si elle allait me répondre ou non.

Je grogne un « Valentina », et son nom est comme un avertissement. Je n'aime pas qu'on me fasse attendre et elle le sait.

Ma cousine pousse un soupir bref et dit :

— Quand je suis entrée, elle était dans le bain. Sous l'eau. Immobile.

Mes pieds amorcent le mouvement avant même que mon cerveau leur ait ordonné de le faire. Alors que je m'élance vers la salle de bain de Deirdre, mon esprit calcule encore et encore depuis combien de temps elle est seule. Combien de temps je suis resté planté là, à me disputer avec ma cousine ? Deux minutes ? Cinq ? Quelque part dans la maison, j'entends mon oncle appeler sa fille, et Valentina s'en va.

Je ne m'arrête pas avant d'être arrivé dans la salle de bain et d'avoir trouvé Deirdre, non pas dans la baignoire, mais debout, enveloppée dans une serviette blanche et moelleuse. Elle sursaute et pousse un juron, puis attrape sa serviette en la serrant contre elle pour qu'elle ne tombe pas. Je la fixe longuement et avec insistance, comme pour m'assurer qu'elle respire toujours bel et bien, et elle soutient mon regard de la même façon, les yeux écarquillés, mais pleins de défi.

Merde. Maintenant que je sais qu'elle va bien, je me rends compte à quel point je suis proche d'elle dans la pièce. Il n'y a rien d'autre qu'un ou deux pas et cette serviette entre nous. Ses cheveux sont trempés, et le roux a pris la couleur du vieux sang à cause de l'eau.

J'ai perdu du sang. Mon épaule et ma tête me font mal.

Et ma bite s'en tape. Réagissant déjà à sa présence, elle gonfle à l'entrejambe de mon pantalon. J'ai à moitié déchiré sa robe en la serrant contre moi tout à l'heure, pourtant curieusement, c'est encore plus érotique cette fois. Elle a tout enlevé. Vêtements, maquillage, sang. Il ne reste plus qu'elle, l'humidité sur sa peau propre, ruisselant en petites rigoles chatoyantes sur sa poitrine et sur ses jambes. Je m'humecte les lèvres, soudain conscient que j'ai une soif de tous les diables. À quel point j'ai envie de poser ma bouche sur sa peau et d'aspirer.

Je ne le fais pas. Je tourne le dos à la pièce, repars dans ma chambre. Je colle le nez dans le placard, farfouille au fond. Il y a une boîte à outils quelque part, et je la trouve, en sors un marteau. C'est probablement une perceuse que je devrais utiliser pour limiter les dégâts, mais je suis trop furax pour donner dans la précision. Lorsque Deirdre me voit avec le marteau à la main, elle recule en titubant à l'autre bout de la salle de bain et s'éloigne de moi.

Mais le marteau n'est pas pour elle. En me retournant, j'assène un coup puissant sur la charnière supérieure de la porte. Je frappe encore et encore jusqu'à ce que le métal se déforme et que les vis sortent du mur. Puis je m'accroupis, réitère l'opération avec la charnière du bas, jusqu'à ce que toute la porte ne tienne plus qu'à un fil, aussi chancelante qu'une dent de lait. Je me débarrasse du marteau et saisis la porte. Je sens mes muscles travailler, les sutures qui tirent, mais je ne m'arrête que lorsqu'elle s'est détachée et la jette, inutile, par terre.

— Qu'est-ce que vous faites ? murmure Deirdre.

La peur et la colère font rage sur son visage.

— Je démonte la porte.

— J'ai vu, merci ! Mais *pourquoi* vous faites ça ?

Je ne lui réponds pas. Je ne lui dis pas que l'idée qu'elle meure chez moi me donne l'impression d'avoir de la fumée dans les yeux et les poumons. Comme si j'étais entouré par le feu, comme si j'avais quatorze ans de nouveau et que je n'arrivais pas à respirer, putain. Au lieu de ça, je me contente de lui désigner un petit point dans un coin du plafond. Le regard de Deirdre suit mon doigt et elle s'étrangle.

— C'est une caméra ?

— Il y a des caméras dans toutes les pièces de cette maison, lui dis-je.

Il y a même des caméras dans ma chambre. Mais les images de vidéosurveillance de sa chambre et la mienne sont les seules qui ne sont pas transmises au centre de sécurité principal de la maison. Ce sont des images privées qui sont envoyées directement sur une application dans mon téléphone et mon ordinateur portable. Personne d'autre n'y a accès, pas même Curse ou Enzo, mon responsable sécurité.

Mais elle n'a pas besoin de le savoir. Plus elle pense qu'un grand nombre d'yeux sont braqués sur elle en permanence, moins elle est susceptible de faire des conneries.

— C'est dingue, dit-elle en secouant la tête. *Vous* êtes dingue.

Je ne réponds pas. Je me contente de récupérer mon marteau et de sortir de la salle de bain. Elle m'emboîte le pas, et la fureur grandit dans sa voix :

— Hors de question que je me serve de cette salle de bain sans porte ! J'utiliserai la vôtre, c'est tout.

— Aucun problème, lui dis-je en brandissant le marteau lorsque j'arrive devant la salle de bain en question. Vu que je démonte aussi cette porte.

Je finis par enlever trois portes que je balance ensuite dans le couloir. Celles des deux salles de bain ainsi que celle qui sépare nos chambres. Deirdre me regarde pendant tout ce temps, en se cramponnant à sa serviette comme si c'était un bouclier. Une fois que j'ai terminé, je ramène le marteau vers mon placard. Mais au dernier moment, je décide de le balancer, ainsi que les autres outils, dans le coffre-fort. Certains d'entre eux pourraient infliger de véritables dégâts à quelqu'un, et même si Deirdre ne se fait aucun mal, elle pourrait décider de m'enfoncer le crâne au marteau pendant mon sommeil. Comme je préférerais que ma cervelle demeure à l'intérieur de mon crâne, je verrouille le coffre-fort.

Je me lève, fais volte-face, et j'aperçois mon rossignol dans sa chambre, sans aucune porte entre nous. Cette nuit ne s'est peut-être pas exactement passée comme prévu, mais ça me convient. Deirdre est ici maintenant, dans une chambre qui pourrait tout aussi bien être la mienne sans porte de séparation. J'éteins la lumière dans ma chambre, ce qui ne fait qu'accentuer encore la luminosité dans la sienne. Par la porte ouverte, je la vois debout là-bas, comme un ange illuminé. Elle m'observe, moi dans l'obscurité, elle dans la lumière.

Avec ses yeux rivés sur moi, je commence à me déshabiller. J'enlève ma chemise de costume puis passe à ma ceinture. Rien ne m'échappe, que ce soit la brusque inspiration de Deirdre, ou la façon dont ses yeux se posent sur mes doigts lorsqu'ils débouclent la ceinture et baissent la fermeture éclair. Je laisse mon pantalon tomber par terre, pleinement conscient que mon sexe gorgé de sang a fait naître une bosse sous mon caleçon. Deirdre resserre sa prise sur sa serviette, ses phalanges virent au blanc osseux.

Mais elle ne détourne pas le regard. Elle est captivée. Comme si elle était carrément ensorcelée. Je me demande si mon rossignol n'aurait pas un petit côté pervers, car elle fixe mon entrejambe comme si ce dernier l'avait hypnotisée, et je ne crois pas que ce soit entièrement dû à la peur.

Autant en finir. Je dors nu, et je ne prévois pas de changer mes habitudes juste parce qu'elle est dans la pièce d'à côté. J'enlève chaussures, chaussettes et pantalon, puis je retire mon caleçon, laissant mon sexe flotter en toute liberté. La couleur monte aux joues de Deirdre, et putain, rien que sa façon de me fixer va me faire bander bien dur, au rythme où ça va. Son regard sur ma bite est comme un contact physique, la caresse d'une main tremblante.

À force de faire autant de violon, elle a probablement des doigts puissants. Une putain de poigne bien serrée.

Cette pensée fait remuer ma queue, un mouvement perceptible de tressaillement. Il rompt le charme mystérieux qui l'empêchait de bouger, et elle se précipite vers l'interrupteur dans sa propre chambre, éteint les lumières du plafond puis ses lampes de chevet. Je reste là où je suis, à l'affût du moindre bruit, et je l'entends fouiller dans le placard que Valentina a approvisionné pour elle. Lorsque j'entrevois de nouveau sa silhouette indistincte, il me semble qu'elle porte un ensemble de nuit satiné. Un short et un haut avec des bretelles fines, tandis que ses cheveux mouillés s'amassent dans son dos, entortillés comme un serpent.

Je m'attends à ce qu'elle se mette au lit, mais elle ne le fait pas. Elle part dans la salle de bain sans porte, lumières toujours éteintes, et reste là. Le silence m'indique qu'elle ne fait pas couler d'eau et ne fait pas grand-chose d'autre là-dedans, et je comprends qu'elle attend que je m'éloigne. Elle se cache de moi avec les ombres pour seul bouclier.

C'est inutile, vraiment. On ne peut pas se terrer dans l'obscurité pour échapper à un monstre. Ce serait comme se servir de l'eau pour échapper à un requin. Alors qu'on saigne. *Abondamment.*

J'émets un petit rire, et mon souffle brasse l'air. Je me demande si elle l'entend. Si elle se crispe en entendant ce son. Si ça la terrifie ou bien la met en rage.

Je m'éloigne de la porte, j'attrape mon flingue sur la pile de vêtements par terre. Je le glisse sous mon oreiller, puis pose ma tête dessus pour qu'elle ne puisse pas y accéder sans me réveiller. J'ai le sommeil léger. Constamment depuis mes quatorze ans.

Je reste éveillé, tendant l'oreille jusqu'à ce que j'entende le bruit discret, mais incontestable du corps de Deirdre qui se glisse sous les draps. Elle est exactement là où je veux qu'elle soit. Où je veux qu'elle soit depuis qu'elle a dix-huit ans et que je l'ai vue jouer de la musique vêtue de cette petite robe par une chaude journée d'été.

Elle est enfin là. Bien au chaud dans le lit que j'ai payé. Dans la maison que je possède. Dans la ville sur laquelle je règne.

Même si ma bite me fait mal et que mon épaule me lance, il y a un sourire satisfait sur mes lèvres lorsque je ferme enfin les yeux.

Chapitre 13

Deirdre

J'émerge doucement du sommeil, ne voulant pas devenir pleinement consciente. Les couvertures si lourdes et si chaudes me couvent, et je me blottis dessous. Le matelas est différent. Plus neuf et de meilleure qualité. L'oreiller est différent, lui aussi. Si moelleux que j'ai l'impression d'être dans un nuage plutôt que dans un lit.

C'est une sensation incroyable.

Et totalement illusoire.

Ce n'est pas mon lit.

Mes yeux s'ouvrent d'un coup, et je me redresse comme si on m'avait électrocutée. Je serre les couvertures contre moi en regardant la chambre, en me remémorant tout ce qui s'est passé la nuit dernière. Je ravale ma salive, la gorge sèche et nouée en regardant par la porte ouverte qui me sépare de la chambre d'Elio.

Je ne le vois pas, mais ça n'a presque aucune importance. Cette image de lui, là-bas debout, une silhouette confuse éclairée seulement par la lueur s'échappant de ma chambre, est gravée dans ma mémoire depuis hier soir.

Tout mon corps rougit de honte. Je l'ai dévisagé. Genre, *vraiment* dévisagé. Il s'est déshabillé, et je n'arrivais pas à détacher les yeux de lui, du renflement volumineux sous le tissu lisse de son caleçon noir. Et puis quand il l'a enlevé...

Je pousse un grognement, enfouissant ma tête dans mes mains. Qu'est-ce qui ne va pas chez moi, putain ? Quand son sexe était à l'air libre, énorme et si long, mon cœur battait à tout rompre. En partie de peur, mais il y avait une part plus importante de moi, une part que j'ai envie de fuir et nier, qui se demandait à quel point sa peau serait chaude et douce sous le bout de mes doigts.

C'est une réaction complètement différente de celle que j'ai eue vis-à-vis de Brian. Quand j'étais dans sa chambre cette nuit-là, je me suis sentie totalement écœurée par lui et la situation. C'était comme si la peur avait désactivé mon corps tout entier. Que tout en moi s'était glacé.

Elio est mille fois plus dangereux qu'un mec comme Brian. Impossible de nier la menace considérable et si masculine qu'il incarne – la puissance de ce corps musclé et couvert de cicatrices. Donc ma réaction envers lui n'a aucun sens. Je n'aurais pas dû fixer son sexe à moitié dur, en me demandant de quoi il aurait l'air complètement dressé. J'aurais dû être complètement flippée. Mais je n'étais pas paralysée, mon sang ne s'est pas glacé dans mes veines. J'avais l'impression d'être en feu.

Je n'ai pas aussi peur d'Elio que je le devrais. Et c'est carrément dangereux.

Je plaque mes paumes de mains contre mes yeux et frotte. Ils me paraissent secs et granuleux, et je meurs d'envie de boire quelque chose.

Le bruit d'une porte qui s'ouvre, puis le vacarme d'un roulement me font brusquement relever la tête. Je me détends légèrement en voyant que ce n'est pas Elio, mais une petite femme rondouillarde aux cheveux grisonnants, attachés en chignon derrière sa tête. Elle pousse un chariot à roulettes, surmonté d'un plateau où est disposé un festin que je regarde bouche bée.

— Petit déjeuner, petit déjeuner ! dit-elle avec un accent italien très prononcé. À manger. *Caffè*.

— Bonjour, dis-je timidement alors que la femme immobilise le chariot à côté du lit.

Il y a des viennoiseries, des tartines chaudes et beurrées de pain grillé, un pot de yaourt arrosé de miel, et ce qui ressemble à un expresso dans une petite tasse. Ça ne me ferait pas de mal un peu de caféine dans l'immédiat, mais je n'ai jamais été très amatrice de café.

— Vous n'auriez pas du thé, par hasard ? Le petit déjeuner irlandais ?

La femme me dévisage comme si j'avais craché sur la tombe de sa mère.

Bon ben, café, alors. C'était probablement idiot de ma part de demander quelque chose d'autre, de toute façon. Je ne suis pas une invitée ici. Je suis une prisonnière.

Je saisis la petite tasse, prends une gorgée hésitante, et grimace lorsque la saveur fortement amère me tapisse la langue. La femme me regarde et marmonne quelque chose en italien qui me semble empreint de jugement. Elle soupire, pose les mains sur ses hanches, et dit :

— Demain, *caffè macchiato* ? Un peu de lait ?

J'acquiesce d'un signe de tête et esquisse un faible sourire.

— Avec un peu de sucre peut-être ?

Elle renifle de dépit et lève les mains en l'air dans un geste résigné.

— Merci, dis-je, ne souhaitant pas la vexer davantage.

Il est clair que mes goûts en matière de boissons

chaudes l'ont déjà offensée. Je ne peux pas me permettre de repousser des alliés potentiels, même s'ils travaillent pour Elio.

— Je m'appelle Deirdre.

— *Sì, sì*, je sais, dit-elle en déchargeant la nourriture sur la table de chevet.

Bien qu'elle ne semble pas très disposée à faire la conversation, je lui demande :

— Et vous ?

Je prends une autre gorgée d'expresso en gage de bonne volonté, dans l'espoir que ça l'encourage.

— Rosa. Je cuisine pour M. Titone. Je nettoie. Je garde la maison propre.

Sur ces derniers mots, elle lance un regard noir vers l'embrasure de la porte qui mène à la salle de bain, remarquant les écailles de peinture et les morceaux de plâtre laissés par Elio et son massacre au marteau. Elle ouvre les portes de son chariot, prend un petit aspirateur portatif, et se dirige droit vers ce bazar comme un soldat. Pour quelqu'un qui doit avoir au moins soixante ans, elle attaque le désordre avec enthousiasme, en grommelant en italien pendant tout ce temps.

Maintenant qu'elle est distraite et ne peut donc pas le remarquer, je pose l'expresso. Heureusement, il y a aussi un verre d'eau glacée, et je l'avale d'une traite. Rosa termine d'aspirer, retourne à son chariot pour prendre un chiffon et un vaporisateur, puis se dirige vers la salle de bain.

C'est à ce moment que je prends conscience que j'ai désespérément besoin d'aller faire pipi. Curieusement, je ne pense pas que Rosa serait ravie que je fasse irruption dans la pièce et interrompe son ménage.

Ce qui signifie croiser les jambes et attendre. Ou bien...

Ou bien utiliser sa salle de bain à lui.

Je lui ai dit hier soir que je le ferais. Et il m'a dit de ne pas me gêner. Rosa n'a salué personne de l'autre côté du mur lorsqu'elle est passée avec le chariot, donc je suis sûre qu'Elio n'est pas là.

Maintenant que j'ai conscience de ma vessie pleine à craquer, je ne peux plus l'ignorer. Je ne suis pas allée aux toilettes avant d'aller me coucher, et entre le champagne d'hier soir et l'eau ce matin, je suis sur le point d'exploser.

Je sors doucement du lit, et traverse la chambre pieds nus, à pas feutrés. J'ai un moment d'hésitation dans l'embrasure de la porte, mais un coup d'œil rapide autour de moi me confirme que j'avais raison. Elio n'est pas là. Je soupire face à la porte inexistante de sa salle de bain, et pousse un juron en découvrant une autre caméra à l'intérieur, exactement comme dans la mienne. J'espérais que sa salle de bain n'en aurait pas, mais pas de bol. Je n'arrive pas à croire que quelqu'un comme Elio laisserait d'autres gars l'observer pendant qu'il est sur le trône, alors je croise les doigts et les orteils en espérant que personne n'est en train de regarder ces images avec attention. Néanmoins, j'attrape une serviette sur un porte-serviettes à proximité, puis à l'aide d'une seule main, je l'enroule autour de moi en me dandinant pour faire tomber mon short de pyjama et m'installe sur les toilettes.

Je réalise trop tard que la serviette est légèrement humide. Elle sent l'eau de Cologne sophistiquée d'Elio, ainsi qu'autre chose, la fragrance épicée du gel douche pour hommes. Il a de toute évidence utilisé cette serviette après sa douche ce matin, et maintenant je suis enveloppée dedans, le même tissu qui a frotté son corps nu et qui recouvre mon sexe et mes jambes dénudées.

Je devrais carrément pisser dessus. M'en servir comme papier toilette, pensé-je amèrement. Mais je ne pense pas que ça enverrait un message très pertinent à Elio, étant donné que ce serait probablement Rosa qui serait contrainte de la nettoyer.

Tenant la serviette en place d'une main, je me dépêche de m'essuyer et me relève d'un bond, tire la chasse d'eau puis remonte maladroitement mon short sous la serviette. Pendant ce temps, je lance un regard assassin à la caméra, sans parvenir toutefois à rassembler assez de courage pour lui faire un doigt.

Je laisse la serviette tomber par terre et me lave les mains avant de la remettre sur le porte-serviettes. Lorsque j'émerge de la salle de bain, Rosa est en train de défaire mon lit.

Non, pas mon lit, m'empressé-je de me rappeler. *C'est juste le lit dans lequel j'ai dormi.*

Bien que je n'aie pas d'autre option, j'ai l'impression que je gênerais Rosa si je retourne là-bas. Je préfère donc me promener dans la chambre d'Elio, examinant les livres avec attention, puis je m'arrête devant le système de son et sa petite étagère de disques. Ça m'a interpellée cette histoire de CD la nuit passée. Je me suis demandé pourquoi il les collectionnait. Poussée par la curiosité, je me penche pour examiner la tranche des boîtiers. Il n'y a pas d'étiquettes sur les côtés – ce ne sont que des boîtiers en plastique standards, quelconques. Fronçant les sourcils, j'en saisis un sur l'étagère.

Et je me fige, putain.

Car je reconnais ces disques. Je reconnais cette étiquette merdique, qui semble presque faite maison, avec sa police arrondie sur le devant.

École de musique de Maeve.

Spectacle d'août

D'une main tremblante, j'attrape tous les autres CD sur

l'étagère, plus de dix au total, puis je m'assois par terre, en les mélangeant comme des cartes. Uniquement des enregistrements de spectacles de l'École de musique de Maeve. L'école où j'enseigne le violon.

Comme je suis prof et non élève, je ne participe pas à chaque récital et à chaque concert. Et en regardant les dates sur les étiquettes, je comprends qu'Elio n'a que les enregistrements des récitals que j'ai donnés au cours de la dernière année et demie.

Il n'y a qu'aux concerts eux-mêmes qu'on pouvait acheter ces disques. Ce qui signifie que...

Il était là.

À chaque spectacle de musique public que j'ai donné au cours de la dernière année et demie, *il était là*. À écouter. À me regarder. Et je n'en avais pas la moindre putain d'idée.

Je les laisse tomber comme s'ils m'avaient brûlée, et la confusion me retourne l'estomac. Je me suis demandé pourquoi il m'avait choisie, pourquoi c'est moi qu'il voulait alors qu'il a les moyens d'engager n'importe quel musicien dans cette ville. Mais de plus en plus, je commence à comprendre que, pour une raison qui m'échappe, ce doit être moi et personne d'autre. Elio me surveille depuis bien plus longtemps que je n'aurais jamais pu l'imaginer.

Pourquoi ? C'est un stalker ou quoi ?

Mais les stalkers font d'autres trucs aussi, non ? Genre entrer chez toi et déplacer des choses ? Voler tes culottes ? Ils ne sont pas censés se contenter de se tapir dans l'obscurité de tes spectacles de musique, si ?

Je n'ai aucune idée de ce que tout cela signifie. Je ramasse tous les disques, les range sur l'étagère, et m'empresse de sortir de la chambre. On dirait que Rosa est tout juste en train de finir ; elle empile les draps dans un panier attaché sur le côté du chariot. Alors qu'elle passe devant moi avec le chariot et s'éloigne vers le couloir, je remarque la veste d'Elio au sommet de la pile. Avec un sursaut, je me demande ce qui est arrivé à ma robe déchirée et à ma culotte par terre dans la salle de bain. Un coup d'œil dans la pièce m'informe qu'elles ont disparu, et qu'elles sont sans aucun doute dans le panier de Rosa.

Qu'est-ce que je disais déjà au sujet des stalkers voleurs de culottes ?

Je serre les dents, et ma peau picote, chauffe sous l'effet de l'humiliation.

Tout va bien. Elle fait juste la lessive. Elle va peut-être jeter la robe en charpie, mais je vais récupérer ma culotte.

Du moins, c'est ce que je me dis.

Chapitre 14

Elio

Lorsque Rosa entre dans mon bureau en poussant son chariot, je songe à voix haute :

— Elle ne touche pas à son petit déjeuner.

C'est de Deirdre que je parle. Elle est revenue dans sa chambre après avoir visité la mienne. Mais elle n'a rien avalé d'autre que de l'eau depuis le départ de Rosa, et je fronce les sourcils en regardant l'image de la nourriture intacte qui s'affiche à l'écran de mon ordinateur portable.

Rosa me répond en italien :

— Vous voulez que je lui apporte autre chose ? Elle a à peine touché au café. Elle voulait du thé.

Je demande en haussant les sourcils :

— Du thé ?

Rosa frissonne carrément.

— Je sais.

Je m'adosse à ma chaise, les yeux rivés sur mon ordinateur portable.

— Ajoutez ça à la liste de courses. Allez en acheter aujourd'hui. Choisissez quelques-unes des meilleures marques. Non, en fait achetez-les toutes.

Déjà que le thé a un goût de jus de poubelle, donc j'imagine qu'acheter des marques moins chères ou de moindre qualité ne ferait qu'empirer les choses.

Mais cette histoire de boisson ne me dit pas pourquoi Deirdre ne mange pas. Je sors mon téléphone, j'ouvre un moteur de recherche et utilise la dictée vocale pour demander en anglais : « Que mangent les Irlandaises au petit déjeuner ? » ?

Il y a plusieurs résultats différents. Des œufs. Des haricots. Un truc qui s'appelle le boudin noir.

Je demande à Rosa :

— Vous savez comment faire du boudin noir ?

— *Sanguinaccio dolce* ? demande-t-elle. Le boudin sucré ?

— Non, le boudin irlandais.

Je retourne mon téléphone vers elle.

— Ça ressemble à une saucisse.

Elle regarde l'image sur mon écran puis hoche la tête.

— Ça ressemble à du *sanguinaccio*. Je peux en préparer.

— Suivez une recette irlandaise, lui dis-je. Et mettez une bougie d'anniversaire dessus quand vous lui apporterez.

Je grimace, et le tissu cicatriciel se tend sur le côté de ma mâchoire.

— Assurez-vous juste qu'elle l'éteigne.

Je me demande ce que mon rossignol pourrait bien souhaiter.

Probablement de se libérer de moi.

Rosa me regarde comme si j'avais perdu la boule. Et peut-être que c'est le cas. Elle connaît les règles aussi bien que quiconque dans cette maison : aucune bougie. Jamais. Elle n'est probablement pas non plus très jouasse à l'idée de s'éloigner de ses racines italiennes en matière de cuisine, et l'agacement se lit dans son regard offensé. Je sourirais presque de son aplomb. Des hommes deux fois moins âgés et deux fois plus costauds qu'elle n'oseraient pas me regarder comme ça.

Il y a un truc chez les vieilles dames italiennes. Elles n'ont peur de rien. On aurait beau avoir des cornes et le nom de SATAN estampillé sur le front, elles se contenteraient de vous regarder fixement, de vous lancer de la sauce tomate comme si c'était de l'eau bénite, et de vous dire de décarrer de leur cuisine.

— Occupez-vous-en, Rosa, dis-je.

C'est clairement une invitation à prendre congé, mais elle ne part pas. Au lieu de ça, elle plonge la main dans le panier attaché à son chariot et en sort quelque chose. Ma veste. Celle que Deirdre portait hier soir. Celle dont j'ai dit à Rosa qu'elle ne devait pas la jeter ou la nettoyer.

— Posez-la sur le bureau, dis-je.

D'un geste du menton, je désigne un endroit dégagé sur le bois sombre et brillant.

Rosa s'exécute, aplatissant soigneusement le vêtement pour qu'il ne se froisse pas, malgré le fait qu'il y a un putain d'impact de balle à l'arrière. Alors qu'elle tourne les talons pour partir, je repère du satin blanc taché de sang dans le panier et me lève de ma chaise. J'ai contourné le bureau en un instant, et j'attrape le panier pour qu'elle ne puisse pas l'emporter avec le chariot. J'ignore le regard interrogateur de Rosa pendant que je repêche la robe de Deirdre, serrant le tissu délicat dans mon poing.

Je retourne vers ma chaise d'un pas nonchalant et m'assois. Rosa comprend qu'il est temps pour elle de partir et sort du bureau avec son chariot roulant, en fermant la porte derrière elle. Je palpe la robe de Deirdre du bout des doigts, en me remémorant de quoi elle avait l'air sur Deirdre.

Et de quoi elle avait l'air lorsque je l'ai arrachée.

Quelque chose tombe par terre, et je me penche pour voir de quoi il s'agit, ignorant ma douleur à l'épaule. C'est un autre morceau de tissu blanc satiné. Je pose la robe sur mes genoux et le ramasse.

La culotte de Deirdre.

Je déploie la culotte blanche entre mes mains, lui redonnant forme dans le vide devant moi, et je l'imagine sur Deirdre, jambes écartées sur mon bureau. Les lèvres charnues de son sexe appuyant contre la doublure soyeuse. Je me demande si elle est rasée ou épilée là-dessous, ou s'il y a des poils roux foncé, bouclés et humides, *trempés...*

Putain. On dirait que ma bite n'en fait qu'à sa tête depuis que j'ai récupéré Deirdre. Je ne la contrôle plus. Je bande comme un adolescent qui n'aurait jamais trempé le biscuit.

J'ignore la pulsion absurde de fourrer la culotte de Deirdre dans ma bouche.

Au lieu de quoi, j'appuie le nez contre l'entrejambe du petit vêtement et renifle.

Madre di Dio.

Je pianote sur quelques touches de mon ordinateur portable et en un instant, j'ai désactivé la vidéosurveillance de cette pièce et déboutonné mon pantalon. Avec la quantité de sang que j'ai perdue la nuit dernière, je ne devrais pas bander autant. Mais l'odeur de cette fille est carrément magique.

Ou peut-être est-ce une odeur maudite.

J'empoigne mon sexe et imprime des va-et-vient brusques et rapides, tout en tenant la culotte de Deirdre dans mon autre main. Il glisse de haut en bas contre le cuir usé, une sensation de friction abrupte et douce à la fois. Je ne prends pas mon temps, n'essaie pas de faire traîner en longueur. Ce n'est pas le plaisir sensuel que je cherche. Ce que je cherche, c'est une délivrance rapide pour pouvoir me remettre les idées en place.

Je vibre et m'adosse à ma chaise, poussant un gémissement lorsque la tension dans mon épaule ajoute de la douleur à l'avalanche de sensations en moi. Mon gland est déjà humide. Je ne suis pas loin de jouir.

J'ai envie de déverser mon sperme dans la culotte de Deirdre. De tremper complètement le tissu glissant, le tacher de mon essence comme j'ai taché sa peau de mon sang la nuit dernière. Mais plus encore, j'ai envie de préserver le vêtement tel qu'il est en ce moment. Je ne veux pas foutre en l'air ce parfum parfait.

Au dernier moment, j'attrape quelques mouchoirs en papier sur mon bureau, les plaque contre mon gland luisant. Je jette un coup d'œil à l'ordinateur portable où le flux vidéo de la chambre de Deirdre est toujours visible, et mes hanches tressautent involontairement lorsque je l'aperçois. Elle est dans sa salle de bains, vêtue d'un minuscule pyjama et d'un débardeur, penchée au-dessus du lavabo, en train de se laver le visage. La vue sur son cul parfaitement rond dans ce short est carrément splendide. La courbe arquée de son dos sous son débardeur qui remonte est une putain de révélation. Je n'ai jamais été très porté sur le dos et les fesses. Ce qui me plaît, ce sont les gros seins, les bouches ouvertes et les chattes bien mouillées. Je suis en général peu réceptif aux parties plus raffinées, plus subtiles de l'anatomie féminine.

Je suis on ne peut plus réceptif à présent. Car tout ce que j'ai envie de faire dans l'immédiat, c'est de promener mon gant noir dans le bas du dos de Deirdre. D'enfoncer mon pouce dans l'une de ces jolies petites fossettes au-dessus de son bassin. D'admirer l'esthétique de son échine.

Deirdre se relève et se sèche le visage avec une serviette,

puis elle rassemble ses cheveux, les entortille et les attache au-dessus de sa tête. Même le spectacle de ses épaules nues lorsqu'elle s'attache les cheveux m'excite terriblement bordel, le sang palpite dans mon entrejambe tandis que je me caresse. J'aperçois son reflet dans le miroir. Ses bras levés font bouger ses seins, ces courbes petites, mais délicieuses, qui rebondissent chaque fois qu'elle resserre sa coiffure. Je me remémore ce que c'était que de caresser ses seins, et pour la première fois depuis longtemps, la première fois dont je me souvienne, je regrette d'avoir porté des gants à ce moment-là. Ceci dit, la peau cicatrisée de mes mains est généralement plutôt insensible. Je n'aurais pas pu ressentir grand-chose en la caressant, de toute façon.

À moins d'utiliser ma bouche.

Cette pensée me fait monter plus que jamais. Une dernière fois, j'inhale longuement et profondément l'odeur de Deirdre, et ça me propulse par-dessus bord. J'explose, mon sexe est secoué de spasmes, mes bourses se contractent. Je trempe complètement les mouchoirs ainsi qu'une partie de mon gant.

Une fois que ma respiration est redevenue quelque peu normale, je retire mes gants et les jette à la poubelle avec les mouchoirs, puis je me dirige vers la salle de bain attenante à mon bureau. Je me lave les mains, les sèche sans les regarder, puisque je ne les regarde jamais, puis je récupère une nouvelle paire de gants en cuir dans un tiroir et les enfile. Ils sont rigides, n'étant pas aussi érodés que la paire que je viens de jeter. Le cuir dur me rappelle ma propre peau abîmée. Il a fallu des tas d'opérations chirurgicales pour que je puisse me servir de mes mains relativement normalement, pour en atténuer toute la rigidité.

Lorsque je retourne dans mon bureau, mon regard se porte d'abord sur mon ordinateur portable, où je constate que Deirdre a enfilé un jean et un T-shirt blanc. Elle arpente la chambre comme un animal en cage. Je me demande si elle tentera de partir en passant par ma chambre. J'ai dit aux soldats postés partout dans la maison qu'elle avait le droit de déambuler où bon lui semblait, à condition qu'ils la surveillent en permanence et ne la laissent pas sortir dehors. Néanmoins, je ne lui ai pas dit explicitement qu'elle était autorisée à sortir de la chambre, et je l'observe pour voir si elle est assez courageuse pour le faire malgré tout.

Je suis distrait par le son de mon téléphone qui vibre, et je m'en saisis. Un message de Valentina.

N'oublie pas le gala. 20h. Tu comptes venir avec Natalia ? Elle est sur la liste des invités.

Natalia Rizzo. Ce n'est ni ma petite amie ni ma maîtresse, mais c'est un bon plan quand j'ai envie de baiser vite fait et elle adore aller à des événements chics comme les galas de Valentina. Mais j'ai l'impression qu'elle aimerait être plus à mes yeux que ce qu'elle est actuellement, et cette idée me donne envie de m'enfoncer un couteau dans l'œil. Je ne l'aime pas particulièrement, et vice versa, mais nous satisfaisons nos besoins mutuels. De sexe. De statut.

Peut-être devrais-je y aller avec elle. La branlette à la va-vite derrière ce même bureau prouve que j'ai besoin de baiser. De me sortir ça de la tête. Ça lui plairait, à Natalia aussi, surtout après le gala. Ça l'excite toujours de graviter autour de toute cette extravagance, tout ce glamour et ce fric.

Pourtant, imaginer Natalia et ses courbes superbes, ses longs cheveux blonds décolorés ne me fait aucun effet. Pas la moindre trace de désir en moi, et je sais que ce n'est pas seulement parce que j'ai joui. Car lorsque je pense à une autre, aux taches de rousseur, aux yeux bleus et aux cheveux roux, une couleur de cheveux que je déteste en temps normal, le désir revient au galop.

J'utilise la dictée vocale pour lui répondre non. Mon téléphone a un écran résistif, donc techniquement je peux taper dessus avec des gants, mais c'est une vraie galère.

Dieu merci, répond ma cousine.

Valentina s'entend aussi bien avec Natalia que moi et elle en dehors de la chambre à coucher. Autrement dit, pas du tout.

Est-ce que tu viens avec quelqu'un d'autre ?

Je suis sur le point de répondre par la négative de nouveau, lorsque je me fige. Un lent sourire se dessine sur mon visage. Parce que je vais bel et bien y aller avec quelqu'un. Quelqu'un qui rendra la soirée beaucoup plus supportable, peut-être même intéressante.

Je réponds :

Deirdre. Viens quelques heures avant pour l'aider à se préparer. Une belle robe, des chaussures. Des bijoux. Tout l'attirail. Sers-toi de ma carte de crédit. Je veux qu'elle soit parfaite.

Pour être honnête, elle est parfaite avec son putain de T-shirt et son jean, mais ce n'est pas ce que je dis à Valentina. Je reste sans réponse un long moment, et je sais que c'est parce qu'elle est en train de digérer ce que je viens de dire. De digérer mon envie que Valentina habille Deirdre comme si elle était l'une des nôtres.

Je veux qu'elle ait l'air d'une putain de *principessa*.

C'est l'occasion idéale. Le lieu public idéal pour exhiber Deirdre et faire savoir à tout le monde dans cette ville qu'elle m'appartient. Je rendrai l'argent à Severu, et même s'il n'y a pas d'Irlandais là-bas, il est certain que l'information circulera rapidement, et que Darragh saura que Deirdre appartient désormais à Elio Titone.

Et Elio Titone conserve carrément ce qui lui appartient.

Elle sera à mes côtés, ruisselante de diamants et de perles, si facile à atteindre et pourtant complètement intouchable.

Intouchable pour tout le monde sauf moi.

La réponse de Valentina apparaît sur mon téléphone.

Tu peux compter sur moi.

Je lui réponds une dernière fois avant de glisser mon téléphone dans ma poche et de laisser à nouveau mon regard se poser sur Deirdre dans sa chambre.

Parfait.

Chapitre 15

Deirdre

À l'exception de Rosa qui est venue m'apporter le déjeuner le plus étrange que j'aurais pu imaginer – un genre de saucisse foncée avec une seule bougie allumée plantée au milieu – j'ai passé la journée toute seule. Je n'ai eu aucunes nouvelles de Willow. Ou de mon père. Même si c'est lui qui nous a mis dans cette situation, je ne peux m'empêcher de m'inquiéter pour lui. Je me demande où il est. Et je me demande si Elio le sait.

Mais je n'obtiens aucune réponse, la journée défile et c'est déjà l'après-midi. Vers 16 heures, quelqu'un toque rapidement à la porte qui sépare la chambre d'Elio du couloir, puis Valentina débarque.

Au moins, elle a frappé, pensé-je en poussant un soupir silencieux. Et honnêtement, je m'en réjouis. L'isolement était en train de m'achever.

Elle a les bras chargés de trucs. Elle traîne une valise à roulettes et porte sur l'épaule ce qui ressemble à des housses de vêtements. Elle m'adresse un sourire éblouissant et traverse la chambre d'Elio d'un pas nonchalant, en direction de la mienne. Elle jette toutes les housses de vêtements sur le lit que Rosa a fait lorsqu'elle est venue m'apporter le déjeuner que je n'ai pas mangé.

— Saluuuuut ! dit Valentina d'une voix chantante en se retournant vers moi, mains sur les hanches.

Elle est belle à tomber avec son contouring parfait, son fard à paupières effet charbonneux, ses faux cils et ses lèvres rose vif. On dirait que ses cheveux ont été coiffés par un professionnel – de grandes boucles rebondies grâce à un brushing fraîchement réalisé. Sa tenue semble en léger décalage avec ses cheveux et son maquillage. Elle porte un simple legging noir ainsi qu'un T-shirt noir uni.

Je réponds « Salut », perplexe face à son apparition soudaine. Avec un mouvement du menton vers les affaires qu'elle a posées sur le lit, je demande :

— C'est quoi tout ça ?

— Des robes et des chaussures. J'aurais aussi apporté du maquillage, mais j'en ai déjà mis plein les tiroirs de ta salle de bain.

Je saisis le sens littéral de ses paroles, mais je me surprends à la fixer sans rien comprendre de ce qu'elle raconte. Elle ne semble pas dérangée par mon absence de réaction. Elle se contente de se pencher, de poser la valise à plat et de l'ouvrir. À l'intérieur se trouve environ une dizaine de grosseurs emballées dans du papier. Lorsqu'elle les déballe, je constate qu'elle parlait des chaussures. Chaque paire semble flambant neuve et incroyablement chère.

— Je ne connaissais pas ta taille, du coup j'ai tapé dans la moyenne. La plupart sont entre le trente-huit et le quarante, mais j'ai quelques paires en trente-sept, et même un quarante-et-un quelque part là-dedans.

Sourcils froncés et les yeux rivés sur les belles chaussures qu'elle est en train de déballer comme des cadeaux, je demande :

— C'est... c'est pour moi tout ça ? Pourquoi ?

Est-ce que c'est un genre de tenue de travail bizarre qu'Elio souhaite me voir porter ? Je mets généralement des chaussures plates quand je joue. Porter des talons change la posture et peut altérer la qualité de la prestation si on n'en est pas pleinement conscient.

— Pour le gala de ce soir !

Valentina se redresse.

— Elio t'a rien dit ?

Je renifle de dépit. Le gars ne m'a rien dit, si ce n'est que je lui appartiens pratiquement désormais.

Valentina lève les yeux au ciel.

— C'est tout lui, ça. Chez les Titone, les hommes détestent ouvrir la bouche quand c'est pour autre chose que pour parler affaires.

Elle se tourne à présent vers le lit, dézippe les trois housses de vêtements.

— Il y a un gala au Musée des beaux-arts ce soir. On a financé une nouvelle aile et ce soir il y a une soirée d'inauguration privée. Elio veut que tu sois là.

Le stress remue dans mon ventre. Je serre mes mains l'une contre l'autre et les plaque contre mon ventre.

— C'est moi qui suis censée jouer ce soir ?

Mon Dieu, je ne suis tellement pas préparée pour ça ! Jouer pendant toute une soirée de gala, ça représente... des *heures* de préparation. Je n'ai fait aucune sélection, n'ai répété aucun morceau, et je ne sais pas s'il y a un groupe auquel je suis censée m'intégrer. L'idée de jouer à un événement de cette ampleur avec moins d'un jour de préavis me donne la nausée. Le fait que je n'ai rien consommé d'autre que de l'eau et deux gorgées d'expresso n'aide probablement pas non plus, de ce côté.

Mais Valentina secoue la tête et se retourne pour me faire face de nouveau.

— Mon Dieu, non ! dit-elle, manifestement choquée.

Elle secoue encore la tête et s'empresse d'ajouter :

— Le prends pas mal. Mais j'ai réservé le groupe il y a des mois de ça.

Je lâche un « Oh » qui sort plus comme un soupir soulagé que comme un mot.

— Alors qu'est-ce que je vais faire là-bas ?

Peut-être qu'ils ont besoin d'une serveuse à la dernière minute ou un truc dans le genre.

Valentina tapote un de ses longs ongles vernis de beige contre son menton.

— Tu seras là... Honnêtement, je sais pas. En tant que rancard ?

Rancard.

Ce mot me transperce, et le soulagement que j'ai ressenti un moment auparavant s'évanouit, remplacé une fois de plus par la nausée.

Je bafouille :

— C'est pas possible.

Elle hausse les épaules.

— Je sais pas. Je lui ai demandé s'il venait avec quelqu'un et il m'a répondu qu'il venait avec toi. Il veut que tu sois tout apprêtée, aussi. J'ai apporté quelques robes à essayer...

Ses mots s'interrompent à mesure que ses yeux s'agrandissent.

— Putain, t'es toute blanche. Je veux dire, tu es déjà blanche à la base, mais je ne savais pas qu'une personne vivante pouvait être aussi pâle. Heureusement que j'ai une palanquée de blush et de poudre bronzante dans la salle de bain.

Je ressens ce qu'elle voit : que le sang déserte mon visage à toute vitesse.

Valentina plisse les yeux, ses cils épais battent fortement.

— T'as mangé quoi aujourd'hui ?

À moitié dans les vapes, je répète :

— Mangé ?

Elle grommelle quelque chose entre ses dents et s'empresse de se rapprocher de moi. Elle est plus petite, mais étonnamment forte lorsqu'elle m'attrape par le coude et me guide pour me faire asseoir sur une petite chaise, près du bureau et du pupitre à musique.

— Ne me dis pas que mon cousin ne t'a pas nourrie, dit-elle d'un ton sec.

— Si, si, dis-je en me penchant pour poser ma tête entre mes genoux. Rosa m'a apporté des trucs.

Même si je n'ai pas réussi à me persuader d'y toucher.

— Bouge pas, dit-elle.

J'entends le claquement de ses talons alors qu'elle s'éloigne de moi. De la chambre d'Elio, je l'entends crier dans le couloir.

— Eh ! Robbie ! Dis à Rosa qu'il nous faut des trucs à grignoter, tu veux ?

Sa voix devient plus forte, et cette fois-ci c'est à moi qu'elle s'adresse.

— T'es pas végane ou un truc du genre, hein ? Sans gluten ?

Je secoue faiblement la tête, qui bute contre mes propres genoux.

— OK. Cool. Parce que si c'était le cas, tu serais vraiment morte de faim dans cette maison. Impossible d'échapper à la viande, au fromage, au pain et aux pâtes.

Il ne s'agit que de choses que j'aime manger en temps normal. Mais cette situation n'a rien de normal. Pas pour moi.

À l'instant où je rassemble assez de force pour relever la tête sans avoir l'impression que je vais tomber de ma chaise, Valentina revient avec un chariot similaire à celui de Rosa, un plateau posé dessus. En fait, ce n'est pas un plateau, mais une planche à charcuterie, garnie de viandes finement découpées, d'olives, de mozzarella tranchée, de tomates parsemées de vinaigre balsamique, et de pain frais. Il y a encore plus d'huile d'olive et de balsamique dans une petite coupelle pour tremper le pain, et toute cette nourriture me met l'eau à la bouche. À côté de la planche à charcuterie se trouve une grande carafe d'eau glacée avec des citrons et des espèces de feuilles qui flottent à l'intérieur, ainsi que deux verres. Valentina remplit un verre et me le tend.

— Tiens. Bois ça, et ensuite mange un peu.

Elle est peut-être plus petite que moi, et je suis sûre qu'elle est plus jeune, pourtant il y a quelque chose d'indéniablement autoritaire dans sa voix. Mais j'imagine que c'est le risque du métier quand on est la fille unique d'un parrain de la mafia. Je saisis le verre et en bois une gorgée. Pendant ce temps, Valentina s'affaire à remplir une petite assiette d'un assortiment de charcuteries. Quand c'est fait, elle me la tend.

— Allez. Il ne faut pas assister le ventre vide à l'un de nos événements, à maman et moi. L'alcool coule à flots là-bas.

Je ne m'imagine pas boire à l'événement, mais d'un autre côté, je n'imaginais pas non plus que j'allais y aller pendue au bras d'Elio Titone. *Qu'est-ce que je suis pour lui ? Qu'est-ce qu'il veut que je sois ?*

Mais elle a raison. J'ai besoin de garder la tête froide et de préserver mes forces ici. Je ne peux pas me laisser aller et mourir de faim.

Je commence avec le pain, car j'ai le sentiment que ça passera facilement dans mon estomac agité. Je le trempe dans l'huile d'olive et le vinaigre balsamique et j'en prends une bouchée. C'est probablement le meilleur pain que j'ai jamais mangé, légèrement chaud et moelleux, avec une croûte croustillante que vient adoucir l'huile et le vinaigre.

Cette bouchée semble avoir réveillé mon appétit, et je m'empresse de dévorer le pain, avant de passer à la salade de tomates et de mozzarella, puis au prosciutto, au salami et aux olives. Pendant tout ce temps, Valentina m'observe avec un sourire satisfait. Elle a beau être tellement jeune, j'ai l'impression que c'est une vraie grand-mère italienne qui me dévisage. Elle prend clairement plaisir à nourrir les gens.

Après avoir vidé mon assiette, j'avale de l'eau cul sec, puis je m'essuie la bouche avec le revers de la main.

— Merci, dis-je avec sincérité. Je n'avais pas réalisé à quel point ça me ferait du bien de manger un peu.

— Les glucides, c'est la solution à tous les problèmes, dit-elle en hochant la tête.

— Ouais, j'irais pas jusque-là quand même, dis-je.

Mon estomac est peut-être plein à présent, mais je suis toujours coincée dans cette putain de baraque, et apparemment je suis censée me rendre maintenant à un événement avec Elio, ce qui n'a aucun sens. Donc, je ne dirais pas que mes problèmes sont vraiment résolus.

— Bon, t'as raison. Mais ça aide un peu, dit-elle.

Son regard se pose sur la bague au diamant rose géant à son doigt et y reste un moment, puis elle relève brusquement la tête pour me regarder. D'une voix qui me paraît faussement enjouée, elle déclare :

— Bon ! Tu es nourrie ! Maintenant, c'est l'heure du relooking.

J'aurais dû me douter en voyant ses cheveux et son maquillage parfaits que « l'heure du relooking » était une affaire sérieuse pour Valentina. Je suis complètement prise au dépourvu par la précision de son attaque. Et ça ressemble vraiment à une attaque : mes cheveux étroitement tendus sur des bigoudis, mes sourcils épilés, ma peau maquillée, tamponnée à l'éponge et poudrée. Elle m'oblige même à me raser les jambes et les aisselles pour éliminer le poil naissant sur ces zones, en m'instruisant fermement de ne rien dire à Elio avant de reprendre le rasoir une fois l'opération terminée.

Nous faisons tous les trucs de maquillage et de cheveux dans la salle de bain. Ça prend du temps, Valentina étant une vraie perfectionniste. Mais après quelques heures, elle semble satisfaite de mon apparence.

— Maintenant, les robes, dit-elle en repartant dans la chambre.

Je me lève des toilettes où j'étais assise et lui emboîte le pas. Avant de quitter la pièce, j'aperçois mon reflet dans le miroir et je m'arrête net.

Une femme étincelante et raffinée soutient mon regard. Je ne me ressemble pas. Même mes taches de rousseur ont disparu, enfouies sous le fond de teint et la poudre bronzante. Mes pommettes semblent plus saillantes, mon nez plus étroit, mes lèvres plus sombres et plus charnues, mes cils plus longs. J'aime le maquillage et j'en porte, mais pas à ce point-là. Je ne me suis jamais vue comme ça.

Les gros bigoudis sont toujours dans mes cheveux, donnant à ma tête un aspect étrange et plein de vitalité,

mais même eux ne parviennent pas à atténuer l'effet stupé-
fiant du maquillage.

C'est bizarre d'avoir l'air si différente. Mais étrangement, c'est aussi réconfortant. Je peux prétendre que ce
n'est pas moi, Deirdre O'Malley, mais une autre personne
dans cette salle de bain, dans cette vie. Ce nouveau look est
comme une armure, un masque entre Elio et moi, une
barrière similaire à ses gants en cuir.

Me sentant légèrement revigorée, je fais volte-face et
rattrape Valentina.

Elle est debout près du lit, les yeux baissés. Les trois
housses de vêtements sont ouvertes sur le lit, et chacune
contient une robe de couleur différente.

— Celle-là c'est la mienne. Je dois aussi me changer, dit
Valentina en désignant une robe à paillettes rose. Tu peux
essayer les deux autres et on verra laquelle te va le mieux.

Je me balance d'avant en arrière sur mes pieds, en regardant la caméra au plafond. Valentina tourne la tête pour
suivre mon regard, puis soupire.

— Ouais. Tu t'y habitueras, dit-elle.

Je ricane.

— J'en doute.

Valentina me lance un regard sérieux. Elle s'est clairement amusée à jouer les pourvoyeuses de collations et les
artistes coiffeuses-maquilleuses, puis elle a été bavarde et
détendue la plupart de l'après-midi. Mais à présent, elle a
l'air grave.

— Il va falloir t'y habituer, Deirdre. C'est ta vie maintenant. *C'est tout.* C'est insécurisant, et c'est pas facile, mais
t'as pas le choix, bordel.

On dirait que ce discours a été répété. Je me demande si
elle s'est déjà dit mot pour mot la même chose à elle-même.

Tout en croisant les bras et en secouant la tête si fort

que les bigoudis bringuebalent et tirent sur mes cheveux, je murmure :

— C'est pas ma vie. J'ai une vie.

— Tu *avais* une vie, me corrige Valentina. Tu es peut-être encore à Toronto, mais le milieu d'où tu viens et celui où tu es maintenant, ce sont deux mondes complètement différents. Plus vite tu l'auras accepté, mieux ce sera.

Je m'écrie :

— Comment tu peux dire ça ?

J'avais commencé à ressentir une forme de camaraderie avec Valentina, mais tout est en train de s'effondrer. Elle n'est pas là pour être mon amie. Elle est là pour s'assurer que je servirai Elio comme il l'entendra.

Mais peut-être que je me trompe. Car le regard qu'elle me lance n'est pas froid, mais affligé.

— Je te dis ça parce que c'est vrai. Parce que c'est une leçon que j'ai dû apprendre encore et encore.

Une fois de plus, ses yeux se posent sur sa bague, et pendant une seconde, on dirait qu'elle a envie de se couper le doigt.

Je lui demande d'une voix douce :

— Quel âge tu as ?

— J'aurai dix-neuf ans en juin, répond-elle en repliant les doigts avant de laisser retomber sa main.

Mon Dieu. Dix-huit ans seulement, fiancée, et clairement malheureuse de l'être.

Je suppose qu'on n'a pas autant de pouvoir sur sa vie que je le pensais quand on est la fille du patron.

— C'est qui ton fiancé ?

— Pfff, j'ai pas envie d'en parler, gémit-elle. Je vais déjà devoir le voir ce soir.

Elle soupire, fait tourner la bague autour de son doigt, puis rencontre mon regard sans sourciller.

— Écoute, c'est la merde, je sais bien. T'as pas choisi d'être ici, et je comprends. J'ai eu dix-huit ans pour m'habituer à ces hommes et toi à peine une journée. C'est la merde totale. Mais tu es forte. Comme moi. Je le vois dans ces jolis yeux bleus.

Elle sourit.

— Et si les femmes fortes sont douées pour une chose, c'est survivre à des tas de situations merdiques comme celle-ci.

Je ne suis pas sûre de me sentir si forte que ça en ce moment. J'ai érigé des murailles, mais elles sont toutes en train de s'éroder. À cause de mon père, de sa trahison.

À cause d'Elio et de son marteau.

Mais il faut que je sois forte. Je suis une survivante. Même si ça fait dix ans que je suis rongée par la culpabilité à cause de ça.

Je me demande ce que maman dirait si elle était là.

Non. Si maman était vivante, je ne serais pas là du tout. Elle n'aurait jamais permis que tout ça se produise.

Je demande :

— Bon, OK. Quel genre de robe je devrais porter pour faire face à « une situation complètement merdique » ?

Valentina sourit et passe un bras autour de ma taille, s'incline vers moi et me serre.

— Voilà, c'est ça que je veux entendre !

Je ravale ma salive, et des larmes inopinées menacent de gâcher mon maquillage. C'est la première fois qu'une autre femme me touche depuis longtemps. J'essaie de me rappeler la dernière fois que j'ai pris Willow dans mes bras et ça me donne encore plus envie de pleurer.

En me contorsionnant dans les bras de Valentina, je demande :

— Est-ce que tu peux faire passer un message à quelqu'un pour moi ? À ma meilleure amie Willow. Elle s'inquiète pour moi, mais son père a pris son téléphone et lui interdit de me contacter.

— Pas de larmes ! Ah ! Ton maquillage ! s'exclame Valentina en agitant frénétiquement les mains devant mon visage. Elle est irlandaise ?

Je sais ce qu'elle veut savoir en posant cette question. Elle ne s'intéresse pas juste à ses origines familiales, elle cherche à savoir si Willow est dans le milieu.

— Oui, dis-je.

Il n'y a pas de raison de mentir.

— Son père gère un pub, *Briar and Boar*, pour Darragh Gowan.

— Hmm. Qu'est-ce que tu penses d'une lettre ? Je pourrais lui envoyer.

— Genre, par la poste ?

Ça prendra des jours, et qui sait si je recevrai la moindre réponse ? Mais Valentina acquiesce d'un signe de tête.

— D'après ce que je comprends, Darragh écume de rage tellement il veut mettre la main sur ton père. Ou, à défaut, sur toi. Il est déjà probablement au courant que tu es avec nous, donc c'est pas comme si l'un de nous pouvait simplement débouler sur son territoire en ce moment. Je pense qu'envoyer une lettre est la meilleure option pour vraiment transmettre un message à Willow sans que tout parte en couilles.

— OK. Ça marche, dis-je précipitamment.

Je ne veux pas que Willow se retrouve en danger si certains hommes d'Elio se pointent au pub. Et maintenant que j'y pense, peut-être que la lettre, c'est l'idéal. Si je ne mets pas l'adresse de l'expéditeur, il n'y a aucune raison réelle pour qu'un courrier destiné à Willow éveille les soupçons de Paddy. Elle pourra la brûler quand elle l'aura lue.

Je ne sais même pas ce que j'écrirai. Je suis en vie ? Je suis captive ? Viens me sauver ? Oublie jusqu'à mon nom ?

Tandis que Valentina me dit qu'elle m'apportera des enveloppes et du papier, je me promets d'y réfléchir. Elle se tape une note dans son téléphone à ce sujet et pousse une exclamation.

— Oh, merde. On est à la bourre. C'est l'heure de s'habiller et de filer !

Elle me cloue sur place du regard.

— Sérieusement. Magne-toi. Arrête de te soucier de la caméra.

Ça m'épate qu'elle ne s'en soucie pas. Quand elle voit mon regard, elle pousse un soupir et court vers la salle de bain, puis revient avec une serviette.

— Tiens. Je vais tenir ça autour de toi.

Je ressens de la gratitude envers elle lorsqu'elle ouvre la serviette et bloque la vue de la caméra pendant que je me dandine pour retirer mon jean et mon T-shirt.

Je demande :

— Quelle robe ?

Elle tend le cou pour regarder le lit.

— On n'a pas le temps de les essayer toutes les deux. Prends la bleue. C'est celle que je voulais vraiment te voir porter.

Pendant une seconde, je ne suis pas sûre de comprendre. L'une des robes est verte, l'autre est noire. Mais je prends ensuite conscience que la noire est en réalité la nuance la plus foncée du bleu avant le noir. De la soie d'un bleu profond, presque noire comme de l'encre. J'allonge le bras hors de la serviette et l'attrape, puis je l'enfile.

Il n'y a aucune fermeture éclair ni aucun bouton à attacher. C'est une coupe simple avec deux bretelles, un décolleté profond en V et un dos nu plongeant. Je sens l'air sur mon dos exposé et je m'apprête à demander à Valentina si je peux porter l'autre robe lorsqu'elle se met à siffler.

— Putain de merde, l'Irlandaise. C'est la bonne. Elle te va comme un gant.

Le mot « gant » me fait penser à Elio, et mon estomac se serre. Je baisse les yeux sur mon corps, sur l'étoffe qui épouse ma taille et mes hanches, la longueur fendue très haut sur le côté. Avant d'arriver à bloquer cette pensée et de me dire que je suis complètement dingue, je me demande ce qu'il pensera en me voyant.

Je serai son rancard. Qu'est-ce qui se passe bordel ?

Valentina balance la serviette.

— Retire tes bigoudis pendant que je me change ! Et choisis des chaussures ! dit-elle.

Elle se déshabille frénétiquement, et je ne peux m'empêcher de la regarder bouche bée pendant que j'arrache les bigoudis de mes cheveux.

Je demande :

— Ça te dérange vraiment pas la caméra ?

Elle, au moins, porte un soutien-gorge sans bretelles, contrairement à moi, donc elle est pratiquement couverte.

— J'ai l'habitude, dit-elle en enfilant sa robe rose à paillettes.

Comparée à la mienne, la longueur de sa robe est super courte.

— C'est pareil chez nous. Mais les images de vidéosurveillance des chambres familiales ne vont pas au centre de contrôle principal.

— Qu'est-ce que ça veut dire ? dis-je en passant les doigts dans mes cheveux maintenant que j'ai retiré tous les bigoudis.

— Mon père est le seul à avoir accès aux images des chambres familiales. Il est bien des choses, mais il n'est pas assez pervers pour regarder sa propre fille se changer ou couler un bronze. C'est surtout pour s'assurer que je ne fais pas entrer des mecs en douce dans ma chambre ou un truc du genre, surtout maintenant que j'ai ça.

Elle agite sa main gauche dans les airs, et je comprends qu'elle parle de sa bague de fiançailles.

— C'est pareil ici, tu sais. Elio est le seul à avoir accès aux caméras de cette chambre et de la sienne.

— Il n'en a pas parlé, dis-je lentement.

Je ne suis pas sûre de ce que je ressens à ce sujet. Je savais qu'Elio aurait accès aux caméras. C'est sa maison, et il a le pouvoir absolu. Mais je ne savais pas qu'il était le *seul* à me voir ici. Je n'arrive pas à savoir si ça me rassure ou non, et je n'ai pas beaucoup de temps pour y réfléchir, car Valentina me presse d'enfiler des chaussures, et que ça saute !

J'attrape une paire de talons argentés à brides qui sont à ma taille et je les essaie. Elles semblent m'aller, mais les talons sont exagérément vertigineux. Beaucoup plus hauts que ce à quoi je suis habituée. Un rapide coup d'œil à toutes les autres paires m'indique que je ne trouverai rien de plus bas, alors autant m'en tenir à ce que j'ai.

— Tu peux me zipper ? demande Valentina en se retournant, et je ferme la fermeture éclair à l'arrière de sa robe.

La sienne est sans bretelles. Une fois qu'elle est habillée, elle fait volte-face et ébouriffe un peu mes cheveux.

— On dirait une déesse. Allez, on y va !

On y va. À un événement. Avec Elio.

Au moins c'est dans un lieu public. Il ne peut rien m'arriver tant que je suis entourée d'autres personnes. Une infime et absurde part de moi espère toujours qu'on pourrait même me sauver de tout ça.

Je tourne les talons vers la porte, prête à partir, lorsque Valentina m'arrête en poussant un cri.

— Oh, mon Dieu ! Ta culotte !

Je lâche un « quoi ? » en me retournant pour regarder la culotte en question. Je n'ai aucune idée de ce qui est arrivé à celle que je portais hier, alors j'ai enfilé l'une de celles que j'ai trouvées dans le placard.

— Le dos nu de la robe est trop bas. On voit le haut.

— Je vais mettre l'autre robe et...

— Pas le temps, m'interrompt Valentina. Contente-toi de l'enlever.

Mes joues s'empourprent. Elle n'est pas sérieuse, là. Elle veut que je sorte en public, que je me retrouve face à Elio, sans porter la moindre putain de culotte ?

Mais son visage m'informe qu'elle est on ne peut plus sérieuse. Elle est pratiquement en train de danser d'anxiété à cause de l'heure, et même si je déteste toute cette situation, je ne veux pas lui causer de problèmes si je peux l'éviter. En plus, ce n'est pas comme si Elio ne m'avait pas vue encore plus dénudée. Au moins, ma robe est en un seul morceau cette fois.

— D'accord, dis-je entre mes dents.

Je n'ai pas trop à me soucier de la caméra, puisque ma robe est si longue qu'elle me couvre complètement lorsque je retire la culotte.

— Mieux ? dis-je en tournant sur moi-même.

— Parfait ! s'exclame Valentina en fourrant son téléphone dans une petite pochette dorée. Allez, on y va !

Chapitre 16

Elio

J e viens de sortir de mon bureau et suis en train de traverser le rez-de-chaussée principal de la maison lorsque j'entends le claquement des talons hauts dans les escaliers. J'arrive devant la porte d'entrée et me retourne juste à temps pour prendre une beigne en pleine tronche.

C'est l'effet que ça me fait. De voir mon rossignol descendre les escaliers. Tellement belle que c'est comme un coup de poing qu'elle m'assène. Je remarque à peine ma cousine à côté d'elle alors que Deirdre descend les escaliers. Elle avance d'un pas rapide, mais chancelant, et elle regarde par terre comme si elle avait peur de tomber et de se briser le cou. Ce qui, étant donné les chaussures qu'elle porte, est probablement une inquiétude légitime. Mon regard glisse de ses chaussures argentées, remonte le long de la courbe affriolante de sa jambe que j'aperçois par la fente de sa robe, puis sur ses hanches, son adorable petite taille et ses seins. C'est une putain de merveille sur elle, cette robe qui enveloppe son corps de soie d'un bleu si foncé qu'il donne à ses yeux une teinte bleu nuit, plutôt que leur habituel bleu ciel.

Ces yeux bleu profond rencontrent les miens, et Deirdre s'immobilise sur les escaliers. Valentina continue de descendre, pratiquement en sprintant bien que ses talons soient encore plus vertigineux que ceux de Deirdre.

Deirdre et moi nous fixons si longtemps que je me demande si elle compte rester sur cette marche toute la nuit.

Je demande :

— Tu veux que je te porte encore ?

Elle inspire brusquement, et sa bouche pulpeuse se resserre.

— Non, merci, dit-elle d'un ton sec. Je n'ai pas besoin qu'une autre robe soit foutue en l'air par votre sang.

Valentina se crispe à côté de moi, sans aucun doute parce qu'elle redoute ma colère. Mais je les surprends toutes les deux en émettant un petit rire.

— Je suis tout rafistolé, tu te souviens, mon rossignol ? Comme neuf.

Ce qui n'est pas tout à fait vrai. Mon épaule va me râper les raisins pendant un certain temps. Mais au moins, Morelli a vérifié mes points aujourd'hui et mis de nouveaux pansements tout à l'heure, donc je ne vais pas saigner partout sur elle. Je fixe son décolleté, ses clavicules, en me rappelant à quoi ressemblait cette zone lorsque mon sang y était étalé, et mon sexe me parait subitement plus à l'étroit dans mon pantalon.

Deirdre se remet à marcher, descend les dernières marches. Mon regard est rivé sur sa poitrine, et je fronce les sourcils ; j'ai le sentiment qu'il manque quelque chose. Puis je comprends de quoi il s'agit.

Je demande à ma cousine :

— Où sont ses bijoux ?

Valentina se frappe le front avec la paume de la main.

— Ah, merde. Ils sont là-haut avec les chaussures.

— Va les chercher, lui dis-je sans quitter des yeux le cou dénudé de Deirdre.

— Mais on est en retard ! Maman est déjà là-bas et elle est furax. Elle m'a envoyé environ une douzaine de textos et...

Je détourne les yeux de la peau de Deirdre, juste assez longtemps pour décocher à Valentina un regard qui la fait courir vers les escaliers.

— Je reviens tout de suite ! s'écrie-t-elle.

On dirait une putain de petite marathonienne même avec ces chaussures. Elle court comme si c'était son métier.

Je suis seul avec Deirdre à présent. Il y a quelques soldats éparpillés au rez-de-chaussée de la maison, et Curse et Enzo sont dehors tous les deux, prêts à partir ; mais dans cet espace près de la porte, il n'y a qu'elle et moi.

Deirdre regarde partout autour d'elle en prenant soin d'éviter de poser les yeux sur moi lorsqu'elle parle enfin :

— Alors, comment ça marche ? Les bijoux, les vête-ments. Est-ce que ça s'ajoute à ma dette ? Parce que si c'est le cas, je préférerais ne rien avoir de tout ça.

Je marque une pause, m'imprégnant du spectacle qu'elle m'offre dans cette robe que j'ai payée, imaginant déjà les dizaines de milliers de dollars de pierres précieuses que je suis sur le point de lui attacher autour du cou. Un collier sur lequel sera inscrit « Titone » en langage des diamants.

— Je me sens d'humeur généreuse. Prends ça comme un cadeau d'anniversaire, dis-je.

Son regard se tourne brusquement vers moi, et je ne manque pas la manière dont il glisse sur mon corps de haut en bas, sur mon costume noir et ma chemise noire. La seule chose qui n'est pas de cette couleur chez moi, c'est mon mouchoir de poche. Une légère ride apparaît entre ses sourcils lorsque son regard s'y attarde, et je me demande si elle la reconnaît.

Je suis sur le point de lui demander, mais Valentina est de retour, hors d'haleine en dévalant les escaliers.

— Voilà, vite, vite ! dit-elle à Deirdre en lui tendant un objet scintillant.

L'impatience exaltée de ma cousine me tape sur les nerfs. Je tends la main pour prendre les bijoux et lui dis :

— Vas-y, toi. Curse et Enzo vont t'emmener.

Valentina lâche les pierres précieuses et le métal scintillants dans ma main sans la moindre hésitation, puis court vers la porte, l'ouvre et disparaît. Deirdre s'agite, elle semble vouloir crier quelque chose comme « attends-moi ! » mais c'est trop tard. Valentina est partie, et nous sommes de nouveau seuls. Ses yeux se posent sur ma main, où les étincelants diamants bruts et l'or blanc contrastent fortement avec le cuir noir de mon gant. La bouche pincée, elle tend le bras vers ma main, mais je la recule.

— Je m'en occupe.

— Comment ça, vous vous en occupez ? S'il faut vraiment que je le porte, c'est moi qui vais le mettre.

Elle allonge le bras de nouveau, mais une fois de plus je recule la main, referme mes doigts en poing.

— On ne partira pas tant que je ne t'aurai pas mis ce truc.

Elle ne comprend pas. Elle ne comprend pas ce que ça signifie de se montrer en public avec mes bijoux, mes diamants. Ça montrera à toute cette putain de ville qu'elle m'appartient désormais. Qu'elle n'est pas là parce qu'elle a une dette envers moi, comme quelqu'un que je pourrais torturer ou tuer à cause de ce qu'elle doit. Pas comme quelqu'un que je me ficherais éperdument de perdre.

Mais comme quelqu'un que je possède.

Quelqu'un que je protège.

— Alors on ne partira pas du tout, réplique-t-elle d'un ton sec.

Je n'ajoute rien d'autre. Je fais un pas vers elle. Elle recule. Nous faisons cela encore et encore jusqu'à ce qu'elle percute le mur. Mon corps la retient captive, et je lève mon poing entre nous, desserre légèrement ma prise jusqu'à ce qu'une chaîne en or blanc glisse entre mes doigts et se balance dans le vide. Elle oscille comme un pendule, et ses yeux bleus suivent le mouvement.

Je marmonne :

— Tu vas comprendre que les choses seront beaucoup plus faciles pour toi si tu ne me désobéis pas.

Ses yeux lancent des éclairs.

— Peut-être que je ne veux pas que ce soit facile.

— Qu'est-ce que tu veux alors ?

Sa réponse est plate et lugubre :

— Partir.

Un enchevêtrement d'émotions que je n'aime pas et refuse de nommer envahit mon corps. J'ai l'impression que je pourrais écraser les diamants dans mon poing.

— Mets tes putains de cheveux derrière tes oreilles.

Elle me défie du regard en silence, et je grogne en levant la main gauche, ignorant les instructions de Morelli qui m'a dit de ne pas utiliser ce bras autant que possible. Deirdre inspire brusquement lorsque je saisis tous ses cheveux au niveau de la nuque et tire, la forçant à renverser la tête en arrière, exposant sa gorge. Son cœur bat à un rythme endiablé à cet endroit, une poésie de corps et de sang. C'est une chanson à part entière. J'ai envie d'y mettre ma putain de langue.

Au lieu de quoi, je tends ma main droite sur le côté, dépose les bijoux sur un petit support près du mur. Je pioche une boucle d'oreille de la pile. C'est une boucle pendante en diamant munie d'un simple crochet à glisser dans le lobe de son oreille. Aucun fermoir, aucun clapet.

Les cheveux de Deirdre sont si serrés dans mon poing qu'elle ne peut presque pas bouger. Elle respire rapidement, fixant la boucle d'oreille comme si c'était une arme mortelle. Son corps vibre sous l'effet de ce que j'imagine être de la colère. Elle n'a pas l'air d'avoir peur. Elle a l'air carrément en colère.

Mais quelque chose change lorsque le cuir de mon gant frôle le pavillon de son oreille. Elle émet un son, entre le gémissement et le soupir, qui fuse tout droit vers ma queue. Son corps tout entier se tend, son souffle se coupe lorsqu'une seule de mes phalanges passe sur le lobe de son oreille. Je cesse de regarder son oreille pendant une seconde et vois qu'elle serre fermement les paupières. Son dos s'écarte du mur en s'arc-boutant, et ce n'est pas parce que j'ai commencé à tirer ses cheveux. Et...

Elle a les tétons qui pointent.

Je ne les voyais pas à travers la robe avant ça, mais je les vois à présent. La température n'a pas changé. Il fait carrément chaud. Pour être honnête, un peu trop chaud à mon goût, maintenant que mon sang bouillonne à l'intérieur de moi.

Tout en passant de nouveau mon doigt sur le pavillon de son oreille de façon expérimentale, je murmure à voix basse :

— On est sensible, mon rossignol ?

Je l'observe pendant ce temps. J'observe le frisson qui agite les muscles de son visage, la tension qui se propage dans son corps tout entier. J'observe la façon dont ses mamelons enflent et se raidissent encore plus, me supplient de les prendre dans ma bouche à travers l'étoffe glissante de sa robe. Elle a les mains plaquées contre le mur derrière elle.

— Vous pouvez vous dépêcher de me mettre ce truc ? souffle-t-elle, les yeux toujours fermés, comme si elle était incapable de me regarder.

Incapable d'admettre qu'elle puisse ressentir quelque chose quand je la touche.

Mais maintenant j'ai carrément envie de prendre mon temps. Contrairement à Valentina, je ne me soucie pas vraiment d'être à l'heure à cet événement. Je ne prévois pas de rester longtemps, de toute façon. Juste assez longtemps pour donner l'argent à Sev et m'assurer que tout le monde a vu Deirdre à mes côtés.

Lentement, je relâche ma prise sur ses cheveux. Je crois qu'elle n'a pas besoin que je l'agrippe comme ça à ce stade, et j'ai raison. La tension la cloue totalement sur place, rien qu'avec ce léger contact au niveau de l'oreille. Elle est assurément ultra-sensible à cet endroit. Ce qui est sacrément bon à savoir. J'attrape délicatement le lobe charnu de son oreille entre mon pouce gauche et mon index, guidant le crochet de la boucle d'oreille à travers le petit trou. Je l'enfonce lentement, pénétrant la chair soyeuse, pendant que Deirdre reste parfaitement immobile si l'on fait abstraction de sa respiration haletante. Penché si près de son visage, je regrette de n'avoir pas dit à Valentina d'y aller un peu plus mollo sur le maquillage. Je ne vois plus ses taches de rousseur à présent, et ça me contrarie.

Je lâche la boucle d'oreille, contemple la longue rangée de diamants qui oscille et bute contre le côté de sa gorge. Puis je glisse le bout de mes doigts sous son menton, tourne sa tête de l'autre côté pour répéter l'opération avec l'autre oreille. Ses yeux s'ouvrent brusquement et elle me fixe, son regard fait des étincelles, alors que je saisis la deuxième boucle d'oreille.

Sentant son regard sur moi pendant que je glisse la seconde boucle dans son lobe, je demande :

— Ça te plaît de regarder les hommes enfoncer des choses en toi ?

— J'en sais rien, siffle-t-elle. Je n'ai jamais laissé un homme enfoncer quoi que ce soit en moi.

Je me fige, et elle aussi. Ses yeux s'écarquillent, ses lèvres se ferment comme si elle n'avait pas eu l'intention de dire ça. Maintenant que la boucle d'oreille est en place, je la relâche. Mes doigts descendent délicatement sur sa gorge, et elle ravale sa salive.

— Tu es vierge ?

Mes doigts continuent de glisser le long de son cou, tracent le contour de ses clavicules, puis frôlent une jointure entre ses seins.

J'arrive à peine à distinguer le rougissement sous tout ce maquillage, mais je sais qu'il est là, car il se répand également dans son cou. Lentement, je passe mes phalanges de haut en bas sur la vallée entre ses seins. Je ne peux m'empêcher d'observer à quel point elle réagit à mon toucher. À quel point sa peau claire s'empourpre, rien qu'avec ce léger contact.

— Je ne vois pas en quoi c'est pertinent ! bafouille-t-elle.

Moi non plus, je ne sais pas pourquoi ça le serait. La virginité en tant que concept ne m'a jamais intéressée auparavant. Beaucoup d'hommes dans notre milieu mafieux veulent que leur fiancée soit intacte, mais pour moi ça n'a aucune importance. Au contraire, se retrouver avec une vierge qui ne sait pas ce qu'elle fait me semble un moyen facile de s'assurer une nuit barbante au plumard.

Mais maintenant...

Maintenant, je découvre que ça a de l'importance pour moi. Que personne d'autre n'ait jamais pénétré Deirdre. Si je le voulais, je pourrais être le premier homme, le dernier homme, le seul homme qui l'aura jamais baisée. Un sentiment de satisfaction possessif monte en moi, m'indique qu'elle m'appartient de toutes les façons possibles désormais, même si elle se débat contre ça.

— Je ne sais même pas pourquoi j'ai dit ça, grogne-t-elle. M'enfin, au moins ça prouve que je vous serai inutile dans ce domaine si jamais vous décidez que vous me voulez pour autre chose que jouer du violon. Vu que je n'ai aucune idée de ce que je fais.

— Tu aurais une idée de ce que tu fais si quelqu'un t'apprenait.

Elle inspire brusquement à ces mots. Elle est sur le point d'ajouter quelque chose, mais je la fais taire avec une caresse délicate, mais indéniablement intentionnelle, en passant mon pouce sur son mamelon durci.

Et puis je recommence.

— Qu'est-ce que vous faites ? chuchote-t-elle d'une voix enrouée.

Je ne lui réponds pas avec des mots, préférant dessiner un cercle péniblement lent et appuyé sur la bordure externe de son mamelon. Je la taquine, sans jamais plus m'approcher du bourgeon sensible. Sa respiration n'est qu'une saccade de petits soupirs. Putain, j'ai tellement envie de prendre son sein brutalement dans ma main, le malaxer, remonter sa robe et la plaquer contre le mur.

Je me retiens. La mâchoire serrée, je continue de décrire des cercles lents, tellement lents putain, jusqu'au moment où je suis persuadé que Deirdre est sur le point de voler en éclats. Elle est trop fière pour me le demander, mais je vois bien qu'elle en a besoin.

Tout contre son oreille, je murmure :

— Tu veux que je te touche là, encore ?

Elle frissonne sous mon souffle qui s'abat sur sa peau.

— Allez vous faire foutre. Lâchez-moi, dit-elle, mais c'est pratiquement un gémissement.

Elle a beau ne pas me supplier avec des mots, son corps s'en charge pour elle. Elle se cambre vers moi, cherchant mon contact.

— Je crois que oui, dis-je. Là tout de suite, je parie que la seule chose qui t'obsède c'est de découvrir ce que ça te ferait de sentir le cuir de mon gant glisser sur ta peau nue.

Elle tressaille sous ma main, et je comprends que j'ai raison.

Ce serait si facile, aussi. De remonter délicatement la soie de la robe, peut-être même de la déchirer comme je l'ai fait la nuit dernière. Masser les baies tendues de ses mamelons entre mes doigts gantés. Prendre l'un puis l'autre dans ma bouche pour pouvoir la sentir comme il se doit, sans aucun tissu entre nous. Mon sexe palpite furieusement à cette pensée, ma langue flagelle l'intérieur de mes dents.

J'ai envie qu'elle me supplie de le faire.

Même si je sais que ça n'arrivera pas.

En poussant un grognement impatient, je lui donne ce dont elle a besoin, mais refuse de demander. Je presse mes paumes sur le côté de ses seins, passe mes pouces sur ses tétons que j'accable de caresses avides. Elle lâche un léger gémissement, puis ferme brusquement la bouche, comme si elle était furieuse que ce son lui ait échappé. Comme si ce gémissement était une trahison.

Elle ne veut pas ressentir ce qu'elle ressent. Réagir de la façon dont elle réagit. Je ne fais rien de plus que jouer avec ses jolis petits mamelons, et elle se met déjà à convulser et à se tortiller, ses hanches se cabrent vers l'avant puis elle interrompt le mouvement, luttant pour reprendre le contrôle.

Elle n'est pas simplement sensible des oreilles. Elle pourrait jouir comme ça, et elle n'en est probablement pas loin, putain. Cette pensée m'embrase, me fait oublier toutes mes règles, tout ce que je m'étais dit avant de l'amener ici.

Cette fois mes lèvres touchent son oreille lorsque je murmure :

— Si j'écartais ta culotte, là tout de suite, je crois que je découvrirais que ta petite chatte virginale est toute trempée à cause de moi, mon rossignol.

Ses mains, ces mains qui étaient collées au mur depuis tout ce temps, sans me toucher ni me repousser, qui prétendaient être des participantes neutres à tout ceci, ces mains se lèvent entre nous. Elle les plaque contre ma poitrine et me pousse, tandis qu'un brasier bleu flamboie dans ses yeux.

— Donc c'était des craques, tout ce que vous m'avez dit avant, siffle-t-elle en me poussant de nouveau. C'est bien une pute que vous voulez. Vous me voulez juste pour mon corps.

Je laisse mes mains descendre de ses seins pour capturer son menton entre mes doigts, la forçant à plonger le regard dans le mien quand je me penche et lui dis :

— Je veux tout. Je veux ta putain d'*âme*.

Elle essaie de secouer la tête, mais n'y parvient pas.

— Six millions de dollars pour une âme, chuchote-t-elle.

Elle ne semble plus en colère, mais triste.

Je la relâche, fléchis les doigts dans mes gants et hausse les épaules, ce qui m'envoie une douleur lancinante dans toute l'épaule. Puis je réponds simplement :

— C'est peu cher payé.

J'aurais été prêt à payer des millions de plus. Il y a quelque chose en elle qui s'adresse à moi dans une langue que j'ai presque oubliée. C'est comme une démangeaison au fond de mon esprit que je dois localiser pour pouvoir la gratter à sang.

Je m'apprête à me tourner vers la porte et à sortir Deirdre d'ici lorsque j'aperçois quelque chose qui brille. Le collier. Je le récupère.

— Tourne-toi, dis-je.

Elle se contente de me regarder, les bras croisés sur sa poitrine comme pour contenir les ardeurs de ses fichus mamelons sensibles quand elle est près de moi. Je lève le collier, et elle se contente de relever le menton et de plisser les yeux.

Ça me va. Je peux l'attacher comme ça.

Je me penche de nouveau vers elle, puis au dernier moment elle décide enfin d'écouter et se retourne. Peut-être se dit-elle que c'est un peu mieux si elle n'est pas vraiment obligée de me regarder.

J'écarte ses cheveux et les passe devant son épaule, en faisant de mon mieux pour ignorer leur couleur rougeoyante. Putain, elle en a beaucoup. Ils sont longs et épais. Ils cachaient complètement son dos avant, mais maintenant...

Maintenant, je vois tout.

Valentina a peut-être exagéré sur le maquillage, mais je dois porter ça au crédit de ma cousine. Elle a choisi la robe parfaite.

L'arrière de la robe n'en est pas un du tout. C'est une plongée béante dans la soie, qui expose Deirdre des omoplates jusqu'aux hanches. Je laisse la chaîne du collier pendre de ma main, laissant son extrémité fine remonter la courbe de son échine jusqu'à son cou. Je peux voir les frissons émerger dans son sillage. Comment les bras de Deirdre se serrent de chaque côté de son corps.

Je me rapproche encore derrière Deirdre, prenant un moment pour examiner le collier afin de comprendre comment il se ferme. Il y a une bande de diamants, courte et large avec une grande pierre au milieu, qui doit se mettre devant. Je la fais glisser autour de son cou, puis j'attache le fermoir à l'arrière. Je marque une pause pour admirer l'effet qu'il produit, et ce qu'il produit me frappe les couilles de plein fouet.

Parce que ce collier ressemble à un collier de chien en diamant, ajusté étroitement autour de sa gorge. Et la chaîne en or blanc pend dans le dos de Deirdre à la façon d'une laisse scintillante.

Je tripote la chaîne à l'arrière, tire légèrement, et j'ai un sourire satisfait lorsque Deirdre réagit par un bond en arrière, et trébuche sur ses talons jusqu'à ce qu'elle bute contre ma poitrine. Elle s'empresse de se redresser, essayant de s'éloigner de moi aussi vite que possible.

Mais je ne lâche pas la chaîne avant qu'elle soit installée dans ma voiture.

Chapitre 17

Deirdre

u'est-ce qui se passe ?

C'est la question qui me taraude encore et encore alors que je reste immobile sur le siège passager, à l'avant de la voiture d'Elio. C'est un véhicule différent de celui de la nuit dernière, un autre que le SUV noir. Celui-ci est également noir, mais il est plus petit, une sorte de Porsche, j'en suis presque certaine.

Qu'est-ce qui se passe ? Qu'est-ce qui m'arrive ?

Mon entrejambe est toujours lancinante et humide lorsque je serre mes cuisses l'une contre l'autre. Elio, ce putain de *connard* arrogant, violent et stupide a failli me faire jouir. Rien qu'en me touchant les tétons.

Qu'est-ce qui m'arrive ?

Je ne devrais pas aimer qu'il me touche. Non, d'ailleurs je n'aime pas ça. Mais quelque chose dans mon corps réagit à ses caresses de façon incontrôlable. Et la honte que j'en ressens me chauffe encore plus. Le moindre contact devient quelque chose de toxique, de presque enivrant, quelque chose que j'ai peur de me mettre à désirer furieusement si je n'y prends pas garde.

Mais comment faire pour rester sur mes gardes, bordel ? Elio est partout où je vais. Je vis chez lui. Putain, c'est même lui qui m'habille maintenant. Mes doigts remontent sur le collier d'animal en diamant à mon cou, un symbole superbe et terrible de ce que je suis devenue.

— Pourquoi est-ce que vous m'embarquez à cet événement ?

Je pose la question en suivant du bout des doigts les rangées chargées de diamants qui mènent à l'énorme diamant central. Je dois porter des dizaines de milliers de dollars de pierres précieuses en ce moment. Peut-être même plus.

Je ne m'attends pas à ce qu'il réponde, mais il le fait néanmoins :

— C'est la meilleure façon de montrer publiquement et efficacement aux autres personnes qui te veulent que tu m'appartiens.

Les autres personnes qui me veulent. J'imagine qu'il parle de Darragh et de la Camorra.

Je laisse ma main s'éloigner du collier et me frotte les tempes.

D'un ton maussade, je demande :

— Est-ce que vous savez où est mon père ?

Encore une fois, je ne m'attends pas à ce qu'il réponde. Et encore une fois, il me surprend.

— Aux Bermudes.

Je tourne brutalement la tête vers Elio, traversée par une myriade étourdissante d'émotions. La première, c'est le soulagement de savoir que mon père est vivant et qu'il a réussi à s'échapper.

La deuxième, c'est le désespoir.

Car ça signifie qu'il m'a bel et bien abandonnée ici.

Peut-être qu'il est simplement en train de concocter un

plan, me dis-je en me mordillant la lèvre. *Peut-être qu'il ne sait pas encore comment m'aider ici avec autant de gens à sa poursuite, alors il est parti pour réfléchir à la prochaine étape.*

Je me demande si Elio parvient à sentir l'espoir en moi. S'il arrive à le flairer comme un chien détecte le sang.

— Il est avec Bridget. Elle a pris l'avion ce matin pour le rejoindre.

Bridget. Ce nom m'est familier, même si ça met un moment à me revenir.

— Bridget, genre, notre femme de ménage ? Cette Bridget-là ?

Elle n'a travaillé pour nous que quelques semaines il y a de ça quelques années, avant d'être mystérieusement remplacée. Je me suis toujours demandé ce qu'elle était devenue, mais elle était si jeune, de seulement quelques années mon aînée, alors j'ai pensé qu'elle avait trouvé une nouvelle opportunité ou qu'elle avait peut-être la fac à gérer. Je me souviens qu'elle était bavarde, gentille et extrêmement jolie. *Pourquoi mon père aurait-il besoin d'une femme de ménage aux Bermudes ?*

Je suis gênée de ne comprendre que lorsque Elio me l'annonce :

— C'est sa petite amie. Ou peut-être que « Sugar Baby » est un terme plus approprié. Ça fait des années que ça dure.

J'ai l'impression qu'on vient de me décocher un coup de poing dans le ventre. Je me penche en avant, le souffle presque coupé alors que je digère véritablement l'information. C'est mon père qui a créé tout ce merdier et il m'a laissée payer les pots cassés sans même se retourner. De toute évidence, il a encore de l'argent sous la main s'il peut prendre l'avion à destination des îles tropicales. Et au lieu d'utiliser cet argent pour essayer de payer ses dettes et me sauver, il a fait venir la femme qu'il baise à la place.

Comment j'ai fait pour passer à côté de tout ça ?

J'ai la tête qui tourne, mais j'essaie de passer ces dernières années au peigne fin, en me demandant si je suis passée à côté de certains indices. Je suis débile ou quoi ? Non seulement je ne me suis pas rendu compte de ce qui se passait sur le plan financier, mais en plus je n'ai pas compris que Bridget a arrêté de travailler pour nous parce qu'elle est devenue la petite amie de mon père. Son petit secret hors de prix.

Il s'avère que papa avait beaucoup de secrets hors de prix.

Le sentiment de trahison me dépasse largement. J'ai l'impression que papa a trahi maman aussi. Trahi sa mémoire de la pire des manières. Je ne m'attendais évidemment pas à ce qu'il reste seul pour toujours après sa mort, mais ça ? Baiser une fille en âge d'être à la fac et la protéger elle plutôt que moi quand tout est parti en couilles ?

C'est un cauchemar.

Un cauchemar qu'Elio ne cesse de transformer en réalité. En ajoutant toujours plus de détails.

— Elle a des goûts de luxe, d'après ce qu'on m'a dit.

Elio parle avec désinvolture, comme si chaque mot ne faisait pas voler en éclats tout ce que je pensais savoir.

— Elle ne travaille pas, mais elle vit dans un appartement chic à Yorkville. Elle roule en Range Rover. Du moins, elle roulait. Je ne serais pas surpris que les hommes de Sev aient déjà mis la main sur le véhicule.

Je murmure :

— Arrêtez, s'il vous plaît.

Je ne sais même pas pourquoi je m'embête. Mon père

est peut-être cupide et lâche, mais Elio est cruel, et le supplier ne me servira à rien.

— La vérité fait mal, mon rossignol, rétorque-t-il, prouvant ainsi à quel point j'ai raison.

Il dit peut-être la vérité, mais c'est lui qui la brandit comme un couteau, lui qui me la plante en plein cœur.

— Mais qu'est-ce qu'on dit d'autre, aussi ? continue-t-il. « La vérité rend libre. »

Je fixe son profil, abasourdie.

— Libre ? dis-je en écho d'un ton incrédule.

Le collier de diamants autour de mon cou picote. J'ai envie de l'arracher, de l'agiter devant son visage et de lui demander : « C'est à ça que ça ressemble la liberté pour toi ? »

Aucun de nous ne parle pendant un moment. Il n'y a pas de musique dans la voiture, et la seule chose que j'entends c'est la plainte de mon cœur brisé dans ma poitrine. Je regarde les lumières du centre-ville de Toronto passer devant la fenêtre comme des étoiles filantes, en me demandant comment le reste du monde peut continuer à tourner, à être beau, alors que le mien s'est complètement effondré.

Lorsque nous approchons du Musée des beaux-arts, Elio recommence enfin à parler. Une déclaration subite, nonchalante :

— Tu peux toujours lui mettre une balle dans la tête. C'est ce que j'ai fait avec le mien.

Mes mains se crispent, se referment en poings sur mes genoux.

— Vous avez tué votre propre père ?

Ça ne devrait pas me surprendre. Elio est impitoyable. Il est connu pour ça.

Il éclate de rire, mais c'est un son lugubre et nerveux.

— Fais-moi confiance, il l'a mérité.

Avec un rire amer, je réponds :

— Vous faire confiance ?

Le rire s'éteint dans ma gorge quand le cuir m'effleure la nuque. Elio empoigne la chaîne du magnifique collier sous mes cheveux.

Nous sommes maintenant arrivés au Musée des beaux-arts, et il arrête la voiture. Dehors, un jeune voiturier court vers nous à travers la neige qui tombe faiblement.

Elio se penche tout en tirant sur la chaîne, me forçant à m'incliner vers lui de côté. Il parle près de mon oreille, sans la toucher, mais même ainsi un frisson inavouable me parcourt, répercute des vibrations dans mes tétons et mon clitoris, réveille l'excitation de tout à l'heure.

— Tu vas devoir me faire confiance, mon rossignol.

La sensation de son souffle sur ma peau est la plus légère des caresses, pourtant c'est comme une déflagration à l'intérieur de moi. Ses phalanges couvertes de cuir reposent sur le haut de ma colonne vertébrale, piquantes, dures et douces à la fois.

— Cette ville est un vrai nid de serpents. Et le seul qui peut te protéger ici désormais, c'est moi.

Chapitre 18

Deirdre

L'air froid sur ma peau est agréable quand je sors de la voiture. Elio me tient la portière, et son regard contraste nettement avec le froid glacial de cette nuit d'hiver. Des flocons de neige rondouillards tombent sur mes épaules et mes cheveux, et je sais que si je reste dehors trop longtemps, je vais me geler les miches. Mais pour l'instant, c'est le paradis.

Curse me fait sursauter en surgissant manifestement de nulle part, tandis que le voiturier s'éloigne au volant de la voiture. Les deux frères flanquent mon corps, tous deux profondément aux aguets comme des gardes du corps, me rappelant les autres dangers qui m'attendent toujours.

La main gantée d'Elio trouve à nouveau l'arrière du collier, et je tressaute à son contact.

— Non, pas question. Je refuse que vous me promeniez là-dedans comme un chien, dis-je.

Elio ne me regarde pas, son regard balaie la rue enneigée de long en large. Pourtant, étonnamment, il relâche la chaîne.

Mais c'est seulement pour poser la main en bas de mon

dos. En bas de mon dos *nu*. Si bas que ses doigts s'enfoncent sous le tissu de la robe et se posent sur ma hanche.

— Mieux ? demande-t-il alors que nous entrons dans le musée.

Non. Putain, c'est dix fois pire. Parce qu'au lieu de me sentir uniquement humiliée, c'est la morsure électrique de l'excitation que je ressens de nouveau. La surface de son gant est fraîche au début, mais plus sa main reste sur ma peau, plus je sens la chaleur transpercer le cuir. Elle m'imprègne. Me marque. C'est insensé d'être excitée uniquement par sa main sur mon dos. Sa main, à *lui* ! L'homme qui m'a enlevée, enfermée, qui soutient que je lui appartiens. Mais j'ai beau essayer de lutter contre les sensations, impossible de les nier. J'ai l'impression que sa main s'enfonce, transperce ma colonne vertébrale et mon bassin, remuant et serrant mes entrailles avec une précision cruellement experte. Avec la simple pression de sa paume, l'autoritarisme de ses doigts, il joue de mon corps avec une virtuosité que je ne pourrais jamais espérer atteindre au violon. Pas même en un putain de siècle.

Nous nous dirigeons vers les tables à l'entrée, et les frères ne jettent pas même un regard aux deux jeunes femmes qui vérifient les invitations. Il y a une file d'attente d'invités qui attendent pour remettre leurs billets, et je brûle sous leurs regards alors que nous passons directement devant eux. Je me demande qui parmi ces femmes éblouissantes et ces hommes en costumes appartiennent au monde d'Elio, et lesquels sont simplement des gens riches de sortie pour une soirée en ville. Est-ce qu'ils savent qui est Elio ? Est-ce qu'ils savent qui je suis ?

Est-ce que l'un d'eux peut m'aider maintenant ?

Je pense à me contorsionner pour regarder ces gens qui attendent si patiemment en file indienne. Ces gens qui suivent les règles pendant qu'Elio les piétine, m'entraînant avec lui dans son sillage. J'envisage d'appeler à l'aide, de les supplier de me sauver. Mais je ne le fais pas, car peut-être que je suis lâche, comme mon père au final.

Ou peut-être que ma faiblesse est d'une autre nature. Une nature bien pire. Parce que la main d'Elio est toujours là sur mon dos, et c'est comme s'il m'avait enchaînée par ce simple contact. C'est comme si je ne pouvais pas parler, pas même respirer s'il ne m'y autorise pas. Je le laisse me guider alors que nous nous enfonçons dans le bâtiment, et j'ai envie de croire que j'avance sans rien ressentir, comme un automate. Mais je ne suis pas engourdie. Chacun de mes nerfs est agité, à vif. Tout mon corps est en effervescence. Des vagues tumultueuses de chaleur frémissante s'élèvent, retombent, s'écrasent. Je déteste ça, et je le déteste, lui, de provoquer ces sensations en moi.

Pourtant même la haine ne soulage pas mon clitoris lancinant. Mes tétons trop sensibles.

Je me demande si la haine empire les choses.

Bien que ce soit presque impossible, j'essaie de me focaliser sur mon environnement pour distraire mon esprit de mes abjectes réactions à Elio. Curse est toujours de l'autre côté, mais je suis à peine consciente de sa présence ou de celle des autres alors que nous marchons. Elio dirige tout, y compris mon regard.

Nous atterrissons dans un endroit que je ne reconnais pas. Je suis déjà venue au Musée des beaux-arts, mais pas depuis longtemps. Je sais qu'il était en travaux récemment, et il doit s'agir de la nouvelle aile dont Valentina m'a parlé. C'est un espace immense et étincelant avec du verre cristallin sur toute la longueur d'une paroi imposante, dont le haut s'incline vers l'intérieur, donnant ainsi une impression de demi-pyramide. L'endroit est constellé de personnes superbes admirant diverses installations artistiques, sculptures et autres œuvres tridimensionnelles au centre de l'espace, ainsi que des peintures, des croquis et des textiles sur la paroi intérieure. À l'autre bout, il y a de longues tables garnies de nourriture ainsi qu'un bar où un barman distribue des boissons. Près de la nourriture, il y a une zone dépourvue de tables et d'œuvres d'art, et quelques tandems dansent au son de la musique d'un petit quatuor à cordes.

— Vous voilà !

Une voix familière transperce la musique et le vacarme. Valentina s'avance prestement vers nous. On ne devinerait jamais, à voir sa façon de se déplacer, qu'elle porte des chaussures qui devraient être considérées comme dangereuses pour la santé humaine. Mes propres pieds commencent déjà à me faire mal, mes voûtes plantaires se tordent. Si j'essayais de courir comme elle, je me casserais la cheville.

Ou le cou.

La main d'Elio ne bouge pas lorsque sa cousine rejoint notre groupe.

Les cils de Valentina sont si longs et agités qu'il est impossible de manquer son regard qui se pose à cet endroit avant de rebondir immédiatement vers le haut.

— Oh, merde, tes cheveux ! J'ai pas eu le temps de leur mettre de la laque quand tu as retiré les bigoudis !

Je lève la main, en me demandant de quoi elle parle, puis je me souviens de la neige qui est tombée sur moi, qui a sans doute fondu et changé la coiffure. Mes cheveux au naturel sont une étrange combinaison : raides et ondulés à l'arrière, bouclés sur les côtés et sur le devant. Un geste rapide de mes doigts m'informe que de petits cheveux naissants sont en train de se transformer en boucles autour de mon visage. J'essaie de les lisser, puis je m'arrête. Je ne devrais pas me soucier de mon apparence. Que mes cheveux soient suffisamment présentables. Je ne veux même pas être ici à la base.

Mais lorsque j'arrête de me tracasser à propos de mes cheveux, c'est Valentina qui prend le relais. Même avec ses talons, elle est plus petite que moi, car mes propres chaussures contrebalancent toute la hauteur que les siennes lui donnent. Elle se grandit, fronce les sourcils et lisse, en marmonnant quelque chose à propos de la laque. Je m'apprête à lui demander d'arrêter, à m'éloigner de ses mains, mais je me fige lorsque quelque chose se produit.

C'est un geste d'une lenteur cruelle et d'un érotisme insoutenable. Celui de la main d'Elio sur ma peau, qui glisse en petits cercles fluides contre mon dos. Ses doigts caressent ma hanche au point où je ne suis plus capable d'émettre le moindre son, de respirer presque. Je serre mes cuisses l'une contre l'autre et ferme les yeux. La sensation de Valentina qui me triture les cheveux s'estompe, ainsi que tout le reste, jusqu'à ce qu'il ne reste plus qu'Elio. Elio et le glissement doux du cuir recouvrant sa main sur ma peau incandescente.

Sa main descend légèrement plus bas, et je sens une tension inédite l'envahir, l'ébranler au point de l'immobiliser subitement. *Merde.* Il vient de se rendre compte que je n'ai pas de culotte. Impossible qu'il ne l'ait pas remarqué. Ses doigts sont largement sous ma robe à présent, bien plus bas que l'endroit où le haut de la culotte reposerait sur mes hanches, et même avec les gants, il doit sentir qu'il n'y a pas d'autre tissu là-dessous.

Nous restons tous les deux immobiles, mais pas impassibles, figés, mais frémissants sous la surface du silence. Puis il esquisse un mouvement presque imperceptible. Son index vrille contre ma hanche – oh putain, c'est presque le haut de mes fesses, qu'est-ce que je raconte, moi ? Je crois que cette légère pression de son doigt vise à s'assurer de façon certaine que ce qu'il a senti est bien réel. Ou plutôt ce qu'il n'a *pas* senti, cette chose impossible à sentir puisqu'elle n'est pas là.

Il recommence. On dirait qu'il fait vriller ce doigt à l'intérieur de moi.

Je me contracte autour du vide.

— Mon Dieu, pas la peine de fermer les yeux et de faire la grimace comme ça, me réprimande Valentina. On dirait que je suis en train de t'arracher les cheveux ou quelque chose du genre.

Mes yeux s'ouvrent brusquement, et ma conscience du monde revient au galop.

Valentina retire ses mains de mes cheveux, et hausse les épaules.

— Ça fera l'affaire pour l'instant.

Sans un mot, Elio augmente simplement la pression de sa paume, et je me retrouve soudain projetée en avant. Valentina fait un bond sur le côté pour éviter la collision pendant qu'Elio me pousse en avant.

Alors que nous traversons la salle, je demande :

— Où est-ce qu'on va maintenant ?

Il ne répond pas avec des mots. Il se contente de s'arrêter et se tourne vers moi sur la piste de danse. Le quatuor joue quelque chose de lent et joli, un morceau que je ne reconnais pas. La main toujours plaquée contre ma peau, il me pousse à tel point que je trébuche près de lui, et mes mains atterrissent sur son torse. Et j'ai horreur de ça, horreur de devoir m'appuyer sur lui pour me stabiliser, pour garder l'équilibre. Je m'apprête à enlever mes mains lorsqu'Elio se penche et me donne un seul mot d'ordre :

— Danse.

Incroyable, putain. Il s'attend à ce que je danse avec lui ? J'ai l'impression d'être une marionnette, comme si je n'étais rien d'autre pour lui qu'un accessoire qu'il manipule à sa guise. Et lorsque sa main recommence à imprimer ce lent mouvement circulaire dans mon dos, réduisant mes entrailles à un amas visqueux, toxique et brûlant, je comprends que si je suis bel et bien une marionnette, il contrôle plus mes ficelles que moi.

Peut-être même qu'il les contrôle toutes.

— Mets tes bras autour de mon cou, m'ordonne-t-il.

En poussant un léger grognement, il hisse sa main gauche jusqu'à ma hanche. Avec sa blessure à l'épaule, je me demande si ce mouvement lui fait mal. J'espère que oui. J'espère que le simple fait de me tenir lui fera mal pour le restant de ses jours.

Et en même temps, je déteste cette douleur. Et la culpabilité.

On ne sort non pas légèrement blessée, mais globalement indemne de l'accident de voiture qui a tué sa mère, sans que la culpabilité s'incruste dans nos os comme des éclats d'obus. Jusqu'à maintenant, je ne m'étais pas rendu compte à quel point cette culpabilité était profondément enracinée en moi, à quel point elle m'a détraquée. Parce que je n'arrive même pas à être pleinement satisfaite du fait qu'Elio soit blessé. Je sais que c'était seulement parce qu'il ne voulait pas laisser quelqu'un d'autre endommager ce qui est à lui, un acte purement possessif plutôt que protecteur, mais cet acte, cette blessure, tourbillonne à l'intérieur de moi désormais. Ça me donne le sentiment que je lui dois quelque chose. Quelque chose qui dépasse largement les millions de dollars que je lui dois déjà.

L'étreinte d'Elio se resserre sur moi, et c'est avec une voix ténébreuse qu'il recommence à parler :

— Ne me désobéis pas, mon rossignol. Pas en public. Pas ici.

Je n'ai toujours pas passé mes bras autour de son cou comme il me l'a ordonné. Je me demande ce qui se passerait si je m'écartais de lui. Si je me mettais à crier et à provoquer un scandale.

Les mots qu'Elio a prononcés tout à l'heure reviennent subitement hanter ma mémoire.

Cette ville est un vrai nid de serpents. Et le seul qui peut te protéger ici désormais, c'est moi.

Je fixe mes mains, qui sont d'une pâleur frappante comparées au noir absolu de sa veste de costume. Mes doigts sont comme paralysés. Je n'arrive ni à les retirer ni à les lever jusqu'à son cou. Il me semble que chacune de ces options aura des conséquences permanentes et dévastatrices. Lui désobéir, me libérer de son emprise et me mettre à la merci des autres hommes qui me veulent.

Ou me soumettre à lui. Admettre que j'ai besoin de lui désormais.

Je me demande si c'est le cas. Si j'ai réellement besoin de lui. Si la seule façon d'éviter d'être déchiquetée par des coyotes à l'affût est de me jeter dans la gueule du loup.

Je sens le regard sévère d'Elio sur mon visage pendant que j'observe mes propres mains. Elles se déplacent comme si elles appartenaient à quelqu'un d'autre. Elles glissent lentement, puis plus rapidement, remontent jusqu'à la base de son cou. Il est si grand, que même avec mes chaussures je n'arrive pas à passer mes bras autour de son cou, alors je laisse simplement mes mains à cet endroit-là.

Elio expire calmement, fait glisser son pouce de haut en bas sur la zone frémissante à la jonction de ma colonne vertébrale et de mon coccyx, puis murmure :

— C'est bien, tu es sage.

Je ne sais pas si c'est à cause de ses mains sur moi, de la façon dont mes mamelons appuient douloureusement contre son torse, ou du timbre rauque de sa voix derrière ces mots, mais mon sexe palpite, et un flot de chaleur inonde ma peau.

Je me demande si Elio va tenter de m'entraîner dans un genre de valse élaborée, mais il ne le fait pas. Il me guide de gauche à droite dans une sorte d'oscillement circulaire et hypnotique.

— Mais peut-être pas si sage que ça, dit-il soudainement, tandis que ses doigts s'enfoncent encore plus bas sous ma robe.

Un de ses doigts effleure mes fesses, taquine la fente à cet endroit.

— Pourquoi tu ne portes pas de culotte ?

Il y a une inflexion rocailleuse à la fin de sa question. Discrète, mais âpre et autoritaire. L'humiliation se mêle à l'excitation. De même que la colère.

Je chuchote farouchement :

— Ce n'est pas moi qui ai fait ce choix. C'est à cause de cette robe ! Valentina me mettait la pression pour que je me dépêche, et elle m'a juste dit de l'enlever et...

— Et tu l'as fait, grogne-t-il, me coupant ainsi la parole. N'accuse pas la robe ou Valentina. Assume, mon rossignol. Reconnais qu'une part de toi avait envie de venir ici avec moi sans culotte. Tu voulais exhiber ton petit cul et ta petite chatte nues.

Un changement dans la posture chaloupée d'Elio plaque l'incontestable renflement de son sexe contre mon ventre. Ma bouche s'assèche.

Je murmure :

— C'est faux.

Mais maintenant, je doute de moi-même. Pourquoi est-ce que je n'ai pas cherché à m'opposer davantage à Valentina sur ce sujet ? Pourquoi est-ce que je n'ai pas campé sur mes positions ? Suis-je vraiment si facile à manipuler ?

Ou y avait-il une part subconsciente de moi, une part de moi dont j'ignorais l'existence, qui avait envie de ça ? Envie de cette humiliation ?

— Si c'est faux, alors explique-moi pourquoi tu es si excitée, là tout de suite.

J'ai le souffle coupé, l'impression qu'il m'a aveuglée. Comme si j'étais jusqu'alors tapie dans l'obscurité et qu'il venait de braquer les projecteurs sur moi. Me mettant complètement à nu, me laissant là dans un état de sidération, à bout de souffle, à cligner des yeux. Un autre mouvement chaloupé vient appuyer le haut de sa cuisse contre mon entrejambe, et une explosion lancinante de plaisir si intense qu'elle me ferait presque mal remonte le long de ma colonne vertébrale.

— Est-ce que ça te donne l'impression d'avoir plus de contrôle ? murmure Elio contre mes cheveux alors que mon clitoris palpite de désir. De savoir que tu me rends complètement dingue, là tout de suite ?

Ses mains guident mes hanches en les frottant lentement contre sa cuisse.

— Tu joues à un jeu dangereux. Je n'aime pas qu'on me provoque.

Personne n'oserait provoquer cet homme à moins d'avoir des pulsions suicidaires.

— Je ne vous ai pas provoqué, dis-je d'une voix haletante en me tortillant entre ses mains.

Je ne sais pas si j'essaie de me rapprocher ou de m'éloigner.

— Je, je...

Je vais jouir.

Putain de merde, je le sens. Cette pulsation fiévreuse, cette accélération entre mes jambes. Dans les bras d'Elio, contre sa jambe, entourée d'autres personnes, *en public*.

Qu'est-ce qui m'arrive ?

La panique m'étreint, et pour une raison carrément débile qui m'échappe, c'est surtout entre mes jambes que je la ressens. Elle aiguise chaque sensation. Transforme l'ondulation de mon clitoris enflé contre Elio en un point de pression lumineux, extatique, dont je serais incapable de me défaire même si j'essayais à ce stade. Il ne guide même plus mes hanches, car le simple mouvement lent de notre danse suffit à me rapprocher toujours plus de l'orgasme.

— Putain, Deirdre, grogne doucement Elio d'une voix rugueuse. Je devrais mettre une bonne fessée à ton joli petit cul pour ça.

C'est une image choquante. Moi, penchée sur une table. Ou ses genoux. Ce gant noir s'abattant encore et encore sur ma peau nue pour me piquer, me marquer, me revendiquer. C'est dégradant. Et – aidez-moi, mon Dieu, qu'est-ce qui ne va pas chez moi – affriolant. *Merde*. Il appuie sur cette zone du bout des doigts à présent, un avertissement clair et silencieux.

— Ou peut-être que c'est déjà une punition suffisante, dit-il. De jouir en public comme tu t'apprêtes à le faire.

Je chuchote « Arrêtez » en fermant les yeux. Mais je ne sais même pas à qui ou à quoi je m'adresse. À Elio. À moi-même. Au traître d'orgasme qui est en train de naître, monter, d'atteindre son apogée en moi. Impossible de l'éviter à ce stade, peu importe qui et à quel point je supplie. Peu importe qui regarde. Cette vague imminente de sensations me submerge, s'engouffre à l'intérieur et se cristallise comme un couteau, fait couler le sang avant de voler en éclats. Je m'agrippe à Elio, tremble et jouis violemment, en sachant que sans ses épaules sous mes mains et ses doigts sur mes fesses, je m'effondrerais. Et peut-être que c'est ce qu'il veut. Me démontrer que je suis carrément incapable de tenir debout sans lui désormais.

Mais à présent ses mains remontent doucement vers ma taille, et il crée de l'espace entre nous comme s'il était sur le point de me lâcher.

Est-ce que c'est parce qu'il m'a entendue lui demander d'arrêter et qu'il m'a réellement écouté ?

Ou est-ce qu'il veut simplement me voir chuter ?

— Emmène-la, dit Elio à quelqu'un d'autre par-dessus ma tête.

Mon sexe se contracte toujours sous le contrecoup honteux de mon orgasme, je halète furieusement et ravale ma salive, en me demandant confusément de quoi il parle. Je serre les poings et les laisse glisser des épaules d'Elio alors qu'il relâche ma taille. Heureusement, mes jambes en coton tiennent bon. Je me rends compte qu'il s'adressait à Curse, lorsque son frère acquiesce d'un signe de tête et se rapproche de moi par le côté.

Mon regard s'enfonce dans le dos d'Elio alors qu'il se retourne et se fraye un chemin dans la foule, s'éloigne sans ajouter le moindre mot. Il m'a dit toutes ces choses horribles, m'a serrée fort contre lui pendant que je jouissais au beau milieu de cet événement chic, et maintenant il se *casse* ? Il me laisse ici avec son frère silencieux à la mine sombre alors que je suis trempée, tremblante et que je palpite encore de l'intérieur après ce qui vient de se passer ?

Mon souffle me brûle la gorge, et je ne sais pas si c'est à cause de ma respiration laborieuse ou de la colère.

Chapitre 19

Elio

J'ai vu Severu Serpico entrer dans la salle au moment même où ma petite Deirdre aux abois jouissait contre ma cuisse. Timing de merde. Parce que j'étais sur le point de tout envoyer chier. Envoyer chier Severu, l'argent, l'événement. J'étais sur le point d'embarquer Deirdre jusqu'à ma voiture, de la jeter à l'arrière, et de lui flanquer la fessée pour être venue ici sans culotte.

Ou bien, vénérer sa chatte avec ma langue.

Peut-être les deux.

C'est une petite chatte vorace. Je le sens déjà. Je l'ai senti à la façon dont elle se désagrégeait rien qu'avec le léger frotti-frotta de notre danse lente. Son corps tout entier est vorace, je suis en train de le découvrir. Ses oreilles. Ses tétons. Son magnifique bas du dos.

Son clitoris.

Pendant que je traverse le musée d'un pas raide, je n'arrête pas de penser à ce clitoris, niché entre ses jambes, nu et tellement gonflé sous sa robe. Mais Severu m'observe, flanqué de deux de ses hommes. Il attend, et je dois reprendre mes esprits pour m'occuper des affaires maintenant.

Je n'aime pas trop interagir avec d'autres chefs quand la moitié de mon sang est concentré dans ma bite. Il n'en reste pas assez pour mon cerveau. Sev Serpico est foutrement malin, et je n'ai pas le droit à l'erreur en ce qui concerne Deirdre. Je m'approche de lui à grandes enjambées calculées et m'arrête face à lui.

En guise de salutation, je marmonne :

— Severu.

— Elio, répond-il d'un ton suave.

Dans sa main, il fait tournoyer un liquide doré dans un petit verre. Malgré la tension latente entre nous, il est parfaitement maître de lui, courtois même, si élégant dans son costume anthracite. Il est plus âgé que moi, la petite quarantaine, avec quelques mèches grises au niveau des tempes, mais je ne crois pas que ce soit très important. Il a le genre de visage qui rend les femmes folles. Le genre qui semble se bonifier avec l'âge. Ce type a le physique pour jouer un parrain de la mafia à la télé ou quelque chose comme ça, comme si c'était un acteur plutôt qu'un criminel, pourtant il n'y a rien de contrefait ou de surjoué dans le pouvoir meurtrier qui émane de lui. Ses yeux ont la couleur chaude de l'ambre, mais son regard est glacial. Si observateur qu'il est presque tranchant.

En une demi-seconde, il a déjà eu le temps de baisser les yeux vers mon sexe trop à l'étroit dans mon pantalon et de les remonter vers mon visage, et je sais qu'il a déjà compris ce qui se passe.

— Tu vas garder la fille O'Malley.

Ce n'est pas une question, mais je réponds quand même. Pour ne laisser aucune place au doute.

— Oui.

— Son père me doit de l'argent.

— Il m'en doit plus.

— Toi et Curse avez tué trois de mes hommes et en avez mutilé un autre.

— Et l'un d'eux m'a tiré dessus.

Cette information le surprend. Manifestement, le seul soldat que j'ai laissé en vie souffrait trop le martyre à cause de sa propre blessure pour remarquer la mienne.

Je vois bien que Sev jauge très soigneusement ce qu'il va dire ensuite. Le fait que l'un de ses hommes m'ait tiré dessus a sans aucun doute sérieusement enrayé tout le pouvoir de négociation qu'il pensait avoir ici. Il sait aussi bien que moi que si j'avais été tué cette nuit-là, cela aurait déclenché une putain de guerre et sa tête serait déjà probablement sur un piquet quelque part dans la maison de mon oncle.

Je me demande presque s'il va s'excuser, mais au lieu de ça, il demande calmement :

— Comment se passe la convalescence ?

Je grogne :

— Comme si t'en avais quelque chose à carrer. Tiens, prends ça. Ça couvre la dette d'O'Malley, et il y a un petit extra pour les soldats. Une amabilité de ma part.

Je sors le chèque de la poche intérieure de ma veste et le tends entre nous. Le regard de Sev se pose furtivement sur la somme d'un million de dollars griffonnée sur le papier. Il saisit le bord du chèque, mais je ne lâche pas encore. Je tire le chèque vers moi et sa main avec, puis je me penche vers lui et marmonne :

— Je me fous complètement de ce que tu feras de cet argent. Donne-le aux veuves. Investis-le. Flambe-le en cocaïne.

Mon pincement se resserre sur le chèque. Sev ne lâche

pas prise, ne recule pas, et mon regard sombre rencontre ses yeux plus pâles alors que je continue de parler :

— Mais toutes les aspirations que tu as pu avoir concernant Deirdre Elizabeth O'Malley, c'est terminé. Tu oublies carrément. Je ne veux voir aucun de tes hommes à cent mètres d'elle. Si ça arrive, ils subiront le même sort que les soldats qui sont allés chez elle. Et il n'y aura pas de gros chèque de compensation pour toi cette fois-ci.

Sev incline la tête, ses yeux se rétrécissent légèrement. Enfin, je relâche le chèque. Il le glisse dans sa veste et répond tranquillement :

— C'est noté.

Il lève son verre comme pour me porter un toast, et la lumière se reflète dans le scotch qui est de la même couleur que ses yeux.

— Profite bien de ton nouveau jouet. T'as clairement payé assez cher pour elle.

Alors qu'il tourne les talons et s'éloigne avec ses deux hommes, je me dis subitement qu'il n'est peut-être pas aussi intelligent que je le pensais. Parce que s'il ne voit pas que Deirdre vaut dix fois ce que j'ai payé pour elle, alors c'est un putain de crétin.

Je scrute la pièce à la recherche de Deirdre, et la repère auprès de Curse. Je suis satisfait qu'elle soit en sécurité, mais je veux la ramener à la maison très bientôt. J'ai revendiqué publiquement mon droit sur elle, payé Sev, et je n'ai pas besoin de perdre encore plus de temps ici.

Je fais un pas, le premier d'une longue série pour traverser la galerie jusqu'à elle, mais quelqu'un me bloque le passage.

— Elio, dit une voix aiguë et sirupeuse.

Je grogne un simple « Nat » en guise de réponse agacée. Je balaie Natalia d'un rapide coup d'œil. Des cheveux blonds, longs et lumineux qui tourbillonnent autour de ses épaules. Une robe dorée moulante qui met incroyablement en valeur ses seins et ses hanches. Des lèvres tellement lubrifiées de gloss qu'elles glisseraient de haut en bas sur mon manche comme dans un putain de rêve érotique.

Et je ne ressens rien du tout.

Le sourire aguicheur sur son visage se raidit face à mon absence de réaction. Elle aimerait que j'aie envie d'elle et voit bien que ce n'est pas le cas.

— C'est quoi le délire avec la rouquine ? demande-t-elle.

Bon là, OK je ressens quelque chose. De la rage.

— C'est pas tes oignons, dis-je en guise d'avertissement.

Mais elle ignore l'inflexion meurtrière dans ma voix, fait la moue et croise les bras jusqu'à ce que ses seins lui arrivent pratiquement sous la gorge.

— Je croyais que tu ne baisais pas les rousses, dit-elle. C'est pas ce que tu m'as dit l'année dernière quand je me suis teint les cheveux en roux ? Je les ai reteints en blonds la semaine d'après et ça m'a niqué les pointes.

Ce n'est pas seulement les cheveux roux que je n'aime pas. C'est cette couleur en général, surtout quand elle vire à l'orange. Trop criarde, trop chaude, et la plupart du temps, je n'ai carrément pas envie de la regarder. À moins que ce soit du vin rouge, ou du sang, mais ces deux choses sont trop sombres pour être confondues avec le feu.

Les cheveux de Deirdre ont la couleur du feu. Une explosion de flammes rouge orangée dévalant son dos. Je la dévisage, mâchoire crispée, mes doigts se contractent à l'intérieur de mes gants. Pendant une seule seconde abrutissante, je crois sentir l'odeur de la fumée, et je me demande combien de temps ça me prendrait pour traverser cette salle bondée et attraper Deirdre.

Mais alors je souffle entre mes dents, et comprends qu'il

s'agit de l'odeur sur les cheveux et les vêtements de Natalia. J'avais oublié qu'elle fumait. Elle sait très bien qu'il ne vaut mieux pas le faire devant moi, mais elle a dû fumer une clope récemment, car l'odeur est fraîche et non camouflée par le nuage de laque et de parfum qui l'enveloppe. Ça m'agace profondément.

— Qui te dit que les règles ont changé ?

Les lèvres brillantes de Nat prennent la forme d'un O dans une expression offensée.

— Tu te fous de moi, Elio ? Je viens de te regarder, t'étais presque en train de la baiser là-bas, sur la piste de danse. On aurait dit que t'étais pratiquement en elle ! Et elle dégouline de putains de diamants. Ne viens pas me dire qu'ils sont à elle.

Je demande :

— On n'est pas ensemble, toi et moi. Qu'est-ce que ça peut te foutre, qui réchauffe mon lit ?

— Qui réchauffe ton lit ? siffle-t-elle. J'ai même pas eu le droit de mettre les pieds dans ta putain de maison ! Tu veux seulement que je te suce dans ta voiture ou dans des hôtels !

— C'étaient de beaux hôtels, lui dis-je pour rappel d'un ton monotone.

Les plus chers que Toronto a à offrir. Elle n'a pas à se plaindre de ce côté-là.

— C'est pas la question et tu le sais !

Elle a raison. Je le sais. Je sais exactement pourquoi elle est furieuse, et j'aurais dû le voir venir. C'est la fille d'un capo fidèle à notre famille. Mais elle ne veut pas se contenter d'être la fille de quelqu'un d'important.

Elle veut être la femme de quelqu'un d'important.

Elle change de tactique, passant de la colère à la séduction.

— Allez, Elio, murmure-t-elle en posant une main sur ma poitrine. Laisse-moi m'occuper de toi ce soir. Te sucer.

Sa langue touche ses lèvres brillantes.

— Te chevaucher.

Mon sexe tressaille, pas à cause de Nat, mais à cause de l'image que ses mots font naître. L'image de la tête d'une femme qui monte et descend entre mes cuisses écartées. Lorsque les yeux de cette femme croisent les miens, ils ne sont pas marron comme ceux de Nat, mais bleus. Flamboyant de haine, de défi et d'un désir inexorable, tout cela à la fois.

Puis j'imagine Deirdre qui me chevauche. Putain, elle est vierge. Tellement innocente qu'elle ne saurait probablement même pas comment s'y prendre. Elle aurait besoin de mes mains sur ses hanches pour la faire onduler, la guider, tout comme j'ai guidé son petit clitoris affamé contre ma cuisse ce soir.

Je regarde par-dessus la tête de Nat et constate que les yeux de Deirdre sont rivés sur moi à l'autre bout de la pièce. Malgré toutes les choses qu'il y a à regarder ici, – les gens bien sapés, les belles œuvres d'art – c'est moi que son regard cherche. *Ne me perds pas de vue, mon rossignol.*

Nat est toujours en train de me toucher. Je saisis son poignet et décolle sa main de ma poitrine.

Tout en lui lâchant la main, je marmonne :

— Dégage d'ici et va prendre une putain de douche. Ne viens plus jamais me voir en puant la clope.

Nat se retourne et me regarde comme si je venais de la gifler, mais j'ignore sa réaction. Il n'y a qu'une femme dans cet immeuble à laquelle je tiens vraiment qui ne soit pas liée à moi par le sang ou le mariage.

Elle me regarde avec des yeux bleus méfiants alors que je m'approche.

Comme si elle était incapable de détourner le regard.

Chapitre 20

Deirdre

Je reste là, tremblante et silencieuse, près de Curse alors qu'Elio se fraye un chemin dans la foule de participants à l'événement. Une fois qu'il est hors de ma ligne de mire, je me surprends à fixer mes propres chaussures, incapable de lever les yeux et de croiser le regard de qui que ce soit. Combien de personnes ici savent ce que je viens de faire ? Combien d'entre elles savent que je viens de jouir dans les bras de mon ravisseur ? J'ai les joues brûlantes. À l'image de mon entrejambe.

Elio disparaît pendant un certain temps, et ça me débecte de faire ça, mais au bout d'un moment je suis incapable de m'empêcher : je le cherche du regard. Peut-être que c'est la proie qui a besoin de savoir où se trouve le prédateur. Un instinct de survie.

Il attire mon attention avec un pouvoir magnétique et je le repère instantanément. Il est essentiellement plus grand que tout le monde ici, un homme massif vêtu d'un costume entièrement noir. Entièrement noir à l'exception de son mouchoir de poche blanc comme neige, qui je le remarque une fois de plus, me semble faire un peu tache.

Je vois soudain que quelque chose d'autre n'est pas noir sur sa poitrine. Une main, posée sur la zone de son sternum de façon intime et possessive. Cette main est attachée à une femme absolument canon, qui se tient presque aussi près de lui que je l'étais quelques minutes auparavant. Mes entrailles se tordent lorsque le regard d'Elio croise le mien au-dessus de sa tête.

Combien a-t-il de femmes qui défilent à tour de rôle ?

Je ne suis probablement que l'une parmi tant d'autres. Ce devrait être un soulagement. Un soulagement que l'attention d'Elio ne soit pas toujours aussi farouchement braquée sur moi.

Pourtant... ce n'est pas le cas. Ça me donne le sentiment d'être une merde, petite et pathétique. À cause de ça, je me sens encore plus mal de réagir à lui comme je le fais, de réagir comme je n'ai jamais réagi à aucun homme, alors que pour lui je ne suis qu'une idiote parmi tant d'autres.

Les yeux toujours rivés sur les miens, Elio saisit le poignet de la femme et écarte sa main de sa poitrine. Il la laisse retomber, dit quelque chose et contourne la blonde, en se dirigeant droit vers moi. J'essaie instinctivement de reculer, mais mes fesses se heurtent à la table, faisant tinter les verres, ce qui attire brusquement l'attention de Curse.

Elio accapare tellement mon champ de vision que je sais qu'il éclipserait le soleil s'il faisait jour. Alors qu'il approche, je demande :

— Qu'est-ce qu'il veut réellement, votre frère ?

Curse me regarde en silence, et j'en déduis qu'il ne répondra probablement pas. Peut-être que lui-même ne sait pas.

Mais alors, il dit quelque chose. Je suis quasi certaine que c'est le premier mot que je l'entends prononcer depuis tout ce temps.

C'est une réponse courte. Un seul mot :

— Toi.

Je n'ai pas le temps de demander des précisions, car Elio est de retour. Je croise les bras et détourne le regard.

— Sev a son argent.

Je ne sais pas trop si Elio s'adresse à Curse ou bien à moi. Peut-être à nous deux.

L'argent de Sev... Un million de dollars, offert comme si ce n'était rien.

Offert pour moi. Pour qu'Elio m'achète et me protège en même temps.

Mais qui me protégera de lui ?

La main d'Elio se pose une fois de plus dans le bas de mon dos, et ce contact me fait presque sursauter. C'est comme si ma peau était électrifiée. Même le plus léger des effleurements me fait l'effet d'un électrochoc.

Alors qu'il me guide une fois de plus à travers la pièce, je demande fermement :

— On s'en va ?

Mais ce n'est pas vers la sortie que nous nous dirigeons. Nous marchons vers une autre table de nourriture.

C'est face à elle que nous nous arrêtons, et devant moi se trouve le plus grand et le plus beau gâteau que j'ai jamais vu. Il ressemble aux gâteaux de mariage que l'on voit dans les magazines. Trois couches crémeuses blanches ornées d'un glaçage élaboré de fleurs bleues et de perles de sucre qui ressemblent à de véritables perles. Mon estomac gronde, et je grimace. J'aimerais pouvoir transformer mon corps en bloc de glace. Ne plus avoir aucun besoin. Aucun besoin de manger. Aucun besoin terrible entre mes jambes. Si je parvenais d'une manière ou d'une autre à me dissocier de mes indéniables pulsions charnelles, je pourrais avoir un tout petit peu plus de contrôle.

Mais je n'y arrive pas. J'ai faim. Mon sexe a faim. Ma peau frissonne, picote et brûle sous la pression ferme de la main d'Elio.

C'est étrange que le gâteau soit encore parfaitement entier alors que les invités ont picoré le reste de la nourriture pendant toute la soirée. Ce n'est pas comme si l'événement venait de commencer, et nous sommes arrivés en retard.

Presque comme si Elio lisait dans mes pensées, il ôte sa main de mon dos et saisit une grande pelle à tarte en métal. Une étrange impulsion s'empare de moi, et je m'écrie :

— Attendez ! Le coupez pas !

Elio hausse un de ses sourcils sombres, et je rougis sous son regard.

— J'ai l'impression... j'ai l'impression qu'on n'a pas le droit, dis-je tout en me sentant incroyablement stupide.

Mais ce gâteau trône là, intact, comme s'il était prévu pour plus tard ou quelque chose comme ça. Comme si quelqu'un d'autre était censé prendre la première part.

Elio me dévisage pendant un long moment. Puis il se retourne vers le gâteau, lève la pelle à tarte et la plonge en haut du gâteau. Il recommence, créant une part énorme, puis pose cette part sur une assiette et me la tend.

— Pourquoi tu crois que personne d'autre ne l'avait coupé jusque-là ? demande-t-il.

Je fixe la tranche de gâteau. C'est un Red Velvet.

— Tu crois qu'il est pour qui, au juste, ce gâteau ?

— Il est pour... pour l'événement. Je pensais que Valentina allait faire quelque chose avec, ou...

Mes sourcils se froncent lorsque je remarque quelque chose sur la part qu'Elio me tend. Du glaçage bleu finement poché, un minuscule morceau de lettre.

Je tends le cou pour voir le sommet de la plus haute

couche, et mes yeux parcourent des mots que je n'avais pas remarqués auparavant.

Joyeux anniversaire, mon rossignol.

— C'est un gâteau d'anniversaire, dis-je, abasourdie.

C'est un commentaire inutile. De toute évidence, il sait ce que c'est. C'est écrit sur la surface moelleuse.

— Comment est-ce que Valentina sait que c'est mon anniversaire aujourd'hui ?

— Elle ne le sait pas.

Ma gorge se resserre. Le seul qui ait mentionné mon anniversaire au cours des dernières vingt-quatre heures, c'est...

Elio.

— C'est vous qui avez fait ça ?

— Je crois que tu peux arrêter de me vouvoyer à ce stade.

Je me retourne vers lui et constate qu'il est toujours en train de me tendre l'assiette, ses yeux perçants braqués sur mon visage. Sa posture, pendant qu'il tient l'assiette en l'air, fait légèrement bâiller sa veste de costume. Elle fait bouger le mouchoir de poche blanc, révélant une bordure en dentelle qui me semble étrangement familière.

Mon souffle explose hors de moi.

Le corps brûlant de confusion et d'embarras, je siffle :

— Votre... Ton mouchoir de poche ! C'est ma... ma...

Je ne trouve pas les mots. Mais je sais exactement ce que je suis en train de regarder à présent. Soigneusement pliée et tendrement glissée dans la poche luxueuse et hors de prix d'Elio, se trouve ma putain de culotte. Celle que je portais la nuit de mon enlèvement.

Un sourire en coin étire sa bouche, distordu par les marques sur toute la partie gauche de sa mâchoire.

— C'est probablement une bonne chose que j'en aie une

de rechange sur moi, vu qu'apparemment tu as oublié la tienne, dit-il d'une voix traînante. Peut-être que je devrais la sortir maintenant, la déplier et la faire glisser le long de tes jambes. Même si elle n'a pas été lavée.

— *Pas lavée*, dis-je en écho avec stupeur, secouant la tête si violemment que mon cerveau semble percuter l'intérieur de mon crâne.

Non seulement il se sert de ma culotte comme mouchoir de poche lors d'un événement très chic et très public, mais en plus c'est une culotte *sale*.

Je bafouille :

— Pourquoi... Qu'est-ce que...? Pourquoi tu ne l'as pas au moins lavée ?

C'est une question absurde. Comme si j'essayais de tirer une certaine rationalité d'un comportement totalement irrationnel. Mais bien sûr, une culotte qui fait office de mouchoir de poche. Ça a du sens, tant qu'elle est propre !

...Ou pas.

Un large sourire étire la bouche d'Elio.

— Mais enfin, pourquoi je ferais ça ? demande-t-il d'une voix soyeuse et vaporeuse.

Il inspire profondément par le nez, emplissant sa poitrine d'air, puis expire en émettant un râle de satisfaction. Comme s'il venait de prendre une bouffée d'oxygène pur lors d'une randonnée en montagne.

— Pas besoin de parfum quand je peux porter celui de mon rossignol à la place.

Oh, mon Dieu.

J'assimile ses paroles, en secouant toujours la tête d'un air incrédule. Incrédulité qui ne fait que s'intensifier lorsque je me rappelle l'odeur de son eau de Cologne pendant la danse de tout à l'heure, et je comprends qu'il vient de faire une blague.

Elio Titone, cet homme qui a plus de sang sur les mains qu'un boucher, a le sens de l'humour.

Pour une raison qui m'échappe, c'est encore plus déroutant que sa violence.

C'est trop. Je suis submergée par le besoin presque primaire de récupérer ma culotte. De la réclamer parce que c'est la mienne, putain. Ma main se lève brusquement pour l'arracher de la poche d'Elio, mais il est plus rapide. Il me bloque avec l'assiette, et ma main s'enfonce dans le glaçage et l'épaisse génoise rouge, enduisant mes doigts d'une substance douce et collante.

Je marmonne un « merde » en écartant la main et contemple ce chantier.

— Lèche, dit-il.

— Quoi ? Non !

Il pose l'assiette puis m'agrippe le poignet.

— Lèche, ou c'est moi qui m'en charge.

Je le fixe d'un air effronté, le mettant au défi de le faire. Il est peut-être assez timbré pour travestir ma culotte en putain d'accessoire de mode, mais lui et moi sommes les seuls à savoir ce que c'est réellement. Cette culotte de poche était un message privé qui m'était exclusivement adressé. Mais être plantée au beau milieu d'un événement public et me lécher la main devant tout le monde ? Non, c'est...

Il aspire mon petit doigt entre ses lèvres.

Mon souffle se bloque dans ma gorge lorsque la sensation de succion chaude et humide assaille mon petit doigt. La langue d'Elio glisse sur la ligne de mes articulations, des coups de langue exigeants auxquels je suis si sensible que j'oublie presque où nous sommes. Mais, oh, mon Dieu, il y a des gens partout, et j'ai l'impression que le monde entier me regarde vibrer sous la bouche de cet homme. La honte piquante que j'en ressens palpite dans mon clitoris.

J'essaie de retirer ma main.

Elio relâche mon doigt de sa bouche, le suce sur toute la longueur avant de le libérer en émettant un claquement mouillé de succion. Mais il ne lâche pas mon poignet.

Je tire plus fort. Il m'agrippe plus fermement.

— Je t'ai prévenue.

Il dit cela calmement, mais il y a dans sa voix quelque chose de menaçant qui l'endurcit.

— Je t'ai prévenue que si tu ne léchais pas ce joli chantier sur tes doigts, c'est moi qui m'en chargerais. Il faut que tu comprennes que quand tu me désobéis, il y a des conséquences.

Pourquoi est-ce que je ressens ces mots au plus profond de moi ? Pourquoi est-ce que mes mamelons réagissent en durcissant ?

Pourquoi est-ce que ressens autre chose, quoi que ce soit d'autre pour cet homme, qu'une haine pure et simple ?

Et comment faire pour que ça s'arrête ?

Elio est sur le point de se mettre à sucer le doigt suivant lorsque je m'écrie :

— D'accord !

Le mot est sorti avant même que je m'en rende compte, mais impossible de faire marche arrière désormais. Car Elio guide ma main vers ma bouche, avec une expression de défi dans ses yeux d'obsidienne. Je m'humecte les lèvres, ses yeux se posent sur ma bouche, et les muscles de sa mâchoire se contractent.

Je commence à me lécher la main.

J'essaie de faire ça rapidement. D'en finir au plus vite. Ma langue lape ma peau collante, puis j'avale le gâteau sucré et le glaçage. C'est de loin le gâteau le plus délicieux que j'ai jamais mangé, et ça m'agace. Ça m'agace que le meilleur gâteau d'anniversaire de ma vie vienne de *lui*, et de devoir le lécher sur ma propre peau avec ses doigts à lui sur mon poignet, et ses yeux à lui sur mon visage.

J'essaie d'ignorer le fait que j'aurais pu simplement prendre l'assiette lorsqu'il me l'a tendue à la base et manger le gâteau avec une fourchette. J'essaie d'ignorer le fait qu'il m'a effectivement donné l'occasion de manger ce gâteau si incroyable que c'en est ridicule comme une personne normale. Mais rien dans cette situation n'est normal. Ni le gâteau. Ni Elio. Et certainement pas moi. Plus maintenant.

Je regarde essentiellement ma propre main, en essayant de lécher chaque miette et chaque trace de glaçage aussi rapidement que possible. Mais lorsque je jette un coup d'œil à Elio, son visage a complètement changé. Le regard de défi a disparu, laissant place à quelque chose de tellement intense que c'en est alarmant. Sa mâchoire est crispée, ses narines se dilatent, et il semble presque en colère. En colère contre moi d'avoir fait exactement ce qu'il m'a dit de faire.

Secouée par son expression, je demande :

— Quoi ? C'est toi qui m'as dit de…

Il ne me laisse pas finir. Le visage menaçant, il me tire par la main et déclare :

— On s'en va.

Chapitre 21

Elio

Je croyais que sa soumission améliorerait les choses. Qu'elle apaiserait quelque chose en moi, me donnerait l'impression que je revenais sur la bonne voie avec elle, d'une manière ou d'une autre. Que c'était ce que je voulais.

J'aurais dû me douter que ce serait pire. Tellement pire, putain. C'est une chose de voir Deirdre me fusiller du regard, me détester et me dire non. Mais voir Deirdre m'obéir, sucer du glaçage sur sa propre peau parce que je le lui ai ordonné, sa langue rose humide glisser partout sur sa surface parce que je l'ai acculée, c'est presque une catastrophe. Ça réduit mes entrailles à un amas ténébreux, affamé et pervers. Ça me donne envie de la pousser encore plus à bout, jusqu'à ce qu'elle cède. Jusqu'à ce qu'elle craque. Jusqu'à ce qu'elle ne puisse faire que ce que je lui aurai ordonné parce qu'elle n'aura plus une seule putain de pensée que je n'aurai pas semée dans son esprit.

L'obéissance de Deirdre est addictive.

Je suis déjà accro à sa musique et à son odeur. Si je m'engage davantage sur cette voie, je suis foutu.

L'air froid à l'extérieur m'aide à me remettre un peu les idées en place, mais ça ne dure pas longtemps, car nous nous retrouvons ensuite dans ma voiture, cet espace si petit et si confiné. Elle est tellement proche putain, ce serait si facile de lui dire de sortir ma bite et de la sucer comme elle vient de sucer ses doigts effilés.

Je me concentre sur la route pendant que je conduis, en serrant fermement le volant d'une main. Je sais que Deirdre m'observe.

— Est-ce que je vais récupérer ma culotte un jour ?

Je réponds « non » d'un ton sec. Je pense au tissu blanc si intime glissé dans ma poche et j'ai envie de le sortir. De le caresser. J'ai envie de le plaquer contre mon visage et d'inspirer profondément, mais je suis à peu près sûr que si je tente ça à ce stade, c'est la putain de sortie de route assurée.

— Bon, OK, dit Deirdre.

Son ton devient froid, presque professionnel.

— Combien est-ce qu'elle vaut ? Tu vas me l'acheter ? Est-ce que ça efface une partie de ma dette ?

Je grogne :

— J'ai prêté des millions de dollars à ta famille. Tu ne penses pas que j'ai déjà payé pour ça ? Elle m'appartient depuis qu'elle a touché ta peau.

— Non, déclare fermement Deirdre. Je travaille, j'ai mon propre compte en banque. J'ai acheté presque tous mes vêtements avec mon argent, pas avec celui de mon père. Alors, je vais répéter ma question précédente. Combien est-ce qu'elle vaut pour toi ?

Elle est carrément inestimable, ai-je envie de répondre. Mais lui dire que j'effacerais l'intégralité de sa dette à sept chiffres rien que pour renifler ses culottes usagées ne me mettrait pas vraiment en position de force à ce stade.

Pour autant, je dois admettre qu'elle m'impressionne en

cet instant. À essayer de négocier avec quelqu'un comme moi, dans une situation comme celle-ci.

— Donne-moi ton prix, dis-je alors que je m'engage sur Brindle Path.

Deirdre marque une pause, comme si elle ne s'attendait pas vraiment à ce que j'accepte. Je peux pratiquement entendre les rouages tourner dans sa tête.

— Vingt mille dollars.

— Vendu.

— Attends, quoi ?

Elle semble abasourdie, son masque de femme d'affaires froidement assurée est en train de tomber, et je souris.

— Tu aurais dû demander plus, mon rossignol.

Le gardien ouvre le portail de la propriété, et j'avance la voiture jusqu'à la maison avant de la garer.

— OK, d'accord, dit-elle en sortant du véhicule. Et pour mes honoraires par prestation ? Par morceau ?

La réponse est la même que tout à l'heure. *Inestimable.*

J'ouvre la portière sans rien dire. Je commence à monter les escaliers et elle me suit sans que j'aie besoin de lui ordonner ; ça me fait bander.

Elle a clairement tiré des leçons des négociations dans la voiture, car le montant qu'elle propose cette fois-ci est beaucoup plus élevé qu'auparavant.

— Un million de dollars par chanson ! déclare-t-elle.

L'aplomb d'une telle offre me fait éclater de rire. À ce rythme, sa dette serait payée en moins d'une semaine. Elle pourrait la rembourser en une seule putain de nuit.

— Bien essayé, lui dis-je alors que nous arrivons en haut des escaliers.

— D'accord. Cent mille par chanson.

Alors que nous entrons dans ma chambre, je rétorque :

— Pas si tu comptes me ressortir des merdes comme *Twinkle Twinkle Little Star*.

Nous nous arrêtons tous les deux de marcher, et elle me regarde. Putain, son visage déterminé est tellement joli que mes doigts tressautent.

— Ça n'arrivera pas, dit-elle fermement. Tu peux choisir les morceaux. Je m'en fiche. J'apprendrai n'importe quoi, je jouerai n'importe quoi.

J'entends le reste de la phrase sans qu'elle ait besoin de le dire à voix haute.

Je ferai tout pour me barrer loin de toi.

Je riposte :

— Cent mille par prestation, pas par chanson. À condition que la prestation réponde à mes critères.

Elle pince les lèvres, l'air pensif.

— Définis prestation.

— Un enchaînement de morceaux, sur une période ininterrompue. Une heure. Une soirée. Aussi longtemps que je l'aurai décrété.

Elle hoche lentement la tête.

— D'accord. Donc, ça représente quoi, environ soixante prestations ? Si je joue pour toi tous les jours, ma dette sera remboursée en deux mois.

J'ai les dents qui grincent. Je peux voir à quel point elle est intelligente. Cette astucieuse volonté de fer qui la pousse à se sauver. Je l'admire vraiment, cette volonté.

Mais j'ai aussi envie de lui tordre le cou. J'ai envie de rappeler à Deirdre que peu importe ce qu'elle fait, peu importe les sommes d'argent qui passent d'une main à l'autre, elle est à moi jusqu'à ce que je déclare qu'elle ne l'est plus.

Et je ne m'imagine pas faire une telle déclaration de sitôt.

À supposer que ça arrive un jour.

Je murmure :

— Pas si vite.

Je déteste autant que j'adore l'air de doute contrarié qui passe sur son visage.

— Je ne serai pas ici tous les jours ni toutes les nuits à attendre que tu joues pour moi. Tu ne vas pas te faire cent mille balles par jour. Et peut-être que je devrais ressortir ce contrat et te rappeler le taux d'intérêt.

Quand elle penche la tête d'un air confus, j'explique :

— Quarante-deux pour cent.

Elle blêmit.

— Quarante-deux pour cent, dit-elle d'un air effaré. C'est scandaleux. C'est...

— C'est ce qu'on récolte quand on emprunte de l'argent à des putains de requins, lui dis-je. Je ne suis pas une banque.

Je fais un pas vers elle.

— Je ne suis pas la petite coopérative de crédit sympa du quartier.

Un autre pas, et je suis assez proche pour lui saisir le menton et relever son visage vers le mien.

— Et je suis encore moins une association caritative.

— OK, siffle-t-elle en dégageant son menton de ma main. Alors, allons-y. Tout de suite.

Elle s'éloigne, puis revient un instant plus tard avec son violon. Et sans chaussures.

Les lanières de ses chaussures ont laissé des traces rouges entrecroisées sur sa peau claire, et ces marques m'échauffent le sang.

— Qu'est-ce que tu veux que je joue ? demande-t-elle.

Je vois bien qu'elle essaie d'adopter un air de neutralité

professionnelle. Mais cette étincelle de défi dans ses yeux est toujours là.

— Quelque chose de bien, dis-je en m'asseyant au bord de mon lit avant d'écarter les cuisses. Quelque chose d'irlandais.

Ces mots font hausser ses fins sourcils orange, mais elle se reprend rapidement avec un hochement de tête. Elle lève son violon et son archet, s'apprêtant à commencer lorsque je déclare :

— Pas comme ça.

— Pas comme quoi ? demande-t-elle en fronçant les sourcils.

— Pas là-bas.

Je pointe le doigt vers le bas, sur l'espace entre mes cuisses.

— Tu vas jouer ici.

— Je... je ne peux pas faire ça. C'est trop proche. Je ne pourrai pas me concentrer. Je...

Je lui rappelle :

— Je t'ai dit que tu gagnerais cent mille dollars par prestation à condition qu'elle réponde à mes critères. C'est moi qui choisis où, comment et ce que tu joues. Maintenant, viens ici.

Elle se dandine sur ses petits pieds nus, et je me demande si elle va me désobéir, si elle va résister. Mais elle ne le fait pas. Elle avance vers moi, à petits pas légers, et il y a de nouveau cette noirceur qui ressemble presque à de la rage quand elle m'obéit. Une noirceur qui me dit de lui ordonner de se mettre à genoux, tout de suite, pour que je puisse lui enfoncer ma queue dans la gorge.

Mais plus que tout en cet instant, ce que je veux c'est l'entendre jouer. C'est la raison pour laquelle je l'ai amenée ici, après tout.

Deirdre s'arrête entre mes genoux.

Je la pousse à se rapprocher encore. Sa respiration devient fébrile, mais elle obtempère tout de même, avance d'un pas jusqu'à ce que ses hanches soient à seulement quelques centimètres de mon entrejambe.

— Maintenant, joue, dis-je d'une voix rauque.

Elle s'exécute.

Elle commence lentement, avec des notes presque mélancoliques, puis tout s'intensifie, monte et s'accélère à un rythme d'une beauté tragique, implacable. Je pousse un grognement, laisse mes yeux se fermer. C'est ce que je voulais, ce dont j'avais besoin. Cette sensation lumineuse, vorace, d'être comme sous l'emprise d'une drogue. La beauté hémorragique et brutale que Deirdre manie avec la virtuosité méticuleuse et pourtant sauvage d'un ange. J'empoigne les draps, penche la tête en arrière, laissant les notes s'abattre sur moi comme la neige, comme la pluie, comme une bénédiction et une malédiction. Le sacré et le profane. Le salut et la chute. Des notes célestes, éthérées, et profondément humaines au sens primitif du terme.

Comment elle fait ça, putain ?

J'ai écouté du violon en boucle pendant un an et demi. Je suis à peu près certain d'avoir même enregistré ce morceau-là quelque part dans une playlist. Mais ce n'est pas pareil. Rien n'égale ce que Deirdre me fait ressentir, et putain ce que j'ai besoin de savoir pourquoi.

J'entrouvre les yeux, comme si ça allait m'aider à comprendre d'une façon ou d'une autre. Mais ça ne fait que me plonger dans une agitation chaotique et lascive, car je suis à peu près à la hauteur de ses seins, et chaque fois qu'elle bouge les bras, ils rebondissent et tendent la soie de sa robe.

La sentir aussi près de moi et l'entendre jouer, jouer

correctement, tout en étant à portée d'haleine de sa peau, c'est trop putain. Ça fait trop longtemps que j'ai envie d'elle ce soir, et c'est ma bite qui en paie le prix. Les yeux rivés sur sa poitrine, alors que mes oreilles, mon cerveau, mes poumons et ce qu'il reste de mon cœur ont été submergés par sa musique, je défais la boucle de ma ceinture.

Deirdre ouvre les yeux en entendant ce bruit. Elle commence à ralentir, puis s'arrête complètement de jouer lorsque je sors mon sexe palpitant et commence à le caresser.

— Qu'est-ce que tu fous ? chuchote-t-elle, les yeux grand ouverts braqués sur ma main et ma queue.

Tout en me masturbant plus fort, je lui ordonne de continuer à jouer.

— Quoi ? Pendant que tu fais ça ? C'est bien trop distrayant !

Je grogne :

— Alors, ferme les yeux. Comme ça tu seras peut-être moins perturbée par moi et la vue de ma queue.

Elle rougit tellement que je le remarque à travers le maquillage cette fois-ci.

— Je ne suis pas perturbée par toi ! s'exclame-t-elle.

Je pourrais lui lister des tas d'exemples qui font que je sais que ce n'est pas vrai, à commencer par celui du gala de ce soir, où elle a carrément joui sur ma jambe. Mais au lieu de ça, j'écarte davantage les cuisses, accélère le rythme de mes va-et-vient, et je lui dis :

— Prouve-le.

Elle peine tellement à ravaler sa salive que les muscles de sa gorge se contractent visiblement, et putain, cette vision me donne l'impression d'être déjà si près de l'orgasme.

— Continue de jouer, lui dis-je.

Je passe le pouce sur mon gland à l'agonie puis j'ajoute d'un air sombre :

— Chaque fois que tu t'arrêteras avant que je t'y autorise, j'enlèverai dix mille dollars à ta paie.

Voilà qui capte son attention en un instant. La mâchoire serrée, elle fait la grimace et recommence à jouer.

— Ça, c'est un bon petit rossignol, gémis-je.

La musique rugit dans mes veines au même titre que le désir. Une sensation veloutée se répand dans mon entre-jambe, s'enroule à la base de ma colonne vertébrale et me contracte les bourses. Le sentiment monte en moi, m'enchaîne toujours plus étroitement, lorsque je vois les tétons de Deirdre durcir juste sous mes yeux.

Elle a beau me détester, il y a une partie d'elle qui aime ça. Qui aime être embarrassée, poussée de force dans ces situations. Même maintenant, je vois comme elle serre les cuisses sous sa robe.

Je me penche en avant et prends l'un de ses mamelons dans ma bouche.

La musique s'arrête, et elle crie. Je relâche ma verge, lève la main sur le côté, puis l'abats fermement sur son cul. La force du geste la projette vers l'avant, elle pousse un cri de surprise. Je frotte la zone où je l'ai fessée, en titillant le petit bourgeon sexy qui lui sert de téton à travers la soie humide. Puis je recule légèrement et croise son regard sauvage.

D'un ton sévère, je l'informe :

— Maintenant, tu es à quatre-vingt-dix mille. Continue de jouer.

On dirait qu'elle a envie de m'enfoncer son archet dans l'œil. J'écarte la soie de la robe sur le côté, libérant son sein, et je taquine son bourgeon avec ma langue avant de lui dire qu'elle est sur le point de perdre encore dix mille dollars.

Le souffle court, elle repose son archet sur les cordes.
Et je repose ma main sur ma verge.

Chapitre 22

Deirdre

J'ai retrouvé le chemin de la mélodie, à peine consciente de la chanson que je joue à présent. Je m'en remets entièrement à la mémoire musculaire pour continuer pendant qu'Elio aspire mon mamelon nu dans sa bouche, en taquine l'extrémité hurlante de sa langue. Je suis incapable de réfléchir à ce que je fais. Incapable de réfléchir à tout ça. Je dois juste traverser cette épreuve sans m'effondrer.

Ou arrêter de jouer.

J'ai la fesse qui fourmille, comme si des étincelles irradiaient de l'endroit où la main d'Elio s'est abattue sur moi en claquant. Ces fourmillements aigus et piquants continuent de se propager, jusqu'en bas, ils descendent vers mon sexe, embrasent mon clitoris. C'est plus de la surprise que de la douleur que j'ai ressentie quand sa main a touché ma fesse, et à présent, la moindre douleur que j'ai pu éprouver dans cette zone se meut en plaisir empoisonné, palpitant et incandescent, qui me pousse à me demander ce que ça me ferait s'il recommençait.

Mais je vais rester dans l'ignorance. Parce que je ne vais

pas m'arrêter de jouer. Pas maintenant. Pas maintenant qu'il m'a défiée de cette façon. Je dois continuer, continuer à jouer en suivant ses règles. Continuer à gagner de l'argent pour briser progressivement les chaînes de la dette qui m'entrave.

Aussi, je laisse mes bras faire ce qu'ils savent faire, me guider au rythme du morceau pendant que le reste de mon corps est en train de dégringoler tête la première vers un autre orgasme désastreux.

Je ne savais pas que j'avais les tétons si sensibles. Les lèvres et la langue d'Elio sont fermes et humides. Exigeantes et voraces. Il n'est bientôt plus satisfait d'un seul sein, et s'empresse d'écarter la soie de l'autre, jusqu'à ce que les deux lui soient offerts. Il aspire l'autre mamelon dans sa bouche, le mordille doucement, puis plus fort, jusqu'à ce que je crie. Mais putain, je serre les dents sans jamais m'arrêter. Mes notes deviennent peut-être maladroites, mais je continue. Mon archet est mon épée et je me battrai jusqu'au bout.

La musique est forte à mes oreilles, pourtant j'entends quand même la respiration saccadée qui sort du nez d'Elio. Les sons humides et obscènes que produit sa bouche contre mon mamelon. Les va-et-vient implacables de sa main sur sa queue. Une queue plus dure que n'importe quelle chair humaine ne devrait l'être. J'ai su rien qu'en le regardant, sans même le toucher, à quel point son membre était gorgé de sang et inflexible. Il me suce plus fort, et je suis sûre qu'il me teste. Il essaie de me faire flancher. De prouver que je suis incapable d'y arriver. Que je ne lui suis pas aussi indifférente que je le prétendais.

Mais je continue de jouer. Je continue de faire ce que je sais faire : faire de la musique. Je continue au point de penser que je pourrais presque remporter cette manche. Sa bouche est un péché brûlant, méprisable et délicieux, mais peut-être que je peux le battre. Peut-être que je peux y arriver. Contente-toi de continuer, d'arriver au bout du morceau, et...

Sans préavis, sa bouche se détache de mon mamelon, laissant ma peau froide et sensible au toucher. Je n'ouvre pas les yeux, ne me laisse pas distraire ne serait-ce qu'un instant.

Mais à cause de ça, je ne suis absolument pas sur mes gardes quand sa langue revient sur moi. Pas sur mon sein.

Mais sur mon clitoris.

Il a remonté un côté de ma robe, qu'il a ouverte largement au niveau de la fente, et son visage est appuyé contre mon entrejambe. Je sursaute en étouffant un gémissement lorsque du bout de la langue, il se met à tracer des cercles fermes et impitoyables autour de mon clitoris. Le plaisir m'envahit tout autant que la honte, rendant mon clitoris plus gonflé et sensible que jamais. J'ai les jambes qui tremblent, menaçant de s'effondrer, pendant que sa langue tournoie et m'assène de petits coups. Quand il grogne, s'agrippe et suce, j'ai l'impression que toute ma colonne vertébrale s'est transformée en miel visqueux.

Ce n'est que lorsqu'un grand « clac ! » vient combler le silence, que je prends conscience que j'ai arrêté de jouer. Je m'écrie :

— Ah ! Putain !

La sensation de brûlure sur ma fesse est soudaine et vive. Tout comme la dernière fois, Elio me masse fermement juste après l'avoir fait, propageant des vagues saccadées de chaleur picotante sur mes fesses, jusque dans mon sexe. J'ai l'impression que mes nerfs ont été remplacés par des feux de Bengale. Comme si tout était plongé dans l'obscurité jusqu'à ce que la main d'Elio frappe et fasse éclater une lumière blanche en un million d'éclats étincelants.

— Quatre-vingt mille, dit-il d'un ton rauque au milieu des boucles humides entre mes jambes.

Merde. Merde, merde, merde !

Mon sentiment de victoire s'estompe à toute vitesse. Je lève mon archet et mon violon d'une main tremblante, avant de pousser un gémissement de protestation lorsqu'il fait glisser sa langue avide sur mon clitoris.

Je gémis :

— C'est pas juste.

— Je ne suis pas un homme juste, Deirdre.

Au fond d'Elio, il n'y a aucun sens moral profond et durable qui le guide. Il n'y a aucun homme bon sous la surface des exigences et de la violence. Les seuls langages qu'il connaît sont ceux de la mort, du sexe et de l'argent. Des langages qui, jusqu'à maintenant, m'étaient totalement incompréhensibles.

— Je... je ne peux pas...

Clac ! Une autre fessée brûlante. Une autre succion longue et délirante sur mon clitoris. Un autre pas incertain, mais inévitable qui me rapproche de l'orgasme.

— Soixante-dix mille.

Pourquoi ça se passe comme ça ? Pourquoi est-ce que je *permets* que ça se passe comme ça ? Pourquoi est-ce que je ne repousse pas sa tête, ne lui mets aucun coup de pied, ne hurle pas et ne me débats pas ? Personne ne m'a jamais léchée auparavant, et je ne devrais pas le laisser être le premier.

Je ne devrais pas haleter et me cramponner comme je le fais, pratiquement vibrer contre sa langue. Je ne devrais pas frétiller d'impatience que sa main heurte à nouveau mes fesses.

Je ne devrais pas regarder sa tête sombre sur mon sexe, parce que bordel, c'est la pire erreur que j'aurais pu faire. Parce qu'il est beau, et je ne veux pas me dire qu'il est beau et pourtant c'est le cas. Ses cheveux sont si noirs, si épais, et leurs extrémités bouclent très légèrement. Ils ne sont pas coupés très court ; assez longs pour que quelques mèches retombent sur son front.

Il lève les yeux vers moi, rencontre mon regard à travers ses cheveux et ses cils plus foncés et plus épais que je l'avais remarqué auparavant. Il lève la main, et cette forme en cuir noir est comme un présage dans l'air.

Ce simple geste, cette simple menace propulse mes hanches en avant contre son visage, et les nerfs à l'intérieur de mon clitoris tressautent d'anticipation. Mais j'interromps le mouvement, et une fierté furieuse lutte contre ma soumission.

Je serre les dents et repose une fois de plus mon archet sur les cordes.

Seulement, je ne sais vraiment pas combien de temps je vais tenir à ce stade. Je ne sais pas si Elio essaie de récompenser mon obéissance, ou s'il essaie de me briser. Parce que sa bouche est soudain plus ferme, plus affamée, sa langue glisse, recule pour lécher les contours de mon entrée avant de plonger de nouveau pour dévorer mon clitoris frémissant. J'ai l'impression que mes bras sont pleins de sable et c'est un miracle que j'arrive encore à les lever à ce stade. Ma posture est complètement inappropriée – je me voûte de plus en plus en avant, comme si je me recroquevillais vers Elio, me recroquevillais *sur* lui, mon corps cherche son contact même si je me rebelle contre ça.

Je lutte pour garder mes bras en place. Chaque pression et chaque glissement du bout de mes doigts est une bataille. Chaque frottement de mon archet est une guerre.

Je ne sais pas si c'est une guerre que je mène contre Elio...

Ou contre moi-même.

Sa langue recule de nouveau, puis s'enfonce en moi, alors mes orteils se recroquevillent sur le parquet lisse. Mais je ne m'arrêterai plus. Je le jure, je continuerai jusqu'à, jusqu'à...

Jusqu'à ce que la pression ferme de son pouce recouvert de cuir envoie des ondes de choc dans mon clitoris palpitant. Il remue la langue à l'intérieur de moi, presque comme s'il me *baisait* avec, pendant que son pouce caresse mon clitoris et tout se serre, s'embrase et se contracte et je n'y arrive pas, je n'y arrive pas, putain.

Mon violon et mon archet tombent, et je m'arc-boute vers l'avant, ma colonne vertébrale s'effondre, jusqu'à ce que mes mains et mes instruments se retrouvent sur le dos large et musclé d'Elio. La pression de son pouce sur mon clitoris disparaît, et je sais exactement ce que ça signifie putain, parce que je tremble, j'ai honte et je suis tellement prête pour la terrible collision électrique du cuir contre la soie. De sa main contre ma chair.

Elio attend un moment avant de le faire. Comme s'il me laissait peut-être une dernière chance pour finir le morceau.

Ou peut-être qu'il veut simplement faire grimper la tension crépitante de la menace, encore et encore, accentuer les palpitations dans mon sexe, alors que le plaisir monte en moi comme une sombre symphonie. Je suis au bord de l'orgasme, tout au bord, et incapable de l'arrêter. Incapable de lutter. Et le pire, c'est peut-être que je n'en ai même plus envie à présent. Peut-être y a-t-il en moi quelque chose d'abject et de brisé, une partie de moi qui pense peut-être que je le mérite, que j'en ai besoin. Que ce châtiment est une réponse à une question que je n'ai jamais osé poser. La réponse à une prière qui demeure tout au fond de mon âme, latente et ignorée, depuis dix ans.

La main d'Elio frappe enfin, et le son de la fessée déchire l'air. Un gémissement saccadé s'échappe de ma gorge. Douleur mordante et plaisir rayonnent de l'endroit où sa main empoigne ma chair, ondulent vers le bas et à l'intérieur de moi jusqu'à ce que ma chatte se contracte sur sa langue, encore et encore.

Mes mains sont secouées d'un soubresaut puis relâchent mon violon et mon archet, qui glissent sur le dos d'Elio et tombent sur le lit. J'agrippe si fort l'arrière de sa veste que je me demande si je vais déchirer le tissu hors de prix. Les sons qui sortent de ma bouche sont une putain d'abomination. Je gémis sans reconnaître ma propre voix, tellement excitée et affamée que c'en est pathétique, pendant que je jouis parce que cet homme qui m'a tout pris m'a mis la fessée et m'a baisée avec sa langue. Je ne peux même plus contrôler le mouvement de mes hanches qui se frottent contre lui, et je geins d'embarras en chevauchant la langue d'Elio, puis je gémis de nouveau, plus fort, lorsqu'il la retire.

— Putain, grogne-t-il.

Il était jusqu'alors penché vers l'avant, courbé au niveau de la taille pour accéder à ma chatte, mais maintenant il se redresse en position assise. Mon sexe se serre à nouveau à ce spectacle. Cet homme tellement grand et dangereux et purement masculin, ses cuisses musclées écartées, ses épaules étirant les limites étriquées de son costume, la peau cicatrisée de sa mâchoire qui se contracte. Sa queue fièrement dressée qui émerge d'une touffe de poils noirs, énorme, sillonnée de veines et tellement gorgée de sang que son gland est rouge, presque violet. Et, oh, mon Dieu, son *visage*. Ses *yeux*. Il a de nouveau ce regard. Celui qu'il avait quand il m'a regardée lécher le gâteau sur ma main pendant le gala. Ce regard empreint d'une noirceur assassine. D'une rage si carnassière que je ne peux pas la distinguer du désir.

La vue de son gant de cuir sombre autour de sa verge turgescente est tellement dangereusement érotique qu'elle en devient insupportable. Mon souffle me déchire les poumons, et mes doigts s'enfoncent dans ses épaules lorsqu'il étale une perle luisante sur son gland. Pourquoi est-ce que je m'accroche toujours à lui ?

— Je ne t'ai pas amenée ici pour ça, tu sais, grogne-t-il en faisant glisser son poing de haut en bas sur son sexe. Je t'ai vraiment juste amenée ici pour que tu joues pour moi. Mais t'es tellement désobéissante. Et tellement belle quand t'obéis, putain.

Ses mots sont comme une caresse physique, et je ne peux pas m'y dérober. *Tellement belle quand t'obéis, putain.*

— Mon bon petit rossignol, gémit-il. Tu vois comme tu me fais bander, putain ?

Bien sûr que je le vois. Ce serait impossible de ne pas le voir. Quelque chose en moi frissonne de satisfaction d'en être responsable. Je n'ai peut-être aucun contrôle sur cette situation, ni même sur mon propre corps, mais au moins j'ai un certain contrôle sur le sien.

Sa voix baisse dangereusement d'une octave entière.

— T'es pas censée me faire bander au point où j'ai plus les idées claires.

Je chuchote :

— Alors qu'est-ce que je suis censée faire ? Pourquoi tu m'as choisie ? C'est juste à cause de la dette ? Parce que je...

J'hésite, comme si je n'étais pas censée poser la question. Mais ce n'est pas comme s'il les cachait. Les CDs étaient là, à découvert sur une étagère.

— J'ai trouvé les CDs. Des enregistrements de toutes mes prestations depuis un an et demi.

Elio lâche une expiration longue et brûlante, une agitation qui stimule mes seins dénudés.

Le mouvement de sa main ralentit.

— Laisse-moi te raconter une histoire, dit-il. L'histoire du rossignol, du monstre et de l'homme.

Sa main cesse complètement de bouger.

— Par un jour d'été caniculaire, l'homme supplia le monstre de lui prêter de l'argent. Mais le monstre savait que c'était un mauvais plan. Il était en train de refuser catégoriquement quand il entendit quelque chose.

— Quoi donc ?

— Un morceau de musique. Un morceau qui s'est insinué en lui, un morceau dont il n'arrivait plus à se débarrasser. Il fallait qu'il sache ce que c'était et qui était la foutue personne capable de jouer comme ça. Alors, il leva les yeux vers le balcon. Et là, se trouvait le plus joli rossignol qu'il ait jamais vu.

Sa main ne bouge plus, mais ses hanches oui, imprimant un mouvement lent et sensuel qui enfonce son sexe à l'intérieur de son poing de cuir. Une rugosité inédite perce dans sa voix lorsqu'il poursuit :

— À cet instant, le monstre comprit qu'il prêterait l'argent à l'homme si ça lui permettait de posséder ce rossignol. Il allait patienter, prendre son temps jusqu'à ce que l'échéance arrive à son terme. Mais à ce stade, il était déjà complètement et carrément accro.

Ses hanches saccadent, baisent son poing plus rapidement. Je n'arrive pas à détourner le regard de ce gland luisant qui apparaît puis disparaît au milieu du cuir.

— Ainsi, le monstre vint observer le rossignol à la

moindre occasion. Il emportait aussi sa musique chez lui pour essayer de prendre une autre dose d'elle, même si c'était très loin d'être suffisant.

Ses paroles sont si irrégulières à présent, presque au ralenti.

— Et puis un froid matin d'hiver, le jour du Premier de l'an et le jour des vingt ans du rossignol, le temps était écoulé pour l'homme. Le monstre revint. Et cette fois...

Sa respiration est de plus en plus laborieuse, rendant ses mots de plus en plus saccadés :

— Le monstre vint chercher son rossignol. Et il tua tous ceux qui se mettaient en travers de son putain de chemin.

Un jet onctueux jaillit du gland d'Elio, suivi d'un autre, puis d'un autre. Filament après filament, le sperme tombe sur son pantalon et son gant. Certains atteignent même ma poitrine nue, mouillée et luisante, ils me tachent. À mesure que j'assimile son sperme, je fais de même avec l'histoire qu'il vient de me raconter. La prise de conscience explose comme une bombe dans ma tête.

Il ne m'a pas simplement enlevée à cause de la dette de mon père. Il a prêté de l'argent à mon père, carrément créé cette dette à la base, spécialement pour pouvoir me posséder. Je me souviens de quelque chose qu'il a dit tout à l'heure, quelque chose que je n'avais pas compris. Jusqu'à présent.

Dès le début, je n'ai pas vu ça comme un prêt, mais plutôt comme un investissement.

C'était moi, l'investissement.

Me récupérer n'était pas un corollaire d'une affaire qui a mal tourné. C'était son but, putain. La seule raison pour laquelle l'accord s'est conclu à l'origine.

— Tu n'allais même pas prêter de l'argent à mon père

avant de me voir, dis-je entre mes dents, à moitié étourdie. Tu as orchestré toute cette situation juste pour avoir accès à moi ! Tu as créé la dette rien que pour me piéger !

Il passe son doigt sur le sperme qui dégouline entre mes seins.

— Techniquement, c'est ton père qui a créé la dette, dit froidement Elio. Il était tellement endetté à ce stade qu'il n'avait pas d'autre choix que de venir mendier l'aide de Pierre pour payer Paul. Mais sinon, oui, tu as raison. Je n'aurais jamais prêté cet argent à ton père si je ne t'avais pas vue et entendue jouer ce jour-là.

Il remet son sexe en place dans son pantalon et se lève, baissant vers moi son regard dénué de remords.

— Je lui ai prêté cet argent précisément parce que je savais que je ne le récupérerais jamais. Parce que je savais que je t'aurais à la fin.

Ça me met en rage, la facilité avec laquelle il l'admet. Qu'il ne se soucie même pas assez de ce que je pense de lui pour nier ce qu'il a fait.

D'une voix enrouée, je murmure :

— Je te déteste.

Des larmes se forment au fond de mes yeux, ma gorge se resserre.

— C'est ton droit.

Elio dit cela d'un ton calme. Presque avec désinvolture. Il passe de nouveau son doigt dans le sperme sur ma peau, l'étale jusqu'à mon mamelon et le frotte contre le pic douloureusement sensible tout en se penchant vers moi.

— Profites-en, Deirdre. Profite de cette haine que tu ressens pour moi, me chuchote-t-il à l'oreille, en taquinant mon téton jusqu'à le tendre et le faire pointer. Parce que c'est l'un des seuls droits qui te reste.

Je recule en titubant loin de lui, sous le choc.

Je fais volte-face, repère l'entrée sans porte de l'autre chambre.

Il n'y a nulle part où m'enfuir. Et je sais que c'est un acte vain.

Mais je m'enfuis tout de même.

Chapitre 23

Deirdre

Quand je me réveille le matin, je me sens bien reposée, et j'ai horreur de ça. J'ai horreur que ce lit soit incroyablement confortable. Ou que mon corps ait sombré si profondément dans le sommeil après la nuit dernière. Après...

Après avoir joui. *Deux fois.*

Je tire les couvertures sur ma tête, comme si je pouvais ainsi dissimuler ma honte. Qu'est-ce qui se passe dans mon corps quand je suis près d'Elio, qu'est-ce qui chez lui me transforme en quelqu'un que je ne reconnais pas ? Quelqu'un qui m'est inconnu ?

Mon téléphone vibre sur la table de chevet, et j'ôte brusquement le drap pour le saisir. Peut-être que c'est mon père qui me contacte. Peut-être que tout ce qu'Elio m'a raconté à propos de son départ et de Bridget n'était qu'un mensonge destiné à me faire plonger plus profondément dans ce piège, dans ce monde. Pour m'inciter à lui faire confiance.

Mais non, aucunes nouvelles de papa.

J'ai un message de Brian cependant, m'informant qu'il est revenu de ses vacances de Noël à Ottawa et qu'il veut me voir. J'ai presque envie de rire, amèrement, en pensant à quel point les circonstances ont changé depuis décembre. J'ai passé des semaines à éviter Brian, et maintenant je serais dans l'incapacité de le voir même si je le voulais. Quelque chose me dit qu'Elio refuserait catégoriquement que je revoie mon ex-petit ami. Et une part de moi s'en agace, non pas pour Brian puisque je veux rester loin de lui, mais à cause du contrôle qu'Elio exerce sur moi.

Mais une autre part de moi, une part logée dans mon bas-ventre, se contracte étrangement. Presque comme si ça me plaisait. Comme si ça me plaisait que les barreaux de ma cage m'enferment autant qu'ils me protègent.

Mais ils ne me protègent pas vraiment, si ? Pas d'Elio. C'est sur lui que je dois me concentrer, lui qui doit m'inquiéter le plus. Je me demande ce qu'il ferait si toutefois je rencontrais un autre homme. Je me demande ce qu'il ferait si Brian essayait de me retrouver maintenant.

Ça ne se terminerait probablement pas bien pour Brian.

Et ça me fait peur de penser que cette idée me procure un infime, mais néanmoins terrible sentiment de satisfaction. Putain, mais qu'est-ce que je deviens ? Elio n'est ni mon garde du corps ni mon petit ami. C'est mon ravisseur. La possessivité qu'il ressent envers moi n'est pas quelque chose que je dois admirer. C'est quelque chose que je dois combattre.

Sans quoi je ne retrouverai jamais le chemin de ma propre vie. Mentalement, je calcule la somme totale de ce qui a été soustrait à ma dette la nuit dernière. Vingt mille dollars pour la culotte – Bon Dieu, je n'arrive toujours pas à croire que je vends mes foutues culottes à la mafia désormais – et quatre-vingt mille pour la nuit dernière. Ou est-ce que c'était soixante-dix mille ? Je me souviens qu'il est descendu à quatre-vingt mille, qu'il me l'a dit tout contre moi, que ses mots agitaient mon clitoris lancinant. Mais je suis presque certaine que j'ai arrêté de jouer à ce moment-là. Au moment où...

J'ai *joui*. Pour la deuxième fois. Il m'a flanqué une fessée, juste assez fort pour faire mal, juste assez fort pour que je sache clairement combien l'étendue de son pouvoir est grande, et en même temps, à quel point il s'est contenu. Et en réalité, ça a plu à une part enfouie et obscène de moi.

Et pire encore, je ne crois pas qu'Elio ait fait naître cette part obscène.

Je crois qu'elle était déjà là et qu'il l'a simplement exhumée. Comme s'il comprenait déjà des choses en moi que j'ignore. Comme s'il savait exactement où creuser.

Alors je me souviens depuis combien de temps il me surveille. Depuis combien de temps il me veut. Et je me demande tout ce qu'il a appris sur moi alors que je n'avais pas la moindre idée qu'il était là.

Mon téléphone vibre à nouveau, et je fais la grimace en pensant que c'est Brian, mais ce n'est pas le cas. C'est un e-mail envoyé à mon adresse e-mail de l'Université de Toronto, en provenance d'une autre adresse de l'université que je ne reconnais pas. C'est l'adresse e-mail d'un étudiant, mais je ne connais pas son nom. Tout en fronçant les sourcils, je l'ouvre.

HEY !!!! C'est Willow ! J'ai toujours pas récupéré mon téléphone. Je suis dans une des bibliothèques de la fac avec mon voisin Dylan, et j'utilise son mail universitaire pour te contacter. Me suis dit que c'était mieux que d'envoyer un texto avec son téléphone, vu que je peux me connecter à sa boîte n'importe où pour vérifier si t'as répondu, et que j'ai pas de téléphone où il pourrait me transférer un texto.

Qu'est-ce qui se passe ??? J'ai entendu parler de la nuit dernière !!! Que tu t'es pointée à un événement des Titone au musée des BA, parée de diamants. *Les gens disent qu'Elio Titone t'a pratiquement baisée au milieu de la piste de danse, que vous dansiez vachement collé-serré, et qu'il t'a offert une grosse part de gâteau après ça. Elio Titone, putain ! Qui coupe et sert du gâteau à quelqu'un !!! Absolument incroyable. C'était un gâteau d'anniversaire ? Elle était pour toi, cette fête ??? Qu'est-ce qui se passe ???*

J'ai aucune idée de comment t'aider en ce moment, mais je le jure devant Dieu, s'il te fait du mal, je trouverai un moyen. Qu'ils aillent se faire foutre, que ce soit Elio ou Darragh (qui est encore plus énervé depuis hier soir, juste pour info). Je chourerai un putain de tank et j'enfoncerai les murs de ta prison pour te sauver au besoin. Dis-moi juste ce qui se passe. Dis-moi où tu es.

Dis-moi que tu vas bien.

Willow

Mes yeux se brouillent de larmes, et je presse mon téléphone contre ma poitrine serrée. On dirait que le monde entier m'a oubliée. Comme si ma propre vie avait été effacée, écrasée sous la nouvelle réalité qu'Elio m'a imposée. Mais c'est faux. Willow est toujours là, à m'aimer, à se battre pour moi. À essayer de m'aider.

Elle ne peut pas, bien sûr. Et ça transforme mes larmes de gratitude affectueuse en des larmes de rage désespérées. Elle ne peut pas m'aider. C'est même dangereux pour elle de me contacter de cette manière, surtout si Darragh est aussi en colère qu'elle l'affirme. Je suis une paria, mon père est un traître, et elle ne peut plus du tout avoir affaire à moi.

J'ai beau avoir terriblement envie de me confier à elle, de la supplier de m'aider de toutes les manières possibles, je ne le ferai pas. Elle veut me protéger, mais c'est moi qui dois la protéger dans l'immédiat. De son père et de Darragh s'il découvre qu'elle essaie de m'aider.

Je renifle fort et du revers de la main, frotte rageusement mes larmes avant de taper une réponse d'une main tremblante. À chaque lettre qui apparaît à l'écran, j'ai l'impression de fermer progressivement la porte entre nous, centimètre par centimètre, jusqu'à ce qu'elle claque et qu'un verrou s'enclenche.

Willow,

Merci beaucoup d'avoir trouvé un moyen de me contacter. Tu n'imagines pas ce que ça représente pour moi.

La fête d'hier soir n'a pas été organisée pour moi, mais effectivement, c'était bien un gâteau d'anniversaire pour moi. Ça sera peut-être difficile à croire, mais je suis en sécurité. Elio prend soin de moi.

Je m'arrête de taper en me mordillant la lèvre ; j'ai horreur de ce que je viens d'écrire et pourtant, je n'ai pas non plus l'impression que c'est totalement un mensonge. Elio m'a piégée, mais il m'a aussi couverte d'une opulence que même l'argent volé de mon père ne pouvait m'offrir. Non pas que papa en ait beaucoup dépensé pour moi, pensé-je amèrement. Elio m'a nourrie, parée des plus beaux atours, il a commandé pour moi le gâteau d'anniversaire le plus incroyable qu'une boulangerie puisse confectionner, et...

Il m'a léché le clito jusqu'à ce que je jouisse.

Il m'a aussi mis des fessées, fulminé-je intérieurement. *Il m'a dit qu'il me possédait entièrement. Il me rajoute toujours plus de dettes avec des taux d'intérêt qu'il pourrait réduire, mais refuse de le faire.*

J'ai envie de tout dire à Willow. Lui vider mon cœur, la laisser trouver un moyen de résoudre le problème. Mais je ne peux pas. Parce que Willow essaierait réellement de faire quelque chose, et je ne veux pas qu'elle s'attire les foudres de Darragh. Ou d'Elio. Alors je serre les dents et continue de taper.

Mon père m'a complètement niquée. Il a emprunté des millions à Sev Serpico et à Elio pour dissimuler ce qu'il a volé à Darragh, mais il n'a pas remboursé. C'est pour ça que le Nouvel An s'est passé comme ça (est-ce que M. Byrne va bien ???).

Elio a payé la dette de mon père envers la Camorra et me laisse rembourser l'argent que mon père lui doit. Pour une raison qui m'échappe, il aime ma façon de jouer du violon. Alors je le fais pour lui et petit à petit, je rembourse tout de cette manière. Ça va prendre un certain temps, alors ne t'attends pas à me voir réapparaître de sitôt.

Non pas que je sois en mesure de réapparaître tout court si Darragh veut toujours mettre la main sur moi. Je ravale péniblement ma salive, prenant conscience pour la première fois que la dette n'est peut-être pas la seule chose qui se dresse entre moi et ma liberté. Même si je rembourse tout jusqu'au dernier centime, même si Elio me laisse partir, Darragh m'attendra à la sortie. À moins qu'il ne trouve mon père en premier, mais je ne veux pas de ça non plus. Même après tout ce qui s'est passé et tout ce qu'il a fait, je ne veux pas que mon père se fasse assassiner pour ça. J'ai déjà perdu un parent et je ne m'en suis jamais vraiment remise. Je ne supporterais pas d'en perdre un autre.

Enfin, est-ce que je ne l'ai pas déjà perdu d'une certaine façon ?

Il se pourrait que je ne revoie jamais mon père, le seul parent qui me reste.

Je me concentre entièrement sur la fin de mon message à Willow pour ne pas complètement m'effondrer.

Je recommence à taper :

Je suis en sécurité. J'essaie d'y trouver mon compte. Tu

ne peux rien faire pour moi en ce moment. Enfin si, la première chose que tu peux faire pour moi, c'est de te protéger. Personne ne le prendra bien, que tu essaies d'interagir avec moi en ce moment. La dernière chose que je veux, c'est que tu sois blessée à cause de tout ça.

Reste en sécurité, Willow. Je t'aime tellement.

Dee

À l'instant même où j'envoie le message, j'entends le bruit familier d'un chariot à roulettes qui entre dans la pièce. Je relève brusquement la tête pour voir Rosa qui apporte le petit déjeuner – un plateau garni de viennoiseries, de fruits frais et...

En me demandant si toutes mes larmes contenues ne me font pas imaginer des choses, je demande :

— Est-ce que c'est une théière ?

— *Sì, sì.* Thé. Le patron m'a dit de faire, alors je fais.

Le patron...

C'est forcément Elio.

Je fixe la petite théière en verre comme si c'était une chose fantastique, comme une licorne qui ne serait pas censée exister, mais qui existerait néanmoins. *Elio lui a dit de m'apporter du thé. Parce que c'est ce que j'aime...*

J'ai presque peur de le boire. Peur de ce que ça signifie. Est-ce que c'est de la gentillesse ? Un petit réconfort censé me rendre heureuse ? Ou est-ce que c'est un genre de piège ?

Je décrète que je m'en fiche. J'ai envie d'une tasse de thé depuis hier, aussi dès que Rosa immobilise le chariot à côté du lit, je la remercie abondamment et me sers une tasse fumante.

L'odeur me frappe de plein fouet, et mes yeux se ferment un moment en battant des paupières alors que je me contente d'inhaler. Ça doit être la meilleure odeur au

monde. C'est du réconfort à l'état pur, viscéral, et ma gratitude envers Elio en ce moment est si accablante que j'ai
envie de pleurer de nouveau. Mon Dieu, ça doit être un
syndrome de Stockholm, d'avoir envie de remercier mon
ravisseur pour une simple tasse de thé.

Mais je ne peux pas m'en empêcher. C'est bien plus que
du thé pour moi. C'est synonyme de famille, de chaleur
rayonnante et de souvenirs. C'est les petits matins calmes
dans la cuisine avant l'école avec ma mère, qui nous verse
une tasse chacune avec sa belle théière vintage pendant que
je lui parle de mes devoirs, des professeurs et des garçons.
C'est la boisson qu'elle a préparée pour apaiser mon cœur
fragilisé lorsque le garçon que j'adorais en troisième a dit à
tout le monde qu'il ne sortirait jamais avec quelqu'un qui
avait les cheveux de la même couleur qu'un surligneur
orange. C'est Noël, les dimanches après-midi, les doux
murmures et les rires. J'avais toujours imaginé que le matin
de mon mariage, ce n'est pas du champagne qu'on boirait en
se préparant maman et moi, mais des tasses de thé fort et
sucré.

Parfois, quand je sens cette boisson, j'ai presque l'impression qu'elle est avec moi. Ma mère n'avait pas de
parfum fétiche. C'était ça, son odeur : l'effluve parfumé du
thé irlandais au petit déjeuner.

Si Rosa se demande pourquoi j'ai appuyé la tasse
chaude contre mon front comme si c'était une relique sacrée
à vénérer plutôt que quelque chose à boire, elle ne le dit pas
à voix haute. Au lieu de ça, elle entre dans la salle de bain,
attaque chaque surface avec des vaporisateurs et des chiffons pour astiquer. Bientôt, la tasse est trop chaude pour
rester contre ma peau, et je l'abaisse, en fixant la surface
sombre et réfléchissante de la boisson avant d'en prendre
une gorgée.

C'est du bon thé, bien que pas assez fort à mon goût. J'aime le thé qui a été infusé suffisamment longtemps pour vraiment résister au lait et au sucre que j'ajoute en général. C'est comme ça que maman le préparait systématiquement.

Mais pour l'instant, ça ira très bien. J'ajoute moins de lait et de sucre que d'habitude pour ne pas écraser la saveur et, la gorge nouée de larmes, je le bois comme de l'eau dans le désert. Il me brûle la gorge, mais j'ai l'impression que cette chaleur est purificatrice, et je ne m'arrête que lorsque je n'en peux plus, en prenant une inspiration humide et étranglée. Je picore la nourriture, puis je l'engloutis, prenant conscience que la charcuterie et le peu de gâteau d'anniversaire que j'ai avalés depuis hier sont loin de m'avoir sustentée.

Je me sers encore un peu de thé pour faire passer le tout, prends ma tasse et me glisse hors du lit alors que Rosa s'approche, prête à enlever les draps. Mon visage me paraît brûlant pendant qu'elle le fait. Rien ne s'est passé dans ce lit pourtant, mais j'ai le sentiment qu'elle pourrait quand même le savoir, comme si j'avais laissé une sorte de tache, une preuve que je suis complètement dérangée de m'être soumise si facilement à Elio la nuit dernière.

Non ! Ce n'était pas si facile. J'ai essayé de me battre. J'ai...

Je ne sais même pas ce qui s'est passé. Tout ce que je sais, c'est qu'il est hors de question que ça se reproduise.

Alors que je suis seule dans ma chambre, c'est à ça que je réfléchis pendant l'essentiel de la journée : à la soumission, et si c'est vraiment ce que j'ai fait. Elio ne vient pas me voir, et Valentina non plus. Rosa m'apporte le déjeuner (du poulet au pesto et de la mozzarella sur du pain frais, le sandwich le plus incroyable du monde) puis le dîner (de l'agneau braisé également incroyable accompagné de pommes de terre et de légumes), mais à part ça, je ne vois personne. Je continue d'attendre qu'Elio se pointe, mais il semble que ce qu'il m'a dit hier était vrai. Il ne va pas rester tout le temps près de moi à attendre que j'attrape mon violon et que je joue pour lui. Je vais devoir saisir toutes les opportunités qui se présentent pour essayer d'éponger la dette.

Et la prochaine fois, je vais devoir jouer hors de sa portée.

À 21h, la solitude commence à me taper sur les nerfs. Tout comme ce qui s'est passé la nuit dernière. Plus j'y pense, plus je suis incapable de nier que j'aurais pu faire bien plus d'efforts pour l'arrêter. Si j'avais vraiment voulu, j'aurais pu m'écarter. J'aurais pu le repousser, le frapper, le mordre. J'aurais pu lui dire non.

Je me repasse en boucle l'interaction de la nuit dernière dans la chambre d'Elio, dans l'espoir d'avoir simplement oublié le moment où je lui ai dit d'arrêter. Mais je n'ai rien oublié. Puisque je ne l'ai jamais dit, bordel.

Et soudain, je ne peux plus rester ici comme sa bonne petite prisonnière. J'ai besoin de lui prouver, et peut-être même plus à moi-même, que je ne vais pas me soumettre aussi aisément à sa volonté.

J'entre d'un pas furieux dans la salle de bain pour prendre une douche. Je choisis la douche cette fois-ci, car je peux au moins accrocher des serviettes de façon précaire sur le verre encastré dans les murs, et ainsi créer un semblant d'intimité. Alors que je lance des serviettes par-dessus le verre avec des gestes maladroits couplés de grognements, je me demande s'il me regarde en ce moment même. Je me tortille pour me déshabiller à l'intérieur de la douche et balance mes vêtements dehors, en me demandant si je devrais essayer de lui vendre cette culotte également.

Et puis je me demande qui je suis devenue, putain, pour ne serait-ce qu'envisager une chose pareille.

Tandis que je me frotte, je me demande si Elio sait que je suis sous la douche. Si, en ce moment même, ses yeux noirs sont rivés sur un écran quelque part. Je me demande si ma muraille de serviettes le met en colère.

Je me demande si son sexe est en érection. Si son poing enveloppé de cuir l'agrippe, le branle, glisse fermement sur son énorme verge nervurée de veines jusqu'à son gland lisse. S'il va jouir rien qu'en sachant que je suis nue et trempée dans sa maison.

Une pulsation retentissante entre mes jambes me met encore plus en colère qu'avant. Je règle l'eau sur la tempéra-ture la plus froide, hurlant sous le contraste avec la chaleur. Je me force à me laver sous cette eau froide jusqu'à ce que je me mette à frissonner, puis je tire une de mes serviettes suspendues, l'enroule autour de moi, et me dirige vers le dressing. J'enfile un T-shirt en coton tout doux (il y a des soutiens-gorge, mais aucun n'est à ma taille, alors je saute cette étape) puis une culotte en soie et un pantalon de survêtement ample.

Complètement habillée à présent, tandis que mes cheveux trempent l'arrière de mon T-shirt, je traverse ma chambre et entre dans celle d'Elio. Je ne m'arrête que lorsque j'arrive devant la porte.

Celle qui mène au reste de la maison.

Je n'ai jamais entendu personne la verrouiller ou la déverrouiller. On ne m'a jamais dit non plus de rester ici, même si ça me semble être une règle tacite. Mais c'est exac-tement pour ça que je dois l'enfreindre. Pour prouver que j'ai encore deux putains de neurones dans le crâne. Pour prouver qu'il reste encore un peu de courage en moi pour lutter.

Mon cœur tambourine furieusement dans ma poitrine, et j'ai peur de le regretter, mais je le fais quand même.

Je tire sur la poignée et j'ouvre la porte.

Je me crispe, retiens mon souffle, m'attendant à moitié à ce qu'Elio soit là, à attendre que je fasse une tentative de ce genre. Mais il n'est pas là. Il n'y a personne hormis un homme en chemise noire et en pantalon noir posté en haut des escaliers. Il est vigilant et me surveille de près, mais il ne me dit pas de retourner dans la chambre. Enhardie, je soutiens son regard et j'avance d'un pas, de sorte que j'ai un pied dans la chambre et un pied dehors.

Il ne dit toujours rien, alors je prends une respiration tremblante, et sors complètement.

Je lutte pour ne pas sourire de toutes mes dents. J'ai le sentiment que c'est une victoire, aussi petite soit-elle. Je suis sortie de la chambre. Maintenant, il est temps de voir jusqu'où je peux aller.

Je fais volte-face vers l'escalier et le gardien posté là-bas, puis commence à avancer. Plus je m'approche, plus mon estomac se tord et mes nerfs s'agitent. On dirait que ce gars reste immobile et silencieux pour m'inciter à baisser ma garde, pour pouvoir m'attraper et permettre à Elio de me tomber dessus.

Pour autant, quand je passe devant lui, ma respiration s'étrangle dans ma gorge, mais il ne me touche pas. Je remarque qu'il me suit lorsque je descends les escaliers, mais sinon il ne fait rien pour m'arrêter.

Ce qui doit signifier...

Qu'on lui a ordonné de me laisser déambuler comme je l'entends.

Voilà qui me plonge dans la confusion. Ça m'interpelle tant que je manque de m'immobiliser au milieu des escaliers. Le fait qu'Elio ne s'oppose pas à ce que je sorte de la chambre et me promène dans son domaine. Je m'étais dit que c'était, eh bien... interdit, ou quelque chose comme ça.

Encore une fois, je suis sur le point de lui en être reconnaissante, comme pour le thé, mais je m'enjoins farouchement de ne pas l'être. Elio n'est pas digne de ma gratitude. Je ne devrais pas me sentir reconnaissante de pouvoir me promener dans cette maison, aussi magnifique soit-elle. C'est lui qui m'a réduite à être coincée ici à l'origine.

Le gardien en haut des escaliers continue de me filer le train pendant que je vadrouille. Je passe devant la porte d'entrée et grimace en me rappelant ce qui s'est passé là, ce qui a dû être capturé par les caméras. Lorsqu'Elio m'a caressé les tétons jusqu'à ce qu'ils durcissent, après m'avoir mis les boucles d'oreilles qui sont actuellement sur une table de chevet à l'étage.

J'avance jusque dans la cuisine et reste bouche bée. Je ne suis pas un chef étoilé ni rien de la sorte, mais j'aime cuisiner, et c'est la cuisine la plus dingue que j'ai jamais vue. Un immense îlot de granit noir trône au milieu, assorti aux étincelants plans de travail en granit noir qui bordent tout un pan de l'espace ouvert. Malgré l'omniprésence du noir, l'espace n'est pas froid. Les armoires ont la couleur chaude du bois naturel, et des éclairages doux sont encastrés partout. Le réfrigérateur est énorme, l'un de ces modèles super larges à double porte en acier inoxydable. La plupart des autres appareils sont également en acier inoxydable, y compris une machine à expresso qui semble bien compliquée. Tout est élégant et moderne. À l'exception de la gazinière. Je suis certaine qu'elle est neuve et hyper chère, mais elle a un aspect presque vintage avec ses boutons en laiton brillants et ses plaques de cuisson au gaz.

J'examine le gardien qui est à présent planté bras croisés près de l'îlot que j'ai dépassé. Il ne dit pas un mot et ne fait rien pour m'arrêter, alors je hausse les épaules intérieurement et me dirige vers le frigo. Je l'ouvre en tirant d'un coup sec, et reste stupéfaite face à la quantité de choses qui se trouvent dans ce gigantesque dispositif de refroidissement. Elio a dit qu'il y avait des soldats postés partout dans cette maison, et je me demande si Rosa cuisine pour tout ce petit monde. Il y a une tonne de plats préparés, des contenants remplis de viande et de pâtes, des conserves de sauces, ainsi qu'un stock d'ingrédients crus digne d'une petite épicerie – des herbes fraîches, du fromage, de la crème. Je m'attends à trouver des tomates là-dedans, mais je n'en vois pas, avant de réaliser qu'il y en a dans un bol sur le plan de travail. Ce bol d'une superbe couleur donne à la cuisine impeccable une atmosphère chaleureuse qui me paraît presque réconfortante, alors je refoule cette impression.

Après la cuisine se trouve une autre salle à couper le souffle que je n'avais pas remarquée auparavant – une cave à vin. Enfin, étant donné qu'elle n'est pas au sous-sol, est-ce qu'on peut toujours parler de cave ? Une salle à vin ? Je n'en ai aucune idée. Je sais faire la différence entre plusieurs types de thé rien qu'à l'odeur, mais je n'ai absolument aucun palais ni aucune connaissance réelle du vin, même si j'aime bien en boire.

La salle à vin est séparée de la cuisine par une paroi en verre tellement propre qu'elle est presque invisible, et je manque de foncer dedans. Je reprends mes esprits juste à temps, trouvant enfin une section de verre qui s'ouvre tout en douceur quand on pousse légèrement. Il fait beaucoup plus frais ici que dans le reste de la maison, et des frissons émergent à la surface de mes bras nus. Mes mamelons non recouverts d'un soutien-gorge se contractent.

Tout en croisant les bras, j'entre dans cet espace frais et spacieux. Il fait plus sombre ici que dans la cuisine, et tout semble feutré. Les bouteilles de vin reposent toutes dans des morceaux de bois incurvés sur les étagères, une vision qui m'évoque des bateaux dans un port.

En cet instant, boire un verre de vin m'apparaît comme la meilleure idée au monde. Je ne sais pas du tout si j'ai le droit de le faire, mais je décide que je m'en moque. En m'aventurant ici, le but était de prouver que je ne suis pas soumise à la volonté d'Elio, alors je vais tenter ma chance. Je balaie la pièce du regard, n'ayant absolument aucune idée de quelle bouteille choisir, alors j'en sélectionne une au hasard. C'est un rouge, manifestement haut de gamme et italien. Avant de perdre mon sang-froid, je retourne en courant dans la cuisine avec mon trophée.

Le soldat qui m'épie a désormais un pli entre les sourcils, comme si je faisais quelque chose d'inattendu, ou peut-être une chose pour laquelle son patron ne lui a pas donné d'instructions spécifiques. Je souris en imaginant Elio dire aux gardes de me laisser déambuler dans la maison, sans préciser comment gérer si la prisonnière décidait de se soûler au vin. Non pas que j'aie l'intention de me soûler. Je dois avoir l'esprit clair. Mais prendre un verre pour me détendre un peu pourrait être la clé.

Je me sens déjà ivre – ivre de cet infime pouvoir. Je me rends compte que je suis en train de chantonner alors que j'ouvre tiroirs et placards à coups secs, à la recherche d'un tire-bouchon. Je finis par en trouver un et j'ouvre le vin, laissant le tire-bouchon sur le plan de travail toujours planté dans le liège, coincé sur sa tige tournoyante. Je n'ai pas encore découvert où se trouvent les verres à vin, mais dans le placard face à moi se trouvent de petites tasses à expresso. J'en attrape une et verse le vin dans la tasse. *Apparemment, je me fais des shots*, pensé-je en prenant la petite tasse remplie de vin. Je la porte à mes lèvres et m'apprête à prendre une gorgée lorsqu'une voix fend le silence ambiant.

— C'est comme ça qu'on t'a appris à boire du vin ?

Cette voix – une voix particulièrement virile – me surprend tellement que je renverse un peu de vin sur le devant de mon T-shirt. Ça m'agace dans un premier temps, puis je me souviens que ce n'est même pas le mien, alors pourquoi me soucier qu'il soit taché ? Je me retourne vers le garde, puis me fige brusquement en voyant qu'il est parti. Elio m'observe, hanche appuyée contre l'îlot, le cuir noir de sa main droite plaqué contre le granit, paume vers le bas. Le reste de ses vêtements sont noirs – chemise, pantalon. Ils sont assortis à l'éclat noir comme du charbon de ses cheveux épais et à l'obscurité intense de ses yeux.

Il baisse le regard vers la tache rouge foncé sur le devant de mon T-shirt. Ou peut-être vers mes tétons vu je n'ai pas de soutien-gorge, et à présent je frissonne sous son regard. Mon Dieu, j'ai vraiment besoin de ce vin finalement. Ça me réchauffera. Me donnera de la force. Je porte la tasse en céramique à moitié pleine à mes lèvres.

— Arrête.

L'ordre prononcé par cette voix mortellement douce me coupe le souffle, la tasse se fige en plein vol. Il y a en moi un instinct qui veut lui obéir, et ce n'est pas entièrement dû à la peur. Mais c'est précisément ce même instinct que je combats, et il faut que je l'anéantisse. Maintenant ou jamais, putain.

Je soutiens son regard et prends une gorgée.

Mais t'es tellement désobéissante, putain.

L'écho soudain de ses paroles d'hier soir m'échauffe la peau, ou peut-être est-ce à cause du vin. Je prends une autre gorgée.

Elio ne dit rien. Il s'approche de moi, et j'ai envie de

reculer contre le plan de travail et de m'éloigner de lui, mais je me fais violence pour rester immobile. Je m'attends à ce qu'il me touche, mais il ne le fait pas. Au lieu de quoi, il pose sa main gauche sur la surface derrière moi en poussant un léger grognement, puis lève son autre bras pour ouvrir un placard au-dessus de ma tête. Au son qu'il émet, mes yeux se posent sur son épaule musclée, mais blessée ; soudain je me retrouve dans mon jardin, et le nouvel an, la haine et les flingues me retombent dessus. Je suis pieds nus, terrifiée et frigorifiée, mais il me tient, *il me tient*, et nos deux corps frémissent sous le choc du coup de feu.

— Est-ce que ça fait mal ?

Je ne devrais pas poser la question. Je ne devrais pas m'en soucier. Je devrais avoir *envie* qu'il souffre. Je suis trop sensible pour mon propre bien. Combien de fois est-ce que Willow me l'a dit ? Que je devrais m'endurcir et m'aiguiser l'esprit, me découper un chemin dans ce monde comme un couteau au lieu de me laisser piloter. Me laisser piloter par des gens comme mon père, mes professeurs et Brian. Par le gouffre qui s'est ouvert en moi le jour où des pneus ont dérapé il y a dix ans.

Elio est un couteau. Ou plutôt, une hache. Il est à la fois une lame tranchante et une force contondante. Quel effet ça ferait d'avoir un pouvoir pareil ? D'entrevoir des obstacles et de les tailler sans détour pour les surmonter, sans peur et sans réfléchir ? De soumettre tout et tout le monde autour de soi à sa volonté ?

Pas moi, sifflé-je intérieurement alors qu'Elio baisse le bras. *Je ne me soumettrai pas.*

Je refuse d'être brisée.

— Pourquoi, ça t'intéresse ? demande Elio.

Il n'y a aucun sarcasme moqueur, pas de ton railleur dans sa voix. C'est une question douce et tranquille. Simple et sérieuse. Comme s'il voulait vraiment entendre la réponse.

Sauf que je ne connais même pas la réponse. La blessure – une blessure très sérieuse en plus – qu'il a reçue en me protégeant a ajouté une couche supplémentaire de complexité à ce que je ressens vis-à-vis de tout ce qui s'est passé. À ce que je ressens vis-à-vis de lui.

Au lieu de lui donner une réponse directe, je pose une autre question :

— Pourquoi tu l'as fait ?

Il a un grand verre à pied dans la main. Il le tient entre nous, et il est tellement proche, putain. Il ne me touche toujours pas, mais avec ce bras près de ma hanche, cette main sur le plan de travail derrière moi, il m'enferme. Elio est un mur noir massif qui se dresse devant moi, et ma tête est inclinée vers le haut, la sienne vers le bas, pour que nous puissions nous regarder.

— Pas de maquillage aujourd'hui, murmure-t-il.

Un frisson nerveux me remonte doucement la colonne vertébrale. Si ses deux mains n'étaient pas prises, je suis sûre que sa main gantée de cuir me caresserait la joue en cet instant, comme le fait son regard.

— Pourquoi, ça t'intéresse ? lui dis-je, faisant écho à sa propre question.

Je me demande s'il me préfère sous le masque du maquillage. Lisse, jolie et présentable.

— J'arrive mieux à voir tes taches de rousseur comme ça.

Mon visage s'empourpre. Mon Dieu, j'ai l'impression d'avoir douze ans à nouveau. Comme quand j'ai acheté mon premier fond de teint pour dissimuler mes taches de rousseur. Sauf que je n'avais aucune idée de quelles teintes assortir à ma peau. Je n'avais pas de mère pour m'aider et j'ai fini par mettre un fond de teint aussi orange que mes cheveux. Du moins, c'est ce que les filles à l'école me disaient entre deux éclats de rire cruels.

J'ai parcouru un long, très long chemin depuis l'époque où je me souciais de ce que les gens pensaient de mon apparence. J'ai appris à aimer mes cheveux roux, et aujourd'hui les taches de rousseur sont vraiment à la mode, allez comprendre. De temps en temps, je me surprends encore à regretter de ne pas avoir les cheveux blonds et une peau qui bronze au lieu de brûler, mais c'est seulement parce que ma mère me manque et que je veux la voir plus souvent dans le miroir, pas nécessairement parce que j'ai envie d'avoir une autre apparence.

Mais une simple phrase d'Elio et me voilà, de nouveau dans cet état de gamine désespérée et maladroite. Pourquoi est-ce que je le laisse s'immiscer en moi comme ça, bordel ? Putain de merde, pourquoi est-ce que je me soucie de savoir s'il aime mes taches de rousseur ou pas ? Elles font partie de mon visage et la seule raison pour laquelle il est contraint de les regarder à la base, c'est parce qu'*il m'a enlevée*, parce qu'il...

— Je les adore.

En un éclair, le tourbillon de l'humiliation et de la confusion de l'enfance s'immobilise à l'intérieur de moi, comme une tempête qui s'effondre sur elle-même. Je secoue la tête, faisant claquer les mèches humides contre mes omoplates, car je n'ai rien à répondre.

Alors je reviens à ma question. Celle à laquelle il n'a pas répondu :

— Pourquoi est-ce que tu l'as fait ? Pourquoi tu t'es fait tirer dessus pour me protéger ?

Une émotion ténébreuse frémit au fond de ses yeux. Il s'écarte d'un coup du plan de travail, se tourne vers l'îlot où j'ai laissé la bouteille de vin. Il verse du vin dans le verre à pied en me tournant le dos et, aussi tranquillement que quelqu'un pourrait parler de la météo, il déclare :

— Ce corps n'a aucune valeur, mon rossignol. Je l'interposerais entre toi et une balle n'importe quand.

Je le regarde bouche bée, les yeux rivés sur la puissance de son dos musclé drapé de noir. Il a beau être mutilé, ce corps est une merveille de l'anatomie. Même quelqu'un qui le déteste se doit de reconnaître ce fait. De reconnaître la puissance empaquetée dans cette silhouette de plus d'un mètre quatre-vingt-dix. Il est si grand qu'il devrait être balourd, pourtant il ne l'est pas. Chaque mouvement est empreint d'une grâce sombre et maîtrisée.

Ce corps n'a aucune valeur.

Pour la première fois, j'entrevois autre chose que le tyran endurci en Elio Titone. J'entrevois quelque chose que je reconnais de la façon la plus viscérale qui soit. Un sentiment de n'avoir aucune valeur qui pousse comme une adventice épineuse et rampante, et qu'on arrose de culpabilité et de chagrin. Je le reconnais parce que les mêmes ronces étrangleuses sont profondément enracinées dans mon ventre, à moi aussi. Elles sont là depuis que ma mère est morte et pas moi.

Il lui est arrivé quelque chose par le passé. Quelque chose que je ne comprendrais probablement que trop bien s'il prenait la peine de me le raconter un jour.

Il ne le fera pas, cependant. Il referme immédiatement cette fenêtre de vulnérabilité en ajoutant froidement :

— Et puis personne d'autre n'a le droit de te faire du mal.

Personne *d'autre.*

— Mais toi, tu m'en fais, dis-je entre mes dents. Tu as le droit, c'est ça ? Et ça te plaît carrément, en plus. Mon cul a bien compris la leçon hier soir.

Une raideur inédite s'infiltre dans son échine. Un instant auparavant, il avait le verre à la main, faisait tournoyer le vin, mais il le pose d'un geste brusque. Le son net du verre percutant le granit retentit comme une alarme. Cette fois, je recule bel et bien et m'éloigne de lui alors qu'il se retourne et avance vers moi. Le bord en granit du plan de travail s'enfonce dans le bas de mon dos, mais la pression ne dure qu'une seconde, car les grandes mains d'Elio sont sur ma taille et me forcent à faire volte-face. Le mouvement m'arrache la tasse à expresso des mains, et elle se brise en tombant par terre, projetant des éclats de céramique et les dernières gorgées de vin partout sur le carrelage en pierre. Le souffle coupé, je tressaille lorsque le cuir se promène sur mes hanches, puis les pouces passent sous l'élastique du pantalon de jogging et l'abaissent. Et pas seulement le pantalon. La culotte aussi. Je suis complètement cul nu devant lui.

Le cuir lisse glisse sur ma hanche et sur mes fesses, avant d'appuyer sur l'endroit où il m'a mis la fessée. Je n'arrive pas à savoir si ce geste est censé être apaisant ou revendicateur. Peut-être les deux.

— Aucun bleu. Aucune rougeur, marmonne Elio.

Ses doigts s'enfoncent dans ma chair, très légèrement, et je sens une palpitation terrible remonter dans mon entrejambe au rythme des battements de mon cœur.

— J'ai été doux hier soir, mon rossignol. Je peux y aller plus fort. Beaucoup, beaucoup plus fort.

Je pousse un cri honteux d'indignation. Est-ce que c'est contre ses paroles que je m'indigne, ou contre la réaction intense de mon propre corps à ces paroles ? Même maintenant, je sens une humidité luisante s'amonceler entre mes cuisses.

— Mais j'y suis allé doucement, dit-il d'une voix légèrement éraillée, un peu rêche sur les bords. Parce que c'était ce dont tu avais besoin.

— Comment tu peux savoir de quoi j'ai besoin ? dis-je entre mes dents, en gigotant sous la pression de sa main.

— Je le sais parce que je te connais, dit-il.

C'est une déclaration totalement absurde. Son ego me stupéfie. Il n'y a pas la moindre trace de doute dans sa voix. Je ricane d'incrédulité, ce qui fait naître un bruit affreux et plein d'amertume au fond de ma gorge, mais il se rapproche de mon dos, le tissu de son pantalon vient taquiner ma peau nue, et son souffle me provoque une sensation de chaleur près de l'oreille.

— Je te connais, répète-t-il.

Comme si le dire une seconde fois pouvait mystérieusement en faire une réalité.

— Que ce soit sous les projecteurs ou sous le soleil, je t'ai vue expulser ton âme de ton corps dans le sang.

Je m'immobilise, car c'est la première fois que quelqu'un décrit ma façon de jouer de manière aussi douloureusement belle.

— Je connais ta date de naissance, ton emploi du temps universitaire, et la couleur de tes yeux quand tu es en colère, poursuit-il.

Il y a quelque chose d'implacable, de *cruel*, dans sa façon de parler à présent. Comme s'il allait isoler chaque molécule de mon être, détricoter toute ma vie.

— Je sais que tes taches de rousseur sont moins visibles maintenant qu'elles le seront en été. Je sais que ta meilleure amie s'appelle Willow et que ton ex-petit ami s'appelle Brian, et je dis bien *ex*, parce que s'il essayait de te toucher maintenant, il n'aurait pas le temps de cligner des yeux qu'il aurait déjà une balle dans la tête. Je sais quel genre de culotte tu portes, ou plutôt ne portes pas, en ce moment même. Je sais à quel point tu es belle quand tu es couverte de mon sang, que ta chatte a un goût divin, et je sais que ta musique ne se limite pas au violon, parce que putain quand je te fais jouir, tu chantes aussi.

Il sait toutes ces choses parce qu'il m'a observée, encore plus que je ne l'avais imaginé. Ça va bien au-delà de mes performances musicales publiques. C'est plus profond, plus létal, plus obsessionnel. L'imaginer me regarder me fait repenser aux caméras omniprésentes, et d'une voix aussi dénuée d'émotion que possible, je lui dis de remonter mes vêtements.

Je m'attends à ce qu'il résiste, mais il ne le fait pas. Il fait glisser sa main en cuir, descend sur le côté de mes cuisses pour attraper mon jogging et ma culotte. Il y a quelque chose de presque religieux dans sa façon de le faire. Une descente révérencieuse le long de mes jambes, si lente qu'elle manque de m'arracher un gémissement. Je me mords pour le réfréner et j'essaie de savourer le soulagement que je ressens d'être à nouveau couverte. Elio se retourne vers l'îlot, attrape le verre à vin et me le tend.

— Tiens, dit-il tranquillement, comme si la conversation d'avant n'avait jamais existé. C'est le genre de verre qu'il te faut pour ce vin. Il laisse le vin respirer. Lui permet de révéler ses saveurs.

Ses yeux passent du verre entre nous à ma bouche.

— Essaie.

— Je n'en ai plus envie.

Vraiment plus. Mon sentiment momentané de victoire, de liberté, s'est évaporé à l'instant où il est entré dans la pièce.

L'un de ses sourcils noirs se soulève légèrement.

— Tu as ouvert une bouteille de vin à dix-huit mille

dollars et tu ne vas même pas le boire dans le verre qui convient ?

— Dix-huit... mille..., dis-je dans un souffle.

Je baisse les yeux vers la boisson d'un air accusateur, comme si le vin aurait dû me prévenir d'une façon ou d'une autre qu'il était hors de prix avant que je le prenne sur l'étagère.

— Laisse-moi deviner. Ce sera ajouté à la somme que je te dois.

Il hausse son épaule valide.

— C'est moins cher qu'une culotte. J'ai toujours besoin d'un nouveau mouchoir de poche.

Est-ce qu'il est en train de faire une autre blague ? Cet homme est complètement cintré. Mais il ne s'arrête pas de parler :

— C'est une jolie nuance de bleu, que tu portes. Ça irait bien avec au moins trois de mes costumes.

Sa voix devient légèrement plus grave.

— Ça me rappelle tes yeux.

Je porte une culotte bleue en soie, bon sang. Je n'arrive pas à croire que je vais dire ce que je m'apprête à dire, mais il faut bien que je travaille avec ce que j'ai sous la main. Et quoi qu'il arrive, je me promets de survivre à tout ça et de m'échapper d'ici. Si Elio est prêt à faire cracher son portefeuille pour mes culottes usagées comme une sorte de pervers, et bien soit.

— D'accord. Mais j'en veux cinquante mille, dis-je en relevant le menton dans une attitude de défi, que je ne ressens pas tout à fait, mais que je suis à peu près sûre de feindre assez bien.

Elio ne tique pas face à la majoration de trente mille dollars. Il lève la main droite et la fait glisser lentement sur sa mâchoire ; ses doigts frottent la peau abîmée. Il plisse les yeux d'un air pensif, comme s'il réfléchissait à une proposition commerciale lucrative. Un marché avec des contrats, des chiffres et des négociations complexes. Quelque chose brille, puis s'endurcit dans son regard. Il baisse la main.

— Non.

Ma confiance ébranlée, c'est moi qui tique à présent. Je me sens idiote, et bafouille :

— C'est toi qui as dit que j'aurais dû demander plus la dernière fois !

— Mais tu ne l'as pas fait, rétorque Elio de façon exaspérante. Et maintenant le prix est fixé. Vingt mille pour un mouchoir de poche parfumé à l'essence de rossignol. Je pourrais envisager de monter à vingt-cinq mille parce qu'elle est de la même couleur que tes yeux, mais doubler ? Il faudrait qu'elle soit exceptionnelle. Peut-être, si...

Il s'interrompt, et je suis persuadée que ce silence est une stratégie, mais je mords quand même à l'hameçon.

— Peut-être si *quoi* ? dis-je d'un ton sec.

— Peut-être, si tu la mouilles à fond pour moi d'abord.

La mâchoire m'en tombe.

— Tu plaisantes.

— Je ne plaisante jamais quand ça concerne ce que je désire, dit-il simplement, sobrement, et ce sont peut-être les paroles les plus vraies qu'il ait jamais prononcées. Jouis partout dans cette culotte, imbibe-la pour moi, et tu auras les cinquante mille que tu me réclames.

Il baisse son regard sardonique vers mon verre.

— Bois un verre si tu as besoin de te donner du courage d'abord.

Je serre si fort le pied du verre à vin que je suis surprise qu'il ne se brise pas. Mais peut-être que je ne devrais pas du tout être surprise. Parce que je suis faible, putain. Tellement faible que je prends une gorgée et envisage sérieusement de le faire.

Cinquante mille dollars pour un orgasme. Hier, mon excitation m'a réellement fait perdre de l'argent, mais cette fois-ci, ce sera le contraire.

C'est un bon plan.

Et puis j'ai envie de rire ensuite, car manifestement, j'ai désormais des exigences pour les transactions de ce genre. J'ai une idée de ce qui est un prix juste et de ce qui n'en est pas un. Cinquante mille dollars pour ma dignité. Cinquante mille pour me métamorphoser en putain, celle qu'il prétend ne pas vouloir.

Ou peut-être que c'est déjà ce que je suis devenue hier soir. D'abord au gala, puis dans sa chambre.

Mais ce n'est pas rien. C'est un pas de plus vers la sortie. Jouer du violon pour lui s'est avéré plus difficile que je l'espérais. Peut-être que ça, ce sera plus facile.

— D'accord, dis-je d'un ton mordant. Je reviens.

Elio émet un petit rire, qui m'immobilise.

— Oh non. Tu ne vas pas faire ça toute seule. Comment est-ce que je pourrais être sûr que ce que j'achète est authentique, si je ne suis pas présent quand ça se passe ?

Évidemment qu'il veut être impliqué. Je me demande si ce sera encore comme la nuit dernière, avec sa langue qui joue avec mon clitoris, mais cette fois-ci par-dessus la soie, et mon sang bouillonne, m'envoie une pulsation lente et brutale de chaleur dans l'entrejambe. Je prends une autre immense gorgée de vin et repose le verre.

Je chuchote :

— D'accord.

Elio s'approche de moi. Je ferme les yeux en serrant fortement les paupières, et sa proximité me fait frissonner. Je sens sa chaleur, sa présence imposante, presque menaçante, mais il recule brusquement. J'ouvre un œil, puis l'autre, pour constater qu'il est adossé contre l'îlot, un verre de vin à la main. Il le fait tournoyer langoureusement, sans me quitter des yeux.

Nous nous dévisageons si longtemps qu'une gêne s'installe. Je m'humecte les lèvres, me balance d'avant en arrière sur mes pieds, en me demandant quand il me touchera. Mon traître de corps l'anticipe déjà, mes entrailles se contractent, et je pense amèrement que si c'est une culotte mouillée qu'il veut, il ne sera pas déçu du voyage.

— Alors ? dit Elio.

Il fait de nouveau tournoyer le vin et en prend une gorgée.

— Alors, quoi ? dis-je dans un souffle. Tu ne vas pas… tu ne vas pas m'aider ?

— T'aider ? demande-t-il enfin.

Il prend une longue gorgée de vin d'un air contemplatif, puis déclare :

— Non, je ne crois pas.

Donc, c'est un putain de spectacle qu'il veut. Il veut rester planté là, à me regarder me ridiculiser, complètement fermé et impassible. Enfin, peut-être pas si impassible que ça. Je risque un regard vers son entrejambe et remarque les contours épais et bombés de son membre à travers son pantalon.

J'expire bruyamment. Je suis envahie par un mélange de soulagement et de déception – une déception qui me *terrifie*, putain. Et à cela s'ajoute une excitation à laquelle je ne peux échapper, et qu'il m'est impossible de nier. Cette vision d'Elio qui me fixe, d'un regard aussi sombre que le ciel entre les étoiles, d'un regard assombri par un désir aussi toxique que le mien, me fait l'effet d'une drogue. Ce regard exigeant et possessif est dans mes veines, et il s'enfonce profondément en moi. Il s'enfonce, encore et encore tant qu'Elio n'aura pas réussi à m'ouvrir et à tout débusquer, tout voir. Tout savoir.

Je te connais.

— Baisse ton pantalon. Garde ta culotte, dit-il.

L'ordre semble sévère, mais j'entends une légère tension dans ses mots. Une voix rauque qu'il ne parvient pas à étouffer.

Je devrais mettre un terme à tout ça. Y mettre un terme immédiatement. Mais il y a cinquante mille dollars en jeu, un tout petit avant-goût de ma liberté à venir. Et puis il y a Elio, avec son souffle plus saccadé qu'il ne devrait l'être, et putain, c'est de le voir dans cet état qui me donne vraiment envie d'aller au bout. Et alors que je passe mes pouces sous le bord du pantalon et m'exécute, j'essaie de ne pas penser à ce que ça signifie, à quel point je dois être dérangée pour en avoir envie malgré tout.

Mon regard se tourne vers la caméra, telle l'étincelant globe noir d'un œil collé au plafond, et je grimace, en me demandant si quelqu'un d'autre verra la scène. Si quelqu'un d'autre nous observe en ce moment même. Peut-être le gardien ? Celui qui m'a suivie jusque dans cette pièce avant qu'Elio le congédie si discrètement que je ne l'ai même pas remarqué. La gorge sèche, je me débarrasse du pantalon de survêtement, l'envoyant glisser d'un coup de pied sur le sol taché de vin.

— À quel point elle est nette, l'image de cette caméra ? dis-je tranquillement.

— On ne peut plus nette, répond Elio en levant son verre pétillant en l'air, comme pour appuyer que les hommes qui regardent les images en ce moment pourront distinctement me voir me désagréger.

Je suis censée me toucher, je le sais, mais mes poings se

serrent devant mon pubis, et la honte atteint son apogée à l'intérieur de moi. C'est un sentiment différent de la gêne qu'Elio me fait ressentir, de cette humiliation qu'il me soutire, tellement érotique que j'en ai le souffle coupé. L'idée que d'autres hommes me regardent en cet instant me rend tout bonnement anxieuse, voire même effrayée.

— Mon rossignol.

Il y a quelque chose dans la façon dont sa voix enveloppe ce surnom, une tranquillité qui attire brusquement mon regard.

Son expression de visage a changé. C'est une expression que je n'ai jamais vue. Ce n'est pas... Non, ce n'est pas de la douceur. Mais il y a *quelque chose*. Comme la manifestation physique d'une douleur. Et je ne peux m'empêcher de me dire, pendant une fraction de seconde complètement dingue, en dépit des cicatrices, de la cruauté et de ces yeux qui veulent me transpercer, que quand il me regarde comme ça, comme s'il était tourmenté par quelque chose, comme s'il souffrait... il est beau.

— J'ai coupé la connexion entre la caméra et le centre de sécurité principal à l'instant même où j'ai congédié Robbie de cette pièce, dit-il avec délicatesse. Il n'y a plus que toi et moi ici maintenant.

Des larmes de soulagement et de gratitude brûlent au fond de mes yeux. C'est un petit acte de bonté. Enfin, ce n'est pas vraiment de la bonté en réalité, mais je m'y raccroche comme à une bouée de sauvetage sur cette mer agitée qu'est devenue ma vie.

Je chuchote :

— Est-ce que c'est un mensonge ?

Ses yeux sont très sérieux lorsqu'il me répond :

— Je ne laisserai aucun de mes hommes te regarder faire ça.

Pas un acte de bonté, donc, mais de pure possessivité. Tout en moi lui appartient, y compris mon plaisir.

— Mais... le gala...

Je n'arrive même pas à le dire. À penser au nombre de personnes qui ont dû me voir frissonner de façon si obscène contre sa cuisse.

— Tu étais complètement habillée à ce moment-là. Enfin, presque complètement, dit-il. Et tu l'ignores peut-être, mais tu étais tellement excitée que tu as joui en bougeant à peine. On dansait collé-serré, c'est vrai, mais c'est tout ce que les gens ont vu de l'extérieur.

Il marque une pause, puis lâche entre ses dents :

— Si tu t'imagines que je laisserais quelqu'un d'autre te voir nue, te voir véritablement t'effondrer, alors tu ne sais pas qui je suis.

— Oh, je sais qui tu es, Elio, dis-je avant de faire glisser mes doigts sur la soie bleue entre mes jambes.

Il sursaute visiblement, et dans un premier temps, je me dis que c'est à cause de ce que je fais avec ma main. Et puis je me rends compte que non, ça s'est produit une fraction de seconde avant ça. *C'est arrivé quand j'ai prononcé son nom.*

C'est la première fois que je l'appelle par son prénom. Je ne sais pas trop pourquoi, mais je le répète encore une fois, tout en faisant tournoyer mon doigt autour du bourgeon tendu qu'est mon clitoris gonflé.

— Je te connais, *Elio.*

Il expire et pose le verre de vin comme s'il avait peur de briser le pied. Comme moi tout à l'heure, sauf que lui est assez fort pour le faire réellement. Il ne me quitte pas des yeux, fixant ma main entre mes jambes tout en relâchant le verre sur le granit étincelant de l'îlot.

— Tu es un tyran, dis-je dans un souffle, en commençant à me caresser. Un meurtrier. Un monstre. Cupide. Égoïste. Possessif. Obsessionnel.

J'appuie chaque mot avec un mouvement circulaire de la main, jusqu'à ce que je sois incapable de parler. Mais le fait que je n'arrive pas à énoncer les mots ne les empêche pas de se bousculer dans mon cerveau. *Terrible, cruel et destructeur, mais tu as dit que tu n'hésiterais pas à mettre ton corps entre une balle et le mien, et tu l'as vraiment fait, et qu'est-ce que je suis censée faire de ça ? Qu'est-ce que je suis censée faire de ça, putain ?*

Il ne contredit aucun des mots que j'ai prononcés. Il sait pertinemment qu'ils sont tous vrais. Il le sait comme moi.

J'ai froid et chaud en même temps. Mes tétons sont durs, la température de ma peau grimpe comme si j'avais de la fièvre. Elio est la cause de cette maladie infectieuse. Je le sais. Mais alors que je soupire et ressens les prémisses inévitables de l'orgasme affluer et s'amplifier dans mon corps, je n'ai aucune idée de comment trouver le remède.

Je n'arrive pas à le regarder, à soutenir son regard quand je jouis. Je crie avant d'essayer de ravaler le son, mon corps se recroqueville vers l'avant, mon menton s'incline vers ma poitrine. Mes doigts s'activent plus rapidement, toujours plus rapidement, puis ils ralentissent lorsque je deviens trop sensible, que tout se contracte et palpite à l'intérieur de moi. Quand je finis par ouvrir les yeux en battant des paupières, Elio est là, juste devant moi. Son pouce et ses doigts se posent sur ma mâchoire, et l'inclinent légèrement. Étourdie, alors que mon sexe pulse furieusement, je me demande s'il est sur le point de m'embrasser.

Il m'arrache un souffle de la bouche avant de murmurer :

— Assure-toi qu'elle est bien mouillée avant de l'enlever.

— J'ai pas besoin de vérifier, dis-je entre mes dents.

Je sais déjà qu'elle est trempée. Mais apparemment, Elio n'est pas satisfait de cette réponse. Il me saisit par la taille et me soulève sur le plan de travail, puis il attrape mes genoux et force mes jambes à s'écarter. Je le laisse faire, le laisse regarder, ne serait-ce que pour que tout soit conforme à ses attentes et que je n'aie pas à revivre toute cette situation dingue, simplement parce qu'il n'aurait pas obtenu ce qu'il voulait la première fois.

Je lui jette un regard nerveux, et mon cœur manque de s'arrêter. L'intensité qui se lit sur son visage est stupéfiante. Elle est tellement concentrée qu'à première vue, on dirait presque qu'il est inexpressif. Mais en y regardant de plus près, je distingue la tension dans ses muscles, la faim dévorante et insondable qui transforme ses yeux braqués sur mon entrejambe en trous noirs incandescents.

Tout en me léchant les lèvres, je baisse les yeux pour essayer de voir ce qu'il voit, de comprendre la cause de cette expression de visage. Mes cuisses pâles sont bien écartées sur le plan de travail, et ma peau constitue un contraste saisissant avec ses gants noirs. Une jolie soie bleue recouvre mon pubis, et le tissu est assombri par mon excitation luisante à l'endroit où il est plaqué étroitement contre mon entrée.

Elio prend une brusque inspiration, puis fait glisser un seul doigt de haut en bas sur cette zone humide. Les nerfs à vif, mon corps réagit instantanément, prêt à accueillir davantage de ce que je ne devrais pas désirer. Il appuie fermement, enfonce légèrement une partie du tissu trempé à l'intérieur de moi, et mes hanches réagissent inévitablement en cahotant.

— Contente-toi de la retirer. Prends-la, gémis-je.

Les muscles de mes cuisses tressautent alors qu'Elio

continue de faire aller et venir la soie et le cuir à l'entrée de mon sexe.

— Pas encore, dit-il d'une voix éraillée. Il m'en faut plus.

— Mais... tu as dit...

Je me tortille contre sa main. Caresser mon clitoris était une chose, mais ça, ce contact ferme sur mon sexe, lent et loin d'être assez profond, c'est tout autre chose. Une part de moi a envie de sauter du plan de travail et de m'éloigner de lui.

Une autre partie de moi a envie d'écarter la culotte pour qu'il puisse enfouir ce doigt tout entier. Est-ce qu'il conserverait son gant pour ça ?

— Tu as dit que je devais juste... la mouiller, dis-je d'une voix haletante. J'ai joui. J'ai fait ce que tu m'as demandé. Je...

— Encore un, dit-il, ordonne, *exige*. Donne-m'en un autre, putain.

Son doigt enfonce un peu plus la soie à l'intérieur, me pénètre plus profondément et tend le tissu contre mon clitoris de la façon la plus enivrante qui soit.

— Je... je ne peux pas. Je...

— Cent mille.

Il y a une tension et une urgence dans sa voix. Mes yeux, qui s'étaient fermés à ce stade, s'ouvrent brusquement. Je constate qu'il a le regard rivé vers sa main sur ma chatte couverte de soie, et quelque chose qui confine à la satisfaction flambe en moi lorsque je prends conscience qu'il perd le contrôle sur la situation, et qu'il le sait très bien. Il perd le contrôle à cause de son propre désir tordu. De son désir pour moi. Un désir qu'il ne parvient pas à dompter, en dépit de ses tentatives acharnées. Il m'a enlevée pour ma musique, mais il ne peut rien contre le fait qu'il me veut tout entière.

Et ça me donne une idée. Une idée terrible, accablante. Une idée que je pourrais regretter pour le reste de ma vie maudite.

Les mots s'échappent de ma bouche à l'instant même où je jouis de nouveau, chuchotants et tremblants sous l'effet de l'orgasme. Elio s'immobilise totalement, sans quoi je serais incapable de savoir s'il les a vraiment entendus.

— Combien, dis-je d'une voix haletante en gémissant, essayant de ne pas me frotter désespérément contre son doigt alors que j'explose. Combien tu serais prêt à payer pour ma virginité ?

Chapitre 24

Elio

Chaque muscle de mon corps semble s'immobiliser lorsque j'enregistre les paroles de Deirdre. J'essaie de les accepter. Et d'accepter ma propre réaction.

J'essaie d'accepter ce qui se révèle à moi : que je la veux de toutes les manières possibles. Par tous les moyens. Même si je dois payer. Même si ça doit compromettre toutes les idées que je m'en faisais, tout ce que j'avais imaginé.

J'ai envie de lui dire que je lui donnerais tout, *tout* pour ça putain. De l'argent, du pouvoir, des bijoux. Mille et un violons. Que j'achèterais un petit pays pour elle. Que je trancherais ma putain de gorge et me viderais de mon sang si elle me le demandait, rien que pour que ma queue soit enfouie en elle quand je mourrai.

Ben merde alors.

Je suis, sans l'ombre d'un doute et de toutes les manières possibles et imaginables, absolument, catégoriquement, à cent pour cent *foutu*.

Je vais perdre la raison, et peut-être même tout perdre, à cause de cette fille. J'ai déjà commencé à perdre le contrôle.

Et je ne perds jamais, au grand jamais, le contrôle.

Tout ça se déroule dans ma tête en l'espace d'une demi-seconde environ. Deirdre tremble encore sous le coup de son deuxième orgasme, ce corps adorable et humide qui me supplie pratiquement de le faire, putain, de la prendre ici et maintenant. Ma queue est incontrôlable, tendue vers elle, mon corps répond au sien sans se soucier de ce que mon cerveau en pense.

Mais il y a quelque chose qu'elle ne comprend pas. Je lui donnerais tout. Tout sauf ce qu'elle désire vraiment.

— Voilà le topo, dis-je d'une voix rauque alors qu'elle se tend et ondule par petits à-coups contre ma main immobile, sous l'effet du plaisir qui résonne en elle comme un hymne qui fuse tout droit vers ma bite. Ce que je suis prêt à payer n'a aucune importance, mon rossignol.

Elle émet un son interrogateur.

— Parce que, dis-je en serrant les dents, si je te possède de cette façon, si j'imbibe ma queue de ton sang innocent et que je l'exhibe comme un emblème, je suis sûr et certain que je ne te laisserai jamais partir.

Non pas que j'aie l'intention de la laisser partir de toute façon, mais tout de même.

— Pourquoi pas ? s'écrie-t-elle, et il y a une colère inédite dans sa voix. Ce n'est pas comme s'il n'y avait pas d'autres femmes magnifiques qui faisaient la queue pour coucher avec toi. Tu n'as pas *besoin* de me garder ici.

Qu'est-ce qu'elle raconte, putain ?

Enfin, je veux dire, elle a raison. J'étais sincère quand je lui ai dit que je n'avais pas besoin de payer une pute. Il y a toujours des femmes comme Natalia dans les parages, des femmes excitées par l'argent et la violence et ce que je représente dans ce monde. Des femmes qui veulent s'approprier un tout petit peu du pouvoir des Titone, même si c'est en me taillant une pipe.

Puis je me souviens de Nat s'avançant vers moi au gala. Et du regard enflammé de Deirdre à l'autre bout de la pièce, du putain de trou qu'il a percé dans mon crâne. Je ne doute pas qu'elle nous a vus ensemble.

Et je ne doute pas non plus qu'elle est soulagée à l'idée que je sois focalisé sur quelqu'un d'autre. Que je désire d'autres femmes pour ne pas la désirer, elle.

Elle ne comprend pas.

Ce qui est logique, étant donné que je peine déjà moi-même à me comprendre. À comprendre l'emprise que ce petit rossignol, jeune, rebelle, brillant et virginal a sur moi.

Combien tu serais prêt à payer pour ma virginité ?

Cristo santo. Je vendrais mon âme putain, si je pensais que j'en avais encore une.

Ce constat me fait brusquement reculer d'un pas. J'ai besoin de créer une certaine distance, de me calmer un peu, de reprendre un semblant de contrôle, ce contrôle sur lequel j'ai bâti ma réputation, tout notre empire.

— Ta culotte, dis-je pour revenir à notre accord initial.

Pour revenir à une situation où je sens que j'ai le contrôle. Une situation plus froide, plus transactionnelle, que celle dans laquelle je contemple l'idée d'enfoncer ma bite dans sa chatte serrée et palpitante et de jouir partout en elle.

Un rougissement assombrit ses joues, et elle hoche la tête, se rapproche du bord et descend du plan de travail. Mes yeux sont rivés sur elle alors qu'elle fait glisser la soie humide le long de ses jambes pâles. Elle se courbe en deux, la passe par ses pieds, puis utilise une main pour étirer le bas du T-shirt sur son corps nu lorsqu'elle se redresse pour me la tendre.

Je m'approche pour la saisir, mais elle recule un peu sa main.

— Cent mille, on est d'accord ?

Ça me ferait presque sourire. Elle a des nerfs d'acier, c'est une certitude. Elle s'assure qu'elle obtiendra ce qui lui est dû, et elle a bien raison.

Je hoche la tête, car même si je suis beaucoup de choses terribles, des choses qu'elle a listées elle-même, je suis néanmoins un homme de parole.

Elle expire, la raideur autour de sa bouche s'attendrit un peu, et elle finit par me la donner. Je la prends, la plie soigneusement, méthodiquement, avant de la ranger dans ma poche.

Je lui tourne le dos et j'attrape le verre de vin, que je bois jusqu'à ce qu'il soit vide, le regard perdu par-dessus l'îlot de cuisine tandis que ma bite palpite. Je pose le verre alors que Deirdre remonte le survêtement, qu'elle avait abandonné par terre en un tas gris et duveteux.

Un petit cri de douleur derrière moi crispe chaque muscle de mon corps. Je me retourne, mâchoire serrée, et constate que Deirdre est penchée en avant au-dessus du plan de travail, qu'elle agrippe fermement. Son pied droit n'est plus sur le sol, mais recroquevillé autour de sa cheville gauche comme si elle s'était cogné l'orteil, ou...

Je vois le vin renversé et les éclats de céramique par terre. Des éclats blancs tranchants éparpillés comme des dents brisées.

Ma respiration me semble anormale. Même chose pour mon rythme cardiaque. Ça me rappelle ce que j'ai ressenti en voyant le gars de Sev pointer son arme sur elle dans la neige cette nuit-là. Comme si le monde entier avait brusquement dévié de son axe, que les contours de mon champ de vision s'obscurcissaient.

Je m'élance sans réfléchir. De la même manière que je n'ai pas réfléchi cette nuit-là, sans m'arrêter, sans le moindre égard pour la putain de balle qui aurait pu me traverser la tête et mettre un terme à toute cette histoire. Je la saisis et la hisse de nouveau sur la surface où elle était assise quelques instants auparavant.

— Ça va, s'étrangle-t-elle en gigotant pour s'éloigner de moi.

Je l'ignore, je trouve sa cheville droite et referme solidement les doigts sur elle. Elle rue et se dandine à tel point qu'elle se retrouve à moitié allongée sur le plan de travail, en appui sur ses coudes, fesses en l'air, immobilisée par ma main sur sa jambe.

Tout en gardant une main autour de sa cheville, je passe l'autre sur l'intérieur effilé de sa voûte plantaire haute. Le voilà. Un gros morceau tranchant de la tasse est enfoncé dans la plante de son pied. Mon premier instinct est de l'arracher, mais elle va juste se mettre à pisser le sang si je fais ça, et je n'ai pas ce qu'il faut ici pour gérer ça.

Je la soulève dans mes bras et elle pousse un cri. Ça me rappelle notre première nuit, quand elle m'a dit qu'elle préférerait marcher sur des éclats de verre plutôt que de me laisser la porter. Mais elle a déjà marché sur des éclats, et je ne tolérerai pas qu'elle me contredise. Peut-être qu'elle le sent. Car elle n'essaie même plus de batailler. Elle ne me lance pas d'insultes, n'essaie pas de m'arrêter. Elle ne s'abandonne pas complètement et ne s'agrippe pas à moi non plus ; elle croise les bras en X sur sa poitrine, les poings près des épaules, comme un cadavre.

Je la monte à l'étage, enjambant les marches deux par deux, jusqu'à ce que je sois dans ma chambre. Je pose Deirdre sur mon lit et lui marmonne de rester là en avançant vers la salle de bain. Je sais qu'il y a une trousse de secours quelque part. Je la trouve sous l'évier après une minute de recherche, puis retourne dans la chambre.

Pour constater que Deirdre est partie.

— Putain de merde.

J'entends des bruits en provenance de sa salle de bain, de quelqu'un qui fouille et d'objets qui s'entrechoquent. Trousse de secours en main, je me dépêche de me rendre dans la pièce. Elle est dans sa salle de bain, pliée en deux, en train de pousser des choses sous l'évier, son pied blessé suspendu à quelques centimètres du sol pendant qu'elle cherche, très probablement, la même chose que j'ai dans la main.

— C'est ça que tu cherches ?

Au son de ma voix, elle tourne vivement la tête et me lance un regard accusateur par-dessus son épaule. Ses cheveux, qui étaient humides tout à l'heure, prennent en séchant l'aspect de furieuses vagues orange. On dirait un feu de camp, des mèches qui flamboient et scintillent alors qu'elle m'ignore et détourne brusquement la tête, poursuivant ses recherches dans les placards sous l'évier.

Je l'observe, tandis qu'un muscle pulse dans ma joue. Je ne suis pas du genre à stresser facilement. En général, je suis détaché, calme, à peser chaque option avec la précision imperturbable d'un chirurgien. Je pensais que je serais soulagé de mettre Deirdre sous mon emprise, comme si ça allait enfin satisfaire cette chose qui était apparue en moi il y a un an et demi, et que j'allais reprendre le cours de ma putain de vie. Mais maintenant qu'elle est ici, j'ai juste l'impression d'être au bord de la crise cardiaque. Je la regarde, tellement en colère et tellement petite, en train de cajoler son pied comme un cerf blessé. Si on imagine un cerf qui aurait de l'orgueil et un tempérament qui serait simultanément la chose la plus jolie et la plus agaçante que j'aie jamais vue.

Le visage de Deirdre est en grande partie caché, et

mon regard se tourne vers son pied. Son pied qui *saigne*. Dans la cuisine, le morceau de céramique avait relativement bouché la plaie, mais ce n'est plus le cas. De petites rigoles sombres lui coulent sur les orteils, tombent goutte après goutte sur le carrelage à un rythme lent, mais régulier.

— Tu saignes partout par terre, lui dis-je en avançant à grands pas dans la salle de bain, avant de me poster juste derrière elle.

Sa réponse est légèrement étouffée, sa voix rebondit entre les bouteilles de trucs qu'elle remue sous l'évier.

— Je nettoierai.

Pour une raison qui m'échappe, cette réponse m'agace.

— Rosa s'en chargera.

Elle expire bruyamment, sort la tête du placard et se redresse. Elle ne se retourne pas pour me regarder, préférant se concentrer sur mon reflet dans le miroir face à nous.

— Je ne vais pas demander à Rosa de nettoyer mon sang ! lâche-t-elle d'un ton sec à l'intention de mon reflet.

Je riposte :

— Pourquoi pas ? Elle a déjà nettoyé le mien plusieurs fois.

— Ouais, eh ben, je suis pas comme toi, crache-t-elle pratiquement.

Je fixe nos deux reflets dans le miroir, le rouge et le noir, la beauté et les cicatrices, et j'en prends pleinement conscience, putain. Pleinement conscience qu'elle appartient à un tout autre plan de l'existence que moi, et que le simple fait de l'avoir traînée jusqu'ici dans mes ténèbres, traînée alors qu'elle criait et donnait des coups de pied, est un crime contre nature, contre l'ordre du monde et toutes les bonnes choses qui s'y trouvent.

Le pire, c'est que j'en ai *rien à carrer*.

— Assieds-toi, dis-je dans un grognement, en désignant les toilettes du menton.

— Donne-moi juste la trousse de secours et va-t'en, répond-elle d'un ton agacé.

Hors de question. Elle s'imagine peut-être que je ne lui veux que du mal, mais la réalité c'est que regarder son sang s'égoutter de son corps fait grimper ma tension artérielle d'un cran à chaque battement de cœur. Je ne vais pas la laisser coller un tout petit pansement là-dessus et en rester là.

— Assieds-toi ou je t'attache, putain.

Ses yeux s'embrasent.

— T'as déjà enlevé ma porte et maintenant tu menaces de m'attacher aux toilettes ? T'es cinglé ?

— Si c'est le cas, c'est parce que tu m'as mis dans cet état.

Ma réponse la fait éclater d'un rire bref et furieux, et soudain je suis pris d'une envie profonde de savoir à quoi ressemble son véritable rire.

— T'es en train de me dire que t'étais juste un homme normal et sain d'esprit avant que je débarque ? Ouais, moi je dis que c'est des grosses conneries, mon coco.

L'utilisation décontractée de ce surnom me déstabilise tellement que je suis content qu'elle ait commencé à sautiller toute seule vers les toilettes sans avoir besoin de mon aide. Tout en secouant la tête avec raideur, je lui emboîte le pas. *Mon coco.* Mon coco, putain. Si un homme m'appelait comme ça, il perdrait un putain de doigt.

Ou cinq.

Je réitère et lui ordonne de s'asseoir, et elle me lance un regard du genre « t'es sérieux, là ? » tout en sautillant en cercle pour me faire face devant les toilettes.

— Tu crois que je fais quoi, là ?

Je hausse les épaules, oubliant de limiter ce mouvement à mon épaule valide, et grimace.

— Je m'en assure, c'est tout. Vu ton besoin perpétuel de désobéir.

Elle fait claquer la lunette des toilettes et s'assoit lourdement dessus, puis elle explose :

— Ben c'est peut-être parce que j'ai pas envie de penser à ce que ça implique quand j'obéis !

Je cligne lentement des yeux vers elle. Elle pince la bouche, comme si elle avait dit quelque chose qu'elle n'aurait pas dû, et un rougissement lui colore les joues.

Tout en m'agenouillant face à elle, je demande :

— C'est pour ça que tu as quitté la pièce pour faire ta petite mission commando vin ? Pour prouver que tu n'es pas soumise à moi ?

Elle ne répond pas et regarde ailleurs, mais je n'ai pas besoin qu'elle réponde pour savoir que j'ai raison.

— Je n'ai jamais dit que tu ne pouvais pas quitter la pièce.

— C'était implicite !

Elle croise les bras sur son abdomen et se voûte vers l'avant, pour me regarder à genoux.

Je prends conscience à ce moment-là que je n'ai jamais levé les yeux vers une femme comme ça. Je n'ai jamais été à genoux devant qui que ce soit.

Il n'y a qu'elle qui soit capable de me mettre à genoux sans même avoir à le demander.

— Comment ça, implicite ?

Je pose la question en agrippant sa cheville, et j'examine à nouveau la blessure. Putain, elle saigne. Je vais devoir enlever mes gants et utiliser leurs équivalents stériles dans la trousse de secours. Elle me voit probablement comme une maladie infectieuse, et peut-être que c'est le cas, mais ce n'est pas une raison pour le devenir au sens littéral.

— Ben, je sais pas ! C'est la première fois qu'on me retient prisonnière, donc pardon de ne pas connaître toutes les subtilités de ce qu'on attend de moi ! répond-elle.

Je ne peux pas vraiment répondre par la réciproque, en lui disant que moi non plus je n'ai jamais détenu de prisonniers, car ce serait un pur mensonge. Bien que, en général, lorsque quelqu'un se retrouve prisonnier chez les Titone, c'est la dernière étape de leur voyage avant de finir au fond du lac Ontario.

Au lieu de répondre, je prends une poignée de serviettes et les cale sous sa cheville, posant doucement son pied avant de me relever et de me diriger vers l'évier. J'enlève mes gants en cuir et me savonne les mains avant de les rincer et de les sécher. Je ne regarde pas ma peau nue alors que j'avance vers elle et ouvre la trousse à pharmacie.

Elle la regarde, en revanche. Si elle avait d'autres commentaires sur le bout de la langue, ils y restent, tandis que ses yeux pleins de colère s'apaisent.

— Elles ont l'air graves, ces brûlures, murmure-t-elle alors que j'enfile un gant blanc serré sur ma peau abîmée, puis un autre.

— C'est parce qu'elles le sont, dis-je d'un air pince-sans-rire.

— Est-ce que ça fait mal ?

Elle me l'avait demandé auparavant, à propos de la blessure par balle. Pourquoi est-ce qu'elle se demande si j'ai mal ?

Je grogne :

— Pas autant que d'autres choses.

Pas autant que le putain de fait que je n'ai pas réussi

respirer à pleins poumons depuis que je t'ai entendue jouer pour la première fois.

Presque deux ans passés en respirant à peine, ça produit des effets sur un homme. Des effets douloureux.

— Tu parles de ton épaule, dit-elle d'une voix calme.

Pas tout à fait ce à quoi je faisais référence, mais je ne prends pas la peine de la corriger. Parce que, ouais, ça fait aussi carrément mal en ce moment.

— Je suis désolée.

Je marque une pause en entendant ça, et regarde son visage. Elle semble mal à l'aise, tangue de droite à gauche sur la lunette baissée des toilettes.

Pas tout à fait sûr d'avoir bien entendu, je demande avec prudence :

— Qu'est-ce que t'as dit ?

Sa bouche se referme avant que ses lèvres ne s'écartent à nouveau pour la laisser parler.

— Je suis désolée. Je suis désolée qu'on t'ait tiré dessus à cause de moi.

Je la dévisage si longuement sans parler que ça l'incite apparemment à continuer :

— J'ai juste l'impression que... bah, oui, c'était de ta faute si t'étais là à la base. Parce que tu venais me chercher. C'est pas comme si tu étais chez moi pour vendre des cookies pour les éclaireuses. Mais...

Elle soupire et passe une main tremblante dans ses cheveux volcaniques.

— Mais je suis pas conne. Je sais que je serais probablement morte si tu n'avais pas déboulé à ce moment-là.

Sa main retombe sur ses genoux, et ses doigts remuent nerveusement les uns contre les autres.

— Je continue de me demander... je continue de me

demander ce qui se serait passé si je n'avais pas pointé ce flingue sur lui.

— Ton père serait probablement mort, ou presque, au lieu d'être sur une plage aux Bermudes en train de baiser une fille de vingt-quatre ans, lui dis-je.

Mes paroles la font tressaillir, mais c'est la vérité. Elle a distrait le soldat de Sev, invité la violence à s'abattre sur elle, juste pour que son putain de *papà* puisse s'échapper. O'Malley n'est pas si vieux, mais il n'est pas non plus rapide. Je doute qu'il aurait réussi sans cela.

Il n'a pas la moindre idée de la loyauté dont Deirdre est capable. Pas la moindre idée de sa valeur. De ce qu'il a perdu en l'abandonnant.

Moi je le sais, en revanche. Elle ne ressentira jamais une telle loyauté envers moi, mais je l'entrevois quand même en elle. Comme de l'or qui scintille au fond d'une rivière. Comme du métal brillant qui résiste sous les courants et la glace, au tumulte des saisons.

— Eh ben, OK alors. Peu importe. Tu as probablement raison. J'ai attiré l'attention de ce type pour que mon père puisse s'échapper. Et puis il s'est juste barré, de la même façon qu'il m'a marchandée, vu que manifestement je n'ai aucune putain de valeur.

Je me raidis.

Lentement, d'un ton presque menaçant, je lui dis :

— Si tu veux t'excuser, excuse-toi d'avoir prononcé les mots qui viennent de sortir de ta bouche.

Elle fronce les sourcils.

— Qu'est-ce...

— Ne dis jamais, jamais une chose pareille devant moi.

— Dire quoi ?

Elle marque une pause, et ses sourcils se froncent de plus en plus.

Je saisis le morceau de céramique brisé et l'arrache d'un geste vif et sec qui fait sursauter Deirdre. Je désinfecte la plaie, en sachant que ça pique, mais je le fais quand même, car c'est nécessaire et je sais qu'elle peut le supporter. Comme prévu, le sang coule beaucoup plus rapidement à présent, et je plaque un carré de gaze moelleux contre la plaie, où je maintiens la pression autant que je soutiens le regard de Deirdre.

— Je ne paie pas des millions de dollars pour des choses sans valeur, lui dis-je. Je ne me fais pas tirer dessus pour des choses sans valeur.

Je prends le ruban adhésif médical blanc, le colle fermement sur sa peau, tout en maintenant la gaze en place.

— Ce que ton père a fait, ça montre que *lui* n'a aucune valeur en tant que personne. Ça n'a rien à voir avec ta valeur, à toi.

— Qu'est-ce que je suis pour toi ? chuchote-t-elle alors que je repose son pied sur les serviettes.

La musique et le feu. Le paradis et l'enfer. L'absolution et la destruction, tout cela en même temps.

Je me lève et j'arrache les gants, sans rien lui dire de tout ça. Son regard exprime la question que sa bouche vient d'articuler. Je la regarde et me contente de répondre avec ces quatre mots :

— Tu es à moi.

Chapitre 25

Deirdre

Elio saisit ses gants en cuir à côté de l'évier puis s'en va, en direction de la chambre voisine. Je reste assise sur les toilettes pendant longtemps, à fixer mon pied fermement et très soigneusement bandé, surélevé sur un coussin de serviettes. Un coussin qu'il a mis là pour moi.

Je n'ai aucune idée de ce qui se passe entre nous. Aucune idée pourquoi je n'arrive pas à le détester autant qu'avant. Aucune idée pourquoi son contact fait bouillonner mon sang. Aucune idée pourquoi je lui ai proposé ma putain de virginité alors qu'il m'avait dit lui-même que ça ne suffirait jamais à me faire sortir d'ici.

Aucune idée pourquoi il a pris la peine de me bander le pied alors qu'il aurait pu tout aussi bien me laisser le faire moi-même. Il aurait pu se moquer de moi, me ridiculiser, me laisser trembler, fulminer et saigner après l'humiliation qu'il m'a infligée en me regardant jouir *deux fois*. Mais il ne l'a pas fait. Au lieu de ça, il m'a portée jusqu'ici, s'est agenouillé devant moi, avec ce regard impénétrable et ces mains horriblement mutilées, et il a pris soin de moi.

Je finis par me lever péniblement, en boitant jusqu'à l'évier pour me rincer le visage à l'eau et me brosser les dents. Je ne vois pas Elio dans ma chambre, et je n'entends rien en provenance de la sienne. Je me demande s'il est déjà en train de dormir, ou s'il est tout bonnement parti. Peut-être pour aller voir la belle blonde du gala. Elio, c'est plus d'un mètre quatre-vingt-dix de testostérone à l'état pur, assoiffé de sang. Un mec pareil a probablement besoin de coucher avec quelqu'un tous les soirs pour rester en vie. Et il bandait tout à l'heure. Avec moi. Ce souvenir s'enfonce au plus profond de moi comme une lame incandescente.

Et l'imaginer coucher avec cette femme blonde la tord, cette lame.

OK, qu'est-ce qui se passe, bordel ?

Je me fous de savoir si Elio passe son temps avec d'autres femmes. Au contraire, plus il passe du temps avec d'autres femmes, moins il en passera avec moi. Je devrais me sentir reconnaissante. Soulagée.

Alors, explique-moi pourquoi ce n'est pas le cas.

Peut-être que je suis trop en colère ou traumatisée pour ressentir de la gratitude en ce moment. Ceci étant, j'ai ressenti de la gratitude envers lui pour d'autres raisons. Parce qu'il a demandé à Rosa de me préparer du thé. Parce qu'il a éteint la caméra de sécurité dans la cuisine.

Alors pourquoi je ne me sens pas reconnaissante pour ça ?

Je ne veux pas y penser. Je m'interdis d'y penser. De la même façon, comme je lui ai dit, que je m'interdis de penser à ce que ça implique quand je lui obéis parfois.

Mais même si je m'interdis d'y penser, soudain je ne supporte pas de ne pas savoir s'il est là ou non. J'enfonce mes ongles dans mes paumes, pour me forcer à rester ici, dans cette pièce. À ne pas partir à sa recherche étant donné que ça n'aurait absolument aucun sens.

Pourtant mes pieds bougent quand même.

Juste un coup d'œil, me dis-je. *Juste pour voir s'il est toujours là.*

J'ai l'impression que je n'arriverai pas à dormir tant que je n'en serai pas certaine. Je ne peux pas rester dans cette incertitude qui me coupe le souffle. Alors que je me dirige lentement vers l'embrasure de la porte entre sa chambre et la mienne, je prends conscience que je ne sais pas réellement ce que j'ai envie de trouver. Si j'étais saine d'esprit, si j'étais normale, je devrais être heureuse à l'idée qu'il soit parti. Heureuse de pouvoir me détendre un peu, de pouvoir respirer.

Mais...

La ferme, Deirdre.

Je ne m'autorise pas à aller au bout de cette pensée.

Sa chambre est dans la pénombre, mais pas totalement. La lumière de mon côté s'y infiltre, éclairant le vide.

Donc, il est parti.

Je hoche frénétiquement la tête, en murmurant « Parfait » à voix haute pour que le mot puisse éclipser toute autre réaction de ma part. Je suis en train de faire demi-tour pour repartir dans ma chambre lorsque je l'entends.

Le bruit de l'eau qui coule dans la douche.

Je me rends compte que la lumière dans cette pièce provient en partie de l'espace sans porte qui me sépare de la salle de bain d'Elio. Je n'arrive toujours pas à croire qu'il a arraché toutes les portes ici, y compris la sienne. Ce mec est vraiment cinglé.

Ceci dit, peut-être que moi aussi. Parce qu'à présent, j'avance vers la salle de bain. Vers le son. Vers lui.

Je m'arrête en arrivant devant la salle de bain. Elle est

très similaire à la mienne, mais plus grande, et je repère immédiatement Elio. Même dans la pièce majestueuse, sa présence est indéniable. Un putain de trou noir qui aspire tout autour de lui.

Il ne m'a pas entendue à cause du ruissellement de l'eau. Il est dans une douche comme la mienne, ceinturée de verre. Il n'est pas encore assez embué pour me cacher la vue et bon sang, quelle vue !

Vous savez, quand vous regardez des documentaires animaliers et que vous regardez un prédateur massif, un puma, un python ou un ours, anéantir complètement sa proie ? Et même si vous grimacez face à cette violence, que peut-être que vous vous sentez triste pour le lapin tout mignon ou la biche au pelage doux, une partie de vous ne peut s'empêcher d'admirer la grâce parfaite et sauvage du destructeur ? Vous ne pouvez pas vous empêcher de respecter les millions d'années d'évolution qui ont conduit à ce moment, engendré ce monstre, alors que son corps brutal frappe encore et encore ?

C'est ce que je ressens en contemplant le corps nu d'Elio. C'est comme contempler la gueule ouverte d'un requin, ressentir l'effroi de la morsure qui m'attend, tout en me disant simultanément que bon sang, ses dents sont magnifiques.

Il est tellement *immense*. Colossal. Sa silhouette imposante occupe entièrement la grande douche rectangulaire. Chaque centimètre de son corps est ferme, large et recouvert de poils sombres, plus ou moins nombreux, plus ou moins épais. Je me mords l'intérieur de la joue en voyant les bandages sur son épaule. Je remarque à présent qu'il les écarte de l'eau, penchant la tête de côté pour se mouiller les cheveux, ce qui les assombrit encore plus que d'habitude. Ses longues jambes sont légèrement écartées, et une vague tumultueuse de sensations me ballotte les entrailles quand je remarque les contractions rythmées des muscles de ses cuisses épaisses et de son cul.

Je ne vois pas sa main droite.

Parce qu'il est en train de la baiser.

Je ne doute pas qu'un nombre incalculable de femmes sauteraient dans son lit s'il se contentait d'agiter vers elles un seul de ses doigts gantés de cuir. Mais il a choisi de faire ça plutôt.

Peut-être que tout cela signifie simplement qu'il est fatigué, qu'il a mal, qu'il ne veut aller nulle part et n'interagir avec personne d'autre dans l'immédiat. Ou peut-être qu'il ne veut pas me quitter des yeux aussi aisément ce soir.

Ou peut-être que ça signifie quelque chose de complètement différent. Une chose à laquelle je ne devrais pas réfléchir ou dont je ne devrais pas me soucier.

Une chose qui chuchote, puis hurle lorsque j'essaie de la faire taire. Une chose qui mise en mots ressemblerait fortement à : *il ne baisera personne d'autre parce que tout ce qu'il veut en ce moment, c'est toi.*

Quelque chose de stupide, voilà ce que c'est. Et ce qui est encore plus stupide, c'est la petite, mais néanmoins incontestable flamme de satisfaction tordue que je ressens face à cette possibilité. La possibilité qu'il soit lui aussi moins indifférent qu'il le voudrait. Que je ne sois pas la seule plongée dans une tourmente qui m'échauffe le sang. Que je ne sois pas la seule dont le monde entier semble s'être réduit à cette seule enveloppe corporelle, étrange et solitaire.

Qu'est-ce que je suis pour toi ?

Tu es à moi.

Je suis clouée sur place, fascinée par le claquement des hanches d'Elio qui s'accélère, la contraction de ses fesses, la tension qui ondule de haut en bas dans son dos, tandis que l'eau perle et ruisselle. Je me détesterai probablement demain d'avoir ce curieux désir, mais je crève d'envie de le voir jouir. J'ai envie de le voir frémir, exploser contre le mur, s'effondrer tellement il me veut.

Je ne l'ai pas vu jouir la dernière fois. J'étais trop absorbée par l'explosion de mon propre orgasme, par la sensation de picotement sur mes fesses et le fredonnement dans mes veines. J'étais trop distraite pour remarquer quoi que ce soit d'autre avant que sa semence chaude recouvre ma peau, et à ce stade, c'était pour ainsi dire fini.

Je veux le voir maintenant.

Le mouvement de ses hanches ralentit, puis s'arrête complètement. Sa main prend le relais, imprimant des va-et-vient rapides et brutaux, donnant l'impression que ses triceps ont été sculptés dans une matière qui s'apparente à la pierre. Mon souffle se bloque dans ma gorge, et il me faut toute la volonté du monde pour ne pas glisser ma propre main entre mes jambes et caresser l'endroit qui brûle d'un désir douloureux. J'essaie de me dire que ce n'est que le contrecoup, la sensibilité persistante des deux autres orgasmes, mais ce n'est pas ça que je ressens. Je réagis à ce que je vois, ici et maintenant. À la nudité d'Elio sous le jet d'eau chaude pendant qu'il se branle parce que je l'ai fait bander.

Il ne tremble pas, ne frissonne pas lorsqu'il jouit. Au lieu de quoi tout chez lui se crispe, ses muscles se contractent presque comme s'il avait mal. Et entre son épaule et ses cicatrices, peut-être que c'est le cas. Peut-être qu'avec ce corps magnifiquement ravagé, le plaisir s'enchevêtre toujours avec la souffrance.

Ses cuisses chancèlent, poussant ses hanches vers l'avant tandis que sa tête bascule vers l'arrière. Ses cheveux sont beaucoup plus droits et plus longs dans l'eau, dégoulinant comme de l'encre sur son cou tendu. Un grognement guttural déchire l'air. Peu importe que le son soit légèrement étouffé par l'eau qui tombe comme de la pluie. Car c'est comme si Elio avait mis sa bouche contre mon entrée trempée et grogné directement à l'intérieur de moi. Je ressens le son, chaque vibration brutale qui se resserre dans mon sexe jusqu'à ce que je sois terrifiée. Terrifiée d'être capable de jouir, rien qu'avec ça.

Terrifiée qu'il se retourne et me voit.

Je dois empêcher que ça se produise. C'est un moment volé, mais s'il se rend compte de ma présence, je n'aurai plus aucun contrôle. La tête d'Elio bascule en avant, ses épaules s'arrondissent légèrement, puis il éteint l'eau.

Le silence s'abat comme une catastrophe. Un cataclysme de silence après le vacarme protecteur de l'eau. Je suis certaine qu'il peut m'entendre respirer, même à l'autre bout de la pièce.

Il peut probablement entendre les battements de mon maudit cœur.

Il m'entend certainement reculer d'un pas hésitant. Je vois la vigilance soudaine de son corps alors que je m'éloigne.

S'il se retourne, ce dont je suis sûre, je ne le vois pas faire.

Parce que je fais la même chose.

Je cours. Chacun de mes pas pressés fait palpiter mon pied.

Et pourtant, chacun de mes pas fait bien moins mal qu'il ne le devrait. Et je sais que c'est grâce au désinfectant, à une gaze moelleuse et à un bandage redoutablement précis.

Je souffre moins que je le devrais grâce à *Elio*.

Et je ne sais absolument pas quoi faire de ça.

Chapitre 26

Deirdre

J e me réveille au son désormais familier des roues du chariot qui entre dans ma chambre, mais ce qui est inhabituel, c'est la personne qui le pousse. Ce n'est pas Rosa aujourd'hui, mais Valentina.

— Salut, dit-elle avec un sourire alors que je me dépêche de me redresser dans le lit. Je t'ai apporté du papier et des trucs pour la lettre, et j'ai vu Rosa avec ton petit déjeuner. Je me suis dit que j'allais tout apporter en même temps.

— Merci, dis-je.

J'apprécie qu'elle se soit souvenue de ma demande.

— Je ne sais pas trop si j'en ai encore besoin. Willow a trouvé un moyen de me contacter en utilisant l'adresse mail de quelqu'un d'autre.

— Oh, cool. D'accord. Tu peux les garder quand même. Au cas où.

Elle fait un signe de tête vers une pile de papier ligné et d'enveloppes sur le chariot à côté des viennoiseries du petit déjeuner. Dieu merci il y a une autre théière aujourd'hui, et je lui marmonne un autre merci tout en remplissant une tasse.

Me souvenant tout à coup des bonnes manières, je demande :

— Tu en veux ?

Enfin, je pense que l'on peut me pardonner d'avoir oublié les bonnes manières dans une situation pareille. Mais quand même. J'apprécie vraiment qu'elle s'efforce de veiller sur moi et qu'elle soit disposée à essayer de me relier au reste du monde. Lui proposer du thé me semble la moindre des choses à faire.

Mais elle se contente de froncer le nez dans une version légèrement moins critique que la réaction de Rosa.

— Non merci. Pour rendre le thé un tant soit peu buvable, je dois ajouter des quantités astronomiques de sucre, et ma mère me fait déjà chier avec les glucides pour que j'entre dans ma robe de mariée.

J'ajoute du lait et du sucre, puis je prends une gorgée.

— Argh. Désolée.

C'est tout ce que je suis capable de marmonner en réponse à ce petit scoop. Valentina est absolument superbe avec ses courbes, et je secoue la tête en pensant qu'elle doit les affiner pour un mariage dont elle ne semble même pas vouloir.

— Ouais. Tu l'as dit.

Elle hausse les épaules, puis se dirige vers la salle de bain, en sortant un tube de rouge à lèvres d'un grand sac en cuir qui bute contre ses hanches à chaque pas.

— Je reviens tout de suite, s'écrie-t-elle par-dessus son épaule.

Je bois mon thé et mange un croissant pendant que Valentina se rafraîchit, et quelques minutes plus tard, elle revient, les lèvres fraîchement repeintes en rose. Ses longs cheveux sont parfaitement raides et brillants, d'un blond doré foncé au niveau des racines et plus clair sur les pointes, et elle porte une combishort en jean incroyablement courte malgré le fait que nous sommes en janvier.

— C'est quoi le délire avec la trousse de secours et les gants ? demande-t-elle.

Il y a une légèreté trompeuse dans sa voix. Comme si elle essayait juste de faire la conversation, alors qu'elle est en fait intensément concentrée sur ma réponse. Je pense que son intérêt découle d'une inquiétude sincère, alors je me force à sourire un peu, glisse mon pied hors des couvertures et bascule en arrière pour le lever en l'air.

— J'ai eu un incident avec une tasse cassée.

Mon sourire devient amer.

— Mais Elio m'a rafistolée.

Il me semble que Valentina n'est pas du genre à se laisser facilement impressionner. Elle est petite, mais elle a l'air puissante. Pas le genre de personne qu'on traite à la légère ou encline à se laisser surprendre. Pourtant, elle hausse les sourcils en entendant mes paroles.

— *Elio* t'a rafistolée ?

Elle paraît tellement incrédule que je me sens presque sur la défensive. Ce n'est pas comme si je l'avais inventé. Mais elle semble complètement abasourdie.

— Et ces gants en latex ?

— Ouais, il les a mis pour nettoyer la plaie et faire le bandage.

— Il... les a mis.

Tout dans son expression indique qu'elle a du mal à le croire. Je me demande un peu si elle va juste répéter tout ce que je dis avec ce ton d'incrédulité.

Je confirme par un « oui », laisse mon pied retomber sur le lit et me penche en avant pour la regarder de plus près.

— Est-ce que... est-ce que ça va ?

Elle secoue lentement la tête, et ses cheveux brimbalent avec le mouvement.

— Oui. La vache. Désolée. Je...

Elle secoue la tête de nouveau, plus rapidement cette fois.

— C'est juste la première fois qu'on me dit qu'Elio a enlevé ses gants en cuir devant quelqu'un d'autre. À part devant Morelli peut-être, j'imagine, mais c'est un médecin.

Je presse mes lèvres l'une contre l'autre, fronce les sourcils vers la couette rouge et laisse glisser mes doigts sur sa surface luxurieuse. Pour une raison qui m'échappe, les paroles de Valentina me procurent un sentiment bizarre.

— Il doit bien les enlever devant d'autres personnes parfois, dis-je en relevant brusquement les yeux une fois encore.

Je ne sais pas pourquoi, mais j'ai l'intuition qu'il y a là quelque chose de dangereux. Ce n'est pas anecdotique qu'Elio ait enlevé ses gants devant moi, et je n'ai pas envie d'affronter ça de front. Alors au lieu de ça, j'essaie de rester dans le déni.

— C'est ton cousin. T'as dû voir ça arriver au moins une fois. Quand il mangeait, ou cuisinait...

Valentina renifle de rire.

— Cuisiner ? Euh, non. Les hommes ne cuisinent pas chez les Titone.

Je ravale ma salive, me rappelant à moi-même que la famille Titone n'est pas une famille normale. Ils font partie de La Cosa Nostra, et au sommet du sommet, je suppose qu'on ne peut pas s'attendre à ce qu'Elio retrousse ses manches aux côtés de Rosa et qu'il étale la pâte à pâtes ou qu'il farcisse les cannolis.

— Non, mais sérieusement, je connais Elio depuis

toujours, poursuit Valentina. C'est plus un frère pour moi qu'un cousin. Et je ne l'ai jamais, *jamais* vu enlever ses gants ni même les changer, même si je sais qu'il en a une centaine de paires. Il les porte même en été. Je suis quasi sûre qu'il dort avec.

Je me mâchouille l'intérieur de la joue, digérant l'information.

— Donc, c'est bizarre qu'il les ait enlevés devant moi ? dis-je, ne sachant toujours pas quoi faire de toutes ces informations.

Elle rit de nouveau, plus délicatement cette fois.

— Bizarre, c'est un faible mot pour décrire ça. Cela dit, tout ce qu'il a fait avec toi est hors du commun. Il n'a jamais ramené de femme ici auparavant, que ce soit contre sa volonté ou non.

Voilà qui me surprend. Une robe dorée moulante, des cheveux blond platine et une main manucurée sur la poitrine d'Elio font irruption dans ma tête, puis je les chasse de mes pensées.

— Jamais ? Aucune petite amie ?

Elle hausse les épaules.

— Il couche avec des femmes, bien sûr. Mais il ne les amène jamais ici. En fait, il est plutôt secret. D'où le fait que ça ne lui ressemble absolument pas de t'installer dans la chambre d'à côté et d'avoir enlevé toutes les portes.

Eh ben, super. Non seulement le comportement d'Elio est déconcertant pour moi, mais il l'est aussi pour sa propre famille. Je ne sais vraiment pas si c'est réconfortant ou alarmant.

Je demande :

— Pourquoi est-ce qu'il cache ces marques ? Pourquoi il s'embête à porter ces gants ?

La peau que j'ai vue était complètement ravagée, mais

Elio ne semble pas vraiment du genre à se soucier de son apparence. De plus, il aide à diriger l'une des familles mafieuses les plus impitoyables du pays. Les marques ne feraient que montrer à quel point il est fort, ce qu'il a enduré. Une médaille d'honneur brutal.

Je poursuis :

— J'ai l'impression qu'il ne se soucie pas tant de cacher ses autres cicatrices.

Il a ôté sa chemise devant moi lors de ma première nuit ici, et j'ai vu le patchwork de violence qui recouvrait la peau de sa poitrine.

Valentina fait la grimace.

— Je crois que c'est à cause de l'incendie qu'il complexe à propos de ses mains. Je peux pas vraiment lui en vouloir vu ce qui s'est passé.

Mon cœur s'accélère, et je ne comprends pas pourquoi. Je suis au courant de l'incendie. Celui auquel il a survécu avec son frère en Sicile contre toute probabilité. Mais à en juger par la grimace affligée de Valentina, il y a fort à parier que l'histoire ne s'arrête pas aux vagues légendes locales qui s'agrippent au nom des Titone comme du brouillard.

Je retiens mon souffle, en me demandant si elle compte m'en dire plus. J'ai envie de lui demander de le faire, mais je ne me fais pas confiance. Je ne devrais pas du tout m'en soucier et pourtant c'est le cas, pour une raison qui m'échappe, et j'ai peur que si je pose trop de questions, ou si j'ai l'air trop enthousiaste, elle fasse machine arrière. Je n'ai pas droit à l'erreur avec elle – c'est une Titone. Sa loyauté, quand il en est vraiment question, ira toujours à sa famille plutôt qu'à moi.

Elle triture la sangle de son sac, frottant ses lèvres roses l'une contre l'autre comme si elle essayait de décider quelque chose. Puis elle souffle et hoche la tête.

— Écoute, personne n'aime parler de cette histoire de merde, mais je vais te la raconter parce qu'Elio ne t'en parlera jamais, même si je pense que tu devrais le savoir. Pour une raison qui m'échappe, il est attaché à toi, et c'est à toi de faire face à tous les trucs qu'il traverse, alors je pense que plus tu le comprendras, mieux ce sera.

— Merci, dis-je calmement.

Je prends conscience de tout ce qu'elle fait pour moi en faisant ça. Qu'elle brise l'espèce d'omerta familiale qui englobe cette histoire, simplement parce qu'elle veut m'aider à naviguer sur les eaux profondément inconnues qui caractérisent Elio Titone. Peut-être que sa loyauté n'est pas aussi facile à décoder que je le pensais à l'origine.

Elle laisse tomber son sac par terre puis s'installe sur le bord du lit, replie une jambe en dessous d'elle et me fait face.

— Alors, la raison pour laquelle notre famille est venue au Canada, c'est à cause de Giuseppe, le père d'Elio et de Curse. Je ne connais pas tous les détails là-dessus, mais il y a vingt ans, il a fait un truc grave pour niquer la *famiglia* au pouvoir à Taormina. Donc une nuit, des soldats sont venus et ont incendié leur maison. Giuseppe, Elio, Curse et ma tante Florencia étaient tous à l'intérieur.

Mes mains commencent à trembler. Je saisis ma tasse de thé et m'y cramponne fermement, en fixant le liquide pendant que Valentina continue.

— Elio a mis un moment à se réveiller. Il n'y avait pas de détecteurs de fumée. Quand il a compris ce qui était en train de se passer, il y avait le feu partout. De sa chambre, il avait clairement la possibilité de sortir de la maison, mais Curse était coincé dans sa propre chambre. Le feu se propageait entre leurs chambres et léchait la porte de Curse. La poignée a complètement bousillé la main d'Elio quand il a essayé d'ouvrir la porte, et il a fini par enfoncer le bois enflammé à coups de poings pour rejoindre Curse.

Elle s'interrompt, et une densité inédite s'introduit dans sa voix lorsqu'elle recommence à parler.

— Ils n'avaient que huit et quatorze ans. T'imagines, putain ? Parfois, j'ai l'impression d'être une dure à cuire, puis je me souviens de cette histoire, de ce qui leur est arrivé et je...

Un souffle tremblant lui échappe comme si elle était sur le point de pleurer.

Je relève les yeux de ma tasse de thé en essayant de lui adresser un regard réconfortant.

— C'est pas grave. Tu n'es pas obligée de m'en dire plus si c'est trop difficile.

Je sais mieux que la plupart des gens à quel point les traumatismes familiaux et la perte au moment de l'enfance peuvent briser quelqu'un. À quel point c'est difficile de mettre des mots sur ces moments qui assassinent le cœur. *Seulement quatorze ans...*

Valentina inspire profondément et se prépare ostensiblement.

— Non. Ce n'est qu'une partie et tu devrais entendre la suite.

Je me prépare, moi aussi. Car cette histoire s'insinue en moi, elle me fait mal, et je ne veux pas souffrir pour Elio.

— Et donc pendant qu'Elio combat littéralement le feu pour rejoindre Curse, il aperçoit leur père. Les chambres d'Elio et Curse étaient au rez-de-chaussée, et Giuseppe avait un atelier à cet endroit où il bricolait sur sa moto. On pense qu'il était bourré et qu'il dormait là quand l'incendie a commencé, vu qu'il n'était pas là-haut dans l'autre chambre avec ma tante Florencia. S'il avait été à l'étage, ce connard serait probablement mort comme il le méritait, putain. Mais au lieu de ça, il s'est contenté de regarder Elio marteler cette porte enflammée, d'écouter sa femme hurler et son autre fils pleurer, puis il s'est tiré.

Mon souffle se cristallise et se brise, chaque inspiration est irrégulière et incisive. Ma gorge se contracte alors que j'essaie de visualiser ce que Valentina me raconte. Visualiser un père qui regarderait ses enfants dans une situation pareille et choisirait de s'enfuir.

Et ça me tue presque de ne même pas avoir besoin d'imaginer, car j'ai assisté à cette scène moi-même. J'ai vu mon propre père courir sur la neige, s'éloigner de notre maison et s'éloigner de moi.

— Bref, Elio a réussi à sortir Curse de là. À ce stade, Curse était inconscient à cause de la fumée qu'il avait inhalée et Elio n'était pas dans un bien meilleur état. Mais dès qu'il a sorti Curse, il est retourné à l'intérieur.

Je termine pour elle à voix basse :

— Chercher sa mère.

Valentina hoche la tête.

— À ce moment-là, je crois qu'elle était encore en vie, juste coincée. Mais elle était à l'étage et c'était impossible de la rejoindre. Elio aurait quand même essayé. Sauf qu'une poutre dans le hall lui est tombée dessus, sur son cou et son épaule, ce qui l'a obligé à ressortir. Je n'étais pas encore née, mais mes parents vivaient à quelques maisons de là et ils étaient arrivés à ce stade. Elio était physiquement en train de se désintégrer, et même dans cet état, mon père devait encore le retenir pour l'empêcher de retourner à l'intérieur. Mon père m'a dit une fois, un jour où il avait trop bu de vin, que c'est la seule fois où il a entendu Elio crier.

Son ton devient mélancolique.

— J'aurais aimé rencontrer ma tante. Je ne sais pas beaucoup de choses sur elle. Les hommes de cette famille ne parlent pas beaucoup en général, encore moins des choses qui leur font mal. Mais ma mère m'a raconté quelques trucs. Je sais qu'elle était belle. Elle avait les cheveux noirs, comme mon père, et comme Elio et Curse. Je sais qu'elle aimait la musique. Apparemment, elle avait une voix magnifique.

Ma mère aussi était belle. Et même si ni elle ni moi n'avons eu la chance d'avoir de belles voix, nous aimions toutes les deux la musique. Je sens monter en moi la plus étrange des impressions, une affinité avec Florencia. Avec cette femme sans visage qui aimait certaines choses que ma propre mère disparue depuis longtemps aimait aussi. Cette femme qui a engendré des hommes comme Curse et Elio, qui leur a donné la vie et les a irrémédiablement façonnés par sa mort.

— Enfin, Elio a ce rapport étrange aux marques de brûlure sur ses mains. Il ne le dira jamais à voix haute, mais je crois qu'il se sent faible quand il les voit. Qu'elles lui rappellent ce qu'il n'a pas réussi à faire. Celle qu'il n'a pas pu protéger.

— Il ne peut pas s'en vouloir pour ça. Il n'avait que quatorze ans, dis-je.

Je ne devrais pas avoir de la compassion pour l'Elio d'aujourd'hui. Mais un garçon de quatorze ans qui se bat pour sauver sa mère alors que son propre père l'a laissé tomber à ce point ? Eh ben, cet Elio-là m'a brisé le cœur, putain.

— Crois-moi, je le sais bien, répond Valentina.

Sa bouche se soulève d'un côté, arborant un sourire tordu.

— Mais je pense qu'il n'est pas vraiment rationnel vis-à-vis de cette nuit. Un peu comme pour toi.

Ses paroles me secouent, et pendant une seconde, je pense qu'elle sous-entend que je ne suis pas non plus rationnelle à propos de la nuit où ma mère est morte, et je me demande comment elle pourrait savoir ça, bordel.

Je demande brusquement :

— Quoi ?

— Il n'est pas rationnel quand il s'agit de toi.

— Oh, dis-je. Enfin, je veux dire, ouais.

Je fais un geste vers l'embrasure sans porte entre sa chambre et la mienne.

— Je m'en suis rendu compte.

— Ouais, eh ben, moi je m'attendais pas à un truc pareil, réplique-t-elle. Comme je te l'ai dit, ça ne lui ressemble pas. Il est si concentré d'habitude, si professionnel. Il ne fait jamais rien sans raison. Chaque coup est calculé et réfléchi, et il ne laisse rien ni personne foutre en l'air ses plans, le convaincre de changer d'avis ou lui faire perdre le contrôle. Il n'a pas besoin de s'éloigner des autres puisqu'il ne s'ouvre à personne. Du moins, c'est ce que je pensais jusqu'à ce que tu me largues cette bombe, en me disant qu'il a enlevé les gants devant toi et qu'il t'a collé un putain de bandage sur le pied, et maintenant je suis là, genre, « quoiii ? ». Me fais pas dire ce que j'ai pas dit, je l'aime, mais c'est parfois un sacré connard, froid et intéressé.

Si ça c'est pas l'euphémisme du siècle...

— Enfin, je vais devoir y aller. Maman et moi, on a rendez-vous pour déjeuner avec les Morelli.

Elle se penche pour attraper son sac, et alors qu'elle tourne les talons pour partir, elle marque une pause.

— Garde ça pour toi, peut-être. Ce que je t'ai raconté sur Elio.

Je la rassure :

— Oui. Bien sûr.

J'apprécie qu'elle m'ait dit tout ça, et je ne compte pas

trahir cette confiance. Et puis je ne m'imagine pas aborder le sujet avec Elio de sitôt, de toute façon.

Mais malgré tout, ses paroles ne me quittent pas de la journée. Je n'arrive pas à les chasser de ma tête. Je n'arrive pas à chasser *Elio* de ma tête. Il se métamorphose et oscille, passant brutalement de l'homme que je connais au garçon de quatorze ans que j'imagine qu'il était autrefois.

Étant donné la façon dont la nuit dernière s'est déroulée, je ne m'aventure pas hors de la chambre aujourd'hui. Je traîne dans l'espace calme, picore le déjeuner puis le dîner que Rosa m'apporte et fixe le vide sur mon téléphone. À 21h, Elio n'est toujours pas retourné dans sa chambre ni dans la mienne. J'essaie d'en ressentir du soulagement et d'ignorer le fait que son absence me contrarie.

Chapitre 27

Deirdre

Elio ne revient pas le lendemain. Ni le jour d'après. Après quatre jours sans le voir, ça commence à m'agacer. Est-ce que ça va être comme ça ? Moi, toute seule dans cette belle et immense cage qu'est cette maison ? Je peux presque ressentir les intérêts qui s'accumulent par-dessus ma dette, comme un petit poids qui s'ajoute sur mes épaules chaque jour, et je n'ai même pas l'opportunité de travailler à la rembourser parce qu'Elio n'est pas là, putain.

Évidemment, c'est la seule raison pour laquelle je veux le voir. Pour continuer à réduire ma dette petit à petit et faire ce que je suis censée faire : jouer du violon pour lui. Je ne veux pas réellement le voir. De toute évidence. Je ne suis pas folle.

Peut-être que je me sens seule, voilà tout. Je n'ai pas eu de nouvelles de Willow depuis ce premier e-mail, donc il faut croire que Paddy la barricade sérieusement pour le moment. Je me demande ce qui se passe avec Darragh et les autres. S'ils essaient toujours de me retrouver, ou s'ils ont laissé tomber maintenant qu'Elio m'a exhibée au gala comme un bien personnel enchaîné à lui.

Parfois, je me demande aussi ce qui est arrivé à mon père, même si j'essaie de ne pas y penser. C'est trop facile de retomber dans la pitié, le dégoût de soi et de me demander pourquoi je n'en valais pas la peine. Pas la peine d'être protégée, qu'il reste et se batte pour moi.

Mais peut-être que je n'ai vraiment aucune valeur, étant donné que même Elio n'est manifestement plus suffisamment intéressé par moi pour se donner la peine de montrer son visage.

Ce sont ce genre de pensées qui me font fulminer – je bouillonne, littéralement – dans un bain très chaud alors que ça fait cinq jours que je n'ai pas vu Elio. Mes cours doivent reprendre demain, donc je suis encore plus de mauvaise humeur étant donné que je suis à peu près certaine que je n'aurai pas l'autorisation de sortir d'ici. Tout ce travail pour obtenir ma licence de musicologie, qui part en fumée. J'en suis à la moitié de ma troisième année, il m'en reste encore une après ça, et je ne sais pas comment faire pour que mes études ne s'arrêtent pas brutalement.

Je me glisse dans l'eau chaude jusqu'à ce que je sois immergée jusqu'au cou, dans l'espoir que la chaleur frémissante fasse disparaître mes émotions. Ce serait tellement plus facile d'être insensible en cet instant. De ne rien ressentir du tout. Aucune colère, aucune déception, aucun chagrin. Mais malgré tous mes efforts, je semble incapable d'y arriver. Je n'arrive pas à lâcher prise, à chasser la douleur et la frustration. Ceci dit, peut-être que ce n'est pas une si mauvaise chose. Peut-être que c'est la force de ce malheur, ce sentiment d'injustice vis-à-vis de tout ça, qui me maintient en vie. L'insensibilité ne maintient pas en vie. Contrairement à une colère qui consume jusqu'à la moelle. Elle va me permettre de rester debout puisque rien d'autre ne le peut.

J'expire à travers mes lèvres serrées, dispersant les bulles à la surface du bain qui font des projections de mousse en éclatant. L'épaisse couche de bulles est la seule raison pour laquelle je me sens à l'aise de prendre un bain ici, plutôt que de faire ma routine habituelle dans la douche cachée derrière un rideau de serviettes. D'un autre côté, étant donné qu'Elio n'a même pas pris la peine de venir voir la prisonnière qu'il voulait garder à tout prix, je doute qu'il soit en train de visionner les images de vidéosurveillance, où qu'il soit. Alors peut-être que les bulles ne sont même pas nécessaires.

Je lance un regard furieux vers la caméra au plafond, pleine de ressentiment envers elle, envers lui, envers toute cette situation. Le ressentiment grandit encore et encore, chassant tout le reste de ma poitrine, y compris la capacité et le désir de respirer. Je prends une grande inspiration et plonge sous l'eau.

Les yeux étroitement fermés, je laisse la mélodie étrange de l'eau m'emplir les oreilles, et je commence à compter.

Un, deux, trois...

Je force mes muscles à se détendre alors même que la brûlure de l'anxiété, que je connais si bien, commence à se répandre dans mes membres.

Onze, douze, treize...

Je ne ressens pas encore l'envie irrépressible de respirer. J'adore ce moment, avant que tout se mette à fourmiller et se contracter, et que je sois vraiment obligée de lutter pour rester sous l'eau. J'adore le calme brutal de cette expérience. La sensation que mon corps pourrait juste être une feuille ou un morceau de bois flotté, ou peut-être même faire partie de l'eau elle-même, simplement, flottant en toute insouciance.

Trente... Trente-cinq...

Mes poumons semblent comprimés. C'est difficile de rester immobile.

Soixante... Soixante-dix...

Je serre les poings, luttant pour tenir encore un peu plus longtemps. Plus j'arrive à tenir, plus l'euphorie est intense lorsque je reprends cette première inspiration. Mes cuisses se pressent l'une contre l'autre, une brûlure avide palpite dans mon clitoris. Je desserre l'un de mes poings pour frotter mon clitoris de haut en bas, vite, vite, *vite*. Il faut que ça vienne rapidement, car je ne vais plus tenir très long-temps. Ma colonne vertébrale se voûte, se contracte, mes jambes s'étirent et se plient instinctivement.

Quatre-vingts...

Je suis proche. Proche de tout. Proche de jouir, proche d'avoir besoin de cette douce libération qu'est la respiration. Mes doigts fourmillent et tressautent tout en frottant mon clitoris gonflé. Encore quelques secondes... Encore un tout petit peu plus longtemps... Encore...

Mon orgasme me transperce à l'instant même où une paire de mains énormes me saisit par les épaules et me sort de l'eau. Je halète et tousse, alors que la confusion enve-loppe le plaisir chauffé à blanc auréolé de ténèbres qui étreint mon sexe. J'ai la respiration haletante, l'impression d'être gorgée d'eau et que mes membres sont faibles. Je cligne des yeux rapidement et écarte les cheveux de mon visage tandis que mon sexe tremble.

Mon regard essaie de faire la mise au point, mais je n'ai pas besoin de faire trop d'efforts pour voir qui est là. Son visage est à quelques centimètres du mien. *Elio.*

Une vague d'humiliation provoque un contrecoup de

plaisir dans mon clitoris, et je serre les dents pour m'empêcher de gémir. Je regarde Elio sans dire un mot, assimilant le
noir captivant de ses yeux et la tension furieuse de sa
mâchoire.

Essayant de reprendre mes esprits, je demande entre
deux halètements irréguliers :

— Qu'est-ce que tu fous là ?

Elio est absent depuis des jours, et c'est *maintenant* qu'il
doit se pointer ?

Ses yeux s'assombrissent, même si je n'ai aucune idée de
comment c'est possible. Quand il parle, sa voix glisse
comme un glaçon sur ma peau brûlante.

— Dans l'immédiat, je t'interdis de poser une seule
putain de question.

Ses mains sont toujours sur mes épaules, le cuir est
trempé, et il est penché au-dessus de la baignoire. La céramique s'enfonce dans ma colonne vertébrale alors qu'il me
maintient immobile.

— Qu'est-ce qui t'a pris ?

— Qu'est-ce qui m'a... Quoi ? De quoi tu parles ? Je
prenais un bain !

J'ai l'impression d'avoir encore plus chaud, et ce n'est
pas seulement à cause de l'eau. C'est à cause de sa proximité. De ce qu'il m'a surprise en train de faire. De son inter-
rogatoire inquisiteur. Un rapide coup d'œil vers le bas
m'indique que la couche de bulles est toujours épaisse et
opaque, ce qui signifie au moins qu'il ne m'a probablement
pas vue me masturber.

— Un putain de bain où tu restes sous l'eau sans respirer ? demande-t-il d'un ton mortellement calme.

Je vois maintenant comme sa respiration est synchronisée avec la mienne – rapide et saccadée. Irrégulière.

Comme si lui aussi avait retenu son souffle, même si je ne vois pas comment c'est possible.

— Ça te regarde pas !

Pourquoi, pourquoi, *pourquoi* a-t-il fallu qu'il revienne maintenant ? Quitte à me laisser seule, pourquoi ne pas le faire pour de bon ?

— Tout ce qui te concerne me regarde, riposte-t-il d'un ton sec.

J'ai l'impression qu'il essaie de se tenir lui-même, ainsi que ses émotions, au bout d'une laisse bien tendue. Ses mots sont tranchants et crispés.

— Ça fait six millions de putains de dollars que ça me regarde. Ça fait des *années* que ça me regarde, putain.

Ses paroles ne font qu'intensifier ma colère. Elles me rappellent que je suis une transaction pour lui. Quelque chose à inscrire dans ses livres de comptes. Je me raidis et tente de me libérer de son emprise, mais ses doigts se resserrent sur mes épaules. Son visage se rapproche, et quelque chose d'étrange passe dans son regard. Un bref moment d'émotion, une émotion que je n'ai jamais vue en lui, puis elle disparaît. Il glisse ses mains sous mes bras et se relève, me sort dégoulinante du bain.

Il ne s'arrête pas tant que je ne suis pas complètement sortie du bain. Il me plaque nue contre le mur, une main sur mon épaule, l'autre sur ma mâchoire, pour me forcer à le regarder.

— Lâche-moi. Lâche-m...

— La ferme, grogne-t-il. La ferme et regarde-moi, Deirdre.

L'utilisation de mon prénom me stupéfie. Pas de surnom affectueux, pas de « mon rossignol » qui me donne l'impression d'être un animal qu'il possède.

Mon prénom.

Il profite de ce silence momentané, de ma surprise.

— Tu es dans ma maison, Deirdre. Dans ma ville. Tu es dans *mon putain de monde*.

Ses yeux brûlants me percent pratiquement un trou dans la tête lorsqu'il crache les paroles suivantes :

— Et ne t'imagine pas, pas même pour une putain de fraction de seconde, que tu peux t'en échapper. Je ne le permettrai pas. Tu m'entends ? *Je ne te laisserai pas faire.*

Il baisse les yeux vers ma bouche, et l'espace d'un moment de confusion, je me demande s'il va écraser ses lèvres contre les miennes.

Puis je comprends doucement le sens de ses paroles, à travers l'étrange brume de ce moment.

Alors que le choc et la fureur tourbillonnent en moi, je chuchote :

— Oh, mon Dieu. Tu crois que j'essayais de *me suicider* ? Tu crois que je sacrifierais ma propre vie juste pour t'échapper ?

Je lui ris au nez, et c'est un son amer et dur.

— Mais quel culot, putain. Ton ego est absolument incroyable. Tu penses vraiment que je me suiciderais juste pour t'échapper ? Tu t'imagines que tu as autant d'importance que ça ?

Juste derrière Elio, l'entrée de la salle de bain sans porte attire mon attention.

— C'est pour ça que tu as enlevé les portes, c'est ça ?

Je me souviens maintenant que Valentina m'avait trouvée en apnée dans la baignoire cette première nuit, et qu'à peine cinq minutes plus tard, Elio était entré en trombe avec un marteau à la main, avec une violence à peine contenue sur le visage.

Il ne me répond pas, mais je sais que j'ai raison.

Je ris de nouveau, et sa bouche comme son regard se crispent simultanément.

— J'ai un scoop pour toi, Elio Titone. T'es peut-être une grosse pointure, tu t'imagines peut-être que tu es tout pour moi maintenant, mais tu te trompes. Tu n'es qu'un simple point de détail dans ma vie. Je vais me tirer d'ici. M'éloigner loin de toi. Et je te promets que je n'aurai pas besoin de mourir pour le faire.

Cette déclaration est à moitié un coup de bluff, à moitié une prière que je fais. Je bluffe parce qu'Elio est déjà bien plus qu'un simple point de détail, peu importe à quel point j'aimerais le nier.

C'est une prière parce que, contre vents et marées, je trouverai un moyen de reprendre le cours de ma vie.

Et je *refuse* catégoriquement de mourir en essayant.

Chapitre 28

Elio

Deirdre a l'air tellement furieuse, tellement vexée, que je la crois vraiment. J'essaie d'apaiser cette partie de moi qui voudrait prendre la masse et éclater la baignoire en mille morceaux, cette partie de moi qui voudrait empoigner ses cheveux et lui dire qu'elle ne prendra plus que des douches à partir d'aujourd'hui. Car même si je la crois à présent, je pense que je n'oublierai jamais ce moment où je suis rentré chez moi, où j'ai allumé la caméra de sa chambre sur mon téléphone alors que je montais à l'étage, pour constater qu'elle glissait sous l'eau.

Et qu'elle y restait.

— Qu'est-ce que tu foutais, bordel ? dis-je d'une voix plus douce à présent.

Ce n'est pas intentionnel de ma part, c'est comme ça, c'est tout. Une réaction naturelle au soulagement qui me submerge comme de l'eau fraîche. Ma main remonte de son épaule jusqu'à ce que mes deux mains encadrent sa mâchoire. Putain, ce qu'il m'avait manqué, ce visage !

— J'étais... je... tu n'as pas besoin de le savoir ! bafouille-t-elle.

Sauf que si, j'ai besoin de savoir. J'ai besoin de tout savoir. Je veux connaître les pensées dans sa tête avant même qu'elles prennent corps, putain.

Je la connais. J'ai fait toute cette foutue tirade sur le fait que je la connaissais par cœur. Mais cette Deirdre-là, cette femme qui se force à rester sous l'eau chaude et n'émerge que lorsqu'on l'en tire manu militari, c'est quelqu'un que je ne reconnais pas, et j'ai besoin de la connaître également.

Mais elle se referme. Elle se renferme. Je le vois à son regard fuyant, à ses lèvres pincées.

Alors je fais la seule chose qui me passe par la tête à ce moment-là. Parce qu'apparemment, j'ai perdu la boule.

— Cinq cent mille.

Ses yeux s'ouvrent grand. Des kilomètres et des kilomètres de bleu sous ces cils.

— Quoi ?

— Dis-moi ce que tu faisais vraiment. Cinq cent mille pour la vérité.

Elle me fixe un instant, pendant lequel le seul son audible est notre respiration synchronisée.

— T'es sérieux là ?

— Un million.

Si je ne tenais pas sa mâchoire entre mes mains, je suis à peu près sûr qu'elle se serait décrochée. Si l'Elio du passé pouvait me voir en ce moment, sa mâchoire tomberait également. Alléger sa dette d'un million de dollars, comme ça. Invraisemblable.

Avec un hochement de tête raide contre mes doigts, elle déclare :

— D'accord. Je retenais ma respiration.

Je lui lance un regard blasé.

— Sans dec', tu retenais ta respiration. Tu crois que je

vais te déduire sept chiffres de ta dette pour cette petite annonce évidente ?

À présent elle semble indignée, fière et agacée, et ça me fait bander. J'ai envie de me coller contre elle, de frotter ma bite contre son ventre, mais je me retiens. Pour l'instant.

J'insiste :

— Dis-moi.

Ma bouche est si près de la sienne que chacune de mes inspirations correspond à son expiration, et vice versa. Nous nous respirons mutuellement.

— J'étais juste...

Ses mots caressent mes lèvres et je me raidis.

— C'est la vérité, je retenais juste ma respiration.

— Mais pourquoi ? Pourquoi aussi longtemps ?

J'ai été douloureusement conscient de chaque seconde qu'il m'a fallu pour monter jusqu'ici. Elle est restée sous l'eau pendant bien plus d'une minute. C'est inconfortable, un truc pareil. Personne ne retient sa respiration aussi long-temps sans raison.

Ses prochaines paroles sortent à toute vitesse :

— J'aime juste la sensation que ça fait, d'accord ? Voilà ! Je te le jure, donc t'as intérêt à me payer ce que tu me dois parce que c'est la vérité. Si tu ne le fais pas...

— Tu aimes la sensation ?

Mon sexe tressaute.

— Laquelle ? Celle de ne pas respirer ? Ou celle de reprendre ta respiration ?

— Les deux, chuchote-t-elle.

Elle s'empourpre tellement que le rouge descend sur son cou et se répand sur sa poitrine, attirant mon regard vers ses tétons ronds et tendus.

Et soudain, je comprends parfaitement pourquoi elle l'a fait.

— Est-ce que ça te fait jouir ?

Lorsqu'elle se tend, mais ne répond pas, je sais que j'ai ma réponse. Je descends ma main droite et enserre le devant de sa gorge dans ma paume, sans exercer de pression. Le simple murmure d'une promesse.

— C'est dangereux de le faire seule.

— *Dangereux* ?

Le mot la fait rire, et je ressens les vibrations sous le cuir et les cicatrices.

— Comme si toute cette situation ne l'était pas.

Tout en massant très doucement l'avant de sa gorge, je murmure :

— Combien de fois je vais devoir te le dire. Tu es plus en sécurité ici que dans le monde extérieur.

— Et qui va me protéger de toi ?

Elle renverse légèrement la tête en arrière, comme si une part de son subconscient désirait me faciliter l'accès à sa gorge. J'enfonce mon pouce à l'endroit où son cœur bat, et elle ravale un son.

— Ce n'est pas moi qui t'ai mis la tête sous l'eau pendant plus d'une minute, lui dis-je pour rappel.

— Ouais, eh ben, tu n'as même pas été là ces cinq derniers jours, alors comment tu le saurais de toute façon ?

Cette fois, je ne me retiens pas de plaquer mon sexe dur contre son ventre. Elle est tellement nue putain, nue contre le mur, et ce serait tellement facile de la soulever, de passer ses cuisses autour de ma taille, de défaire ma braguette et de m'enfoncer en elle.

— Je t'ai manqué ?

— Quoi ? Non ! Qu'est-ce que tu racontes ? bredouille-t-elle.

Chaque mot, chaque souffle qui émanent d'elle contractent les muscles de sa gorge sous ma main, et maintenant la seule chose que j'ai en tête, ce sont les mouvements qui agiteraient cette gorge si ma queue venait en percuter le fond.

Je descends ma bouche sur le joli pavillon de son oreille et lui dis :

— Eh bien, toi, tu m'as manqué.

Je serre tendrement sa gorge une dernière fois avant de la relâcher enfin. Son bras se tend brusquement sur le côté, attrape une serviette sur un support à proximité et l'enroule autour d'elle, si farouchement que je me demande si elle a l'intention de la déchirer en deux.

— Ouais, bien sûr. Comme si tu n'avais pas des femmes à ta disposition vingt-quatre heures sur vingt-quatre, dit-elle en passant devant moi pour entrer dans sa chambre.

Elle dit cela calmement, dans un souffle. Mais comme je suis à l'unisson avec chaque foutu atome de son corps, parce que je *possède* ce souffle, j'entends ses paroles. Je la suis dans sa chambre.

— Est-ce que ça te dérange ?

Je n'ai pas couché avec une autre femme depuis que j'ai ramené Deirdre ici, et mon corps le ressent vraiment. Mais une baise rapide et machinale, ce qui est généralement la norme pour moi, n'a absolument aucun attrait à mes yeux en ce moment.

Les seules choses qui en ont sont des yeux bleus en colère, une peau constellée de taches de rousseur et le visage de la fille qui me déteste.

J'ai presque envie de la haïr à mon tour pour ça. De m'empêcher de recourir à mes méthodes habituelles pour me soulager. De rendre toutes les autres femmes imbuvables. De susciter un tel désir en moi alors que c'était censé être plus simple, qu'il ne devait être question que de musique et d'argent, et rien d'autre.

— Oh, par pitié, lâche-t-elle sèchement en se dirigeant vers le placard. C'est un soulagement. Va donc passer ton temps avec la blonde du gala. En fait, apprends-lui le violon. Peut-être que ça te permettra de me foutre la paix.

— Deirdre.

— Tu sais quoi, je lui enseignerai pour toi. Tu pourras déduire les honoraires d'enseignement de ma dette. Et ensuite...

— Deirdre.

Perdue dans sa diatribe, elle ne se rend pas compte que je l'ai suivie dans le dressing. Elle fait volte-face et lâche un cri de surprise en voyant que je suis si proche. C'est un grand dressing, mais beaucoup plus confiné que la chambre d'où nous venons. Les lumières sont éteintes ici, et seule une douce lueur émane de la pièce voisine. Je continue d'avancer jusqu'à ce que son dos heurte une étagère chargée de vêtements. La scène me rappelle le Nouvel An. Quand je l'avais acculée, dos aux étagères dans le cellier de la cuisine de son père. Quelque chose de doux-amer, peut-être même de nostalgique, me pique la poitrine au souvenir de cette nuit. Mon épaule palpite au rythme de mon cœur alors que Deirdre se cramponne à sa serviette en me fusillant du regard.

— Je n'ai couché avec personne d'autre depuis avant ton anniversaire.

Ça fait plus longtemps que ça en réalité, mais je ne développe pas davantage.

Quelque chose change au niveau de sa bouche crispée. Je n'ai pas beaucoup de temps pour analyser ce changement, car elle se retourne, tire quelques vêtements de l'étagère. Elle sursaute et les laisse tomber lorsque je m'approche tout contre son dos.

— Je m'en tape, vraiment, marmonne-t-elle. Je ne sais pas du tout pourquoi tu me dis ça.

— Ah non ?

Je déplace le long amas de mèches mouillées sur le côté, dévoilant sa nuque. Je retiens un grognement en voyant des frissons se former sur sa peau.

— Je crois que tu es jalouse, mais que tu ne veux pas l'admettre.

Imaginer Deirdre jalouse, assise à la maison en train de se demander où je suis, provoque une sensation brûlante dans mon bas-ventre. Auparavant, j'ai toujours trouvé ça pénible, la jalousie des femmes. Un agacement pour lequel je n'ai absolument aucune patience. Mais chez mon rossignol ? Putain, j'adore ça. Ce n'est pas ce que quelqu'un qui me doit de l'argent, une femme que je retiens captive devrait me faire ressentir. C'est moi qui devrais détenir l'intégralité du pouvoir ici.

Mais de toute évidence, ce n'est pas le cas. Car imaginer Deirdre contrariée et jalouse, en train de m'attendre, comme une petite amie, comme une *épouse*, me fait tellement bander que je n'arrive plus à réfléchir, putain. Ça me rend presque heureux, je crois. Mais je ne suis pas sûr, car ça fait environ vingt ans que je ne me suis pas vraiment senti heureux, et ce n'est pas une émotion que je sais bien identifier ces temps-ci.

— Je ne suis pas jalouse. Tu délires, souffle-t-elle.

Sa voix a changé. La colère s'est partiellement estompée, laissant place à une tonalité rauque et tremblante.

— Ne me mens pas.

Je tire sur la serviette et la laisse tomber en un tas humide autour des chevilles de Deirdre. J'agrippe sa taille avant qu'elle essaie de se tortiller pour m'échapper. Mais mes gants en cuir sont trempés, et même si ça me rend fou,

je ne veux pas mettre d'espace entre nous pour aller chercher une autre paire.

Sans m'autoriser à trop y réfléchir, – car si je le fais je
m'arrêterai et c'est la dernière chose que je veux en ce
moment – je la maintiens immobile de la main droite, mords
mon gant gauche, tire et le recrache par terre avant de
répéter l'opération de l'autre côté.

Quand mes mains, mes mains *nues*, se posent sur sa
peau, mon sexe pulse si fort que j'ai l'impression que je vais
jouir dans mon pantalon comme un adolescent. Le son qui
me déchire la gorge est une plainte gutturale, brutale. Je ne
me rappelle pas la dernière fois que j'ai touché la peau
d'une autre personne que la mienne sans mes gants. Je ne
sais même pas si je l'ai fait une seule fois au cours des vingt
dernières années. Les médecins ont examiné mes mains,
mais enlever mes gants comme ça pour toucher délibéré-
ment quelqu'un d'autre ?

Ça n'arrive jamais.

Les sensations s'embrasent sous mes paumes, et je ne
peux m'empêcher d'enfoncer mes doigts dans la douce
petite taille de Deirdre. Les marques ont énormément
insensibilisé mes mains, et j'en suis presque reconnaissant,
car les sensations que je ressens me submergent déjà, et je
ne suis pas du genre à être *submergé*.

Du moins, je ne l'étais pas. Avant.

Avant de la voir, de l'entendre, de la désirer. À l'époque
où ma vie était vide, vaine et que les choses avaient vraiment du sens.

Rien de tout ceci n'a de sens. Jamais je n'étais censé
enlever mes gants. Jamais je n'étais censé avoir besoin d'elle
comme ça. Avoir besoin d'elle plus que tout ce que j'ai
connu auparavant. Ce n'est pas juste de la luxure. Je ne

peux même pas dire que c'est juste de l'obsession, même si je sais que je suis obsédé.

— Putain. Ce que tu m'as manqué, dis-je encore.

J'ai dû aller au nord jusque Thunder Bay pour régler certaines affaires dans nos entrepôts là-bas, et chaque jour passé loin de la maison, loin d'elle, la pression s'accumulait derrière mes yeux.

Elle ne répond que par un petit son guttural lorsque mes mains remontent pour empoigner ses seins. Je baisse la tête au moment où Deirdre penche la sienne en arrière, et mon front vient se poser contre le sien.

Sa peau contre la mienne est comme une drogue. Elle anesthésie la sensation de picotement que je ressens à la base du crâne chaque fois que j'enlève mes gants, jusqu'à ce que je ne ressente rien d'autre que le désir. Je passe mes paumes sur ses seins, pétrissant, sentant ses mamelons se dresser et s'appuyer contre moi.

J'ai envie de sentir son corps tout entier. Je laisse ma main gauche là où elle est, tout en faisant glisser la droite vers le bas, par-delà la jolie courbe de sa hanche, à travers la douce caresse de ses boucles pubiennes. Étant donné l'état de ma peau, il m'est généralement difficile de dire si quelque chose est mouillé. Mais ce n'est pas difficile à présent. Elle est tellement trempée à cet endroit que mes doigts glissent entre ses replis jusqu'à ce que le bout de mon majeur soit attiré par son entrée. J'appuie, et elle m'aspire pratiquement, à tel point que je suis enfoui en elle jusqu'à la deuxième phalange.

Jusqu'à maintenant, Deirdre était restée relativement immobile et silencieuse sous mes caresses, presque docile. Elle sursaute et frissonne maintenant, son dos se cambre tandis que son sexe se contracte étroitement autour de mon doigt, de façon époustouflante.

— Qu'est-ce que tu fais ? gémit-elle.

Je replie mon doigt à l'intérieur, la caresse vers l'avant tout en frottant la partie dure de ma paume contre son clitoris. Son sexe réagit en convulsant, et je suis sur le point de perdre le contrôle en pensant à ce que je ressentirais si cette pression s'exerçait sur mon sexe.

— Je m'occupe de ta jolie petite chatte.

— Non.

Le mot est un gémissement essoufflé.

— Pas littéralement, j'entends. Je veux dire... *Oh, mon Dieu...*

Elle est déjà si proche de l'orgasme. Je le sens à son changement de respiration, aux tremblements de sa chatte gonflée.

— Je veux dire, dit-elle d'une voix haletante, en se tortillant comme un serpent, comme si elle essayait de se rapprocher et de s'éloigner de moi en même temps. Je veux dire, qu'est-ce que t'es en train de faire ? De faire de moi ? Ce n'était pas dans le contrat. C'était pas ce qui était convenu quand tu m'as enlevée.

J'ai presque envie de rire de moi-même. De rire d'avoir pu croire qu'elle allait pouvoir rester ici, qu'elle allait simplement jouer pour moi, et en rester là. Une superbe, intouchable violoniste en cage. Quelque chose de si intensément, si douloureusement beau, que ça me fait mal de la regarder, et encore plus de ne pas la toucher.

Je n'ai jamais pensé que j'étais un imbécile. Mais peut-être que j'en suis un quand il s'agit d'elle. Peut-être que c'est ce qu'elle a fait de moi.

— Très bien, dis-je à voix basse contre son oreille.

Elle n'est plus qu'à quelques secondes de l'explosion, mais je retire mes mains. Elle commence à émettre un gémissement de protestation, puis referme brusquement la bouche, et se raidit.

— Va chercher ton violon, lui dis-je, avant de tourner les talons de et de sortir de la pièce à grands pas.

Je me rends dans ma salle de bain pour prendre une nouvelle paire de gants et saisir l'occasion de retrouver mon sang-froid. De me rappeler pourquoi je l'ai amenée ici. Ce que c'est censé être.

Même si ça me semble totalement dérisoire à présent.

Je me lave les mains et le visage à l'eau la plus froide possible, savourant la douleur engourdissante qu'elle me procure. Ceci dit, elle n'est pas assez froide pour me distraire de la chaleur qui pulse dans mes veines, et après m'être séché les mains et avoir enfilé de nouveaux gants, je replace mon sexe. Je sais déjà que je vais me branler tout à l'heure et je secoue la tête, en me disant que ma vie est devenue un putain de cauchemar d'adolescent.

Lorsque j'émerge de la salle de bain, Deirdre est là avec son violon et son archet, vêtue d'un ensemble de pyjama. C'est probablement la tenue la plus terne qu'elle ait trouvée là-dedans, comme si le coton bleu pâle informe était une armure. C'est presque énervant, cette attitude de reine hautaine et furieuse qui contraste avec ces vêtements amples. J'ai l'impression soudaine, qui fait basculer mon univers, que c'est moi qui suis dans son royaume plutôt que l'inverse, et putain ce que ça me déplait.

Il faut que je lui rappelle, que je nous rappelle à tous les deux, ce qu'il en est réellement.

Tout en m'asseyant au bord du lit, je grogne :

— Joue.

Elle n'hésite pas cette fois. Elle ne se montre pas indécise, ne lambine pas et ne me dit pas que je suis trop distrayant. Elle se contente d'avancer droit vers moi, lève son instrument, et commence à jouer.

Le morceau est saccadé et dissonant, un méli-mélo chaotique de notes qui s'entretissent on ne sait comment pour former une mélodie à laquelle je peux me raccrocher. C'est amer et chaotique, comme si la rage devenait son. Ce n'est pas son style habituel, mais je m'en imprègne, parce que c'est toujours elle et qu'apparemment je ne sais faire rien d'autre que prendre tout ce que je peux absorber d'elle.

Il y a dans sa bouche une tension sévère et sur ses joues un rougissement intense, et je me demande ce qui l'a le plus gonflée. Que je la touche, ou que je la laisse sur sa faim quelques minutes auparavant.

Je me demande si elle a fini ce que j'ai commencé, seule dans ce dressing. Si elle a cajolé cette douce petite chatte jusqu'à se faire jouir. Mon sexe palpite.

Je ferme les yeux, me laisse me concentrer sur la musique plutôt que sur le désir intense de voir Deirdre se caresser le clitoris. Les notes si aiguës et si dures percent pratiquement des trous dans mon cerveau. Mais même ainsi, même si le morceau n'est ni lent, ni doux, ni joli, je réagis toujours à sa musique comme à chaque fois. Comme si elle m'enserrait le cœur dans son poing.

Elle me fait ressentir des choses, putain.

Je ne suis pas habitué à ça. Je ne sais pas comment réagir. Aussi je reste là les yeux fermés, la poitrine douloureuse, et j'encaisse. J'encaisse comme avec la douleur, les balles et le sang, car je sais comment réagir à la violence et sa musique, la poésie de son âme parfaite, me fait l'effet d'une agression.

Enfin, le morceau s'arrête brusquement et tout redevient silencieux. Je garde les yeux fermés pendant un long moment avant de les rouvrir. Le rouge sur les joues de

Deirdre s'est estompé, laissant sa peau pâle sous ses taches de rousseur.

— Ce n'est pas ton style habituel, dis-je.

— Oui, eh ben, je ne suis pas de la même humeur que d'habitude, riposte-t-elle.

Quelque chose en elle se fissure, le chagrin perce au travers de sa colère.

— Tu vas tout gâcher.

— Gâcher quoi ? dis-je d'un ton prudent et mesuré.

Elle relève son violon et le désigne avec l'archet.

— Ça ! C'était quelque chose que je partageais avec ma mère. Quelque chose de spécial. Et maintenant, je... je...

Elle soupire et détourne le regard.

— Je ne sais pas si je pourrai à nouveau ressentir la même chose pour le violon.

Quelque chose bat la mesure dans ma tête. Comme une horloge. Ou une artère sur le point d'éclater.

Quelque chose que je partageais avec ma mère... Tu vas tout gâcher.

C'est quelque chose auquel je n'avais pas pensé auparavant. Qu'en prenant toujours plus d'elle, j'abîmerais précisément ce que j'essayais désespérément de saisir. Qu'en essayant si fort de l'avoir, de la contrôler et de la mettre en cage, je détruirais quelque chose de précieux, quelque chose que j'aime.

Non.

Dont j'ai besoin, que je désire, que je veux.

Pas que j'aime.

Merde.

Quand j'ai vu Deirdre pour la première fois sur ce balcon, ce n'est pas seulement la qualité du son qui m'a captivé. C'était l'émotion. La joie pure, inéluctable, insoutenable. La joie, et la façon dont elle tenait en équilibre contre une sorte de douleur poignante.

Je regarde mon rossignol, je la regarde vraiment, et je ne vois pas une once de joie en elle à présent.

— De quoi est-ce que tu as besoin ? dis-je d'une voix éraillée. Je te donnerai tout ce dont tu as besoin pour bien jouer. Pour jouer comme tu l'entends.

Pour jouer correctement. Ouais, bien sûr. Comme si c'était ce qui m'importait. Ce qui a failli me rendre fou quand j'ai pensé qu'elle allait se noyer dans la baignoire. Sa façon de jouer.

J'imagine que Deirdre pense que ce que j'ai dit est aussi stupide que je le pense. Elle ricane et secoue la tête.

— Ce dont j'ai besoin ? Ce dont j'ai besoin, c'est d'être libre !

Le martèlement dans ma tête devient plus bruyant, plus fort, comme un battement de cœur.

Je lève les bras et je fais un geste circulaire pour montrer la grandeur de la pièce autour de nous, une seule parmi tant d'autres dans ma maison tentaculaire.

— Tu peux être libre à l'intérieur de cette cage.

Ses yeux s'étrécissent.

— Pas tant que tu es là avec moi.

Mes mains se tendent brusquement sans que je le veuille vraiment. Je la saisis par la taille et l'installe sur mes genoux. Ses jambes sont écartées, sa chatte est plaquée contre mon sexe douloureux. Elle se raidit, et je me demande si elle va m'asséner un coup sur le côté de la tête avec son violon. Mais elle et moi savons tous deux que ma tête ne vaut pas la peine d'endommager son instrument, sans parler du fait que j'ai la tête sacrément dure, donc ça ne servirait probablement à rien de toute façon. Elle pose son violon et son archet soigneusement sur le lit alors que je resserre ma prise sur elle.

— Je ne vais pas rester à l'extérieur des barreaux pour t'observer, mon rossignol. Je fais ça depuis tes dix-huit ans et j'en ai terminé avec ça, putain.

Je la rapproche de moi, la frottant contre mon érection.

— En plus, tu ne viens pas de te plaindre du fait que je n'ai pas été là ces cinq derniers jours ?

Ses yeux s'embrasent.

— Je ne me plaignais pas ! C'était... une observation.

— Ah ouais ? dis-je dans un souffle.

Putain, ce qu'elle sent bon. C'est tellement bon de la sentir contre moi.

— Eh bien, j'ai une observation à faire moi aussi.

Je la regarde fixement.

— Tu es une putain de menteuse, Deirdre O'Malley.

Elle est encore plus énervée à présent, et elle commence à se débattre. Mais elle est tellement petite.

Et moi, non.

Même avec mon épaule blessée, c'est facile pour moi de la retourner jusqu'à ce qu'elle soit allongée sur mes cuisses, les fesses en l'air. Je baisse le bas de pyjama élastique et la culotte pour la mettre cul nu. Je ne rate pas le frémissement de son souffle, l'anticipation qui grandit déjà en elle même si elle ne veut pas le montrer.

Le cuir de mon gant à seulement quelques centimètres de sa peau laiteuse, je murmure :

— Mens-moi encore une fois et tu vas voir ce qui va t'arriver.

— Je te déteste, chuchote-t-elle.

Je réagis par un petit rire sombre, mais je ne lui mets pas encore la fessée, car je doute sérieusement que ce soit un mensonge.

— Tu me détestes peut-être, mais il y a une part de toi qui a envie de moi. Qui a envie de ça.

Mes doigts tressautent, attendant qu'elle nie, mais elle ne le fait pas.

— On a donné sa langue au chat, mon rossignol ?

— Qu'est-ce que je suis censée dire ?

Je ne peux pas voir son visage dans cette position, uniquement le rideau de cheveux humides.

— Je ne vais pas me contenter de dire oui, pas vrai ? continue-t-elle. Mais si je dis non, tu vas me mettre la fessée, et je vais aimer ça pour une putain de raison qui m'échappe, et je te donnerai raison au final. Il n'y a pas de bonne réponse à cette question. Je suis piégée et tu le sais.

Elle expire et remue légèrement.

— Je ne devrais rien aimer de ce que tu me fais. Tu as cassé quelque chose en moi. Tu m'as rendue aussi tordue que toi.

Sa remarque m'arrache un éclat de rire, car l'idée que mon beau et innocent petit rossignol pourrait être aussi tordue que quelqu'un comme moi est absurde.

— Je n'ai rien cassé, lui dis-je d'une voix douce.

Je pose délicatement ma main sur sa peau. Elle frissonne à mon toucher, s'attendant à plus de pression, mais je m'en tiens à la douceur de ce contact.

— Je ne fais que répondre à quelque chose qui était déjà là.

— Impossible. Je n'étais pas comme ça avant, siffle-t-elle d'un ton catégorique.

— Tu te fais jouir en te privant d'oxygène, putain. Tu te fais du bien et tu te punis en même temps. Tu vas me dire que t'as commencé à faire ça après m'avoir rencontré ?

Elle se fige, et c'est comme si chaque muscle de son corps se relâchait. Elle s'affaisse sur mes genoux, désemparée par la prise de conscience que j'ai raison. J'ai raison en affirmant qu'elle aime le désespoir, la discipline et les sensations profondément pénibles. Et ce, depuis très longtemps.

Je lui demande :

— Quand est-ce que tu as commencé à faire ça ?

Ma caresse est toujours délicate. Ma voix également.

Je ne me souviens pas de la dernière fois où j'ai parlé à quelqu'un d'une voix si douce. Peut-être à Curse ou Valentina quand ils étaient enfants. Ça fait des années. Mais je suis content d'arriver à le faire maintenant, car c'est peut-être le calme qui l'incite à répondre honnêtement.

— Après la mort de ma mère.

C'est un minuscule murmure étouffé. Pourtant il explose dans ma tête comme un tir d'artillerie. Il y a de la fumée tout autour de moi, de la fumée à l'intérieur de moi, et soudain je ne peux plus ni penser, ni ressentir, ni voir. J'attrape Deirdre, la tire vers le haut et la plaque contre moi, la serre contre ma poitrine comme si je pouvais la sortir de ce trou que je ne connais que trop bien. Parce que c'est un trou noir et vorace qui vit en moi depuis vingt ans, avalant tout ce qui a de l'importance. Des flammes dansent sur les contours de champ de vision, et je mets tout ce que j'ai, tout ce que je suis, dans cette étreinte.

Je sais que mes yeux sont grands ouverts même si je ne vois presque rien. Je cligne des yeux, puis les referme, enfouissant mon nez dans les cheveux humides de Deirdre.

Sa voix perce à travers le passé, à travers le présent, à travers la fumée et les flammes et le martèlement dans ma tête.

— Elio ? Est-ce que t'es en train de me serrer dans tes bras ?

Je ne réponds pas, me contentant de la serrer plus fort.

Lentement, l'odeur de la fumée s'estompe, et lorsque j'ouvre les yeux, ma vision s'est rétablie.

Ma voix est chargée d'émotion quand je parle dans ses cheveux.

— Quand tu voudras ressentir ça, quand tu auras envie de ne pas respirer, tu viens me voir. Tu ne fais pas ça seule. Plus maintenant.

Elle reste sans bouger et sans parler pendant un long moment. Mais elle ne s'éloigne pas non plus. Elle me laisse simplement la tenir même si j'aurais dû la lâcher à ce stade.

Alors, d'un geste si lent et si hésitant que je serais peut-être passé à côté si je n'étais pas attentif à absolument tout ce qu'elle est, à tout ce qu'elle fait, elle pose sa tête sur mon épaule.

Étrangement, par la seule force de ma volonté, je reste droit et respire alors que ce simple petit geste vient d'arrêter mon putain de cœur.

Chapitre 29

Deirdre

Elio Titone me serre dans ses bras. Et non seulement je le laisse faire, mais je frotte ma tête contre son épaule comme si c'était quelque chose dont j'avais envie, comme si c'était quelqu'un à qui je tenais. Comme si tout ceci avait du sens. Quelque chose est en train de changer entre nous, et ça me fout vraiment la trouille.

Il faut que je fasse machine arrière. Revenir au temps où le détester était simple, facile et sûr. Je dois éviter de penser aux choses que nous avons en commun, aux choses que nous avons perdues tous les deux, à l'épreuve qu'il a traversée à l'âge de quatorze ans et à celle que j'ai vécue à dix ans. Il nous manque des morceaux à tous les deux, et je ne peux pas accepter la possibilité que leurs bords tranchants et brisés s'emboîtent parfaitement.

Alors, j'essaie de me rappeler qui il est, qui je suis, et ce qu'il a fait. Je dois me rappeler que c'est un tyran qui n'a que faire de mes sentiments ou de ma liberté. Je lui demande la seule chose qu'il refusera sans l'ombre d'un doute, et ce refus m'éloignera à nouveau de lui, là où je peux être en colère et en sécurité.

— Mes cours commencent demain. Je veux y aller, dis-je.

Mon pouls s'accélère par anticipation de son refus. Je ressens déjà le frisson de la rage qui est sur le point de m'inonder, sachant qu'elle me dégagera immédiatement de son étreinte. Une étreinte qui me semble bien trop chaude et solide autour de moi.

— D'accord.

Je me fige, immobile comme une pierre sous le coup du choc. *Est-ce que je viens d'avoir une hallucination ? C'est absolument impossible que...*

— Qu'est-ce que tu viens de dire ?

— J'ai dit que j'étais d'accord.

Je relève la tête de son épaule pour pouvoir le regarder. Je dois avoir l'air aussi perplexe que j'en ai l'impression, car il hausse les épaules et déclare :

— Je t'ai dit que je te donnerai tout ce dont tu as besoin pour jouer du mieux que tu pourras. Si ça signifie assister à des cours, alors soit.

J'ai envie de le bousculer sur ce sujet, de le questionner, mais je ne veux pas non plus lui donner l'occasion de changer d'avis. Je sens déjà le goût de cette petite liberté et je refuse de la laisser disparaître.

Curieuse de savoir s'il m'en accordera encore plus si je le demande maintenant, je demande :

— Et mon boulot ? Enseigner à l'école de musique.

Elio courbe un de ses sourcils noirs.

— Tu en as déjà un. Un travail qui paie infiniment plus.

— Oui, mais...

— Tu ne retourneras pas travailler là-bas. C'est moi qui vais fournir l'intégralité de ton revenu. Et puis Maeve est au cœur du territoire de Darragh. C'est dangereux pour toi d'y aller en ce moment.

Il a raison. C'est littéralement Darragh qui loue son bâtiment à Maeve. Ce n'est plus possible pour moi d'y aller. Je pense à mes élèves et ça me donne envie de pleurer. J'ai actuellement sept élèves qui suivent des cours particuliers, âgés de six à douze ans. Je les aime tous, même ceux qui n'apprécient pas vraiment le violon et qui ne sont là que parce que leurs parents les y obligent.

Je ne veux pas pleurer. Pas maintenant, pas comme ça. Il y a quelque chose d'effroyablement désarmant dans le fait qu'Elio me tienne comme ça dans ses bras, et j'ai l'impression que je vais me fracturer. Je me dégage enfin de son étreinte, me lève et remonte ma culotte ainsi que mon pyjama.

Elio se contente de me regarder avec ces yeux ténébreux de prédateur. Alors que je me tourne et me dirige vers l'autre chambre, sa voix me poursuit :

— Repose-toi, mon rossignol. Tu as école demain.

Chapitre 30

Deirdre

À mon réveil, je n'ai toujours aucune réponse de Willow. En revanche, j'ai un texto et un appel manqué de Brian. Pendant une fraction de seconde, j'envisage sérieusement de parler d'Elio à Brian. Pas pour que Brian me sauve, mais pour qu'il me foute la paix. Il y a quelque chose de satisfaisant dans l'idée de dire à Brian que s'il continue à essayer de me récupérer, il finira probablement au fond d'un lac.

Alors la nausée me contracte l'estomac, car à quoi ça rime d'avoir des pensées pareilles, bordel ? Avoir la mort de quelqu'un sur la conscience me détruirait et je le sais. Et pourquoi est-ce que je considère Elio comme mon protecteur dans cette situation ?

Je chasse toutes ces pensées de mon esprit, me lève du lit et me rends dans la salle de bain. Rosa entre probablement pendant que je suis sous la douche, car lorsque j'en sors, un plateau de petit déjeuner m'attend et le lit a été défait et refait. Je me dépêche de manger et bois un peu de thé avant de m'habiller pour la journée. Mes mains tremblent presque alors que j'enfile un jean et un pull. Je

305

n'arrive pas à croire que je suis si surexcitée rien qu'à l'idée d'aller à l'école. Ce qui était autrefois une activité banale et quotidienne est aujourd'hui un éclatant rayon d'espoir et de lumière. C'est *quelque chose*, un élément de mon ancienne vie. Un élément du monde extérieur auquel je peux me raccrocher.

Après m'être habillée, je prends une deuxième tasse de thé, puis je commence à arpenter la pièce de long en large. Mes cours ne commencent qu'à 11h30 aujourd'hui et il n'est même pas encore 10h. J'envisage de mentir sur l'heure de mes cours rien que pour sortir d'ici dès maintenant, mais je me souviens alors qu'Elio m'a dit avoir mémorisé mon emploi du temps universitaire, donc ce plan tombe à l'eau.

Pour autant, je dois faire quelque chose pour passer le temps. J'ai bien trop d'énergie anxieuse pour rester ici à ne rien faire. Mon regard atterrit sur le papier et les enveloppes que Valentina m'a apportées pour écrire à Willow, et soudain je sais quoi faire. Je saisis le papier, un stylo, et commence à écrire des lettres à chacun de mes élèves. Je leur dis au revoir, à quel point ils vont me manquer, à quel point ils sont pleins de potentiel. Je ne sais pas du tout si Valentina acceptera de les envoyer, mais au moins, c'est déjà ça de fait.

Une fois les sept lettres rédigées, j'ai terriblement besoin d'aller faire pipi. J'étais constamment au bord des larmes pendant que j'écrivais, et pour éviter d'éclater en sanglots, j'ai bu toujours plus de thé chaud. Je pose les lettres et me précipite aux toilettes pour faire mes petites affaires, puis je me lave les mains. Quand je retourne dans la chambre, je manque de sortir de mon corps tellement je sursaute, car Elio est là.

— La vache... T'es arrivé quand ? dis-je en le regardant bouche bée.

Même par-dessus le bruit du robinet qui coule, j'ai l'impression que j'aurais dû l'entendre arriver. Il est tellement grand. Il n'a pas le droit d'être aussi silencieux.

— Tu n'es pas descendue, alors je suis monté te chercher. Il ne faut pas être en retard pour ton premier cours du trimestre.

— Tu es... monté me chercher ? dis-je en écho.

J'ai supposé que ce serait peut-être Curse, ou l'un des hommes d'Elio, qui me déposerait et me ramènerait. Mais en laissant mon regard se promener sur Elio, je prends note de la veste en cuir noir et des clés de voiture dans sa main, et comprends que je me suis trompée.

Essayant de ne pas remarquer que la veste en cuir accrochée à sa silhouette imposante lui va vraiment trop bien, je demande :

— C'est toi mon chauffeur ou quelque chose du genre ?

— Pas seulement ton chauffeur, répond-il.

Il fait rebondir les clés dans la paume de son gant noir, faisant tourner le porte-clés d'avant en arrière autour de son index.

— Ton escorte, aussi.

— Mon...

Je saisis le sens de ses mots.

— Oh, non. C'est mort. Hors de question que tu assistes à mes cours avec moi ! Tu n'es même pas étudiant ! Ils ne te laisseront pas entrer.

Sa bouche tressaille, se tord du côté abîmé, et je ne sais pas si c'est le début d'un sourire narquois ou d'une moue. Son ton lorsqu'il parle ensuite ne laisse rien transparaître, si ce n'est le genre d'assurance froide et implacable qui vient avec le fait de tuer et kidnapper qui on veut, quand on veut, en toute impunité.

— Ils me laisseront entrer.

Je secoue la tête.

— Pas question. Je refuse.

— Et je refuse que tu y ailles sans escorte, réplique-t-il avec insouciance. Le campus St George n'est peut-être pas dans le territoire de Darragh, mais je ne te laisserai quand même pas y aller seule.

Sa bouche tressaille à nouveau, et c'est définitivement un sourire narquois cette fois.

— Et puis je ne veux pas que tu en profites pour t'échapper.

Je rougis sous l'effet d'une vague de chaud-froid, complètement déconcertée par le fait que je n'avais même pas envisagé de saisir cette opportunité pour tenter de m'échapper. *Qu'est-ce que ça dit de moi, bordel ? Que je n'essaierais même pas de m'enfuir ?* Enfin, en réalité, je n'ai pas d'argent et aucun allié. Je pourrais essayer d'aller voir la police, mais mon appel téléphonique lors de ma première nuit ici m'indique à quel point ce serait inutile. Ceci dit, même avec toutes ces informations, j'aurais dû au moins y penser. J'étais là, surexcitée pendant toute la matinée à l'idée d'aller à l'école plutôt que de me réjouir de l'opportunité de me faire la belle.

Eh bien, cette option n'est clairement plus d'actualité. Pas si Elio insiste pour être collé à moi.

Je lui demande :

— T'as pas des trucs à faire ? Genre, des trucs de mafia ? Tu es pratiquement à la tête de l'empire Titone. Où tu trouves le temps pour m'accompagner en cours ?

Il arrête de faire tinter les clés et s'avance vers moi, pour ne s'arrêter que lorsque sa poitrine frôle pratiquement la mienne.

— Je sais déléguer, murmure-t-il.

Sa voix est comme de la fumée chaude sur ma colonne vertébrale. Ses yeux semblent s'assombrir encore davantage.

— Et prioriser.

Ces mots provoquent en moi une réaction immédiate et instinctive. Un plaisir indéniable qui surgit quand j'entends que je suis sa priorité. Instantanément, c'est la gêne qui suit. Car je dois être minable, et avoir été bien peu valorisée, pour réagir de la sorte à ce qu'il vient de dire.

Je m'abandonne à la gêne, échappant ainsi au frisson qu'il vient de me procurer. Je n'ai pas besoin de m'enliser encore davantage dans ce syndrome de Stockholm, ou qu'importe de quoi il s'agit.

Je peux y arriver. Je peux être près d'Elio et ne pas me perdre. Je vais le prouver, dès maintenant.

— D'accord, OK, dis-je en le frôlant, passant devant lui comme s'il n'était personne d'important plutôt que l'homme qui est venu dominer tant d'aspects de ma vie. Allons-y.

Nous descendons les escaliers ensemble, et je suis extrêmement mal à l'aise et consciente de la présence physique d'Elio pendant tout ce temps. Chaque fois que je le vois du coin de l'œil ou que je sens une bouffée de son eau de Cologne incroyablement délicieuse, je me souviens de ses mains sur moi la nuit dernière.

Il a encore enlevé ses gants...

Et pas seulement pendant un court instant. Il m'a touchée avec ces énormes mains abîmées et m'a laissé une marque de la même manière que le feu l'a marqué. Ses mains sur moi, peau contre peau, était une sensation incandescente et dévastatrice.

Dévastatrice parce que j'ai envie de la ressentir à nouveau. Et qu'est-ce que ça peut bien vouloir dire si ce n'est que quelque chose est vraiment cassé en moi ?

Je n'ai rien cassé, m'a-t-il dit. *Je ne fais que répondre à quelque chose qui était déjà là.*

En bas des escaliers se trouve un type que je reconnais. Robbie. Je suis presque sûre que c'est comme ça qu'Elio l'a appelé.

Je lui marmonne un « Bonjour » alors que nous passons devant lui en nous dirigeant vers la porte d'entrée. Je ne sais pas trop pourquoi je le dis. Peut-être une sorte de politesse profondément enracinée destinée à plaire aux gens, ou un instinct de survie qui m'intime de ne pas me faire d'ennemis ici. Robbie réagit en écarquillant les yeux, et son regard se tourne vers Elio comme s'il n'était pas sûr de comment répondre.

— Ne sois pas impoli, dit Elio. Si elle te parle, je m'attends à ce que tu lui répondes.

Je lève les yeux au ciel, car je suis à peu près sûre que kidnapper quelqu'un et la retenir en otage pour la dette de son père est bien pire sur l'échelle de l'impolitesse que de ne pas dire bonjour.

Robbie secoue la tête de haut en bas et s'éclaircit la gorge.

— Bonjour.

Elio fixe toujours Robbie.

— Où est son manteau ?

J'essaie de ne pas l'admirer, mais c'est vraiment incroyable de voir la façon dont Elio commande. Une simple question, et ce gigantesque soldat tatoué se précipite vers un placard à proximité. Il en sort un long manteau blanc qui semble hors de prix, avec une capuche bordée de fourrure couleur crème, et le ramène. Il me le tend, mais c'est Elio qui le saisit. Il congédie Robbie d'un signe du menton puis se tourne vers moi, tenant le manteau ouvert pour que je puisse l'enfiler.

Je demande :

— C'est ce que je dois porter aujourd'hui ?

Je n'ai jamais eu de manteau comme celui-ci, mais je reconnais instantanément la marque. C'est la marque de vêtements d'hiver la plus luxueuse du Canada. Ce manteau coûte probablement autant qu'une année d'étude à l'université.

— Pas spécialement aujourd'hui. C'est pour toi, c'est tout.

J'essaie de clarifier :

— Je suis censée le garder ? Est-ce que c'est compris dans ma dette, ou...

Elio s'approche avec le manteau, comme pour m'ordonner silencieusement de le mettre. Inutile de me battre contre lui. Mes propres manteaux sont à la maison, et l'application météo sur mon téléphone m'a informée qu'il allait faire moins vingt-sept degrés aujourd'hui. Je glisse mes bras dans les manches lisses et rembourrées. Je m'apprête à fermer la fermeture éclair, mais Elio est plus rapide et s'en charge déjà. Il la remonte jusqu'à mon menton.

— Considère que ça fait partie de ton uniforme. C'est gratuit, dit-il en relevant la capuche jusqu'à ce que la fourrure vienne chatouiller les côtés de mon visage. Je ne veux pas que tu tombes en hypothermie. Tu ne pourras plus jouer du violon si tous tes doigts tombent à cause du froid.

Je cligne des yeux vers lui.

Puis j'éclate de rire.

Je ris vraiment, sincèrement. Je ne me souviens même pas de la dernière fois où j'ai ri comme ça. Peut-être avec Willow, juste avant que tout parte à vau-l'eau. C'est probablement un signe que ma santé mentale se détériore à toute vitesse, m'enfin, ça fait un bien fou de simplement lâcher prise et de rire.

Elio me fixe d'un air étonné pendant que je me tords de rire. Avant que j'aie pu reprendre mon souffle, il fait quelque chose qui me le coupe totalement.

Il me saisit par la nuque sous la capuche et baisse sa bouche sur la mienne.

Je me fige, ayant bien trop chaud dans ce manteau à présent. Ma bouche était ouverte, à moitié en train de rire, offrant à Elio bien assez d'espace pour y glisser sa langue. Il passe sa langue sur mes dents et ma langue, grogne tout en levant son autre main pour me saisir la mâchoire. La sensation exquise du cuir se mêle à la chaleur humide et vorace de sa langue et de ses lèvres sur les miennes.

Il est en train de m'embrasser.

Cette pensée semble arriver de très loin. Je sais que je devrais faire quelque chose, le repousser ou fermer la bouche, mais je suis complètement paralysée. Elio *m'embrasse*. Étrangement, c'est beaucoup plus intime que sa langue entre mes jambes.

Ça ne ressemble pas à ce que je ressens d'habitude entre nous.

Ça ressemble à ce que j'ai ressenti quand il m'a embrassée.

Ce qui parvient enfin à rompre le charme, c'est la prise de conscience que ça commence à m'exciter. Je dois réellement lutter contre l'envie de lui rendre son baiser, m'empêcher moi-même de répondre aux mouvements audacieux de sa langue avec les miens. Sa bouche chaude glissant sur la mienne, sa langue cherchant la mienne, tout cela fait picoter mes mamelons et fourmiller mon clitoris. Je sursaute et ferme la bouche. Un son brut et primitif s'échappe de sa gorge, et j'ai l'impression qu'il va m'ouvrir la mâchoire de force pour y retourner. Mais au lieu de ça, il glisse la pointe de sa langue doucement sur la bordure de mes lèvres entre deux baisers mordants, explorant et sondant avec sa langue jusqu'à ce que je me mette à trembler tant je lutte pour ne pas ouvrir la bouche et lâcher un pathétique gémissement de désir.

Lorsqu'il interrompt enfin le baiser, j'essaie de rassembler suffisamment de neurones pour parler.

— Qu'est-ce que tu fais ? dis-je d'une voix rauque.

— Je ne sais pas, souffle-t-il contre mes lèvres. C'est juste que ta bouche a l'air tellement délicieuse quand tu ris.

Je ne trouve rien de cohérent à répondre, alors je marmonne d'une voix faible :

— Je vais être en retard.

— Non.

Il m'embrasse une dernière fois puis me relâche.

— Tu seras à l'heure.

Il y a une paire de bottes pour moi également, ainsi que des moufles, je les enfile et nous sortons. J'inspire brusquement et cligne des yeux, choquée par la lumière du soleil et l'air froid qui crépite. C'est la première fois que je sors depuis des jours.

Je n'ai pas envie de penser que cette propriété est belle, mais elle l'est réellement. Les arbres nus dehors ressemblent à des sculptures de cristal, chaque branche et chaque brindille est nappée d'une couche de givre. Les épicéas sont encore sombres avec leurs aiguilles bleu-vert, projetant des ombres frappantes sur la neige scintillante.

Il n'y a pas de neige dans la grande allée devant nous, à part celle qui a fondu à cause du sel. La chaussée brille comme de l'encre.

Une voiture émerge d'une des trois portes de garage à l'autre bout de la maison. C'est la Porsche noire avec laquelle Elio m'a emmenée au gala. Elle s'arrête devant nous et Curse en sort. Même s'il fait presque moins trente degrés, il ne porte pas de veste, juste une chemise noire habillée et un pantalon.

— Enzo est sur le campus, annonce Curse.

C'est la première fois que je l'entends prononcer une phrase complète. Sa voix est très similaire à celle d'Elio, et je trouve ça légèrement perturbant.

— Pour l'instant, aucun problème a priori.

Je demande :

— Pardon, qui est au campus ?

Je pivote vers Elio.

— Je pensais que tu serais le seul à m'accompagner.

Le soleil étincelant et la neige donnent au regard d'Elio un aspect encore plus sombre.

— Enzo est mon responsable sécurité. Il est en train d'inspecter les lieux en ce moment.

Je pensais que suivre mes cours avec Elio serait assez pénible comme ça, et maintenant il y a un affranchi qui rôde dans les couloirs et les salles de classe ?

— Oh, mon Dieu. Il n'embête pas mes profs, j'espère ? Ou les autres étudiants ?

Et s'il les interrogeait, ou les intimidait ? Honnêtement, j'ai la poitrine qui bourdonne d'anxiété rien qu'à l'idée qu'il puisse légèrement contrarier les gens à cause de moi. J'aime aller à l'université, mais j'aime me fondre dans le décor autant que possible. Je ne vais généralement même pas aux heures de permanence, car je ne veux pas accaparer le temps de mes professeurs. Et maintenant, je suis la cause de toute cette bizarrerie et de toute cette agitation.

— Peut-être que c'était une mauvaise idée, dis-je en poussant un soupir.

Je lance un regard assassin à la neige constellée de lumière pour empêcher les larmes de monter. Je suis tellement bête. Comment ai-je pu penser que je pouvais simplement retourner en classe, réinvestir cette partie de ma vie comme si rien ne s'était jamais passé ? Comme si les choses étaient normales ?

Le fait que rien ne sera jamais plus normal manque de me faire tomber à la renverse. Même si j'arrive tant bien que mal à rembourser ma dette envers Elio et que je gagne ma liberté, ma vie est plus que brisée. Mon père est parti, et je serai toujours l'ennemie numéro un pour Darragh s'il ne parvient pas à retrouver mon père. Même enveloppée dans la chaleur du manteau, je frissonne. La seule raison pour laquelle je suis en vie en ce moment, la raison pour laquelle je suis au chaud et emmitouflée dans ce magnifique manteau, c'est grâce à Elio. L'homme qui m'a enlevée, mise en cage, se pavane devant moi comme si j'étais sa propriété. La fureur et la peur font rage en moi quand je pense au fait que je serais complètement perdue sans lui. Je n'ai pas d'argent pour m'enfuir et commencer une nouvelle vie. Je n'ai aucun ami proche, à part Willow qui ne peut pas fraterniser avec moi pour sa propre sécurité.

Le bruit de la portière de la voiture passager attire mon attention. Je ravale péniblement ma salive et regarde Elio, qui la tient ouverte pour moi comme s'il me guidait vers un avenir sombre et cadenassé. Un avenir qu'il a façonné.

Et j'avance droit vers lui. J'entre par cette portière et le laisse la refermer derrière moi.

Car même si j'ai horreur de l'admettre, Elio Titone est tout ce qu'il me reste.

Chapitre 31

Elio

Alors que je me glisse sur le siège du conducteur, je grogne à l'intention de Deirdre :

— Ceinture.

— Je mets toujours ma ceinture, répond-elle sèchement, manifestement agacée par mon ordre.

— Alors pourquoi tu ne le fais pas?

Elle baisse les yeux sur elle, perplexe, comme si elle ne comprenait pas ce qui se passait.

— Oh. Je pensais que je l'avais déjà fait. J'étais perdue dans mes pensées, j'imagine.

Je la regarde attacher sa ceinture, m'assurant qu'elle le fait correctement, puis je démarre le moteur.

— Un centime pour tes pensées, dis-je alors que j'enclenche la marche avant et m'engage dans la longue allée.

Le soldat dans la loge me fait signe à travers le verre pare-balles et ouvre le portail qui donne sur la rue.

— Un centime, dit Deidre avec une sorte de rire ironique.

Rien à voir avec l'authentique, le superbe rire que j'ai

entendu dans la maison. Le rire qui m'a stupéfié et poussé à l'embrasser alors que je n'ai embrassé personne comme ça depuis des années.

— C'est typique des hommes. Tu paierais une fortune pour ma culotte mouillée, mais seulement un centime pour savoir ce que je pense réellement.

Je maugrée :

— C'est juste une expression.

Je garde la main gauche sur le volant en utilisant l'autre pour prendre la paire de lunettes de soleil sombres que je garde dans la voiture, puis je les glisse sur mon visage. J'adore l'hiver ici, ce froid qui m'étreint les poumons, mais je ne supporte pas les reflets éclatants du soleil qui dansent sur la neige comme des flammes.

— C'est juste une expression. Donc, tu ne paieras même pas un centime, alors ? réplique-t-elle d'un ton acerbe.

Quelque chose l'a agacée plus que d'habitude, et je me demande de quoi il s'agit. Elle ne semblait pas en colère quand je l'embrassais quelques instants auparavant. Elle paraissait désarmée, docile et tremblante d'une manière qui me donnait envie de lui dire d'oublier l'école et de me baiser à la place.

— Cent mille et un.

Lorsque je sens son froncement de sourcils interrogateur se tourner vers moi, je précise :

— Dollars.

Merda, ce qu'elle est mignonne dans ce manteau avec cette capuche moelleuse qui encadre son visage. On dirait une sorte de princesse des glaces irlandaise.

— Dis-moi à quoi tu penses.

Elle soupire, détourne le visage pour regarder par la fenêtre. Je crois qu'elle va rejeter mon offre, mais mon rossignol est maline et elle sait qu'elle ne peut pas se le permettre.

— Je pensais à ce qui se passera quand j'aurai fini de payer ma dette. Ce que je vais faire sans...

Elle ne termine pas sa phrase. Quelque chose vacille à l'intérieur de moi.

— Sans moi, tu veux dire.

Son silence est toute la confirmation dont j'ai besoin.

Je demande :

— Ça t'inquiète ?

— Je m'inquiète du fait que je n'ai pas un seul ami dans ce monde susceptible de m'aider quand je serai partie d'ici ! éclate-t-elle. Je ne peux même pas compter sur ma propre famille !

Elle incline la tête en arrière contre l'appui-tête. Tout ce que je peux voir de son profil du coin de l'œil, c'est son joli nez constellé de taches de rousseur.

— Tu n'as pas besoin d'amis ou de famille. Tu m'as, moi.

Jusqu'à la fin des temps, putain.

— Oui, mais après ? Une fois que la dette sera épongée et que tu me laisseras partir.

— Ça n'arrivera pas.

Sa voix se durcit.

— Je t'ai dit que j'allais payer ma dette et sortir d'ici quoi qu'il en coûte.

Nous nous approchons du centre-ville à présent, les bâtiments s'amassent les uns contre les autres.

Je rétorque :

— Les intérêts s'accumulent plus rapidement que tu ne les rembourses.

Ben oui, c'était fait exprès. C'était tout l'objet de l'accord que j'ai conclu avec O'Malley.

— On verra bien, chuchote-t-elle.

Sa voix reste calme lorsqu'elle demande soudain :

— Mais qu'est-ce qui se passera si tu ne veux plus avoir affaire à moi ? Si je fais quelque chose qui te fout en rogne, ou si tu ne veux juste plus me voir ?

— Ça n'arrivera pas non plus.

J'aimerais étrangler son père encore plus que d'habitude en cet instant. Il lui a donné le sentiment qu'elle était quelque chose dont on pouvait se passer, quelque chose qu'on pouvait abandonner.

— On ne sait jamais. Tu pourrais te lasser de moi.

Ma mâchoire se serre alors que je manœuvre dans le centre-ville de Toronto.

— Je t'observe et t'attends depuis que tu as dix-huit ans. Tu as fait de moi un putain de sentimental et percé des trous dans mon cœur, ou du moins dans mon portefeuille. Je viens de payer une somme à six chiffres pour savoir ce qui se passe dans cette tête parce que je ne supporte pas de ne rien savoir de toi. Me lasser n'est même pas dans le champ des possibles.

Nous sommes devant le bâtiment pour son premier cours du semestre, un cours magistral pour son module *Évolution de la musique du Moyen Âge à la Renaissance*. Il n'y a nulle part où se garer, alors je m'arrête au milieu du trafic. Des klaxons retentissent derrière moi, mais je les ignore, focalisant toute mon attention sur Deirdre.

— J'ai juste besoin de savoir à quoi m'en tenir, dit-elle en défaisant sa ceinture de sécurité.

J'enlève mes lunettes de soleil et les pose, puis j'attrape le sac que j'ai préparé pour elle.

Je réplique :

— Tu t'en tiendras à ce que je te dirai de faire.

Je descends de la voiture et la contourne. Après avoir ouvert la portière côté passager, je prends la main de

Deirdre et la tire pour la relever. Je tiens sa main une seconde de plus que nécessaire alors que la circulation s'accumule derrière nous, nos paumes couvertes scellées ensemble.

— Et ce que tu vas faire, c'est rester à mes côtés.

Chapitre 32

Deirdre

Le regard d'Elio est si absorbant, ténébreux et expressif, que le bruit des conducteurs furieux de Toronto derrière nous s'efface complètement. Le soleil est éclatant sur les bâtiments, humides à cause de l'hiver, créant un décor à l'aspect scintillant et métallique. L'une des boucles indisciplinées d'Elio est retombée devant son front, et j'ai à la fois envie de la remettre en place et de la tirer plus en avant pour le décoiffer encore davantage, le rendre plus humain.

— Rien à signaler, patron.

Une voix juste à côté de nous m'arrache au vortex d'Elio. Il me lâche la main, mais s'empresse de passer un bras autour de ma taille, me tire contre son flanc alors que nous nous tournons pour faire face à un homme grand, aux cheveux courts et aux yeux noisette.

Elio lui remet les clés.

— Parfait. Va te garer, et ouvre l'œil, Enzo.

Enzo acquiesce d'un signe de tête et monte dans la voiture, passe la marche avant et s'éloigne dans la rue.

— Prête ? me demande Elio.

Mon regard passe d'Elio au bâtiment derrière lui. Les étudiants affluent par les portes, chargés de choses normales et quotidiennes comme des cafés, des ordinateurs portables et des livres.

— Pas vraiment, dis-je.

Je n'ai même pas mes affaires scolaires. Je vais simplement devoir être très attentive puisque je ne peux prendre aucune note. *Ouais, c'est ça. Va être attentive quand l'homme le plus dangereux de la ville ne te lâche pas d'une semelle.*

Elio soulève un sac qu'il tient en l'air devant moi. Je ne l'avais pas remarqué auparavant, et maintenant que la voiture est partie, c'est comme s'il avait sorti un lapin d'un chapeau. Comme si le sac avait émergé du néant et du froid.

C'est un magnifique sac – un sac à dos en cuir couleur crème, identique à celle de la fourrure sur la capuche de mon nouveau manteau. Je lui prends des mains, l'ouvre pour y trouver un ordinateur portable en or rose flambant neuf, ainsi que les livres dont j'aurai besoin pour les deux cours auxquels je vais assister aujourd'hui.

— J'ai déjà un ordinateur portable pour l'école, dis-je d'un air consterné, imaginant toujours plus d'argent s'empiler par-dessus ma dette.

Dans ma tête, je me la représente comme une tour penchée, une tour de Pise de billets. Comme si elle était sur le point de basculer et de m'ensevelir. Je referme le sac.

— Je pense qu'il devrait y avoir une règle stipulant que si tu m'achètes quelque chose que j'ai déjà, dont je n'ai pas besoin et que je n'ai pas demandé, je ne devrais pas avoir à le rembourser.

— Je doute fortement que tu aies toujours un ordinateur portable, dit Elio. Il est plus que probable que les gars de Sev aient pris tous les objets de valeur après le départ de ton père. Ou que Darragh ait saccagé l'endroit. Peut-être les deux.

Mon estomac se retourne. Je ne sais pas pourquoi j'ai supposé que la maison et mes affaires m'attendraient toujours une fois que tout ce calvaire aurait pris fin, mais c'est ce que je croyais. *Quelle conne. Je suis tellement conne.*

— Pourquoi tu n'as pas fait ça ? Pourquoi tu n'as pas commencé par récupérer toutes nos affaires ?

Elio ne parle pas pendant un moment. Au lieu de quoi, il saisit une de mes mains, puis l'autre, soulevant chaque bras pour faire glisser les bretelles du sac jusqu'à ce qu'il soit dans mon dos. Il resserre les bretelles devant mes épaules.

— Il n'y avait qu'une seule chose de valeur pour moi dans cette maison. Qui valait plus que tout le reste réuni, dit-il enfin.

Ses yeux plongent brusquement dans les miens.

— Et je l'ai déjà récupérée.

— *Récupérée.*

Je renifle de dépit.

— Tu veux dire *kidnappée.*

Elio me sourit paresseusement, une expression tordue par ses cicatrices.

— Blanc bonnet, bonnet blanc.

Il ne m'a toujours pas dit explicitement si ce sac et cet ordinateur portable étaient un cadeau ou non, et je renonce à essayer d'éclaircir le mystère, du moins pour l'instant. Avec un certain cynisme, je me dis que je n'en suis plus à quelques milliers de dollars près.

Nous entrons ensemble dans le bâtiment. C'est difficile de ressentir quoi que ce soit à travers le manteau, pourtant même ainsi c'est indéniable : la main ferme et possessive d'Elio appuie sur le bas de mon dos. La pression qu'il exerce à cet endroit ravive la brûlure enveloppante du plaisir qu'avait provoqué son baiser, et j'essaie de me concentrer sur chacun de mes pas sur le sol carrelé plutôt que sur son contact et la réaction idiote qu'il provoque dans mon corps.

Heureusement, mon premier cours se déroule dans un amphi aux côtés d'une centaine de personnes environ, donc la présence d'Elio ne pose aucun problème. Il y a bien trop d'étudiants dans cet amphithéâtre pour qu'on puisse y reconnaître tout le monde, donc une personne étrangère ne se remarque pas tellement. Pour autant, d'innombrables yeux se tournent vers Elio lorsqu'il m'accompagne dans la salle. Il est tellement *grand*, sans compter qu'il est plus âgé que 95 % des personnes présentes. Et son allure est tellement imposante. Il avance dans les rangées et entre les sièges comme s'il les possédait.

Je me demande comment il fait. Même si les gens lui prêtent plus attention qu'à moi, j'ai les joues en feu. Le fait d'attirer autant l'attention, rien qu'en traversant la pièce, me donne envie de prendre feu de l'intérieur. Mais lui ne semble absolument pas partager ce ressenti. Il y a quelque chose de magnétique dans une telle assurance. Aller n'importe où, être n'importe où, sans se soucier de ce que pensent les gens. Et ce n'est pas comme s'il avait sa place ici – un meurtrier mafieux plein aux as qui zone dans un amphithéâtre universitaire. Il n'a *absolument* rien à faire ici. Mais ça n'a aucune espèce d'importance. Par le simple fait d'être là, il se fait sa propre place. Il se découpe une trajectoire dans la peau du monde en se contentant d'entrer dans une pièce qui ne devrait pas vouloir de lui.

La chaleur qui bouillonne dans mes veines devient encore plus intense lorsque je comprends qu'Elio me conduit à un siège au milieu du premier rang. Le siège en plastique vert est fixé au bureau, mais il pivote pour permettre aux gens d'entrer et de sortir. Il saisit le dossier et le tourne vers moi.

— Assieds-toi.

— Je ne m'assois jamais au premier rang, dis-je en me balançant d'avant en arrière sur mes pieds.

Il faut que j'enlève ce putain de manteau. Il y aura probablement de la vapeur qui émanera de moi quand je le ferai.

— Maintenant, si, dit Elio. Je ne veux pas que tu glandes au fond.

Trop consciente d'être au premier plan dans la salle, je chuchote d'un ton farouche :

— Que je glande ! Si quelque chose m'empêche de donner toute mon attention au prof, ce sera *toi* !

— Ravi de savoir que je suis une telle distraction.

— Non, pas dans ce sens-là. Je...

— Prenez place, tout le monde ! lance une voix depuis l'entrée.

La professeure Heaney, une historienne de la musique, balance ses cheveux gris derrière ses épaules en entrant dans la pièce. Sans bouger d'un pouce, Elio tient toujours la chaise en position ouverte pour moi. Je m'y laisse tomber en me mordant la langue, car à ce stade je préfère m'asseoir au premier rang plutôt que de me déplacer vers une nouvelle rangée maintenant que la prof nous a demandé de nous asseoir. Elio se tasse dans le siège à côté de moi, et on dirait qu'il est assis sur une chaise pour enfants.

Heureusement, le cours se déroule sans incident. Je parviens tant bien que mal à rassembler un ensemble respectable de notes, malgré le bras lourd d'Elio pendu au dossier de ma chaise, ses yeux qui oscillent sans cesse entre ce que je tape et mon visage de profil.

Je suis à la fois soulagée et déçue lorsque le cours se

termine. Déçue parce que, même si c'est bizarre qu'Elio soit à mes côtés, je ne peux pas nier à quel point c'est agréable d'être sortie de la maison et d'être de nouveau en cours. Et soulagée parce qu'au bout d'une heure et demie passée à côté de lui, assis tranquillement avec son bras autour de moi sans rien faire d'autre que me regarder prendre des notes, j'avais l'impression que ma colonne vertébrale était en train de fusionner avec mon bassin. Comme si tout à l'intérieur de moi avait fondu et suintait. Je suis presque surprise que mes jambes soient toujours à l'état solide et soutiennent mon poids quand je me lève.

Il me reste encore un cours aujourd'hui, dans une salle au bout du couloir de l'amphithéâtre. Il s'agit d'un petit séminaire, et c'est celui-ci qui me stresse. Contrairement à mon cours du matin, il s'agit d'un tout petit groupe d'environ quinze étudiants, le même groupe qui était dans le séminaire que j'ai suivi au semestre dernier. Nous nous connaissons tous, et le prof connaît tous nos prénoms. Entrer avec Elio ne sera pas aussi discret que la dernière fois.

Lorsque nous arrivons devant la salle, le professeur Frank – notre professeur –, un homme de petite taille à lunettes et aux cheveux gris, se tient dans l'embrasure de la porte et distribue le programme du semestre aux étudiants qui entrent dans la salle. J'ai presque envie de mourir à chaque fois que je dois participer en classe, mais je le fais dans son séminaire parce que c'est une personne chaleureuse, gentille et pédagogue. Il sourit quand il me voit approcher, et je ne peux m'empêcher de lui rendre son sourire.

— Deirdre ! Bonjour, bonjour. Voici votre programme. Ah.

Ses sourcils gris broussailleux se froncent lorsqu'il voit Elio tenter d'entrer dans la salle avec moi.

— Je suis désolé. Seuls les étudiants sont autorisés à entrer.

Le professeur Frank n'est pas grand, et il doit pencher la tête en arrière pour regarder Elio.

— J'irai où elle ira, dit Elio d'un ton charmeur. Je suis son monstre de soutien émotionnel.

Les sourcils du professeur Frank se froncent davantage. Ce qui est compréhensible, étant donné qu'Elio passe pour un cinglé.

— Je ne sais pas trop ce qui se passe ici, dit mon prof en secouant légèrement la tête, mais je ne peux laisser entrer que les personnes qui sont inscrites au cours.

À ce stade, les étudiants qui sont arrivés avant moi nous dévisagent depuis leurs sièges, et je prie silencieusement le sol de m'engloutir.

Je murmure à Elio :

— Bon, on s'en va.

Peut-être que je peux modifier mon emploi du temps pour ne suivre que des cours magistraux ce semestre.

Ou peut-être que je n'aurais même pas dû prendre la peine de venir ici.

Mais Elio agit comme s'il ne m'entendait pas. D'un geste rapide et maîtrisé, il arrache les papiers des mains du professeur Frank.

— Mais enfin, monsieur ! fulmine le professeur Frank, dont les joues virent au rouge.

Derek, l'un des plus grands gars de la classe se lève, manifestement prêt à intervenir même s'il n'aurait pas la moindre putain de chance.

Elio ignore tout le monde, tournant les pages du programme jusqu'à celle qui l'intéresse à la fin. Il la fait passer devant le corpus, et je reconnais les noms qui s'y trouvent. C'est la liste de présence de la classe indiquant les noms des étudiants inscrits à ce séminaire. Elio prend un stylo dans sa veste, puis pose le papier contre le mur pour griffonner un nouveau nom en bas de la liste. *Elio Titone*.

Lorsque le professeur Frank lit le nom, il pince les lèvres, et le rouge disparaît instantanément de ses joues.

— Voilà, dit Elio en remettant brusquement le corpus au prof avec la liste de présence sur le dessus. Maintenant, je suis sur la liste.

— En effet, M. Titone, bafouille précipitamment le professeur Frank. Mes excuses.

— N'hésitez pas à en informer le reste du département, répond Elio. Puisque je vais assister à tous les cours de Deirdre à partir de maintenant.

Le professeur Frank hoche si rapidement la tête que j'ai l'impression que ses lunettes pourraient s'envoler de son visage. Mon Dieu, je ne sais pas ce qui est pire. La scène que nous venons de causer, ou le fait que mon prof semble savoir exactement qui m'accompagne. Le professeur Frank me regarde attentivement avec une expression crispée pendant qu'Elio tire une chaise pour moi, sans doute en train de se demander ce que la violoniste silencieuse de sa classe a bien pu foutre pour se retrouver mêlée à quelqu'un comme Elio. Si j'arrivais à lui parler en tête à tête, je me demande s'il essaierait de m'aider d'une manière ou d'une autre. Il se soucie de ses étudiants, et je sais instantanément qu'il le ferait probablement. Mais ça le mettrait probablement en danger, alors la pensée flétrit avant même que je l'autorise à prendre racine.

Étant donné que ce cours est un séminaire, nous sommes tous assis à des pupitres disposés en cercle et non en rangs, et j'essaie de ne croiser le regard de personne quand je m'assois. Du coin de l'œil, je regarde Elio s'installer tandis que j'ouvre l'ordinateur portable. Dans l'amphithéâtre, Elio avait tapé le mot de passe pour moi, car un compte avait déjà été configuré pour moi dans l'ordinateur. Mais j'ai été déconnectée de la session quand je l'ai fermé, alors je lui demande discrètement le mot de passe pendant que les derniers étudiants arrivent.

Au lieu de me donner le mot de passe, il me l'épelle, lettre par lettre, et ce n'est qu'à la fin que je réalise que je viens de taper *jaimeelio*.

Mon Dieu.

Comme il s'agit d'un petit groupe et que nous nous connaissons déjà tous, la présence d'Elio est bien plus dérangeante que dans mon cours précédent. Il est comme une espèce invasive, qui viendrait perturber l'équilibre de l'écosystème. Le professeur Frank choisit de l'ignorer et de ne pas le présenter lorsqu'il se lance dans une version nerveuse et fébrile de son discours de bienvenue pour le nouveau semestre. En temps normal j'essaie de participer à cette classe, mais aujourd'hui je ne dis pas un mot. Les autres étudiants sont plus silencieux que d'habitude, et je n'ai pas besoin de réfléchir trop longtemps au pourquoi du comment.

Survivre à ce séminaire, c'est comme me faire arracher des dents, aussi le peu d'excitation et de soulagement que j'ai ressenti en assistant à mon cours précédent ont maintenant complètement disparu. Je me dépêche de sortir de la salle quand le cours est terminé, à tel point que j'entends à peine les commentaires du professeur Frank sur le devoir de la semaine prochaine.

— La vache, t'es rapide. T'as obtenu une bourse d'athlétisme pour venir étudier ici ? demande Elio derrière moi alors que je zigzague entre les étudiants dans le couloir.

Je rétorque :

— Ça n'aurait aucune importance. J'abandonne.

J'ouvre brutalement les portes et me précipite dehors sous la lumière éclatante de l'hiver. Dans ma hâte de partir, je n'ai pas remonté la fermeture de mon manteau. Le froid mordant transperce immédiatement le devant de mon pull, mais j'accueille cette sensation. C'est une douleur si délicieuse que je retire complètement la veste, respirant l'air de janvier. Je sais qu'Elio est juste derrière moi avant même qu'il parle.

— Tu ne vas pas abandonner.

Je le contredis d'un ton sec tout en faisant volte-face vers lui. Il est planté là avec le sac, à porter mes livres comme si c'était mon copain ou quelque chose du genre.

— J'en peux plus.

— De quoi ? D'assister aux cours ?

— C'est plus possible. Pas avec toi, lui dis-je.

— Pourquoi ? J'étais silencieux, non ? Je suis resté assis là, comme un garçon bien sage.

— Oh, *oui*, un garçon très sage, dis-je dans un souffle en serrant la veste contre ma poitrine. Tu es presque un saint, d'ailleurs.

— Elio, Saint Patron des rossignols, dit-il d'une voix traînante. Ça sonne bien.

— C'est pas possible avec toi aujourd'hui. Ça suffit, j'en ai marre.

Le crépitement d'humour noir dans son regard devient froid, scintillant comme de l'onyx.

— C'est moi qui décide quand les choses commencent et quand elles se terminent, grogne-t-il. Tu m'as dit que tu voulais aller à la fac. Que c'était important pour toi, et pour ton art. Alors, tu vas aller à la fac, putain. Et s'il faut que je te lève, que je t'habille et que je te traîne moi-même jusqu'ici, je le ferai.

Désarmée par ce brusque changement de ton, je bégaie :

— Mais je n'ai plus ma place ici ! Et toi non plus ! Quand on est entrés dans cette salle, mon Dieu, on aurait dit qu'on l'avait empoisonnée ou quelque chose comme ça. Tout le monde nous regardait ! Mon prof avait l'air au bord de l'évanouissement !

— Mon doux petit rossignol, la seule personne que tu es capable d'empoisonner, c'est moi. Tu es dans mon putain de sang, et je suis à peu près sûr que tu as franchi la barrière hémato-encéphalique parce que ces derniers jours, je galère à faire de la place dans ma tête pour penser à autre chose qu'à toi.

Il lève le bras qui n'est pas occupé à tenir le sac, faisant un geste du pouce par-dessus son épaule, en direction des portes par lesquelles nous venons de sortir.

— Et ces autres crétins là-bas ? Ils devraient s'estimer heureux de respirer le même air que toi. Pourquoi est-ce que tu te soucies de ce qu'ils pensent ? Pourquoi est-ce que leurs regards t'empêcheraient d'obtenir ce que tu veux ?

— Je ne sais même plus ce que je veux.

— Mais moi, je le sais, dit-il, et chaque mot est inflexiblement empreint de conviction. Et tu ferais mieux de te préparer pour l'école demain matin, sinon tu vas devoir rester debout au fond de la classe parce que ton joli petit cul sera trop douloureux pour supporter de s'asseoir sur ces putains de sièges en plastique.

Cet ordre acerbe provoque un éclair de plaisir confus qui fuse droit vers mon clitoris.

— Eh ben, on verra bien, dis-je en frissonnant.

— Oui, dit Elio d'un air sombre. On verra.

Chapitre 33

Deirdre

Le lendemain matin, je me lève et prends une douche, mais ensuite je reste indécise quant à la marche à suivre. Est-ce que je devrais me préparer pour les cours ou non ? Est-ce que j'arrête la fac ou est-ce que je continue ? Je ne veux absolument pas revivre la journée d'hier – c'était horriblement gênant –, mais si je retourne en cours, ce sera impossible d'y échapper. Elio va m'accompagner. Une partie perverse en moi aurait presque envie de provoquer Elio. Rester assise ici en serviette mouillée jusqu'à ce qu'il vienne me chercher. Voir s'il va réellement me traîner jusque là-bas. Mes entrailles se contractent et mes cuisses se serrent quand je l'imagine débouler ici et arracher ma serviette, et c'est la rébellion contre ma propre excitation qui m'incite enfin à me dépêcher de me préparer.

Je vais aller en cours, aujourd'hui du moins. Affronter l'humiliation en public est préférable au fait de se soumettre ici à l'humiliation en privé. Cette humiliation qui m'excite. Je me sèche les cheveux au sèche-cheveux, sans me donner la peine de les coiffer, et ils sèchent en une masse frisée que je noue en chignon au-dessus de ma tête.

Le seul problème, c'est que j'ai passé tellement de temps à tergiverser sur ce qu'il convient de faire que je pourrais vraiment être en retard à ce stade. Mon premier cours de la journée est à dix heures, donc ça va être juste. Je cours de la salle de bain au dressing, en serrant ma serviette, lorsqu'Elio entre dans la pièce. Il a la même apparence qu'hier – grand et massif, tout en noir, veste en cuir et gants, clés à la main. Il s'arrête net quand il me voit.

— Tu n'es pas prête.

— Si, presque, dis-je précipitamment en continuant mon chemin vers le dressing.

Il me suit, et mon cœur commence à marteler mes côtes à un rythme chaotique.

À l'image de mon clitoris.

— Je t'ai dit ce qui se passerait si tu n'étais pas prête, dit-il derrière moi, d'une voix si douce qu'elle dissimule la menace mordante contenue dans ses paroles.

Je riposte :

— Et je t'ai dit que j'étais presque prête.

— Je ne suis pas de cet avis.

Je pousse un cri perçant quand la serviette est arrachée de mon corps. Avant que j'aie le temps de croiser les bras ou d'essayer de me cacher, Elio attrape ma nuque par-derrière et pousse ma tête en avant.

— Agrippe-toi aux étagères.

— Non, dis-je d'une voix haletante.

La sensation de son gant de cuir dans ma nuque est tellement excitante que c'en est insoutenable. Je ne peux pas le laisser aller plus loin. Je ne peux pas lui montrer l'effet qu'il me fait. C'est comme ça qu'il gagne. À chaque fois.

Elio maintient sa prise sur mon cou et avance, percutant mes fesses avec ses cuisses jusqu'à me faire perdre l'équilibre et m'obliger à saisir le rebord de l'étagère face à moi. À présent, je fais exactement ce qu'il m'a ordonné. Je suis penchée et nue devant lui. Même si j'essayais de me redresser, j'en serais incapable, car sa main sur ma nuque pèse aussi lourdement qu'une ancre. Il n'appuie même pas, et c'est ça le pire. L'ancre n'existe que dans ma tête parce qu'Elio s'est immiscé si profondément en moi.

— Je t'ai dit que tu irais à l'école aujourd'hui et je t'ai dit ce qui arriverait à ce cul si tu n'étais pas prête, dit Elio par-derrière, au-dessus de moi. Tu connais l'heure de tes cours. Tu sais à quelle heure tu étais censée être prête. Et tu sais que je tiens toujours mes promesses.

Sa main gauche effleure ma hanche, et je sursaute, mon sexe palpite.

— Ne fais pas l'innocente offensée maintenant. C'est de la provocation, de m'attendre juste en serviette alors que tu es censée être habillée et prête.

Sa main se lève de ma hanche, et je me tends, attendant ce qui m'attend avec une anticipation furieuse, défensive et délirante.

— Je t'ai dit au gala que c'était une mauvaise idée de me provoquer.

Sa main s'abat d'un geste vif et brusque qui incendie ma chair. Je retiens mon souffle, une réaction instinctive, afin de ne pas lui donner le plaisir d'entendre mon cri de plaisir dérangé. Mais Elio glisse sa main droite sous ma gorge, me masse cette zone, jusqu'à ce que je sois contrainte d'ouvrir la bouche et de prendre ma respiration. Avec sa main gauche, il me flanque une autre fessée, et cette fois je ne parviens pas à contenir mon gémissement incohérent.

— Ne retiens pas ton souffle, m'ordonne-t-il d'une voix

rauque. Ne te ferme pas. Interdiction d'être silencieuse. Je veux entendre ton joli chant, putain.

Pour moi, ça ne ressemble pas à du chant. Ça ressemble à des halètements, à des gémissements pathétiques. Un refrain nasillard, guttural, ponctué par le rythme saccadé du gant en cuir d'Elio contre ma peau. Mon dos s'arque-boute, mes doigts s'agrippent fermement à l'étagère, et je suis infoutue d'arrêter ça, car pour une raison que j'ignore, j'en ai besoin et j'en *redemande*. Après chaque claque, mes fesses reculent et remontent brusquement, comme pour le supplier de continuer.

— Je te l'ai dit, mon rossignol, dit Elio d'une voix éraillée. Je t'ai dit que je pouvais y aller plus fort. Et regarde un peu comme tu te comportes bien, putain. Regarde comme tu encaisses si bien.

Il pousse un grognement, long et grave, interrompant la fessée pour empoigner ma fesse et l'écarter sur le côté.

— Regarde comme mes marques te vont bien. On dirait que ta peau a été faite pour ça.

Ces éloges inattendus mêlés à la douleur, à la chaleur et à l'humiliation me rapprochent de l'orgasme. Je me cramponne de toutes mes forces à l'étagère, mes cuisses tremblent, mon clitoris hurle. Je ne sens même plus mon propre rythme cardiaque à présent. Il a été remplacé par le rythme qu'Elio a composé. Celui des claques qui résonnent dans tout mon corps, même si nous sommes tous deux immobiles.

La main d'Elio se détend sur mon cou, et j'entends le tintement inimitable d'une ceinture qu'on déboucle et le bruit d'un pantalon qui tombe. La crainte et le désir grandissent en moi, et je ne peux pas bouger, *je ne peux pas bouger*, tandis qu'Elio frotte son gland contre ma chatte.

— Putain, t'es trempée, gémit-il. *Cristo santo*, ta chatte

dégoulinante sous ce cul rouge vif est une putain d'œuvre d'art.

Mes muscles tressautent, je suis en guerre contre moi-même. Mon corps est figé sous le poids d'instincts contradictoires. L'instinct de remuer vers l'arrière, de combler ce vide palpitant en aspirant Elio à l'intérieur de moi.

Et l'instinct de fuir pour sauver ma peau.

— Caresse-toi.

Comme je ne réponds pas et ne bouge pas, une autre claque vient faire crépiter et siffler mes nerfs.

— Caresse-toi, insiste-t-il.

Mon bras droit tombe pratiquement de l'étagère, comme si c'était un poids mort. Mes doigts trouvent le chemin de mon entrejambe, et je manque presque de tomber à genoux tant mon clitoris est incroyablement sensible. Je commence à le caresser, déjà presque à bout de souffle, pendant qu'Elio m'observe et respire de façon saccadée derrière moi.

— Très bien, mon rossignol, murmure-t-il en caressant la zone où il m'a mis la fessée.

L'aspérité délicate du cuir sur ma peau brûlante me procure trop de sensations, pourtant ce n'est pas assez. Je me demande si Elio va me pénétrer.

Je me demande si je serais en mesure de rassembler suffisamment de sons cohérents pour lui dire de ne pas le faire s'il essayait.

Son gros gland est juste à l'entrée de mon sexe trempé. Il tremble et se contracte autour du vide. Un seul petit mouvement, un seul coup brutal et concis serait suffisant pour qu'il s'enfonce en moi.

Sa queue tressaute, tandis que son gland appuie légèrement plus fort contre ma vulve, alors je caresse mon clitoris plus fort, plus vite, en me concentrant sur cet orgasme qui monte pour ne pas penser au fait que s'il me baise, je ne serai plus jamais la même.

Tout en poussant un grognement abrupt, il éloigne son sexe de moi, et j'ai envie de tordre le cou au soudain désarroi qui m'envahit. C'est une bonne chose qu'on ne passe pas ce cap. Je devrais me sentir soulagée. Et je le suis, je le jure, je...

— Je vais jouir partout sur ton cul, grogne Elio.

Il m'écarte un peu plus la fesse, m'ouvre complètement. Sa queue est de nouveau sur moi, elle glisse férocement vers le bas de mon dos, le dessous de son membre se frotte contre moi.

— Ensuite, je vais étaler mon sperme partout sur cette peau que j'ai fait rougir si joliment. Et après ça, je vais t'emmener en cours pour que tu t'assois dessus et que tu réfléchisses à ce que tu as fait.

J'ouvre brusquement les yeux, et j'essaie de dire non parce qu'il est hors de question que j'aille en cours à présent, du moins pas sans prendre une autre douche. Mais je n'arrive pas à le dire, car ma gorge se serre et tout ce qui en sort est un cri étranglé. Mon corps tout entier tremble puis se contracte jusqu'à ce que je vole en éclats, fracassée, complètement fracturée, et les morceaux se dispersent dans un océan sombre et mouvementé de plaisir en fusion. Par-dessus les sons honteux qui s'échappent de moi, j'entends Elio qui se branle, brutalement, rapidement et férocement, le bruit du cuir qui glisse contre sa chair gorgée de sang. Il se cramponne à ma hanche, me maintenant immobile, puis il laisse échapper un souffle crispé et sibilant. Une seconde plus tard, une substance chaude jaillit sur ma peau à vif, et je recommence à trembler, à me contracter et gémir sous l'effet de cette sensation soudaine.

Comme promis, Elio étale le sperme sur ma peau, une

caresse apaisante et brûlante à la fois. L'humidité qui s'évapore me donne l'impression que ma peau incandescente
refroidit légèrement, et soudain je ne supporte pas que ça
me fasse réellement du bien. Ce massage doux, si délicat,
presque révérencieux, alors que quelques instants plus tôt
cette main était si brutale, est peut-être une sensation
encore plus délicieuse que l'orgasme. Si je faisais abstraction
des circonstances, j'aurais presque l'impression que c'est un
geste tendre, comme s'il prenait soin de moi.

Mais les circonstances clignotent tout autour de moi,
comme des enseignes lumineuses qui tenteraient de me
ramener à la raison. Il n'est pas en train de prendre tendrement soin de moi. Il frotte son putain de sperme sur ma
peau qu'il vient de fesser pratiquement à sang.

— Habille-toi, dit-il en éloignant sa main avant de
remonter son pantalon. Je vais chercher une nouvelle paire
de gants, et ensuite on s'en va.

Je murmure :

— Non. Je vais prendre une autre douche.

— Hors de question, rétorque-t-il. À ce stade tu n'auras
que quinze minutes de retard. Si tu prends une autre
douche, tu vas louper l'intégralité du cours.

Je desserre ma main gauche de l'étagère, me redresse en
tremblant et me retourne.

— Ce ne sera pas long. Je ne vais pas me laver les
cheveux.

Je plisse les yeux vers lui.

— Il n'y a qu'une seule partie de mon corps que j'ai
besoin de nettoyer.

— Prends cette douche et tu verras ce qui t'arrive.

Je me mordille la lèvre, bouillonnant de rage. Il y a sur
les joues d'Elio une teinte légèrement plus sombre que je ne

lui connaissais pas, et je comprends non sans un frémisse-ment inavouable dans le ventre que j'en suis la cause. Sa respiration non plus n'est pas revenue à la normale.

— Habille-toi, répète-t-il.

Puis il tourne les talons et s'en va.

Chapitre 34

Elio

Il me faut environ trente secondes pour trouver de nouveaux gants dans ma chambre. Quand je reviens dans celle de Deirdre, je n'entends pas la douche couler, et je suis à la fois satisfait et agacé qu'elle ait obéi. Si elle était partie à la douche maintenant, je l'aurais suivie. Et alors je l'aurais plaquée contre le mur de la douche, car j'aurais été incapable de me retenir. J'ai à peine réussi à me retenir de m'enfoncer en elle et de la posséder quand elle a fait jouir sa petite chatte vierge si délicieusement pour moi.

Merde. Je vais déjà me remettre à bander. Je sors mes clés de ma poche et les serre dans mon poing, en me concentrant sur la pression du métal émoussé à travers mon gant.

J'entends des bruits de tissu froissé dans le dressing. En attendant que Deirdre finisse de s'habiller, je fais les cent pas dans la pièce, m'arrête devant son violon et son archet. Délicatement, je fais glisser un seul doigt sur la partie flexible de l'archet qui se pose sur les cordes du violon. Ça s'appelle la mèche de l'archet, et elle est fabriquée à partir de crin de cheval, l'un des incalculables faits étranges que j'ai mémorisés pour me préparer à l'arrivée de Deirdre.

Quelque chose d'autre attire mon regard, et je reporte mon attention sur une petite pile d'enveloppes. Je les ramasse et les mélange, en me demandant qui Deirdre essaie de contacter par courrier.

Il y a sept enveloppes, et l'adresse postale est la même sur chacune : celle de l'école de musique de Maeve. Mais les noms sont tous différents. Hannah Jankowski, Mingming Li, Hazel Martin, Sam Ford, Leshawn Andrews, Eun-Ji Park, Noah Barber. J'utilise la clé de ma voiture que je glisse sous le sceau de l'enveloppe adressée à Noah pour l'ouvrir, et je sors la lettre.

Cher Noah,

J'ai tellement aimé être ta professeure de violon ! Ne l'oublie jamais. Le fait que je ne sois plus ta prof n'a rien à voir avec toi, et si je pouvais être là avec toi en cet instant, je le ferais.

Même si je suis triste de ne plus pouvoir te donner cours, je veux juste que tu saches à quel point je suis heureuse d'avoir eu la chance de te connaître et de t'aider dans ton parcours musical, même si ça n'a pas duré longtemps. Tu es drôle, expressif et TELLEMENT talentueux.

Je sais que tu es frustré parfois quand les notes ne sonnent pas comme tu l'aimerais, ou quand tu penses que le morceau ne sonne pas tout à fait bien, mais contente-toi de persévérer. Continue d'essayer. Continue de pratiquer. Ne te décourage jamais. Souviens-toi que le morceau existe déjà en toi. L'instrument est simplement le moyen par lequel on le laisse s'exprimer. Le violon ne fait que donner de la voix à ce qui existe déjà, et Noah, ça n'existe pas seulement en toi, ça BRILLE. Peu importe qui est ton professeur, tu as déjà tout ce dont tu auras besoin dans la vie pour exceller.

Merci infiniment d'avoir été mon élève. N'oublie jamais à quel point ta musique est spéciale.

Affectueusement,
Mademoiselle Dee

— C'est privé.

La voix de Deirdre me fait lever les yeux de la lettre. La pile de lettres en main, je désigne la porte inexistante entre sa chambre et la mienne.

— Ouais, dit-elle en levant les yeux au ciel. Rien n'est privé ici.

— Tu n'as pas de timbres. C'est quoi, un entraînement à l'écriture ?

Je replie la lettre de Noah et la glisse dans l'enveloppe.

Elle me fixe et je soutiens son regard, car bon sang ce qu'elle est belle après avoir joui. Sa peau est rose et lumineuse. De minuscules cheveux fins s'échappent de son chignon, créant un halo orange électrique de frisottis. Mon bel ange des feux de l'enfer.

— J'allais voir avec Valentina si elle voulait bien les timbrer et les envoyer.

— C'est moi qui suis responsable de ce qui entre et sort de cette maison, pas Valentina.

Quelque chose de triste s'écrase dans le bleu de ses yeux.

— Très bien, alors, dit-elle d'un ton sec. Autant les jeter au feu tout de suite, vu que je sais que tu ne me laisseras pas les envoyer.

Sa propre réaction à ce qu'elle vient de dire est presque comique à regarder. Comme un personnage de dessin animé qui incarne l'expression « se mordre la langue ». Elle se raidit, et sa bouche se referme si vite et si brusquement que je me dis que c'est probablement une bonne chose de ne pas y avoir mis ma bite, car c'est une mâchoire sacrément puissante. J'attends sans rien dire, car je n'ai jamais été du genre à trouver le silence gênant, perçant un trou dans son crâne avec mon regard pendant que le sien trace des sillons dans les lattes du plancher en bois.

— Désolée, finit-elle par dire, d'une voix si douce putain.

Elle décroise les bras et commence à entrelacer ses doigts devant elle.

— Ce choix de mots était maladroit de ma part.

Elle sait.

Pas seulement à propos du feu, puisque tout le monde est au courant de ça. Les gens le savent rien qu'en voyant mon putain de visage.

Mais elle sait que c'était plus qu'un simple feu. Elle sait ce que j'ai perdu. Elle sait exactement ce que j'ai échoué à faire.

Putain de Valentina.

Le battement dans ma tête est de retour, un tambourinement incessant et irrégulier qui m'évoque le crépitement du bois dans les flammes. Mes mains commencent à se crisper, et je dois lutter contre l'envie de pulvériser la pile de lettres dans mon poing.

— Jette-les, qu'est-ce que t'attends, dit Deirdre.

— Je ne vais pas les jeter, dis-je calmement.

— Quoi, tu vas toutes les lire à voix haute puis les déchirer devant moi ?

— Non.

Elle lâche un soupir exaspéré.

— Eh ben quoi, alors ?

— Je vais refermer celle-ci et la remettre avec les autres. Ensuite, je vais les timbrer. Et après, je les posterai.

Ses sourcils roux se hissent pratiquement jusqu'à la naissance de ses cheveux. On dirait qu'elle ne peut pas s'empêcher de me demander pourquoi. La question s'échappe de sa bouche sous la forme d'un souffle coupé, car comment réagir autrement à un élan d'humanité de ma part que par un état de choc pur et simple ?

Je n'ai pas de réponse pour elle. Du moins, aucune que je souhaite dire à voix haute. Ça a quelque chose à voir avec le fait de savoir ce que c'est que de perdre une femme qu'on aime et qu'on admire pendant l'enfance, sans avoir pu faire son deuil ou dire au revoir.

Et ça a quelque chose à voir avec la façon dont l'image de Deirdre penchée sur le bureau en train d'écrire des lettres si gentilles et si dévouées me serre la poitrine.

Ce n'est pas seulement qu'elle n'a pas sa place dans notre monde, comme l'a dit Valentina. C'est qu'elle est sacrément trop bien pour en faire partie. Et si j'étais un homme meilleur, elle n'aurait tout bonnement jamais atterri ici.

Mais d'un autre côté, si j'étais un homme meilleur, je n'aurais pas fait les choses que j'ai faites pour avoir l'argent que je possède. Je n'aurais pas pu payer son père et l'aider à garder la tête hors de l'eau, loin des berges obscures et indistinctes. Et je n'aurais pas été là pour prendre une putain de balle à sa place quelques secondes après son vingtième anniversaire.

— Peu importe. Viens.

Et c'est tout ce que je me contente de lui répondre.

Chapitre 35

Deirdre

Hormis le fait que nous entrons en retard à mon cours et que ça braque tous les regards sur nous, la journée se déroule bien mieux qu'hier. J'arrive réellement à me concentrer un peu, et quand Elio remarque que je gigote pour soulager mes parties sensibles, il replie sa veste en cuir et la glisse en dessous de moi comme un coussin, tout en me lançant un regard ténébreux qui m'intime de ne pas discuter ou de refuser.

Ce qui est à peu près la dernière chose à laquelle je m'attends. C'est quand même lui qui m'avait dit que si je n'écoutais pas, si je n'étais pas prête à temps pour aller à la fac, j'aurais trop mal pour m'asseoir sur les sièges. Je pensais que ça ferait partie de la punition, mais le voilà en train de transformer sa propre veste en oreiller pour moi. Entre ça et le fait qu'il a envoyé les lettres à mes étudiants (je l'ai vu moi-même les mettre dans la boîte aux lettres ce matin en quittant la propriété), je n'arrive plus à comprendre qui ou ce qu'il est ces jours-ci.

Un monstre. Un homme. Un mélange abîmé et mutilé des deux.

Et le fait que je semble désirer de plus en plus son contact, le fait que je sois restée penchée devant lui ce matin, que je n'aie même pas effacé son marquage de ma peau, signifie que je ne sais même plus qui je suis, moi non plus. Depuis la toute première nuit où il m'a enlevée, il y a cette pulsation de désir lente, constante et toxique en dépit de la rage qu'il m'inspire. Et on dirait que ça ne fait qu'empirer. S'accélérer.

J'ai failli perdre ma virginité avec lui ce matin. Ce n'est que parce qu'il a décidé d'écarter son sexe que ça n'est pas arrivé, pas parce que j'ai fait quelque chose pour l'en empêcher.

Pourquoi est-ce qu'il ne l'a pas fait ?

Est-ce que j'en avais envie ?

Je ne peux pas répondre à cette question de manière définitive, ce qui ne fait qu'accentuer ma perplexité. La nuit où Brian a tenté de me forcer, maladroit et ivre dans son appartement, je n'en avais pas du tout envie. Il me plaisait pas mal quand on se fréquentait, mais à ce moment-là, il est devenu complètement répugnant à mes yeux, à tel point que je ne pouvais même pas supporter les effluves de son haleine de bière flottant sur ma peau. Mon corps tout entier était empli de terreur et secoué de nausées.

Pourquoi est-ce qu'Elio ne me répugne pas ? Il est dix fois pire qu'un crétin comme Brian. Il a littéralement tué des gens. Il m'a piégée, punie et contrainte. Pourtant je n'arrive même pas à être aussi effrayée par lui que lorsque Brian était contre moi, la respiration haletante et le sexe tendu vers l'avant.

Je me demande si mes propres pensées l'invoquent d'une manière ou d'une autre, car lorsque nous sortons du bâtiment après mon dernier cours de la journée, j'entends cette voix familière qui m'interpelle :

— Deirdre ? Deirdre ! Hé, Rouquine !

Elio l'entend aussi, et son bras s'empresse de descendre et d'enlacer fermement mes épaules, comme le mouvement possessif d'une guillotine qui tombe. Il ne s'arrête pas de marcher, et moi non plus, emportée par ses grandes enjambées et les autres personnes qui vont dans la même direction. Mon Dieu, j'ai horreur de ça, mais c'est agréable en réalité. D'être avec Elio en ce moment. De sentir son bras si serré autour de moi. Brian s'est pointé plusieurs fois pour me supplier de le reprendre, et j'étais seule à chaque fois.

Mais pas cette fois.

Je ne prends même pas la peine de regarder en arrière. Elio me maintient trop fermement contre son flanc. La foule se disperse alors que nous nous éloignons du bâtiment de l'école jusqu'à ce qu'il n'y ait plus qu'Elio et moi sur le trottoir, ainsi qu'un gars qui tient un petit stand de poutine à proximité.

Du moins, je pensais que nous étions seuls. Mais j'entends alors quelqu'un crier un autre « Rouquine ! », et le son de bottes frappant le trottoir enneigé au pas de course.

— Est-ce que tu pourrais juste t'arrêter et me parler, putain ?

Je suis parfaitement prête à ignorer Brian comme je l'ai fait jusqu'à présent. Je continue d'avancer, emportée par mon élan, de sorte qu'il me faut une seconde pour prendre conscience qu'Elio ne me tient plus, ne marche plus à mes côtés. Je m'arrête et fais volte-face juste à temps pour voir les doigts noirs de la main droite d'Elio se refermer sur la gorge de Brian et le pousser contre le mur en briques d'un bâtiment.

— On va plutôt dire que c'est moi qui parle, et toi qui écoutes, qu'est-ce que t'en dis ? murmure Elio si doucement que j'ai la chair de poule sous mes vêtements et mon manteau.

Une fois de plus, Elio porte mon sac à dos, et c'est une scène carrément insensée, ce géant de plus d'un mètre quatre-vingt-dix qui tient le sac d'une femme sur son épaule tout en serrant la gorge d'un autre homme dans son poing. Je dois réprimer une atroce montée de quelque chose qui me semble dégueulasse, sombre et merveilleux à la fois, en voyant Elio dominer Brian de toute sa hauteur comme il le fait. Brian est loin d'être petit. Il mesure plus d'un mètre quatre-vingt et je sais qu'il fait du sport, mais il a l'air d'un gamin dégingandé comparé à Elio. Et voir Elio le soumettre totalement me fait quelque chose. Quelque chose d'affreux et d'aberrant dont je dois me cacher, dont je dois guérir.

Si Brian veut dire quelque chose à présent, il en est incapable. Ses yeux sont grands ouverts, et son visage a pris une teinte anormalement rouge.

— Tu ne contacteras plus Deirdre. Tu ne la toucheras pas. Si tu la croises à nouveau, tu fais demi-tour et tu passes ton putain de chemin.

Brian émet un gargouillis qui me laisse à penser qu'Elio a resserré sa prise. Ses bottes glissent sur la neige fondue et il agrippe le bras d'Elio, mais ça n'a absolument aucun effet. Elio ne le tient que d'une seule main, l'autre étant accrochée à la sangle du petit sac à dos suspendu à son épaule blessée. Comme s'il craignait que mes livres ne tombent dans la neige fondue par le sel. Et une fois de plus, je ressens ce sentiment macabre, inconvenant et délicieux. Le sentiment qu'on prend soin de moi, d'être protégée, alors que même mon propre père ne s'est pas fait chier à le faire auparavant.

Non. Ce n'est pas une bonne chose. Elio n'est pas quelqu'un de bien.

Et cet homme qui n'est pas quelqu'un de bien est sur le point de tuer une autre personne juste sous mes yeux.

D'un ton alarmé, je murmure :

— Elio. S'il te plaît, arrête. Ne le tue pas.

Je ne veux pas être témoin d'un meurtre. Je suis incapable de regarder Brian suffoquer de la sorte. Je ne peux pas.

Une voiture s'arrête à côté de nous, et je dois vraiment être sacrément dérangée, car ma première réaction, c'est d'avoir peur que la personne dans la voiture mette Elio en difficulté. Ma réaction n'est pas de me tourner vers elle pour lui demander de l'aide, pour sauver Brian et peut-être même me libérer de l'emprise d'Elio. C'est de m'inquiéter pour lui.

Mais c'est la voiture d'Elio ; Enzo en sort brusquement et s'empresse de contourner le capot du véhicule, la main à l'intérieur de sa veste de telle sorte que mon estomac se décroche et qu'une voix dans ma tête se met à répéter sans fin le mot « pistolet ».

— Non, Enzo, attendez...

Il m'ignore et s'arrête à côté d'Elio.

— Patron ?

Brian est toujours conscient, mais ses gestes s'affaiblissent. Ils ralentissent.

Même si je sais qu'Enzo ne m'a pas demandé de lui dire quoi faire ensuite, je l'interpelle :

— Ne le tuez pas !

C'est à moitié un cri, à moitié un murmure.

Elio ne répond ni à Enzo ni à moi. Il parle toujours à Brian avec cette voix de velours au calme trompeur.

— Tu as de la chance que mon rossignol ait si bon cœur, sans quoi tu ne serais rien de plus qu'une tache sur le trottoir à l'heure qu'il est.

Je ravale péniblement ma salive en me demandant si

Elio est au courant. Si d'une manière ou d'une autre, il sait pourquoi j'ai mis fin à ma relation avec Brian. S'il sait ce que Brian a tenté de faire cette nuit-là. Car cette réaction me paraît excessive, même de la part d'Elio.

— Fais en sorte qu'il ne soit jamais sur le campus en même temps que Deirdre, murmure-t-il à Enzo lorsqu'il lâche enfin Brian.

Ce dernier s'affaisse contre le mur, la respiration haletante ; il se tient le cou avant de se laisser glisser pour s'asseoir dans la neige fondue.

— Entendu, répond Enzo du tac au tac.

Il retire sa main de sa veste, sans flingue, Dieu merci. Mes yeux s'empressent de parcourir la petite rue. Le vendeur de poutine nous dévisage. Il visse son bonnet à pompon plus bas sur ses oreilles. « *J'ai rien entendu* », doit-il se dire.

— J'ai rien vu, m'dame. Rien du tout. Hé, vous ou votre bonhomme, vous voulez pas de la poutine ? C'est la maison qui régale.

Je secoue faiblement la tête vers lui.

Mon bonhomme.

Ce n'est pas mon bonhomme. C'est ma catastrophe ambulante.

Enzo donne les clés à Elio, qui passe une fois de plus son bras autour de moi avant de me guider vers la voiture.

Il ne dit rien, et moi non plus.

Mais Brian le fait, car c'est vraiment le plus gros débile du monde en ce moment. Sa voix est faible et éraillée, mais les mots sont sans ambiguïté :

— Ben alors, Rouquine ? Tu voulais pas être avec moi et maintenant tu baises un cinglé quadragénaire ?

Aïe, aïe, aïe !

Enzo attrape Brian et le soulève instantanément,

plaquant le dos de Brian contre son torse en calant ses coudes sous les bras de Brian.

Elio se retourne lentement vers Brian, qui se débat farouchement désormais pour se libérer de la prise d'Enzo, en vain.

— En fait, j'ai trente-quatre ans, dit Elio. Et son surnom n'est pas « Rouquine », mais « Rossignol ».

Lorsque le poing d'Elio percute le visage de Brian, je comprends que son nez se casse, car je l'*entends*. Un son crépitant de craquement. Comme une botte qui traverserait de la glace trop fine.

Cette fois, Brian ne dit pas un mot lorsque Elio m'embarque dans la voiture.

Chapitre 36

Elio

En rentrant à la maison, je suis toujours agacé de m'être limité à casser le nez de ce connard. Je rumine, me repasse toute l'interaction en tête, regrettant presque que Deirdre ait été là pour m'empêcher d'arracher la langue de ce crétin comme je le voulais. Rouquine ? Non, mais c'est quoi ce surnom ? La réduire à quelque chose d'aussi banal et évident que sa couleur de cheveux. Aucune putain d'imagination, aucun esthétisme, aucun hommage à la mélodie vibrante qui émane de son âme. Rouquine. *Rouquine Rouquine Rouquine Rouquine. Cristo Santo*, maintenant je déteste ce mot encore plus que d'habitude. Sa seule qualité est qu'il rime avec hémoglobine, un parfait écho au nez ensanglanté de ce petit péteux d'étudiant en droit qui mériterait d'être mort à l'heure qu'il est. Mais la voix terrifiée de Deirdre résonne toujours dans un coin de ma tête. *S'il te plaît, ne le tue pas !*

Elle est trop gentille. Trop tendre. Elle s'en serait probablement voulue si je l'avais tué, et je ne veux pas qu'elle gaspille un seul instant d'émotion, de culpabilité ou de chagrin pour lui.

Nous approchons du portail de la maison lorsqu'elle laisse enfin échapper un souffle tremblant et déclare :

— Bon, ça fait beaucoup.

C'était pourtant loin d'être assez.

Voyant que je ne réponds pas, elle poursuit :

— Tu lui as cassé le nez.

Alors que le portail coulissant s'ouvre, je marmonne :

— C'était nécessaire. Son visage était trop symétrique. Maintenant, il aura un peu de caractère.

— C'est tout ?

— Comment ça ?

— Je pensais juste... je me demandais, vu que tu m'as surveillée, si tu étais au courant. D'une façon ou d'une autre. Si... Laisse tomber.

Mes doigts se crispent involontairement sur le volant alors que nous remontons l'allée vers la maison. Elle enlève sa ceinture de sécurité.

— Si j'étais au courant de quoi ?

J'arrête la voiture et attrape le poignet de Deirdre, la maintenant immobile pour l'empêcher d'éluder mes questions. Elle évite mon regard tandis que je plonge le mien dans le sien.

— Qu'est-ce qui s'est passé ?

Je la rapproche de moi et caresse son visage de ma main libre, promenant mon pouce de manière répétitive sur sa joue empourprée, couverte de taches de rousseur.

— C'est rien. On a rompu, OK ?

— Ça, je le sais.

Elle sait que je l'ai observée. Elle sait que je sais qu'elle a arrêté de le voir il y a des semaines.

J'insiste :

— Mais pourquoi ? Hormis le fait que c'est un imbécile

de morveux pleurnichard qui n'est même pas digne de lécher tes putains de bottes. Qu'est-ce qui s'est passé ?

Elle fait ce truc qu'elle fait souvent : elle aspire ses lèvres et les fait rouler entre ses dents. Elle se referme. Elle se ferme à moi.

Je grogne :

— Deirdre. Si tu ne parles pas, je vais devoir le traquer et le faire parler, lui. Ce qui veut dire qu'il y aura bien plus de trucs cassés que son nez.

— Il ne s'est rien passé ! s'écrie-t-elle soudain dans une explosion sonore.

Elle le dit si fermement, presque avec ferveur, qu'on dirait qu'elle essaie de se convaincre elle-même autant que moi.

— Il a juste... Il avait envie, et moi non. Il a essayé, mais... il ne s'est rien passé. J'ai réussi à m'enfuir. Je me suis barrée de son appartement et je ne lui ai plus donné signe de vie après ça.

J'ai pris pas mal de beignes dans ma vie, mais j'arrive parfaitement à reconstituer ce qu'elle est en train de raconter.

Cette pulsation lancinante est de retour dans mon cerveau, mais cette fois-ci, elle se manifeste sous la forme de la voix de Brian qui répète « Rouquine Rouquine Rouquine Rouquine Rouquine Rouquine », encore et encore. C'est tout ce que j'entends. Tout ce que je vois. La voiture, les rues, toute la ville repeinte en rouge avec le sang de l'homme que je m'apprête à pulvériser.

Peut-être que mes yeux sont devenus complètement rouges eux aussi et que ça se voit de l'extérieur. Deirdre doit percevoir un changement en moi, car elle pose ses mains douces et fraîches de chaque côté de ma mâchoire. C'est la première fois qu'elle me touche de cette façon. C'est à la fois apaisant et rageant, car ce geste tendre et possessif me donne envie de m'agenouiller dans la neige fondue, le sel et la poudreuse, d'appuyer mon front contre le sol, et de m'incliner devant elle. Ses mains sur mon visage, sur ma peau et mes cicatrices, fermes et inflexibles comme ça, me donnent envie de l'implorer, putain. D'implorer quelque chose, mais j'ignore de quoi il s'agit. C'est un sentiment à la fois nostalgique et inédit pour moi, car je n'ai imploré personne depuis des décennies. Pas depuis que j'ai prié Dieu cette nuit-là dans l'incendie.

— Elio, murmure-t-elle.

Et alors, pour la première fois, elle m'embrasse.

C'est un baiser timide au début. Hésitant. Comme si elle craignait de transgresser une quelconque règle, mais que ça ne l'empêchait pas de le faire quand même. Ses lèvres sont si douces, putain, allant et venant sur les miennes par petits baisers timides et explorateurs. La dernière fois que nous nous sommes embrassés, ça venait entièrement de moi. Je l'ai attrapée et embrassée, et elle est restée plantée là à encaisser comme une petite fille bien sage.

Mais cette fois, ça vient d'elle. C'est *elle* qui vient vers moi. Avant que j'aie le temps de m'en rendre compte, mes yeux sont clos. Exception faite de mon sexe qui enfle, je ne bouge pas d'un putain de millimètre. Je ne veux pas que le charme vole en éclats. Je ne veux pas oublier à quel point c'est bon de sentir ses mains sur mon visage et sa bouche sur la mienne parce que c'est elle qui a choisi de les poser là. Et peut-être que ce n'est que pure manipulation de sa part. Juste pour me distraire. Mais je décrète que je m'en tape. Parce qu'en cet instant, je ramperais sur du verre brisé pour elle. Je marcherais pieds nus dans la neige et sur la glace pour elle.

Je retournerais en courant vers une maison en flammes pour elle.

Et ce genre de dévotion est terrible. Terrifiante. Cela fait très longtemps que je n'ai prié sur aucun autre autel que ceux de la mort, de la colère et de l'argent. Je veux rester l'homme que je suis depuis vingt ans. Le genre d'homme qui ne s'autorise à ressentir rien d'autre que la colère, la cupidité et le désir.

Le genre d'homme qui kidnapperait une violoniste simplement parce qu'il a décidé qu'il la voulait. Pour la piéger, l'attacher, la *posséder*.

Pas pour l'aimer, putain.

Lorsque la langue de Deirdre touche mes lèvres, je ne peux plus rester immobile. Avec un grognement étouffé, j'attrape ses fesses et l'attire sur mes genoux. En me rappelant ce que j'ai fait à ses fesses ce matin, que mon sperme est sur sa peau en ce moment même, ma bite fait un bond sous mon jean. Deirdre lâche un petit cri de surprise contre ma bouche lorsqu'elle sent ce durcissement contre son entrejambe.

Je me frotte contre elle, le bras gauche bloqué derrière son dos et l'épaule palpitante, tandis que ma main droite tient tendrement l'arrière de son crâne pour qu'elle ne puisse pas reculer, ne puisse pas s'éloigner, ne puisse pas s'échapper. Ma langue s'enfonce dans sa bouche.

Putain, c'est tellement incroyable de l'embrasser. C'est comme un stimulant et un calmant à la fois. Je la dévore, prends tout ce que je peux, en savoure tous les recoins.

Quand elle s'écarte et me chuchote de ne pas le tuer, tout ce que j'arrive à faire, c'est lui promettre que je ne le ferai pas.

Je ne lui dis pas le reste. Elle n'a pas besoin de savoir.

Je ne le tuerai pas.

Je vais juste lui faire regretter de ne pas être mort.

Une heure et quarante-huit minutes après avoir ramené Deirdre à la maison après ses cours, Curse et moi avons attaché et jeté Brian dans le coffre du SUV de mon frère. Nous faisons route vers le nord, remontant vers l'un de nos entrepôts aux alentours de Thunder Bay. Habituellement, je prendrais l'avion pour y aller. Mais les quinze heures de route sont une bonne chose. Ça me laisse tout le temps qu'il faut pour réfléchir à ce que je vais lui faire. En temps normal, je ne m'éloigne pas autant de Toronto simplement pour faire regretter à un connard tout ce qu'il a fait au cours de sa vie, mais je ne supporte pas l'idée qu'il soit dans la même ville que mon rossignol une seconde de plus.

Curse et moi nous relayons pour conduire. Le trajet prend plus de quinze heures à cause des routes enneigées. Nous n'arrivons à l'entrepôt désolé et couvert de neige qu'à 7 heures du matin. Il fait toujours nuit noire ; aucun soleil. La seule source de lumière est le lampadaire qui éclaire le parking enneigé sur lequel nous nous garons. Il n'y a qu'un seul autre véhicule à part le nôtre – un vieux pick-up. Aleksej, son propriétaire, nous attend, conformément aux instructions que je lui ai données lorsque nous sommes partis de Toronto. Aleksej est l'un des seuls types avec qui je travaille aussi étroitement qui ne soit pas du milieu. Il n'est pas sicilien, mais serbe, et il est aussi solide qu'on les fabrique. Il bosse comme un chien, et plus que toute autre chose, il sait garder le silence. Lui et son père ont déménagé ici il y a des années après avoir eu des problèmes avec la mafia serbe, et Aleksej travaille pour moi depuis.

Curse et moi descendons du véhicule tandis qu'Aleksej

s'approche. Je me dirige vers l'arrière de la voiture, j'ouvre le coffre et en sors Brian. Curse lui a administré un sédatif donc il est encore trop dans les vapes pour tenir debout ou marcher. Je le laisse tomber sur le sol froid et dur, puis j'attrape l'arrière de sa veste et commence à le traîner. Aleksej part devant, déverrouille la porte en métal de l'entrepôt et la maintient ouverte, ses yeux gris tournés vers le parking pour s'assurer que personne ne nous a suivis. Une fois que nous sommes tous à l'intérieur, la porte en métal se referme derrière nous en produisant un ultime bruit brutal.

— Déshabillez-le et installez-le sur la chaise.

Curse et Aleksej s'exécutent ; ils lui enlèvent sa veste et tout le reste jusqu'à ce qu'il soit nu, affalé sur une chaise en plastique au milieu de l'entrepôt plongé dans la pénombre. Ses poignets sont ficelés aux accoudoirs, ses chevilles aux pieds de la chaise, et au dernier moment Curse attache également ses épaules au dossier de la chaise. Il est à peine conscient, et s'il n'était pas ligoté en position assise, il tomberait constamment vers l'avant.

Dès qu'il a fini d'attacher Brian, Curse fait craquer ses articulations. Je sais qu'il est prêt à commencer, parce qu'il l'est toujours. C'est sa grande passion, ce genre de trucs.

— Je veux qu'il soit complètement réveillé avant qu'on commence, dis-je à mon frère.

— Je pourrais lui casser quelques doigts. Ça pourrait le réveiller, répond Curse d'un ton décontracté.

Aleksej se place près de la porte, les bras croisés, complètement impassible face à la conversation que nous sommes en train d'avoir. Ses yeux d'un gris glacial observent la scène en silence, sous la seule et unique ampoule qui éclaire ses cheveux blond cendré attachés en queue de cheval et sa barbe taillée de près.

— On attend, dis-je fermement.

Ça prend beaucoup de temps. Des heures passent avant que le salaud assis sur la chaise soit seulement en mesure de relever son cou faible et chancelant. Il lui faut encore trente minutes pour se mettre à parler, et les premiers mots de cet enfoiré servent à nous supplier de lui donner de l'eau. Il a clairement vu un médecin depuis notre altercation de tout à l'heure, car son nez est emmailloté et une attelle temporaire est collée dessus. Je m'approche de lui alors que ses yeux essaient de faire la mise au point. Je sais quand ils y parviennent, car il sursaute en me voyant.

— Putain de merde. Encore toi ? La vache, qu'est-ce que tu veux ?

Rien que sa voix de merde me donne envie de l'égorger.

Je n'aurais jamais dû lui promettre que je ne le tuerais pas.

Je m'accroupis devant lui et je retire lentement, délicatement, l'attelle de son nez. Puis j'appuie le pouce sur l'arête écrasée. *Fort.*

Il est assurément réveillé à présent. Cette pression sur son nez cassé embrase un fil électrique en lui. Il secoue la tête vers l'arrière, mais Curse est là, à agripper les côtés de son crâne pour le maintenir immobile. Alors, il commence à essayer de bouger d'autres membres, ses bras et ses jambes attachées à la chaise. Il se tortille, grogne et peste de douleur.

Je marmonne :

— Plus tu te débats, plus j'appuierai fort.

Il a les yeux hagards, et malgré le froid et son absence de vêtements, il est trempé de sueur. Sa poitrine se soulève, mais il cesse de bouger, dans l'espoir que je relâche la pression. C'est ce que fais, juste un instant, et il laisse échapper un souffle humide.

— Qu'est-ce que tu veux ? demande-t-il à nouveau,

d'une voix manifestement étouffée par ses voies nasales détruites. De l'argent ? J'en ai, mec. Je...

Je fais un signe de tête à Curse. Mon frère libère la tête de Brian.

Puis il saisit ses deux pouces et les tord jusqu'à les faire sortir de leurs articulations.

L'homme en sueur et tremblant hurle sur sa chaise. Curse ferme les yeux et expire, comme s'il venait de prendre une dose de sa drogue préférée.

— Regarde-moi, dis-je à Brian.

Il n'écoute pas. Son visage est tordu de douleur et ses yeux restent clos.

— Putain de merde, force-le à me regarder.

Curse retourne à sa place derrière Brian et une fois de plus, lui saisit brutalement la tête.

— Si tu veux que tes yeux restent dans leurs orbites, tu vas les ouvrir tout de suite, murmure Curse.

Avec ce qui semble un effort colossal, Brian les ouvre. Les larmes ruissellent sur son visage.

— C'est au sujet de tout à l'heure ? Putain, je suis désolé ! bafouille-t-il.

Il cligne fortement des yeux pour lutter contre les larmes, mais je vois bien qu'il essaie de ne pas le faire. Il essaie de me regarder comme il est censé le faire. Une sage putain de décision, étant donné que Curse lui arracherait vraiment les yeux si je le laissais faire.

— Je ne sais pas ce qui se passe entre toi et Deirdre, mais c'est bon. T'en fais pas ! Je ne lui parlerai plus.

J'acquiesce :

— Effectivement, tu as raison. Mais il n'est pas question de ce que tu feras ou ne feras pas. Il est question de ce que tu as fait.

— Ce que j'ai... quoi ? De quoi tu parles ?

Je me lève, et Curse tire violemment la tête de Brian en même temps, de sorte qu'il est obligé de me regarder.

Je fixe son visage bouffi et tacheté, et une haine pure et simple inonde mon corps. De la haine et du dégoût pour ce joli garçon pathétique et stupide, avec ses grandes dents blanches bien droites dans sa mâchoire fragile, qui puent simplement l'orthodontie hors de prix. Le fait qu'il a pensé qu'il pouvait ne serait-ce qu'exister dans la même pièce que Deirdre, sans parler de la toucher, est un crime contre l'ordre naturel des choses et je ne le tolérerai pas.

— Voilà ce qui va se passer, lui dis-je en sortant mon flingue de ma veste.

Lorsqu'il voit l'arme, il tire de toutes ses forces sur ses liens et chaque muscle de son torse se contracte. Il commence à bafouiller, comme je m'y attendais, car les petits bourges dans son genre savent jouer les durs, mais ce n'est jamais rien de plus que ça : un rôle qu'ils jouent.

— Non, non, je t'en prie, attends. J'ai de l'argent. Non. Mon Dieu, non, par pitié, par pitié, par pitié...

Je lance un regard à Curse, et mon frère abat son poing sur la tempe de Brian, le laissant étourdi et réduit au silence.

Je poursuis :

— Comme je disais, voilà ce qui va se passer : pour une raison qui m'échappe, mon rossignol ne veut pas que tu meures, et pour une raison qui m'échappe également, il se trouve que je ne peux pas refuser. Donc, quand on en aura fini avec toi, Aleksej va t'emmener chez un excellent médecin très discret, qui bosse pour moi, et qui va s'assurer que tu ne te vides pas de ton sang.

— Que je me vide... de mon sang..., répète Brian d'un air abasourdi.

— Ensuite, tu vas disparaître. Quitter le pays. Tu ne reviendras pas. Si j'entends la moindre rumeur que tu reviens dans les parages, la miséricorde malencontreuse de mon rossignol ne suffira pas à te sauver.

Ses yeux restent braqués sur mon flingue pendant que les miens parcourent son corps, tâchant de décider où loger les balles. Les rotules, ça pourrait être bien... Ou percer quelques trous dans ses mains...

— C'est dingue ! Tu ne peux pas me faire ça, bredouille enfin Brian. Tu sais qui je suis ? Qui est mon père ? Avant mes trente ans, je serai devenu associé dans l'un des meilleurs cabinets d'avocats de Toronto !

Je laisse échapper un éclat de rire sombre.

— Alors, colle-moi un procès.

Je pose mon flingue sur sa bite et j'appuie sur la gâchette.

Chapitre 37

Deirdre

Après l'incident avec Brian à l'école, je ne vois pas Elio pendant trois jours. Je vais toujours en cours, désormais accompagnée par Enzo, et je dois admettre que c'est beaucoup plus facile de me concentrer sans la carrure menaçante d'Elio à côté de moi. Je suis toujours en compagnie d'un gangster, mais Enzo reste silencieux la plupart du temps. Il y a ça, et le fait que lui ne m'oblige pas à assister aux cours avec mes fesses sensibles recouvertes de son sperme séché, ce qui veut dire qu'aller à la fac avec lui est presque un événement banal.

Je ne vois pas Brian non plus et n'ai aucune nouvelle de lui, ce qui est un soulagement. Il aura fallu qu'il se fasse éclater le nez pour comprendre enfin que c'était fini entre nous. Parfois, la nuit, pendant l'absence d'Elio, je me repasse en boucle les images de ce coup de poing. La trajectoire rapide et précise du poing d'Elio. Le craquement des os. J'ai envie de détester la violence de cet acte. Mais il y a quelque chose dans cette violence qui me plaît plus qu'elle ne me répugne. C'est bon d'être défendue, d'être protégée, même si la personne qui me protège est la plus dangereuse de toutes.

Le matin du quatrième jour, toujours aucun signe d'Elio. Il n'y a pas de cours aujourd'hui non plus, donc je n'ai aucune distraction et rien sur quoi me concentrer. Et j'ai besoin de me distraire, surtout aujourd'hui. J'ai évité d'y penser, évité de me confronter à cette date comme je le fais chaque année. Et chaque année, elle parvient toujours à me prendre par surprise et à me saisir par la gorge.

L'anniversaire de la mort de maman. L'anniversaire de la nuit de l'accident.

Je fais mes devoirs, tapotant sur le clavier de l'ordinateur portable qu'Elio m'a acheté, comme si je pouvais m'évader dans le monde universitaire. Mais à mesure que les minutes se transforment en heures et que la soirée approche, une anxiété nimbée de tristesse commence à se refermer sur moi. Mes larmes contenues brouillent un mot sur deux que je tape, à tel point que je me lève du petit bureau et sors de la chambre presque à l'aveuglette.

J'ignore Robbie, qui abandonne consciencieusement son poste en haut des escaliers pour me suivre quand je descends. Je décrète que c'était une bonne idée de sortir de la chambre. Je me sens moins claustrophobe. En temps normal, aujourd'hui, Willow viendrait me sortir de la maison. Nous irions voir un film ou quelque chose comme ça. Mais je n'ai toujours pas eu de nouvelles d'elle depuis ce premier e-mail qu'elle a envoyé, et c'est pour ainsi dire impossible qu'elle me fasse évader d'ici ce soir.

Je me frotte les yeux et vagabonde dans le salon qui mène à la cuisine. Il y a des fenêtres qui vont du sol au plafond ici, et de superbes flocons de neige dodus tombent sur les pins et les épicéas qui entourent la propriété. Un tapis de velours blanc recouvre le sol, le ciel s'assombrit comme un hématome.

Il n'est toujours pas rentré.

Je comprends. Je comprends que je suis prisonnière ici et qu'il peut entrer et sortir de cette maison à sa guise alors que moi non. Mais il y a quelque chose dans tout ça – dans le fait qu'il ne soit pas là ce soir en particulier – qui rend la situation plus atroce que d'habitude. Je ne peux pas nier le fait que s'il y a bien une personne capable de comprendre ce que je ressens en ce moment, c'est Elio. Peut-être qu'il ne me racontera jamais ce qui est arrivé à sa mère avec ses propres mots, mais sa blessure fait écho à la mienne de la manière la plus profonde et la plus douloureuse qui soit.

Et en cet instant, ça me blesse qu'il ne soit pas là. C'est terrible et inavouable, et peut-être que je suis simplement folle de chagrin, mais il me manque. Il me manque, putain. Mon Dieu, aidez-moi. *Par pitié, aidez-moi.*

Je regarde la neige tomber. À mesure que le ciel se dissipe dans l'obscurité, la chute de neige s'intensifie, s'épaissit, jusqu'à ce que je puisse à peine discerner les arbres dehors. Je resterais probablement plantée là toute la nuit, à m'abrutir en regardant la neige, si le bruit de la porte d'entrée qui s'ouvre et se referme ne me faisait pas faire volte-face, si brusquement que je manque presque de tomber.

Elio.

Mais ce n'est pas Elio. Et la déception qui en résulte fait voler en éclats toute illusion d'abrutissement. Les larmes me nouent la gorge, et j'essaie de les ravaler et de les étouffer en clignant des yeux lorsque Valentina enlève sa paire de bottes et s'avance vers moi.

— Salut ! Ma mère m'a envoyée ici pour prendre un truc

dans la cuisine. On n'a plus de bon vinaigre balsamique, mais Rosa en a. Est-ce que t'as des nouvelles d'Elio, au fait ?

Valentina s'arrête devant moi. Sa parka rouge est saupoudrée de neige qui fond rapidement, ainsi que ses longs cils qui papillonnent.

— Tu vas bien ?

— Ça va.

Combien de fois est-ce que j'ai répondu ça ?

Combien de fois c'était un mensonge ?

Valentina plisse les yeux vers moi pendant un long moment, et je parviens à dénicher un sourire crispé. Puis elle pousse un soupir.

— Papa n'aime pas quand Elio et Curse disparaissent comme ça. Aucun d'eux ne répond à nos messages ou aux appels. Enfin...

Ses yeux s'illuminent, comme si elle venait d'avoir une idée malicieuse.

— Peut-être que si tu envoyais un texto à Elio, il prendrait enfin la peine de répondre.

— Ouais, c'est ça, dis-je. Il ne m'a même pas dit qu'il partait à la base. Et je n'ai même pas son numéro.

Mes paroles semblent beaucoup plus amères que prévu. Je me demande si Valentina le remarque. Si c'est le cas, elle ne fait aucun commentaire, Dieu merci.

— Je peux te donner son numéro. Je parie que s'il recevait un texto ou un appel de toi maintenant, il répondrait vraiment.

Franchement, rien à foutre. Oui, j'ai envie de le voir, mais je suis aussi de plus en plus furax qu'il se soit barré comme ça, loin de moi. Je ne suis pas assez désespérée pour l'appeler après ça.

Avant que je puisse l'arrêter, Valentina a pris mon téléphone dans ma poche arrière.

— Hé ! dis-je en tendant la main pour le récupérer.

Mais elle s'empresse de s'éloigner de moi.

— Détends-toi. Je veux juste ajouter le numéro d'Elio à ton répertoire. C'est quoi le code ?

Je serre et desserre les poings, cherchant à déterminer si oui ou non je devrais déverrouiller mon téléphone pour elle. Je n'ai pas besoin du numéro d'Elio dans mon téléphone. Ce n'est pas comme si j'allais l'utiliser un jour.

Mais... peut-être...

Peut-être que ce serait bien, ne serait-ce que de savoir qu'il est là.

— Je vais le déverrouiller.

Elle me tend le téléphone, et je dessine le motif pour le déverrouiller. Valentina va dans mon répertoire et commence à taper. Une fois qu'elle a entré le numéro d'Elio, elle me le rend, laissant le champ vide pour le prénom. Toujours agacée par toute cette situation, je choisis de l'appeler « monstre ».

Au dernier moment, sans même savoir pourquoi, je rajoute un « Mon » devant le mot.

— J'ai aussi ajouté mon numéro là-dedans, me dit Valentina.

Je regarde et repère son numéro ainsi que son nom, suivi d'un cœur pailleté et d'un émoji qui embrasse à la fin.

— Écoute, je ne vais pas te forcer à l'appeler ou lui envoyer un texto, mais si tu le fais et qu'Elio te répond, est-ce que tu peux me tenir au courant ?

Je n'ai absolument aucune intention de l'appeler ou de lui envoyer un texto, mais j'acquiesce tout de même d'un signe de tête.

— Merci, dit-elle avec un sourire.

Pendant une seconde, j'hésite à lui demander de rester. De traîner avec moi, de me distraire. Mais avant que j'aie le temps de m'en rendre compte, elle a pris sa bouteille de vinaigre balsamique et a disparu dans la nuit enneigée.

Je reste un peu plus longtemps dans le salon. Il y a une énorme télévision ici, alors je l'allume et la fixe aveuglément. Je crois que c'est une émission de cuisine. Ou peut-être une émission de voyage. Je suis tellement absente que je ne sais même pas. Pendant tout ce temps, Robbie m'observe, et lorsque je n'en peux plus de sentir son regard sur moi, je remonte les escaliers d'un pas lourd, en passant par la chambre d'Elio pour retourner dans la mienne. Mon ordinateur portable s'est mis en veille depuis longtemps, et les lumières sont éteintes, donnant à la pièce une atmosphère sombre et silencieuse. Elle paraît vide, également.

C'était une erreur de remonter seule ici. Parce qu'il fait sombre, comme c'était le cas cette nuit-là. Sombre jusqu'à ce que des phares brillent à travers notre pare-brise, forçant ma mère à tourner le volant et à nous faire brusquement quitter la route. J'entends encore son cri de choc terrifié, la rotation précipitée du volant. Je ne me souviens pas de l'impact de l'accident en lui-même. Seulement d'avoir retenu mon souffle pendant les quelques instants qui l'ont précédé. De la terreur pure que j'ai ressentie en nous sentant déraper, déraper sans pouvoir nous arrêter. Les pneus ne crissaient pas. Ils émettaient ce grincement mouillé sur la neige et la gadoue, et ce son résonne dans ma tête au point où j'ai désespérément envie d'entendre autre chose, n'importe quoi d'autre que ça.

Je n'ai même pas conscience de ce que je fabrique quand je sors mon téléphone de ma poche d'une main tremblante. Ce n'est pas Valentina que j'appelle. Ni même Willow.

C'est mon monstre que j'appelle.

Et il répond dès la première sonnerie.

— Mon rossignol, murmure-t-il d'une voix suave.

Je ne me rends compte que je suis en train de pleurer qu'en entendant les sanglots dans ma voix lorsque je réponds :

— Elio.

La satisfaction calme de sa voix disparaît. Les mots qu'il articule ensuite sont tranchants et tendus.

— Qu'est-ce qui se passe ?

Qu'est-ce que je suis censée dire ? *Ma mère est morte, je suis triste et je me sens seule, et la seule foutue personne que je sollicite sur cette planète, la seule que j'ai envie de voir en ce moment, c'est le monstre qui m'a enfermée et qui s'est tiré, putain.*

Hors de question. Au lieu de ça, je me retranche dans la colère.

— Où est-ce que t'es passé, bordel ?

Je crache pratiquement ces mots.

Je m'attends à ce qu'il fasse une blague, à ce qu'il me demande avec ce ton cruel et prétentieux s'il m'a manqué, comme il l'a fait la dernière fois. Mais peut-être que c'est à cause des larmes qu'il entend dans ma voix. Ou peut-être que les choses ont commencé à changer entre nous depuis lors. Parce qu'il semble sérieux et sincère lorsqu'il répond.

— Je devais régler quelque chose dans le nord. Le temps a été trop mauvais pour rentrer en avion ou prendre la route ces derniers jours.

Me sentant bête, je chuchote :

— Tu... tu aurais pu me le dire.

Pourquoi est-ce que je l'ai appelé ? Qu'est-ce que j'espérais y gagner ?

— Tu es en train de me dire que tu aurais voulu avoir de mes nouvelles pendant mon absence ?

Je veux plus que d'avoir de ses nouvelles, et c'est ce qui m'enrage le plus.

— Non, dis-je d'un ton sec. Prends tout ton temps dans le nord. En fait, ne reviens même pas du tout si ce n'est pas nécessaire.

— Mais c'est nécessaire, rétorque-t-il du tac au tac.

Cette réponse résonne étrangement. Elle est trop forte. Comme si elle venait de derrière moi, de mon environnement immédiat plutôt que de mon téléphone.

— Puisque c'est là que se trouve mon rossignol.

J'ai le souffle coupé, et mon téléphone m'échappe de la main lorsque je me retourne et constate qu'il est là. Mes émotions ne sont qu'une cacophonie à l'intérieur de moi, un morceau chaotique et confus de peur, de chagrin, de colère et de soulagement.

Je murmure :

— Tu es là.

J'essaie d'assimiler sa présence, en me demandant si mon chagrin a provoqué une sorte d'hallucination.

— Tu pleures, répond-il d'une voix douce.

Il entre dans la pièce, s'enfonçant toujours plus dans l'obscurité avec moi, comme un ange d'obsidienne, ou plutôt comme un démon qui n'a pas peur des ombres. Qui n'a pas peur d'aller aussi loin ou aussi profondément qu'il le faut pour me rejoindre. Ses gants en cuir sont froids lorsqu'ils me caressent le cou. J'imagine qu'il vient d'entrer dans la maison et qu'il a couru dans les escaliers.

Mais sa bouche est chaude, elle, si chaude lorsqu'elle suit le sillage de mes larmes, embrassant le liquide salé sur ma peau. Cette chaleur s'infiltre en moi, comme de la lave en fusion, elle se transforme en une substance brûlante qui descend le long de ma colonne vertébrale. Un désir incandescent annihile tout le reste à l'intérieur de moi. Il assomme la tristesse, comme un bouchon qui viendrait cautériser une putain de plaie ouverte. Ma bouche s'ouvre et cherche aveuglément celle d'Elio, pendant que mes mains agrippent le devant de sa chemise et le rapprochent brutalement de moi.

Il revendique ma bouche et avance, me faisant reculer jusqu'à ce que l'arrière de mes jambes percute le lit. Mon estomac fait des montagnes russes, car même après tout ce que nous avons fait dans les pièces de cette maison, nous n'avons jamais été dans un lit ensemble et je sais ce que ça signifie. Je sais à quoi ça va mener, je m'en moque et suis incapable de l'empêcher. Pas maintenant, pas ce soir. Pas quand ce désir a éclipsé tout ce que je pensais savoir depuis toujours.

Les mains d'Elio trouvent l'ourlet de mon pull et le soulèvent. J'arrête de l'embrasser (à supposer qu'on puisse appeler ça comme ça, car mes mouvements sont désespérés et chaotiques) et le laisse me l'enlever. Je n'ai pas pris la peine de mettre un soutien-gorge sous mon pull aujourd'hui, et chaque muscle et chaque nerf se mettent au garde-à-vous lorsque les gants d'Elio frôlent mes mamelons.

— Tu pleures encore, murmure Elio avant de baisser la tête et d'aspirer mon téton droit dans la chaleur exigeante de sa bouche.

Je crie, mon dos se cambre, et j'enfouis mes doigts dans ses cheveux. Il a raison. Je sens le liquide chaud ruisseler sur mes joues.

— C'est parce que... ce soir..., dis-je dans un souffle.

Mes mots s'interrompent lorsque des spasmes de plaisirs résonnent, irradient de ma poitrine. Une dernière fois, Elio suce longuement mon téton avant de le relâcher, puis il me cloue sur place avec un regard sombre.

— Je sais ce que cette soirée représente pour toi.

Et rien qu'avec ça, il me tient. Il me tient dans le creux de ses mains, parce qu'il sait ce que cette soirée représente, il sait ce que je ressens et je n'ai pas besoin de dire le moindre mot. Je n'ai pas besoin de parler ou d'expliquer puisqu'il sait déjà.

— C'est pour ça que j'ai conduit comme un taré toute la putain de journée pour arriver ici quand on n'a pas pu prendre l'avion pour rentrer, poursuit-il d'une voix douce.

Il déboutonne mon pantalon, dézippe la fermeture éclair et le baisse.

Il est rentré pour moi. Il est rentré pour moi parce qu'il savait que j'aurais mal aujourd'hui.

Il sait de quoi j'ai besoin, exactement comme il me l'a dit. Il sait de quoi j'ai besoin, et ce dont j'ai besoin en ce moment, c'est de *lui*, putain.

Sa veste tombe, suivie de sa chemise puis de son pantalon, et enfin je suis allongée sur le dos en dessous de lui, à m'émerveiller des courbes brutales de son corps, du soulèvement de sa poitrine, de l'éclat frénétique et dévorant de ses yeux. Certaines de ses mèches retombent devant ses yeux, et pour la première fois, je ne m'empêche pas de dégager les mèches rebelles de son front. C'est un geste indéniablement tendre, et je poursuis cette caresse jusqu'à sa mâchoire.

— Tu es rentré pour moi.

Un éclair d'angoisse passe sur le visage d'Elio, et il presse son visage contre mes mains. Sa voix fend l'obscurité.

— Je rentrerai toujours pour toi, putain. Même quand tu ne voudras pas que je le fasse. Même quand tu crieras, supplieras et pleureras pour que je parte, même quand tu me repousseras, je ne m'en irai pas. Je reviendrai à chaque putain de fois, tu m'entends ? Je serai toujours là. *Toujours.*

Cette histoire de « toujours » devrait m'alarmer, car ça

n'a jamais fait partie du plan. Je ne vais pas rester ici, pas avec lui, pas pour toujours.

Mais là, tout de suite, je ne veux pas y penser. Je veux juste m'abandonner à la réalité enivrante qu'il y a quelqu'un dans ce monde qui ne m'abandonnera jamais, ne me perdra jamais, ne me laissera jamais partir. Son corps est ferme, tellement chaud, et bon sang, il a enlevé ses gants. Ses mains meurtries parcourent mon corps, en prennent possession. L'une d'entre elles se niche entre mes jambes, se glisse dans mon excitation jusqu'à ce que je me mette à haleter et à trembler.

L'autre se pose autour de ma gorge.

— Dans l'immédiat, murmure Elio contre ma tempe alors qu'il caresse mon clitoris en décrivant des cercles habiles et érotiques, tu as besoin de ressentir autre chose que ce que tu ressentais tout à l'heure. Tu as besoin de plaisir. Tu as besoin d'oubli.

J'acquiesce d'un signe de tête, même si c'est difficile avec ses doigts serrés autour de ma gorge, car il a raison. Il lui a suffi de quelques mots pertinents pour me fracasser, et maintenant il est le seul capable de recoller les morceaux. Il appuie délicatement sur ma gorge et je lâche un gémissement, mes yeux roulent en arrière tandis que mon sexe se contracte.

— C'est de *ça* que tu as besoin, pas vrai, Deirdre ?

Je ne peux même pas hocher la tête à présent, encore moins parler à cause de son étreinte. Mais je n'ai pas besoin de le faire, car il connaît la réponse aussi bien que moi. C'est bel et bien de ça dont j'ai besoin. J'ai besoin de lâcher prise, un peu. De le laisser me couper le souffle et faire disparaître la douleur.

Il glisse un doigt en moi, et j'essaie d'inspirer brusquement, mais je n'obtiens qu'à peine la moitié d'une respiration dans mes poumons.

— J'ai étranglé des hommes de mes propres mains, murmure soudain Elio d'une voix rauque, et je dois être perverse parce que mon sexe se contracte à nouveau. Je sais comment doser la pression qu'il faut exercer. Je sais quand m'arrêter.

Sa main se resserre autour de ma gorge, et ma respiration n'est plus qu'un sifflement à peine audible.

— Mais ceci dit...

Il arque son doigt à l'intérieur de moi, allant et venant fermement jusqu'à ce que je me mette à trembler, le sang rugissant dans mon corps tout entier pour réclamer de l'oxygène.

— Tape mon épaule deux fois pour me demander d'arrêter.

Je suis déjà au bord de l'orgasme, sur le point de voler en éclats, putain, mais Elio interrompt le mouvement de son doigt.

— Tape mon épaule une fois, maintenant, pour me montrer que tu comprends.

J'ai l'impression que mes mains sont en plomb, mais je lève la droite et tapote son épaule.

Il pousse un grognement.

— Ça, c'est mon petit rossignol.

Il recommence à bouger son doigt, d'un geste ferme et rapide. Il m'emplit, ajoute un autre doigt tout en enserrant ma gorge jusqu'à ce que ne ressente rien d'autre que ce tortillement désespéré et à bout de souffle à l'intérieur de moi. Ce plaisir paniqué qui concentre toutes mes sensations dans ma poitrine et mon entrejambe. Je ne sais même pas si mes yeux sont ouverts ou fermés – tout est plongé dans l'obscurité. L'oubli qu'il m'a promis grandit, il se resserre tout autour de moi, des ténèbres palpitantes et vivaces qui s'étendent en moi jusqu'à ce que je jouisse.

À l'instant même où mes parois se contractent autour des doigts d'Elio, il les retire. Au même moment, il libère ma gorge. Instinctivement, j'inspire une grande bouffée d'air pur, et l'explosion d'oxygène ne fait qu'amplifier l'intensité du moment. Je m'envole et dégringole en même temps, et il n'y a qu'Elio qui soit capable de m'ancrer. Je passe mes bras tremblants autour de son cou, le tire contre moi lorsque je sens la pression, la pression à l'entrée de mon sexe. Un petit coup à tâtons, puis l'impulsion brutale de son sexe qui s'enfonce en moi.

La douleur surgit en même temps que le plaisir. Ma bouche s'ouvre pour émettre un cri silencieux alors qu'Elio m'emplit entièrement, m'étire, me pénètre. Il abat les derniers murs qui nous séparent. Je recommence à pleurer – j'entends les sanglots plus que je ne les ressens. Car tout ce que sens en cet instant, c'est lui. La douleur de sa présence en moi. L'union ardente de nos corps.

Elio émet un son entrecoupé, puis s'élance à nouveau. Mes bras sont toujours autour de lui, et j'enserre, je m'agrippe à lui. Je pourrais tapoter son épaule deux fois. Pour voir si ça suffirait à l'arrêter. Lorsqu'il me pénètre une troisième fois, plus violemment, je suis à deux doigts de le faire parce que ça fait trop mal, putain.

— Est-ce que ça fait mal, mon rossignol ? Putain, je sens que tu t'ouvres à moi. Je sens que tu saignes pour moi.

Deux petites tapes. C'est tout ce qu'il faudrait.

Elio bouge plus vite à présent, et quelque chose dans l'angle a changé, car même si ça fait toujours mal, il y a quelque chose de nouveau qui ondoie derrière cette douleur. L'humidité de mon orgasme et le sang de ma virginité perdue ouvrent légèrement la voie au gabarit d'Elio

jusqu'à ce que ses coups de reins l'enfouissent plus profondément, martelant en moi une zone qui me fait crier et frissonner, me donne la sensation que tout se détend et se
crispe en même temps. Je vais jouir à nouveau. Je vais jouir,
même si ça fait mal. Il va me faire jouir. Cet orgasme
grandit avec une telle intensité que j'ai presque l'impression
que je vais me faire pipi dessus. Un de ses pouces
commence à frotter vigoureusement mon clitoris, et je
comprends que c'est presque fini pour moi à ce stade.

— Chaque fois que je me retire, je vois ton sang sur moi,
grogne Elio. Tu réclames ma bite avec ton sang de la même
manière que je t'ai déjà tachée avec le mien. Cette première
nuit, mon rossignol, tu te souviens ? Quand on m'a tiré
dessus et que j'ai saigné partout sur toi.

Il semble perdre son rythme, ses hanches impriment des
va-et-vient chaotiques tandis qu'il respire.

— Je serais mort pour toi cette nuit-là, putain.

Les bandages sur son épaule frottent sur mon poignet
pendant que je me cramponne à lui. Que je me cramponne
à l'homme que je devrais mettre toute mon énergie à fuir.
Mais je ne peux pas fuir – plus maintenant. Pas tant que
mon corps réagira comme ça au sien. Un gémissement
m'échappe au milieu des larmes alors que mon sexe est
secoué de convulsions.

— Oui, siffle Elio entre ses dents serrées. Mon doux
petit rossignol. C'est bien, ma jolie. Jouis comme ça sur ma
bite, putain.

Et encore une fois, comme tant de fois auparavant, je ne
peux m'empêcher d'obéir. Je crie, mes parois se contractent
si fort autour de lui que je vois bien que ça impacte ses
mouvements. Il s'enfonce encore plus profondément alors
que des étoiles incandescentes tourbillonnent dans mon
bassin, se dispersent et volent en éclats. Je l'enserre si étroi-

tement, je fusionne tellement avec lui que je sens que ça vient. Je le sens palpiter tout au fond de moi lorsqu'il assène le dernier coup de reins.

Il jouit, tremble et se crispe. Il jouit, encore et encore, si violemment à l'intérieur de moi. Alors que son plaisir se déverse en moi et se mêle à mon sang, il rapproche sa bouche de la mienne et déclare tout contre mes lèvres :

— Putain, toi et moi, on est liés l'un à l'autre.

Alors que des contrecoups de mon orgasme submergent mon corps, que mon sexe l'enserre comme si je ne supportais pas de le laisser partir, je sais qu'il a raison.

Impossible de revenir en arrière désormais. Ni pour lui. Ni pour moi.

Chapitre 38

Elio

Si je pouvais rester à l'intérieur de Deirdre pour toujours, je le ferais. C'est comme si j'avais été fait pour ça putain, fait pour elle, comme si tout mon corps avait été conçu pour que ses bras, ses jambes et sa chatte m'étreignent. C'est la première fois que je me sens autant en paix depuis mon enfance.

— Il faut que j'aille me nettoyer, murmure Deirdre.

Je rétorque du tac au tac :

— Mais non.

Je veux qu'elle soit trempée et qu'elle le reste. Maculée de mes fluides et des siens. Je ne veux pas déjà la sentir s'éloigner de moi, ce qui va certainement arriver. Un processus qui commencera quand elle effacera cette nuit de sa peau.

Avant qu'elle puisse dire quoi que ce soit d'autre, un bruit de gargouillis nous distrait tous les deux. Elle dénoue ses bras de mon cou et se cache le visage derrière ses mains, comme si elle était gênée.

— Quand est-ce que tu as mangé pour la dernière fois ? dis-je en retirant l'une de ses mains.

Elle ne peut pas se cacher de moi. Plus maintenant.

— J'ai pris le petit déjeuner... je crois. Rosa m'a apporté le déjeuner et le dîner. J'ai juste pas réussi à me forcer.

Je peux comprendre. Pendant des années, tout le mois d'août était une vraie cata pour moi. Systématiquement à cette période, de mes quatorze ans jusqu'à la vingtaine, je perdais du poids quoi qu'il arrive.

— Reste ici, dis-je calmement.

Lentement, je me retire, et la petite plainte qu'elle émet en réaction me donne envie de replonger en elle. Je me force à ne pas le faire, puis je sors du lit, j'enfile mon pantalon et mes gants. Je jette un regard en arrière pour constater qu'elle est étendue et amorphe. Elle reste silencieuse. Elle ne pleure plus à présent.

— Je reviens tout de suite, dis-je, bien qu'elle ne semble pas m'entendre.

Je me rends dans la cuisine, où j'ouvre placards et tiroirs avant d'empiler du pain, des viennoiseries et des biscuits sur une assiette. Lorsque c'est fait, je sors mon téléphone de ma poche arrière et j'utilise la dictée vocale dans un moteur de recherche.

— Comment fait-on du thé ?

Je ne l'ai jamais fait auparavant, et je ne sais carrément pas comment m'y prendre. En fait, je crois que je n'ai littéralement jamais préparé quoi que ce soit dans la cuisine pour quelqu'un. Après avoir rapidement survolé les résultats, j'ai l'impression d'avoir trouvé quelques repères. Je fais bouillir de l'eau dans la bouilloire, puis la verse sur quelques sachets de thé irlandais dans une théière pour laisser infuser. Je saisis une tasse, une carafe de lait et un bol de sucre, puis je les fous sur l'assiette et transporte le tout ainsi que la théière.

Lorsque je retourne dans la chambre de Deirdre, une

lampe est allumée à côté du lit. Elle éclaire un lit vide. Une chasse d'eau, suivie de l'eau qui coule, m'indique où elle se trouve. Elle sort de la salle de bain un instant plus tard vêtue d'un survêtement et d'un sweat à capuche. Ses cheveux sont attachés en chignon ébouriffé au-dessus de sa tête. Elle a les yeux gonflés, le nez humide et rouge, et je crois que je ne l'ai jamais trouvée aussi belle, putain.

Elle renifle, puis m'aperçoit avec les snacks.

— Assieds-toi et mange, lui dis-je en disposant les éléments sur une table de chevet.

L'espace d'une seconde, je pense qu'elle va me désobéir. Ma voix se durcit, car je refuse de rester là à la regarder s'évanouir.

— Tu manges ça toi-même ou c'est moi qui vais te nourrir.

Elle acquiesce d'un petit signe de tête puis monte sur le lit. Je remarque qu'elle s'y installe avec une grande précaution.

Je demande :

— Est-ce que tu saignes encore ?

— Ouais. J'ai mis une serviette hygiénique.

J'ai envie de voir. J'aimerais lui ôter ses vêtements, voir la matière blanche tachée du sang innocent que j'ai versé.

Mais ce n'est pas ce dont elle a besoin en ce moment. Alors au lieu de ça, je lui sers une tasse de thé.

Tout en regardant le liquide brun avec dégoût, je lui demande :

— Qu'est-ce que tu mets dans cette merde ?

Et bon Dieu de merde, elle se met à rire pour de vrai. Elle a l'œil humide, mais le rire est bien réel, et je la dévisage sans cligner des yeux, mémorisant le spectacle de son et d'images qu'elle m'offre.

— Je m'en occupe, dit-elle, le sourire toujours aux lèvres.

Elle ajoute du lait et du sucre. Je la regarde attentivement prendre une gorgée. Elle ferme les yeux et soupire, et une zone nouée entre mes omoplates, une tension dont je n'avais même pas conscience, se relâche.

— C'est bon. Merci, dit-elle doucement avant de prendre une autre gorgée. Je n'aurais jamais cru qu'Elio Titone me préparerait du thé, un jour.

— Moi non plus, dis-je en m'asseyant à côté d'elle sur le lit. Ne le dis à personne, d'accord ? Ça ruinerait ma réputation dans cette ville.

Et voilà qu'il est de retour. Ce rire magnifique qui me transperce comme une flèche, à l'image de sa musique. Parce que ce rire, tout comme sa musique, est une expression de ce qui se trouve à l'intérieur, de ce qu'il y a au fond d'elle. Comment Deirdre l'a-t-elle formulé dans cette lettre ? *Le violon ne fait que donner de la voix à ce qui existe déjà.* C'est la même chose pour son rire, ses larmes, sa voix. Pour tout ce qu'elle fait. Ce n'est pas seulement sa musique qui m'a attiré, que j'ai essayé de comprendre, c'est *elle*. Son essence qui rayonne comme un putain de soleil, m'inonde de lumière alors que j'ai passé la moitié de ma vie dans les ténèbres.

Elle grignote quelques-unes des douceurs que j'ai apportées, et de la couleur revient lentement sur ses joues.

— Je buvais ce genre de thé avec ma mère, dit-elle.

Elle se penche et en verse un peu plus dans sa tasse.

— Mon Dieu, elle avait la plus belle des théières. Un modèle vintage avec un magnifique motif de boutons de rose.

La théière qu'elle tient en ce moment est en acier inoxydable. Elle a l'air froide et impersonnelle comparée à celle qu'elle vient de décrire.

— Où est-ce qu'elle est maintenant ?

Elle pousse un soupir, prend une autre gorgée, puis pose sa tasse.

— Je l'ai cassée. Tu le crois ça ?

Elle secoue la tête.

— Ça s'est passé juste après ses funérailles. J'étais folle de chagrin. J'étais seule dans la cuisine où on avait pour habitude de boire du thé ensemble, et je crevais tellement d'envie d'être près d'elle à nouveau. Elle remplissait toujours la théière d'eau chaude pendant que l'eau chauffait dans la bouilloire, alors j'ai fait pareil. Du moins, j'ai essayé. Mais je l'ai fait tomber dans l'évier et elle s'est complètement brisée.

Elle arrête de parler pendant un moment, les yeux rivés vers une zone du sol avant de continuer :

— J'ai gardé tous les morceaux dans une boîte dans mon placard, mais elle était trop abîmée pour que j'essaie de la réparer. Je lui ai cherché une remplaçante, mais c'est vraiment difficile à trouver. Et puis ça ne serait pas la même chose de toute façon. Ce ne serait pas la même théière. La même que celle qu'elle a tenu entre ses mains, tu comprends ?

Je comprends. Je comprends parce que toutes les affaires de notre maman ont brûlé et ça me hante depuis lors, putain.

— Je ne sais même pas pourquoi je te raconte ça. Je n'avais jamais réussi à en parler à qui que ce soit. Ni à Willow ni à personne d'autre. Je ne l'ai même pas dit à mon père. Tu le crois ça, qu'il n'a même pas remarqué qu'elle avait disparu ?

Elle s'essuie les yeux.

— Cela dit, il ne voulait jamais aller sur sa tombe avec moi non plus, donc peut-être que ça ne devrait pas vraiment me surprendre.

Je me laisse glisser du lit, me retourne, la saisis par la taille et la mets debout par terre.

— Prends ton manteau et tes bottes, lui dis-je, attrapant ma chemise avant de la remettre.

Ses sourcils se froncent.

— Pourquoi ? Où est-ce qu'on va ?

— On va rendre visite à ta maman.

Chapitre 39

Deirdre

Je ne sais toujours pas trop comment j'ai atterri dans la voiture d'Elio, en direction de la tombe de ma mère, moins d'une heure après avoir perdu ma virginité. Mon entrejambe sensible et humide me fait un drôle d'effet. Je me cale dans mon manteau, passe mes bras autour de moi. Elio appuie sur un bouton du tableau de bord, et très vite je sens une chaleur délicieuse s'élever du siège et s'infiltrer à travers mon manteau et mon pantalon. La chaleur apaise la douleur entre mes jambes et détend les muscles de mon dos. Un autre rappel insolite qu'Elio sait peut-être réellement anticiper mes besoins avant moi.

Alors que nous passons le portail et tournons dans la rue, Elio passe un coup de fil avec son téléphone. Il faut quelques sonneries pour que l'autre personne réponde, et lorsqu'il le fait, je perçois une certaine rudesse somnolente dans son « Allô ? ».

— Tony, lève-toi et descends au magasin, dit Elio sans bonjour ni préambule.

J'entends l'acquiescement étouffé qu'il lui adresse en guise de réponse avant qu'Elio ne raccroche. Je n'ai aucune idée de qui est Tony ni pourquoi nous devons aller dans un magasin maintenant alors qu'il est minuit passé, mais je ne prends pas la peine de poser la question. Je suis sûre que je le saurai bien assez tôt.

Et c'est effectivement le cas lorsque nous nous arrêtons devant un petit magasin dénommé *Les fleurs de Rosetti*. Un petit homme chauve est voûté dans sa veste d'aviateur en cuir. Quand il nous voit arriver, il hoche la tête avec déférence et déverrouille la porte d'entrée. Elio ouvre ma portière pour moi et m'aide à descendre, me murmure de faire attention sur la glace tout en me guidant sur le trottoir. Les lumières s'allument dans le magasin à l'instant où nous passons la porte.

C'est une boutique de fleurs. Je reste plantée là, pour ainsi dire vêtue d'un pyjama sous ce manteau à quatre chiffres, la tête et les cheveux en vrac, puis je cligne des yeux comme une taupe face à la lumière éclatante. Manifestement, Elio ne ressent ni mon hésitation ni ma confusion. Il se contente de traverser la boutique, sélectionne tout un tas de fleurs sur les tables et dans les chambres froides, puis mitraille Tony d'ordres. Je reste là à le regarder, immobile et léthargique. Il se déplace avec une aisance impitoyable, une grâce dangereuse, à tel point que je ne peux regarder que lui. Très vite, il y a tout un assortiment de fleurs devant Tony sur le comptoir – des roses rouges, des lys blancs et de délicats petits perce-neiges – et il s'affaire à les organiser. Lorsqu'il a terminé, il attache le magnifique bouquet avec un ruban de soie blanche.

Je ne sais pas pourquoi je m'attends à ce qu'Elio paie, mais évidemment il ne le fait pas. Il possède probablement cette boutique, ou du moins en contrôle une grande partie. Même si c'est nous qui l'avons tiré du lit et pillé ses fleurs sans le payer, c'est Tony qui nous remercie quand nous partons.

Nous remontons dans la voiture, et je tiens fermement le bouquet tandis qu'Elio nous fait sortir du centre-ville. Franchement, je suis choquée qu'Elio ait ne serait-ce que pensé à faire ça. Qu'il se soucie de choses aussi triviales que les fleurs qu'on apporte aux disparus.

Alors que le cimetière se dessine à l'horizon, je lui demande :

— Pourquoi tu as fait ça ? Les fleurs...

— Il est hors de question que je me rende sur la tombe de ta mère les mains vides, dit-il fermement, les yeux toujours rivés devant lui lorsqu'il se gare et arrête le moteur.

Il marque une pause, comme s'il allait s'arrêter là, mais il poursuit :

— Je n'ai jamais eu l'occasion de déposer des fleurs sur la tombe de ma propre mère.

Je déplace les fleurs sur le côté, puis je tends ma main libre pour capturer ses doigts gantés à l'instant même où il les retire du volant. Il me dévisage en silence pendant un long moment, puis il lève ma main et pose délicatement ses lèvres sur mes phalanges avant de la relâcher.

Il ne me lâche pas très longtemps. Une fois qu'il a ouvert ma portière pour me laisser sortir, il m'attrape par la main et ne la lâche plus du trajet jusqu'à la tombe de ma mère.

Je sais où elle se trouve même si ça fait quelques années que je ne suis pas venue. Ça a toujours été difficile pour moi de venir seule ici, et papa était toujours bizarre et réticent quand je lui demandais de m'accompagner, alors j'ai simplement cessé de venir à un moment donné. J'ai essayé de me persuader qu'elle n'était pas vraiment ici, de toute façon. Qu'elle était ailleurs. Dans le ciel, dans les rayons du soleil, dans la musique qu'on avait partagée, elle et moi. Et pourtant, c'est à la fois bon, douloureux, et ça me semble approprié d'être ici maintenant. Ça fait mal, mais il y a quelque chose de satisfaisant dans cette souffrance. Comme si je faisais quelque chose que j'étais censée faire.

Et je suis censée le faire avec lui.

C'est la plus étrange des impressions. L'impression d'être là où je suis censée être, même si c'est Elio qui est à mes côtés. Je regarde nos mains entrelacées, puis son profil saisissant, son expression sombre, et je suis contente qu'il soit avec moi.

La neige a fini par cesser de tomber plus tôt dans la soirée, le ciel est dégagé et le clair de lune illumine le tapis blanc entre les pierres tombales. J'aperçois celle de maman, et mon cœur fait un bond dans ma poitrine. C'est un sentiment de commémoration douloureuse. Comme rentrer chez moi en sachant que ma maison n'existera plus jamais.

Nous nous arrêtons devant sa tombe. Je serre les dents en essayant de ne pas pleurer, car c'est horrible de pleurer dehors en hiver, et aussi parce que j'ai déjà versé assez de larmes ce soir. Mais je n'arrive pas à les contenir lorsqu'Elio me lâche la main, s'agenouille dans la neige et commence à nettoyer sa tombe. Je renifle fort, encore et encore, en le regardant dégager méticuleusement la neige de chaque surface, chaque angle, chaque lettre de la dalle en pierre. Une fois qu'il a terminé, je suppose qu'il va se relever, mais il ne le fait pas. Au lieu de ça, il pose son gant noir sur la pierre à côté du nom de ma mère, Fiona Kathleen O'Malley. Enfin, il se relève, se tourne vers moi et opine de la tête.

Je lui réponds par un signe de tête, en avançant avec les fleurs.

— Salut, maman, dis-je dans un murmure.

C'est tout ce que j'arrive à faire pour le moment, et je

sais qu'elle penserait probablement que c'est bien assez. J'ai toujours été assez bien pour elle, même quand je n'en avais pas l'impression. Je me penche et baisse le bouquet, admirant l'éclat argenté de la lune sur les fleurs fraîches, qui semblent se muer en sculptures de cristal sous sa lueur.

C'est à ce moment qu'un bruit surgit. Un bruit qui m'évoque les anniversaires et le sang. Le bouquet explose dans mes mains, et les pétales déchiquetés tombent comme de la neige.

— Putain, baisse-toi !

Quelque chose de dur me percute le dos. C'est Elio. Il recouvre mon corps avec le sien, me plaque contre la pierre tombale avant de se retourner, l'arme à la main. Bordel, il est tellement rapide que je ne vois même pas la personne sur qui il tire avant qu'elle ne s'écroule.

— Elio ! Qu'est-ce qu...

Je ne peux pas terminer ma phrase, car Elio s'est retourné et a pointé son flingue vers une cible au-dessus de ma tête.

Il tire une fois, deux fois. Un homme que je ne peux pas voir hurle.

Puis s'effondre sur le sol.

Chapitre 40

Elio

Enfoiré de Darragh. Ces gars-là n'ont pas l'air de bosser pour Sev. Ce sont des Irlandais. Pour au moins trois d'entre eux. Je m'accroupis à côté de Deirdre, mon flingue toujours à la main tout en passant mon autre main sur elle. Ils ont tiré sur le bouquet qu'elle tenait, alors je compte frénétiquement chaque doigt effilé avant de m'autoriser à respirer quand j'arrive à dix.

Je lui demande :

— Tu es blessée ?

Elle secoue la tête, les yeux aussi ronds que des soucoupes.

— Parfait. Reste ici.

Je me relève, le souffle court, scrutant le cimetière.

Mais je ne vois personne d'autre. Du moins, pas pour le moment. J'appelle Curse, en lui disant de ramener Enzo et Robbie ici. Juste après avoir raccroché, j'entends une plainte derrière la tombe.

Ce fils de pute n'est pas encore mort.

Après m'être assuré que Deirdre reste immobile et que personne d'autre ne vient la chercher, je saute par-dessus la pierre tombale. Le gars se tortille et s'étouffe dans son propre sang, trop loin de son arme pour l'atteindre. Il essaie quand même de l'attraper. J'appuie ma botte sur ses doigts et ne la relève que lorsque j'entends les os craquer.

— C'est Darragh qui vous a envoyés ?

— On n'allait pas la tuer, dit l'homme en respirant bruyamment. Darragh la veut vivante. Putain !

J'appuie encore plus fort sur sa main.

— Laisse-la partir, putain. C'est pas l'une des vôtres. Elle est irlandaise. Elle nous appartient.

Le martèlement dans ma tête est si fort que je jurerais qu'il fait bouger les pierres tombales.

— Elle ne vous appartient absolument pas, dis-je entre mes dents, armant le flingue avant de le pointer sur sa tête. C'est à moi qu'elle appartient, de toutes les façons possibles et imaginables. Et si Darragh veut me la prendre, il va déclencher une putain de guerre, parce ce ne sera pas à l'une des siennes qu'il s'en prendra, mais à une *Titone*.

Tout est tellement clair à présent. Je sais ce que je dois faire. Je ne sais pas comment je ne l'ai pas compris avant. Parader Deirdre au gala et à la fac ne suffisait pas.

Mais ça, ça suffira. Ça la rendra complètement intouchable, à moins que Darragh ne veuille noyer toute cette ville dans le sang.

Même si le mec à mes pieds ne vivra pas pour transmettre le message à son boss, je le lui dis quand même, parce que c'est tellement bon de le faire.

— Elle ne s'appellera pas Deirdre O'Malley bien longtemps, dis-je calmement en m'accroupissant. Parce que je vais l'épouser, putain. Et regarde un peu ce qui se passe quand tu t'en prends à ma *femme*. Regarde ce qui se passe quand tu essaies de faire du mal à *Deirdre Titone*, putain de merde.

Les yeux de l'homme sortent de leurs orbites. Il m'a parfaitement compris, ça ne fait aucun doute. Ce petit chanceux est le premier à apprendre l'heureuse nouvelle.

Je lui colle une balle dans la tête rien que pour consacrer pleinement cet honneur.

Chapitre 41

Deirdre

J e reste recroquevillée dans la neige devant la tombe de ma mère, agrippée au bouquet détruit. J'ai les oreilles qui bourdonnent, et chaque respiration que je prends me semble bien trop forte dans ma propre tête. Je crois qu'Elio dit quelque chose, mais je ne parviens pas à distinguer le moindre mot. Un autre coup de feu retentit, puis il cesse de parler.

Mort.

Une fois de plus, Elio a abattu quelqu'un. Quelqu'un qui me menaçait. Lui et moi sommes piégés dans une terrible boucle sans fin. Peu importe ce que je fais, je ne pourrai pas m'échapper vers un horizon de normalité. Pas tant qu'Elio sera avec moi. Et pas tant que mon père se cachera pour fuir ses responsabilités.

Je n'ai même plus peur à présent. Je suis juste insensible à tout ça. Vidée par toute cette violence, cette mort et cette destruction. J'ai à peine conscience qu'Elio me soulève et me porte pour retourner en courant vers la voiture. Alors même qu'il ouvre la portière d'un coup et m'aide à monter dedans, un autre véhicule noir fait une embardée près de nous. Curse et Enzo en descendent, et Elio leur aboie des ordres. Je n'entends que quelques mots. *Irlandais. Assurez-vous... Pas d'autres... Corps...*

Elio glisse sur le siège conducteur. Il démarre le moteur d'un geste vif et rapide, mais le véhicule ne démarre que lorsqu'il a attaché ma ceinture de sécurité. Dieu merci c'est lui qui s'en charge, car je ne suis pas sûre d'avoir la force de le faire. Mes bras, ou plutôt mon corps tout entier, est secoué de tremblements. Des pétales de rose déchiquetés et écrasés tombent de mes mains alors que la voiture se déplace enfin.

Je murmure :

— On n'aurait pas dû venir ici.

— Bien sûr que si. C'est eux qui n'auraient pas dû venir, dit Elio d'un ton mordant.

— Ils n'arrêteront jamais. Ils ne me laisseront jamais tranquille, dis-je d'une voix faible.

Je croyais qu'être la prisonnière d'Elio était assez terrible comme ça. Mais de savoir que même si j'arrive à m'éloigner de lui, je ne serai jamais en sécurité, j'ai l'impression que ma toute vie est en train de s'éteindre sous mes yeux.

— Non, probablement pas. À moins que je ramène ton père ici et que je le largue devant la porte de Darragh.

— Non, dis-je immédiatement.

Les muscles de la mâchoire d'Elio deviennent aussi durs que de la pierre.

— Même après tout ce qu'il t'a fait subir, tu veux toujours le protéger ?

Je m'écrie :

— Je ne veux juste pas qu'une autre personne de mon entourage meure ! Je refuse ! Je ne supporte pas toute cette culpabilité. C'est comme si on m'enterrait vivante !

— Les hommes de Darragh continuent de s'en prendre à toi parce qu'ils considèrent que tu es l'une des leurs, dit Elio. Tu es irlandaise. Dans leur esprit, c'est à eux que tu appartiens, pas à moi.

Il prend un virage serré, et cette brusque embardée me fait sursauter.

— Il y a un moyen de leur enlever cette idée de la tête. Un moyen de prouver que tu m'appartiens de manière irrévocable. De telle sorte qu'ils n'oseraient jamais te toucher.

— Comment ? Quel moyen ?

Je croyais que c'était tout l'intérêt de m'afficher à son bras au gala. Manifestement, ça n'a pas fonctionné.

— Prends ma bague. Prends mon nom.

— Je... Quoi ?

Il prend un autre virage à toute vitesse sans me regarder, ce qui me retourne les entrailles.

— Épouse-moi.

Non. Impossible. Je suis certaine d'avoir mal entendu. Mon sang clapote dans ma tête. Je me penche en avant et agrippe mes genoux, essayant de respirer lentement en serrant les dents.

Mais il le répète. Et cette fois, ses paroles ne laissent aucun doute. Aucun doute sur la menace qu'elles contiennent. Sur la façon dont elles me lient à lui plus qu'aucune dette ne pourrait jamais le faire.

— Épouse-moi, mon rossignol. Épouse-moi, ou je dirai à Darragh exactement où se trouve ton putain de père.

Envie de connaître la suite ? L'histoire d'Elio et Deirdre continue dans *Un serment inhumain.*

J'ai tout pris à mon Rossignol. Sa liberté. Son innocence.

*Même son nom. Elle ne sera plus connue sous le nom de Deirdre O'Malley, mais de Deirdre Titone. **Ma femme**. Qu'elle le veuille ou non.*

C'est le seul et unique moyen de montrer à cette ville à qui elle appartient. La seule façon de dire au monde que je la protège autant que je la possède. J'assurerai sa sécurité, même s'il n'y a plus personne pour la protéger de moi.

Mon rossignol m'a fait croire à nouveau à l'existence des âmes. Et peut-être que je n'en ai aucune. Peut-être que je n'en ai jamais eue.

Mais elle en a une. Et je ne m'arrêterai que lorsque je le lui aurai prise, au même titre que tout le reste.

Si vous souhaitez vous tenir informés de ce que j'écris et de mes actualités, n'hésitez pas à vous inscrire à ma newsletter : https://www.veroheath.com/contact-and-newsletter. Elle est en anglais, mais j'y donnerai aussi des infos sur mes traductions françaises lorsqu'elles seront publiées.

———

TITANS ET TYRANS